粉墨

胡康华◎著

新疆美术摄影出版社
新疆电子音像出版社

图书在版编目(CIP)数据

粉墨 / 胡康华著. —乌鲁木齐:新疆美术摄影出版社;
新疆电子音像出版社,2010.1

ISBN 978-7-5469-0393-4

Ⅰ.①粉… Ⅱ.①胡… Ⅲ.① 长篇小说 - 中国 - 当代
Ⅳ. ① I247.5

中国版本图书馆 CIP 数据核字(2010)第 009879 号

粉　墨

作　者	胡康华
责任编辑	毕　然
封面设计	党　红
版式设计	毕　然
版式制作	田军辉
出　版	新疆美术摄影出版社 新疆电子音像出版社
地　址	乌鲁木齐市西虹西路 36 号
邮　编	830000　电话:0991-4690475
发　行	新华书店
印　刷	北京德富泰印务有限公司
开　本	700mm × 1000mm　1/16
印　张	19.5
字　数	253 千字
版　次	2010 年 7 月第 1 版
印　次	2010 年 7 月第 1 次印刷
书　号	ISBN 978-7-5469-0393-4
定　价	32.00 元

目录

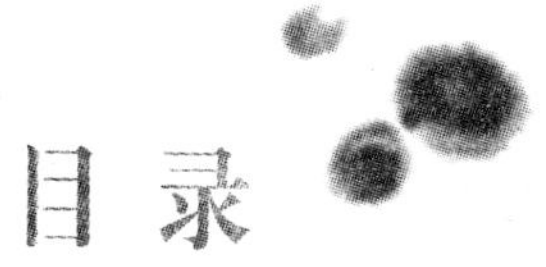

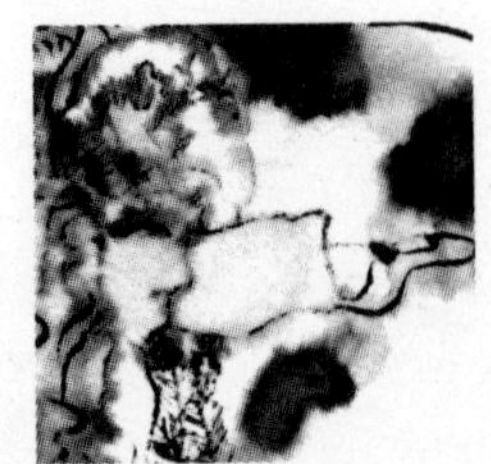

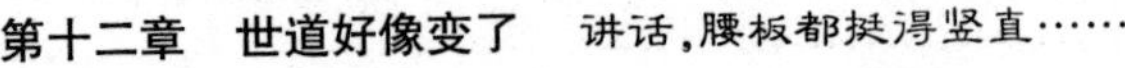

前 言

当他们脸上涂满了油彩和脂粉的妆饰，以粉墨的样式出现在舞台上，你还认得出他们是谁吗？

他们能够卸掉满脸油彩和脂粉的妆饰吗？

——作者题记

这部小说记录的是一群表演者。

其实他们都是社会底层的普通劳动者，又生活在一个特殊的年代。如果你看惯了他们平日被戈壁上的毒日头和大风长期侵蚀的面容，以及简陋单调的工装服。那么，当他们脸上涂满了油彩和脂粉的妆饰，以粉墨的样式出现在舞台上，你还认得出他们是谁吗？

有一个坐在舞台幕后的人，能看清楚这里发生的一切。

这个被现实置放在演员和观众之间的人，能从台下的观众席里发出的鼓掌、喝彩或者哄笑、嘘声，知道这是什么原因，这是因为他和蛊惑他们的表演者们朝夕相处，早已熟识了他们的表演技能；进一步说，他甚至对那些节目的编造者们为了达到剧场效果而呕心沥血的构思设计也了如指掌——（在那个一切都极度匮乏的年代里，“艺术工作者”要在思想专制的黑暗中闪现出一点灵感的火星绝非易事）。用现在的话说就是:他了解内幕。

几十年过去了,舞台前上演过的一切都被他遗忘了,包括当年倒背如流的台词、曲谱。但他记忆的屏幕上越来越清晰地显现着后台。特别是在今天,表演已经不再是舞台艺术的专用名词术语了,它早已深深地浸淫和渗透到了这个现实世界的每个角落。让他感到不解的是:有些人的演技太拙劣了,那些装腔作势的丑态和涂脂抹粉的卖弄,不但没有人们的哄笑和嘘声,反而往往能赢来满堂的喝彩。让他感到彻骨悲凉的,就是观众们也都学会了做戏,攀附和欲望驱动着他们频频鼓掌,奉迎着那些表演,在共同获得好处的皆大欢喜气氛中散场。还有他身边无数善良无辜的人们,也都用自己的一生去追逐表演的时尚潮流,他们把居住的家更换、改造成为了供人观赏的舞台,并且精心地装扮自己。他们所做的一切都是为了证明一件事,这就是:你别想从他现在的装饰中看出他们过去是谁。

但是,无论人们怎么样装饰自己,或者扮演他人,他(或她)都无法改变与生俱来的本性。因为只有时间才是万能的真主,他早已按照你的遗传、秉赋决定了你终身的命运,他老人家才不在乎你目前是什么角色。你只可能是你自己,如果说你还有点出息的话,这一生就把自己演好。

“你可以改变你头上的天空,但你却无法改变自己的灵魂。”

这是一位美国诗人的诗句。这是他在后台上东游西转的时候,上苍在冥冥之中赐予他的。后来看的戏多了,他才意识到:谁都有演错角色或者装扮不像的时候,甚至还会出现演得太像了,以至于忘记了自己是谁的情景。这两句诗,是包治这种职业病的神丹妙药。

他会耐心地等待着粉墨登场的人们卸妆。

引　子

好像这样一场狂风，彻底吹散了曾经长久地笼罩在他们头顶上的晦暗阴云……

大风下午停了。

东盐池的人们对这样的狂风早就习以为常，这里是著名的老风口，大风一刮三四天是家常便饭。有时候，他们甚至为这样的天气感到庆幸，因为一刮八级以上的大风，厂里就停产了。人们躲在自己的地窝子里享受着“风休”。关好门窗，想吃就吃，想睡就睡，有些平日里需要细细品味的事，此时也可以从容悠闲地做。

风一停，盐碱滩上就有了活气。人们都从地窝子里钻出来，有人接被风刮断的电线；有人砌风吹塌的土坯烟囱；家属们织着毛衣纳着鞋底串门；小孩在废弃的砖窑那边叫喊着打闹；知青和学生们活跃在球场上。

只有刚到东盐池来的人，突然遇到这种鬼天气，才会惊恐：本来到这么个荒凉的戈壁滩上生活就够倒霉了，还要忍受肆无忌惮的狂风欺负，心里也就愈发地凄惶。

1970年9月23日，有一对父子从省城乌鲁木齐来到东盐池。他们在离东盐池18公里的三间房火车站一下火车，就被这样一场疯狂咆哮的飓风吞没了。像两个惊涛骇浪中的落水者，扑面而来的风沙呛得他们眼冒金星，气也喘不上来。幸亏前来接车的人在他们跳下火车时及时拉住了他们，一个军人打扮的汉子紧紧拽着父亲的胳膊，弓腰匍匐着朝亮着大灯的卡车奋力疾走；而司机拉着13岁的儿子，像是拖着即将起飞的风筝，几乎足不沾地的飘荡摇摆。挤进卡车驾驶室的时候，这对父子才发现，他们头上的帽子不知什么时候飞走了。

然而，这样荒凉的盐碱戈壁和恶劣气候，并没有使这对父子感到透心地凉。相反，他们在很短的时间内，都不同程度地获得了自己的幸福。好像这样一场狂风，彻底吹散了曾经长久地笼罩在他们头顶上的晦暗阴云，使他们的心情，就像这里随之而来的好天气一样，变得晴朗、明净，闪烁着蔚蓝色的怡人光彩。

第一章　谢家父子

谢东现在觉得自己是世界上最幸福的人。

他从大城市乌鲁木齐来到了东盐池，觉得自己像从地狱里出来进了天堂。

一

谢东现在觉得自己是世界上最幸福的人。

他从大城市乌鲁木齐来到了东盐池，觉得自己像从地狱里出来进了天堂。他在东盐池中学只上了一个星期课，就觉得还是这好。东盐池学校真小，中学只有初一初二两个年级，总共加起来才14个学生，就在一个教室上课。他们知道谢东是乌鲁木齐来的，都对他很热情，像老家村子里来了远方的客人，而且还羡慕他见过世面。可谢东心里说："大城市有啥球好的，我从来没有发现。只有那些家伙才觉得好。"

谢东说的"那些家伙"，就是师部中学的同学们。他们都知道谢东是军统特务谢培良的儿子，又是刚从浙江老家来的。再加上他在班上个头最矮，谁都敢随便欺负他。他们学他说话的口音，咯叽咯叽地乱叫；在他身上练拳脚、练摔跤，他经常在路上走着走着，突然被人一个扫堂腿扫倒了。在乌鲁木齐，谢东最怕去上学，一进学校便身上发抖，不知道又有什么倒霉事。其他学生也有家庭出身不好的，可他们有的有哥哥保护，有的有从小一起长大的伙伴帮衬。谢东只有一个姐姐，两年前去伊犁的农场接受再教育了。他觉得自己简直就像一只落入狼群的羊羔，谁都可以肆意耍弄他。

可东盐池的学生奇怪，不欺负人。班上才8个男学生，好像都不会打架。在一起从来没有比过谁厉害，要去收拾谁，更不关心谁的家庭出身好坏(后来谢东才明白，到东盐池来的大人，几乎都是像他爸爸这种有家庭出身和历史问题的人)。他们在一起特别喜欢说篮球，都崇拜厂部放电影的孔宪实，说他的篮球姿势标准，水平更是不一般，要不是因为个子稍微矮了一点，早被专业队抢走了。当他们得知谢东也喜欢打篮球，更是兴奋，说这下好了，打半场的人凑够了。

另外，这里没人知道他的外号，他们都叫他的大名——谢东。这个名字在师部中学没有人叫，人们都叫他的外号“老卡”，因为他皮肤黑。

谢东刚从老家到乌鲁木齐不久，有一次在师部操场看电影。加演的《新闻简报》中有伟大领袖毛主席接见赞比亚总统卡翁达，班上一个同学突然说：“你们看，谢东像不像电影上的非洲总统。”大家都哄笑起来，连声说太像了。从此，人们就把谢东叫“非洲总统”，也有人叫他“卡翁达”。后来他们嫌这个外号太长了，就简称为“老卡”。

“老卡”这个外号，还被传染到了谢东他爸爸头上，从那以后，他们叫他爸爸“大老卡”。

谢东做梦都没有想到，在东盐池能打上篮球，这可是他最喜欢的东西。

他还记得刚从浙江老家来，在学校受欺负，只好每天和院子里的一群小孩玩。快过春节的一天，他正在和几个小娃娃赢烟盒，看见人们都朝师部的篮球场涌去。他们也赶紧收了家伙挤到人群中看热闹，原来是师部的篮球队要和解放军赛篮球。他姐姐也从农场回来过年，正和她的一帮知青同学看打球。姐姐的一个同学就给大家介绍，这个是几号叫什么名字谁是前锋谁打后卫那个人有什么绝招外号叫什么。听得大家入迷，姐姐更是激动，扶着谢东肩膀的手都在颤，看到紧张的时候指甲都掐到他肉里了。不知中了什么邪，从那以后，谢东就对篮球入了魔。

在师部中学，谢东爱打篮球有名了。他好像对什么都不感兴趣，一天到晚就在篮球场上转，脑子里全是投球上篮带球过人。他不光皮肤黑，个头也矮，再加上脑子反应慢，老是被人捉弄。每次打球时，个子大的学生们都故意不要他，让他在场外干着急；或者让他打球时，专门拿他来练习“盖帽”，他们当时把抢篮板球时从别人脑后摘球叫做“拔萝卜”。经常有人抢篮板球的时候，从他的身后高高跃起，大喝一声“拔个萝卜”，从他的头顶上把球摘掉，赢得一阵喝彩。

谢东当时个子和力气都小，不能把篮球举过头顶投球，又不敢用“端尿罐”的姿态投，害怕别人笑话。只好把球放在胸前，用力向上推，更加受人嘲讽。他们说他投球的姿势像是老娘们在挤奶，所以给他的投篮起了一个名称叫“挤奶式”。每次谢东投篮的时候，都能引起全场的一阵狂笑。好多次他实在不想和他们一块玩篮球了，可是没有谢东的时候，学生们又觉得没意思，纷纷来哄他去打球。每次谢东都禁不住诱惑，可他一来到球场，他们就拿他的投篮姿势来取乐：

“我给大家表演一个非洲投篮动作——‘挤奶式’。”

“现在请老卡给我们挤点鲜奶尝尝。”

“哈哈哈……”

后来，不知道谁想了一个更有趣的主意，和谢东打比赛时，玩一个谁输了就钻胜家裤裆的游戏。每次都是谢东输球，他就只好趴在地上，从别人的胯下钻过去。尽管如此，他也能够忍受，只要能让他打球，就很知足了。

谢东在家也老是提心吊胆。他爸爸和妈妈早就相互不讲话了，他爸爸下班，经常躲在厨房里抽烟叹气，还无缘无故地骂他一顿，说他笨头笨脑的一点出息都没有。谢东真想赶快离开学校离开家，一心想去参加工作。他觉得人一工作，就没有人敢欺负了。他姐姐班上有个男同学，过去特别老实，谁都敢欺负他。可他从农场回来探家的时候，一下子变了一个人，叼着烟到处找人报仇。谢东想，我也不报仇了，以后有个能打篮球的地方，我就在那里好好工作，打它个够。

这一次，全国人民都响应毛主席的号召，轰轰烈烈地开展清理阶级队伍的运动。谢东的右派爸爸谢培良，又被人揭发出来是历史反革命，说他解放前在上海同济大学建筑系上学时，参加了国民党，是个隐藏了20多年的军统特务。谢东的爸爸要遣送到东盐池来劳动改造，他妈妈彻底失望了。妈妈一辈子好强，为了接受组织上的考验，又报名参加了“筑指”（修建中国——巴基斯坦公路的筑路指挥部简称）的医疗队，已经去了巴基斯坦，临行前和他爸爸办了离婚手续。剩下14岁的谢东没人照料，他爸爸只好把他带来东盐池。

谢东跟着爸爸离开乌鲁木齐，和他们同行的，是师文工团的一名男演员，好像也是犯了错误下放的。谢东认出他了，文工团在师部礼堂演节目，他在藏族歌舞《洗衣歌》里面演解放军班长。谢东的姐姐会唱“洗衣歌”，还说那个班长特英俊，可惜就是个子锉了一点。还有他老婆难看得很，还是个油漆工。此时的“解放军班长”一点也不英俊，胡子拉碴的，眼睛又红又肿。那天上火车，没有一个人来送他们，只有师部保卫科的那个大个子一直跟着他们。这个人谢东也认识，师部篮球队的前锋，看球赛的人都管他叫“铁匠”。“铁匠”在篮球场上根本不凶，每次投不进球，都要挠挠后脑勺冲着篮球队长嘿嘿地笑。可“铁匠”在他们面前却一直黑着脸，让人害怕。

从乌鲁木齐到东盐池只有300多公里的路，可是这辆火车走走停停的，走了十几个小时。车厢里没有几个人，谢东上车以后就占了一个长椅子，一会儿躺着，一会儿起来在车厢里来回窜，觉得自己真是自由自在。这时候，“铁匠”也只管自己睡觉，对他们不管不问。但谢东的爸爸和那个“班长”，都愁眉苦脸地望着车窗外面，一动不动。特别是那个演员，火车过了吐鲁番，眼前的村庄、河流都消失了，只有一望无际的戈壁滩时，他先是低着头流眼泪，过一会就哭得上不来气了，还说自己“毁了、毁了”。谢东的爸爸用手指捅他，用眼睛示意他正在睡觉的“铁匠”，他才停止了啜泣。

“那个乌鲁木齐有啥球好的，东盐池有啥不好呢？大人为啥一说到这里来，就愁眉苦脸，还哭鼻子？”谢东想不通。

二

谢东的爸爸谢培良，自从来到东盐池，也觉得幸福突然降临。

谢培良没有想到，他是师里刚揪出来的阶级异己分子，遣送到戈壁滩上来劳动改造的。结果一到东盐池才知道，他过去在兵团建筑设计院的同事和邻居金兆汉，不知什么时候也调到了工四师，现在居然是东盐池的厂长，是他专门去师部组织科点名要谢培良，说东盐池从来都是改造牛鬼蛇神的好地方。所以，谢培良他们在三间房火车站一下车，东盐池就有车来接。金兆汉专门在老一连炊事班摆下酒席欢迎他，说厂里已经把谢培良的工作安排好了，先不提什么下工地劳动改造，最要紧的任务是，赶紧为东盐池进行矿区规划设计，这里将要建成西北五省最大的盐业化工基地，时间很紧迫。

金兆汉的一番话让谢培良瞠目结舌。自从他被打成右派以后，还没有人把他当人来看待，更不要说重用了。金兆汉这么器重他，还把他视为一个可以为社会主义建设做出贡献的工程师。谢培良的眼泪当时就哗哗地朝下淌，他不知道该怎么

样表达对金厂长的感激，只有惟命是从。所以，当金兆汉一个劲儿地向谢培良敬酒时，尽管他不胜酒力，但每次都一饮而尽，不知不觉间，他就醉得不省人事了……

谢培良是被一阵敲门声惊醒的。敲门的声音很重，那扇用板条拼凑而钉起来的门摇晃得很厉害，好像随时会破碎或者倒下。以他的经验判断，这不是敲门而是踢门，因为那沉重的声音来自门的下部。经过了无数次的批斗，谢培良对这样的来客方式已经非常熟悉。他下意识地赶紧起床去开门，并在拉开门把时胸部前倾，脸上也堆积出谦卑的微笑。

门口站着一位个头不高的红脸男人，双手捧着一个热气腾腾的饭盆。看到谢培良便客气地一笑，说："谢工程师，俺给你送饭来了。"

谢培良努力地睁大惺忪的睡眼端详他，想起他就是昨晚在食堂见过的炊事班侯班长。他有些慌乱，想去接过他手上的饭盆，又连忙把他朝地窝子里面请，显得手足无措。侯班长示意他让开，进屋把饭盆放在桌子上，又说："厂长知道你昨天晚上喝多了，让俺给你做些汤面，醒醒酒。"

听到这里，谢培良如梦初醒。他突然想到外套口袋里还有香烟，赶紧跑过去掏烟。可侯班长已经转身朝外走了，谢培良的手被套在衣袋里抽不出来，急得大喊："侯班长你别急，抽根烟再走。"

侯班长没有回头，只是摆摆手说："不抽了，您赶紧用饭吧。"

谢培良抱着外套追出门，千恩万谢地送走侯班长。回屋才发现，儿子的床是空的，不知道跑到哪里去了。

谢培良坐在桌子前抽烟，端详着这间地窝子。房间显然是刚收拾出来的，两个墙角各支了一张木板床，床上的军用被褥都是簇新的，炉灶和火墙也是新砌的，土坯缝间的泥还有些潮湿，屋子里散发出一股樟脑和泥土的混杂气味。一缕阳光从天窗的玻璃上照下来，那盆汤面条的热气和眼前的烟雾沿着光柱缓缓地朝上升腾。他看着氤氲的光影出神，好像是一场梦。

门不知道什么时候又吱呀呀地慢慢地开了，儿子谢东走进来。他悄悄地关门，蹑手蹑脚地朝床边走，看到桌子前坐着的爸爸，吓得不敢动。这时，谢培良突然有些心酸：这个孩子刚生下来不到一岁，他就成了右派，被遣送到山里的一个煤矿去劳动改造。妻子蕴琴要上班，还要带两个孩子。他们只好把儿子送回浙江老家，交给老母亲养育。等他摘帽回城不久，又开始了文化大革命，好容易等到武斗的混乱结束了，女儿也工作了。他们就想把儿子接来，尽一下做父母的培养义务。谁想到儿子来到新疆不到一年，他就又一次被揪出来，他也只好带着儿子到戈壁滩上来受罪。

“你刚才跑哪儿去了？”谢培良坐在桌边上抽烟，尽量语气平缓地问。

“我……我到篮球场上玩了一会。”儿子低着头说，声音有点抖。

“怎么连吃饭也不知道，面条都凉了。”

“我……我……”

“好了，快过来吃吧。”谢培良的声音很和气，儿子却更加害怕，身体都抖动起来。

谢培良叹了口气，起身给儿子盛了一碗面，把菜和馒头都推到他面前。儿子还是怯怯的，一边吃还偷偷地抬眼看他。儿子那种小心翼翼的样子让谢培良突然感到愧疚：自从儿子来到新疆，他从来没有给儿子看过好脸色，也不知道该怎么样去关心他。不知道为什么，谢培良自从再见到儿子那天起，就从心眼里不喜欢他。儿子从相貌到举止，常常让他产生怀疑：他是我的儿子吗？有没有在医院里抱错了的可能呢？儿子的皮肤很黑，额头狭窄。和父亲白皙的肤色，开阔的前额恰恰相反；还有儿子举止笨拙，反应迟钝，而谢培良从小聪明过人，博闻强记。说实话，这一切都不像他，也不像他的妻子蕴琴。

谢培良看着儿子大口地吞咽着饭菜，突然发现他脸上、脖子上起了好多红疙瘩。谢培良有些害怕，问他是不是水土不服，一到这里就皮肤过敏了。儿子回答说，没事，刚才跑到篮球场上去玩，被蚊子咬的。

谢培良一听，心里又气又怜，不禁又严厉地斥责他：“怎么这么不小心，被蚊子都咬成这样了，居然自己没有反应，你是不是个猪脑子，啊！”

他一斥责，儿子又不敢动，低着脑袋，两腮鼓着满口的饭菜。他突然心又软了，吐了一口烟雾，缓缓地问：“来到东盐池你自由了？出去玩得不着家，嗯？”。

“唔，唔。”儿子不敢回答，只有低头应付。

“你也不想上学了，嗯？觉得东盐池怪好的，没有人管你了，嗯？”

“唔，唔。”

这时，谢培良意识到了父子对话的困难，想了想说：“你知不知道，昨天晚上和我们一起吃饭的那个叔叔是谁？”

“唔，唔，”儿子惊慌地抬起头，看见爸爸并没有生气的样子。半天才反应过

来，连忙说道："你，你说那个叔叔，嗯，嗯，你，你让我叫金叔叔。"

"那你知不知道他是做什么的。"

"噢，噢，我不知道。"

"他叫金兆汉，是这个盐厂的厂长。"

"唔，唔。"儿子有点惊讶，突然被一口水噎住了，呛得直翻白眼。

"你以后吃东西喝水慢一点，特别是有人的时候。还有，一定要细嚼慢咽才能消化吸收。"谢培良一边教导他，给自己也倒了一杯水，"看来，金兆汉是个很不错的同志，我过去在兵团建筑设计院当副总工程师，他在办公室当秘书。虽然是个工农干部，但喜欢读点书。我们在一个楼上住。他的女儿小鸿鸿，和你姐姐一样大，还是你妈妈接生的。我从设计院下放到工四师来，也不知道他去了哪里，没想到他也到工四师了，还在东盐池当了厂长。难得他还一直惦念着我，听说我被揪出来了，就给师部打报告，让我到这里来劳动改造。其实，他是在帮我避难……"

谢培良不知道为什么，突然变得有些絮絮叨叨。儿子后来说过，他长了这么大，那天还是第一次看见他爸爸露出笑容，而且说了这么多的话。他从老家来新疆时才知道，爸爸早就是个阶级敌人了。在他的记忆之中，每天不是躲在屋角里愁眉苦脸地抽烟，就是唠唠叨叨地和他妈妈吵架，再不就是找碴骂他。没想到来到了这么一个荒凉的戈壁滩上，才过了一个晚上，爸爸像变了一个人。让他也觉得自己突然长大了，可以和爸爸坐下谈话了。

"爸，金叔叔有没有和你说，让你在厂里做什么。"

"当然说了，说在这里用不着我下工地劳动锻炼，让我发挥我的技术专长，所有的建筑规划都让我来进行设计。你金叔叔是个有志向的领导，他要把东盐池建成全新疆最大的化工基地。"

说到这里，谢培良站起来，开始激动地在地窝子里走来走去。

"我要回到毛主席的革命路线上来。"他大声地喊。

"我要设计出新疆最有特点的建筑来。"他挥舞着拳头。

"我要设计出新疆第一个大屋顶风格的礼堂，就在这里，在戈壁滩上，哈哈哈……"他的手指向门外大笑。

"我，我，我谢培良，不是军统特务，不是反革命，而是建筑师，是陈从周先生的大弟子，大设计师……"谢培良突然又抽泣起来，身子一抖一抖的。

屋里的电灯不知什么时候亮了，谢培良的身体被昏暗的灯光投射在墙上，一会儿大一会儿小，一会儿长一会儿短；谢培良当时又哭又笑地喊，一会儿像个披毛散发的狮子在咆哮，一会儿又像是个可怜的小绵羊在打哆嗦……

三

东盐池学校里，男女学生之间可以随便说话，这也让谢东觉得好。

这可不像师部中学，封建得很，男的和女的不但不说话，还不能同桌坐座位。有谁要说话了，男的和女的都要背后议论他们，还当面骂他们是流氓。谢东觉得，那些家伙才流氓呢，表面上不说话，可男同学在一起，背后指着女同学，说的话下流得很。

看来小地方的人跟不上形势。

就在那个风过天晴的晚上，谢东和他爸爸正在收拾自己的新家，一群男女同学涌上门来。为首的是女班长何艾香，她留一头齐耳短发，眼角有些上挑，像一个泼辣的"女游击队长"。她大方地介绍完自己说，学校让全班同学来迎接新同学。说完，学生们簇拥着谢东，请他去学校转转。在路上，同学们七嘴八舌地给他做介绍，说学校虽然小，可是去年才盖的一院新房子。还说东盐池除了学校和老厂部是平房，其他全是地窝子。来到学校的初中班教室，大家把谢东团团转住，抢着让他说说乌鲁木齐的新鲜事。谢东注意到有个带红围巾的女同学，一直用一双毛茸茸的亮眼睛盯着他，却不说一句话。她皮肤很白，一头褐黄的卷发，高鼻梁深眼窝，像电影里的外国女孩。

谢东在新学校报到上学，班上正在开展"一帮一，一对红"活动。女班长何艾香偏巧让他和那个女同学结成了"一对红"。她叫杨小红，是个"二转子(混血儿)"，听说她妈妈是个俄罗斯族，是厂部医务室的医生。同学们说杨小红小时候才好看呢，简直就像个"洋娃娃"。杨小红特别大方，一下课就来和谢东说话，晚上搞"一帮一"活动，她就建议和谢东在学校后面的沙丘上谈心。谢东吓坏了，嘴里支吾了半天说不出话。他不敢去，再说他和同学约好了打篮球，他们还要帮助他纠正投篮的姿势呢。别看谢东最喜欢打篮球，又是从大城市里来的，可他的水平却最差。班上有两个同学是打篮球的高手，一个叫李永强，一个叫常德明；李永强是个大高个，平时眼球老是朝天上翻、说话瓮声瓮气的，抢篮板球最厉害，常德明是个方脸，灵活得很，带球能连过几个人。他们都是跟连队里的知青们学出来的，发现谢东技术不行，都来给他教动作，讲战术。可杨小红不管这一套，她一把就把谢东拉起来，命令他不去不行。

在沙丘上坐下，他们先翻开毛主席语录，一起朗读了“我们都是来自五湖四海”、“政策和策略是党的生命”、“我们的教育方针”几段最高指示，接下来杨小红就开始问他：

“谢东，你为啥要到这来，乌鲁木齐那么大的城市，那么好，你为啥不呆？”

“嗯、嗯。”

“谢东，乌鲁木齐的女娃娃现在爱穿啥衣服？我听说黄军装现在不时兴了，特流行草绿色的新样式。”

“嗯、嗯。”

“谢东，听说城里面都有电视机了，你见过没有，电视是啥东西。”

“嗯、嗯。”

“你嗯个屁，你咋不说话。”

谢东哪里还能说出话来，他紧张得全身都在哆嗦。还有，杨小红身上有一股说不出来的香味，顺着风一阵一阵向他脑子里钻，闻得他直头晕。他都能听见沙丘后面的篮球场上学生们的喊叫，还有篮球砸在篮板、篮圈上的声音。他恨不得马上跑下去，但就是抬不动腿。杨小红身上好像有一块大磁铁，把他吸在温热的沙子上不能动弹。杨小红看他张口结舌的样子，不满地翻了他一眼，然后还是耐心地和他说话。把他们结成“一帮一，一对红”的对子，是班主任老师和班长何艾香指定的，老师还专门找他们俩谈话，说谢东是个新来的同学，杨小红要让他尽快地熟悉学校的一切情况，而且还要相互取长补短，向班上先进的同学看齐，不要受家庭出身和成分的影响，努力改造思想，争取早日加入红卫兵组织。

“谢东，我给你说，其实，我们家也是从乌鲁木齐搬过来的，不过那时候我太小了，才5岁……”

唔唔，乌鲁木齐，搬家，5岁。我今年14岁，和我爸从乌鲁木齐来。我们下火车天都黑了，还有人在站台上接，我们又坐汽车在山里转，从山里转出来就是东盐池。这里的人特别热情，也把我爸给吓坏了。那些人把我们直接拉到炊事班，一个瘦高个叔叔笑着摸我的脑袋说，这就是周主任那年生的大胖小子，都快长成小伙子了（周主任就是我妈周蕴琴，她在工四师医院当妇产科主任）。爸爸连连说是，让我叫他“金叔叔”。金叔叔把我们让到饭桌前坐下，拿出来一瓶酒，一个劲地朝小杯子里面倒，让爸爸喝。我到新疆来了快两年，第一次看见有人让我爸爸喝酒。爸爸一个劲地点头，脸上的笑像是快哭了。金叔叔一说“老谢，端一个，”爸爸就赶紧举起酒杯朝嘴巴里面倒。我认识酒瓶上面的字“西凤酒”，也听说过这个酒特别有名，到处都买不到。等我们吃饱了，食堂里的那个侯班长扶着我爸，我跟在后面走，就跌跌撞撞地来到了这个地窝子住下，我爸一头栽到床上就不动了……

“我们这个破烂地方，一点都不好，风可大了，都能把火车站的火车刮跑呢。”

噢噢，大风，我还是第一次碰上这么大的风。我们坐火车离开乌鲁木齐，天上下雨，可火车开了不久就是大风。一个列车员问我们到哪里，“铁匠”给他掏出来票看，列车员说噢是到三间房，那里可比这里风还大，这里是三十里风区，那里可是百里风区。我在火车上睡着了，爸爸把我摇醒说到站该下车了。火车外面黑咕隆咚的，大风呜呜地叫，好像火车都被大风吹得摇摇晃晃。下车的时候，我跟在爸爸后面朝下跳，却一脚踩了个空，差点儿摔个跟头，原来这个火车站太小了，连站台都没有。幸亏我爸爸眼明手快，一把抓住我的胳膊，我们是被来接的几个人拉着胳膊才走到汽车跟前的。

我还是第一次住在地窝子里，躺在床上我都不敢闭上眼睛睡觉，好像地窝子房顶上趴了一只大怪兽，张开血盆大口乱吼乱叫，房子好像都在摇。砂土从地窝子屋顶的草席上和天窗的缝隙“唰唰”直往下落，地窝子里黑得什么都看不见。好像那个怪兽半夜饿了，随时会用大爪子撕开房顶，把我从被窝里抓起来，一口吞到肚子里去。我害怕得直想哭，好像又是师部中学那帮经常欺负我的同学搞的恶作剧，他们把我扔到戈壁滩上的一个大地洞里，把洞口捂上就跑了，任凭野兽在洞口徘徊、咆哮……整整一夜，我都把脑袋蒙在被子里，不敢露头。可我捂得再严实，一股呛人的沙尘还是直朝我的鼻孔和嗓子眼里钻，痒得我光咳嗽，还打喷嚏。还有牙齿，上下碰得“得得”直响。

“乌鲁木齐多好呀，有大楼，有大街，还有百货商店。我们这商店啥都没有的，有些东西还要到绿山包那边去，可讨厌了。”

哦哦，绿山包，我看见过。那天大风停了，我从被窝里钻出来，尿憋得不行了，我起来穿衣服，看见我爸爸还在蒙着头睡觉。他的被窝一动一动的，还发出来“噗、噗”吹气的响声。枕头上露出来一束头发，被窝里的气流吹的不住颤动，像是路边上被风刮得摇来摇去的芨芨草。这时，我觉得自己的头发也痒痒得不行，用手一挠，指甲里面全是沙子。我站在地窝子门口，朝四周张望：这里的天空又蓝又高，没有一片云彩。我一眼就能把十几公里以外的山峦看得清清楚楚，好像大风把天上到地下整个都打扫过一遍。这个东盐池，原来是个四面环山的盆地。好大的戈壁滩，除了我身边的十几个地窝子以外，就只有身后正对着的一排土房子。土房子后面远处的那座山峰最高，像是“黑牡丹”烟盒叠出来的一个最大最大的“三角”。我眼前不远有一座破砖窑，旁边有一个厕所。偶然有人进出，却好像是电影片子的喇叭线断了，一点声音都没有，光是上面的人在那里活动。我一边朝厕所走，一边使劲摇晃脑袋，好像要把里面乱七八糟响成一片的声音甩出来——我的脑子里一直是电线呜呜地叫，天窗上的塑料布也哒哒哒地响。

远处的山脚下有个绿颜色的小山包，有一些烟雾从山冈后面升起来。金叔叔说了好几遍绿山包，我和爸爸说不了几句话，他就说没问题，到绿山包去买。让我听起来，好像那里是个大城镇，最起码也像是老家的集圩，没想到那里连个房子都看不见。不过，这一阵子看这个绿山包，怪漂亮的，就像画报上的大宝石，特别耀眼。

“哎哎，谢东，都问你半天了，城里的啥你都不知道，你不和别人玩，也不爱看画书，我都搞不清楚你到底喜欢啥东西嘛。”

我喜欢啥东西，我当然喜欢篮球。那天晚上，爸爸和金叔叔他们喝酒，我尿憋了，金叔叔让炊事班的侯班长带我出来解手。他领着我顶着大风，穿过厂部那一排土房子中间的大门洞，又绕了几个圈，在一个小山坡后面的背风处，侯班长在风中大声在我耳朵边上喊叫着说：你就在这儿撒，戈壁滩，随便尿吧。我解皮带的时候，一抬头，突然看见眼前矗着一个巨大的黑影在摇晃，吓得我大叫一声，转身就跑。侯班长一把拽住我，大叫道：咋着了？我手指着黑影啊啊地喊，就是说不出话来。侯班长明白了我的意思，又对着我的耳朵喊：不用怕，那是一根木头，篮球架子。我再仔细一看，果然是一根粗大的圆木，上面有一块木板，在狂风中发出吱吱嘎嘎的叫声。解手回来，我还不甘心，问侯班长说，怎么一根大木头上钉了一块板子，就是篮球架子？侯班长笑着说：哎，东盐池的篮球场就是这种，你没有见过吧，我们管它叫“苍蝇拍子”。

“嘀嘀嘀，苍蝇拍子。”谢东想到这里，突然笑出了声。

“谢东，你咋了，你傻笑啥？”杨小红被谢东突然的大笑吓了一跳，惊讶地问。

谢东只顾自己嘀嘀地笑，不作回答。杨小红觉得他一点也不像从乌鲁木齐来的，倒像是从口里农村来的“老家娃”。不过他身上这件花格子棉布衬衣倒是蛮好看的，虽然已经旧了，但可以看出来是上海的样式，而且在五六十年代流行过。

当天夜里，谢东做了一个内容很“下流”的梦：在梦里，他和师部中学的同学玩“骑马打仗”，却骑在杨小红的背上。他特别勇敢，把平常欺负他的那些家伙全都打翻在地了。然后，杨小红背着他往天上飞，一直飞到云彩里。杨小红头上有一股香味，像老家田野里的油菜花开了。他觉得自己的下体胀得难受，就在杨小红的身上来回蹭，蹭得他浑身有一种说不出来的舒服……

这时候他突然醒了，就觉得裤头上有一片黏糊糊的液体，好像又是谁在欺负他，给他裤裆里甩了一摊鼻涕。

四

谢培良只用了一个星期的时间，就完成了东盐池矿区的规划设计图。

晚上，厂长金兆汉与谢培良在办公室里研究图纸，厂长还让通讯员通知柴油发电机通宵供电，不准按时熄灯。

蓝图是刚晒出来的，图纸上还散发着一股浓烈的氨气味道。金兆汉的脸都快贴在蓝图上面了，他一边仔细地审阅，一边在心里暗暗地骂，“他妈的，这家伙真厉害。一个星期拿出设计图纸，不服不行。”

“老金，你看这个，”谢培良指着标号为“东字第三号”的住宅设计图上密密麻麻的线条，对金兆汉说，“用这种砖拱结构来建屋顶，可以不用一根木料，你的难题就解决了。”

“唔，唔，”金兆汉吸着牡丹牌香烟，心中大喜。有很长一段时间，他一直被矿区扩建的难题困扰着。师里早就答应再给他两个连队扩大生产规模，可就是因为缺少建筑木材，别说住宅的房屋盖不起来，就连地窝子屋顶的木料也无法解决。现在，谢培良的设想让他顿时豁然开朗。其实，谢培良的设想非常简单，不过是把屋顶设计成了砖拱结构。墙壁还是用土坯垒建，封顶的时候，把一个圆弧形的屋顶木框架支撑好，然后砌砖，等砖拱干透了，抽掉木框架就行了。

"谢总啊，"金兆汉在没有人的时候，还是这样称呼谢培良。他用红蓝铅笔点着图上的屋顶部分，迟疑地问，"你这个屋顶……能行吗？保险系数是多少，万一，万一出了问题……"

"绝对没问题，"谢培良回答得很坚决，"老金你看，我们江南的水乡，到处都是这种拱桥，用了几千年了，也没有听说它们会塌掉。我们就不说古代的赵州桥了，南京长江大桥最近建成通车了，它的公路桥，都是采用的双曲拱形，从建筑力学上说，这种拱形是最牢固的啦。我们这里搞这种建筑，还有个先天的条件，东天山这一带是个老风口，从来不下雨，所以，不用担心它会被雨水冲塌……"

"妈的，这个臭知识分子，给老子上起课来了，"金兆汉表面上频频地点头称是，心里却暗自骂道。但他还是对眼前这个头发蓬乱、戴着一副深度近视眼镜的人表示出了由衷的佩服，"我们以前不知道开了多少会，还到处请专家，谁都说没有木材，等于巧妇无米，想不到让他轻而易举就解决了。"

东盐池的老厂部是一排土屋。在60年代，这儿是整个东盐池唯一的一幢平房，那时候东盐池只是省城师直机关的一个小副业队，仅有十几个人。这些人大多都是机关里犯了错误以后，才被送到这里进行改造的。后来师领导发现，把那些有问题或者不听话的人送到这个天山深处的戈壁滩锻炼上几年，的确是个好办法，一次就把他们治服了。当时的师长是延安时期的一个军械厂的厂长，有一句口头禅是"修理修理"。看谁不顺眼了就说："让他到东盐池去，修理修理他。"

无产阶级文化大革命开始以后，东盐池一下子热闹了起来。师里的牛鬼蛇神揪出来的越来越多，都送到这里来进行改造，这一排平房就显得太拥挤了，便陆陆续续盖了一些地窝子。后来，师部里的劳改队和新生队都迁移到了这里。70年代的初期，师里的革命委员会成立以后，各团场仍然有一些生产连队的两派互不相让，闹得乌烟瘴气，根本不听上级的指挥。师里几次派工作组下去做工作，都不能解决问题。正好这一时期全省区的食盐和工业用盐都奇缺，许多恢复了"抓革命，促生产"的化工单位，都因为缺少盐碱原料不能开工。师里新来的革委会主任，是个从北京的空军部队派下来的军管干部，看到这种情形着急了，发布了一条紧急命令：把5个闹得最凶的连队全部抽调到东西两大盐池去。

金兆汉是在师里开计划工作会议时得到这个消息的。散会以后，他去看望老战友吴汉周，吴汉周现在是师组织科长。一见到金兆汉，就向他道喜，祝他高升。金兆汉莫名其妙，吴汉周告诉他师里的命令，还说东、西两大盐池还要进行更大规模的扩建，计划建成西北地区最大的化工基地。师里的任命也快下来了，组织科准备给金兆汉报17级干部，按团级待遇破格提拔。

金兆汉喜不自禁，对老战友的关照表示了由衷的感谢。在他们说闲话时，金兆汉从吴汉周嘴里知道，他曾经在兵团建筑设计院的同事谢培良副总工程师，又在工四师被揪出来了，而且吴汉周正在为怎么处置他犯愁。金兆汉当即表示，这个人给我，让他到我那里改造几年，肯定脱胎换骨。

从吴汉周那里出来，金兆汉连夜坐火车赶回东盐池，开始实施他的宏伟规划。他心里盘算：要想在东盐池干出点名堂，没有长远规划不行。一下子调来3个连队，再加上清理阶级队伍运动快结束了，又不知道还有多少牛鬼蛇神要往这里遣送。吃的穿的住的，都需要进行统筹计划。

"看来，我这第一步棋走对了，不过就是捡来了一个万人嫌的大右派，却解决了这么多的头痛事。"想到谢培良为他解决的难题，看着桌面上的图纸，金兆汉长长地吐出一口烟雾，心里轻松了许多。

那时候，整个东盐池的干部职工们，就在这一排平房办公和居住。这排土屋坐北面南，屋后是绵延起伏的东天山山脉，山下沿着山势横贯东西的就是著名的兰（州）新（疆）公路。东盐池在历史上还是个有名的地方，哈萨克语叫做"qikejin"，听说是古代丝绸之路上的一个著名的驿站。从这里经过的人们，说起这里都有点谈虎色变：因为这里是天下闻名的"百里风区"，每年光是八级以上的大风就要刮100多天。所以，在这里盖房都不能留窗户，这排土屋的后窗，都是用土坯封死的。

"老金，你看，我这次设计的住房，就只在屋子顶上留一个天窗，用来采光和透空气，"谢培良用一支红蓝铅笔指着图上的屋顶处说，"屋后也可以留一个很小的窗口，不用窗框，嵌一块一尺见方的玻璃，同样是用来采光的。这样一来，连做窗框的木材都节省了。当然，你可以考虑要不要采纳，不过，从建筑的美学角度上说，留这个小窗口是非常有必要的。"

“唔，唔，我…好好考虑一下。”金兆汉蹙着眉头说。

“老金，你再看这一张，是我设计的托儿所，”谢培良抽出下面的一张蓝图，“将来我们厂发展壮大了，托儿所、学校、医院都要提前规划。”

“好、好，想得好、想得远，”金兆汉看着眼前一张又一张的设计图纸，又向他发出由衷的赞叹。在那张标着托儿所的图纸上，金兆汉发现了一堆繁杂的曲线，“哎哎，谢总，这是什么玩艺儿。”

“这个，是门廊，这个，是窗子。”谢培良解释道，“这个门廊，我采用的是维吾尔族的庭院风格，而这些窗户，又有一点苏州园林的特色，以后，小孩子可以在这个走廊里玩，在这个院子里做游戏，很有意思的。”

“哈哈哈，谢总啊，你的设计是真高明，”金兆汉哈哈大笑起来，看着有些陶醉的谢培良说，“你就不怕别人说你这是搞封资修吗？”

谢培良微微一笑，并不回答问题，他微闭双目，说：“肖洛霍夫的小说《静静的顿河》上有这么一段，葛里高利要服兵役了，他花了140卢布在市场上买了一匹马。马的身上有一点小毛病，他担心被人查出来，”谢培良双手撑在办公桌上，看着金兆汉说，“你知道帮他买马的老头怎么说……”

“你再也买不到更便宜的了，长官是看不出来的，他们没有这么聪明。”金兆汉熟练地回答。

两人心照不宣地笑起来。但又立刻同时陷入了回忆——1957年的秋天，谢培良说过的这段话，被人写成大字报贴在设计院办公大楼的墙壁上，成了他向党进攻的罪证。

“老金，我真佩服你，”谢培良吐出一大口烟雾，感慨地说，“你的记忆力太惊人了，13年前的话，一字不差。”

金兆汉沉吟片刻，微笑着说：“你知道我当年的理想是什么吗？”

“什么？”

“我就想有朝一日成为谢培良，过上他那样的生活。”

“什么，成为我？”

“想当年，兵团建筑设计院的副总工程师谢培良，是何等风光，何等令人敬仰。不到30岁就成了全省区著名的建筑设计师，主持设计过五星剧院、军人服务大楼和兵团第三百货大厦。妻子周蕴琴温柔贤淑，在工四师师部医院妇产科当主任。你想想看，那时候你们晚饭后带着小公主一般的女儿出来散步，逛商店、看电影，有多少羡慕的眼光在盯着你们一家吗？”

谢培良神情黯淡，惨然一笑：“不堪回首，是我毁了一切。回想起来，还是我太年轻，意气用事，无所顾忌，岂不知峣峣者易折。”

金兆汉不忍谢培良的伤感，又说：“谢总啊，这几天你太累了，今天就到这里，你回去好好休息两天，我还要仔细消化消化这些设计。”

“不用，我不累，”谢培良坚决地摇头，“老金，下一步我准备把水塔、商店、大礼堂的草图都搞出来，东盐池要是能按这个设计建设起来，就像个小城市了。”

“不行，必须回去休息，这是命令，”金兆汉不由分说，坚决让他走。

谢培良拗不过他，只好告辞了。他回家睡了两天，这期间金厂长还派副业队给他送来两公斤牛奶、一听军用肉罐头和一篮子蔬菜。这些都是当时的稀有食品，特别是牛奶，厂里是给那些产妇和重病号专门凭票供应的。

谢培良吃饱睡足，傍晚时走出地窝子散步。他隐约听见篮球场那边传来的叫喊声，不由得朝喧闹的方向走过去。他知道自己的儿子是个篮球迷，每天放学回来都是汗水淋漓，脸上还带着一副心满意足的快乐。他觉得儿子现在的确变了，东盐池似乎扫除了他内心的阴影，不再像过去那样小心惊恐。他觉得自己现在有时间，应该去看看，适当地关心一下儿子的生活。

谢培良走过一片沙丘，看见学校篮球场上有一群活蹦乱跳的学生，场地边上围着一些人。场上有6个中学生，分成两组打半场。他看见儿子谢东浑身大汗，在场地上跑得很欢势。看了一会儿，他舒展的眉头又锁紧了。光知道儿子酷爱篮球，想不到他在球场上的表现这么糟糕，不仅他的姿势、跑动都显得笨拙，还缺乏与他人的配合意识。他老是盲目地跟着篮球的飞行方向跑，接到传球以后，好像得到了一件稀罕的宝贝，只管贪婪地在地上拍，全然不顾同伴的呼喊。一会儿连他自己都不知道篮球飞到哪儿去了，于是又憨头憨脑地跟着乱跑。

谢培良无奈地摇头苦笑。再看与儿子一组的一个身材高大的壮小子，十分引人瞩目。他个头将近一米八，要比其他学生高出一个头，胡子拉碴的，满脸疙瘩，说话瓮声瓮气。看他打篮球的确有意思，虽然动作不太灵活，跑起来像是大石磙子在夯地，嗵哧嗵哧的。但是他太高大了，两个扇子般的大手一张，像一堵墙。另外一组有两个戴着时髦的绿军帽的学生，像是亲哥俩。虽然个头不高，动作却灵活，配合也相当默契。但他们怎么样左右躲闪，都难以突破大个子的防守。再加上篮板球也是被壮小子牢牢控制着，小个子除了假动作特别逼真，骗得壮小子不断地上当以外，鬼点子也特别多，抢球时连推带抱的，实在推不动了，就在壮小子的腋下乱挠，在肋间乱捅。壮小子也不恼，好像是没有反应。有时那个弟弟有意去撞，反而把自己弹出去老远倒在地下，便佯装受伤，坐在地上哎哟哎哟地叫，壮小子还要走过去赔不是。小个子有时还不依不饶地嘟囔，壮小子仍然只是嘿嘿地憨笑。

谢培良听见身后有人啧啧议论："哎哟，这么大的小伙子了，还是学生吗？"

"这个娃子肯定生下来到5岁，那(他)老子才给那报户口。"另一个说。

周围的人都笑，谢培良听口音，再看那两个说话的小伙子的穿着，知道是从绿山包那边过来的，都是山那边县里来搞副业的民工，他俩说的是西北方言，让他觉得新鲜有趣。两个小伙子见有人转身盯着他们看，有点不好意思，钻出人群溜了。

谢培良也转身朝回走，他有些失望，也有些慰藉：儿子的笨拙迟钝，看来没有什么指望了，只能祈盼他这样无忧无虑地长大。这时，他发现天地间的景色很美。太阳快落山了，缭绕在山头上的白云，被夕阳映照得五彩缤纷，像漫天的锦缎在飘舞。他突然灵感爆发，疾步向办公室走，取出一套油画工具，四处寻找着创作角度。

这一天是国庆节，厂里放假一天，傍晚出来游逛的人们，都看见了这幅场景，一个戴眼镜的中年男人，坐在厂部地窝子的屋檐上，面前摆了一副黑板架，黑板上钉了一块油画布，地上是五颜六色的颜料。中年人坐在屋檐上，朝油画布上涂抹，四周围了不少人在看热闹。

"这上面是啥家伙，五麻六道的。"有人嘀嘀咕咕地问。

"就是，一缕一缕的颜色，这画的是个甚。"还有人把头凑在画布上看。

"往后退，都往后退，"厂部的通讯员把大家朝后轰，"这叫油画，不能站在跟前看，你们朝后退上几步，才能看出名堂来。"

挤在画布前的人头纷纷朝后，果然，人们从画面上看出来了，上面画的是远处西边的山峰，还有快落下去的夕阳和映射出的半天彩霞。

"俺娘哎，真不孬，跟真的一样。"有人啧啧称赞。

"东盐池尽能人，开玩笑，没两把刷子，能到这儿来。"也有人夸耀着说。

"这个人眼生得很，新来的吧？"

"就是，从来没见过。不过看样子不像是学校的老师，住厂部的地窝子，不是

一般的人。”

对于人们的议论，谢培良似乎充耳不闻，只是专心致志地作画。众人们也是看看画布上的画儿，再看看天边的风景，比较着，赞叹着。

“你们看，你们看，太阳下面有东西。”有人在地窝子顶上，指着天边夕阳快落山的地方喊。人们都伸长脖子，朝那人手指的方向看去。

果然，山口的公路那边，有两个黑点般的东西，在太阳光的反射下忽而闪一道亮光。

“噢，是大卡车，两台车。”有人看出来了，“朝俺们这儿开过来了。”

“快看，卡车在岔路口拐弯了，到俺们厂里来了。”

“人、人，车上好多人。”随着卡车开近，人们看得清楚了。

有人朝卡车跑过去，眼看着两辆大卡车在快到厂部的路口一拐，向学校方向开过去。厂里的男女老少们，都从四面八方向学校那边涌去。

在学校的院子里，车上跳下来一群全副武装的“新四军。”他们的脸上都涂着红红的油彩。这些人向厂里开大会的土台上搬运着布景和道具。东盐池盐厂政工组的刘干事（正是那天在火车站接他们父子的军人打扮的汉子）也赶过来，和一个戴眼镜的人握手，看热闹的人们马上就把这里围了个水泄不通。

不一会儿，广播又响了，一个女广播员用很标准的普通话说：“全场的职工家属们请注意，全场的职工家属们请注意，今天晚上有节目。由西盐池毛泽东思想宣传队来我厂演出，革命现代京剧样板戏《沙家浜》……”

第二章 《沙家浜》开进了东盐池

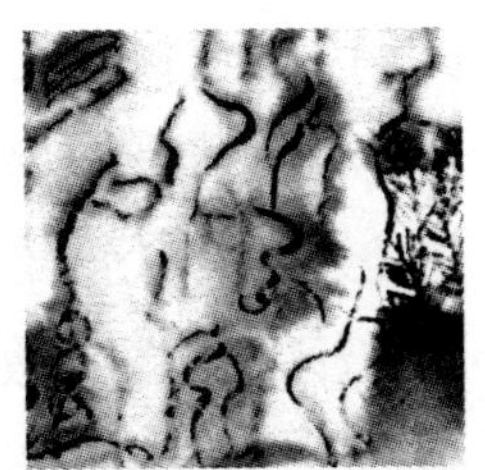

演员们的唱念做打、台下一阵阵的喝彩、鼓掌，还有京胡高亢的伴奏，都在扯着刘干事的心。

一

在《沙家浜》剧组中，彭兴国是个跑龙套的，他在第一幕中演一个鬼子兵，当台上的新四军战士说："指导员，鬼子的巡逻队。"指导员命令道："隐蔽，"便和阿庆嫂都藏起来。这时，彭兴国就和另外几个"日本人"端着枪上场。

彭兴国个子小，岁数也小，就走在最后面。虽然他脸上画了很多皱纹，嘴唇中间留了个仁丹胡子。但是台子下面的观众还是能看出来，他只是个半大小孩。自从去年西盐池成立宣传队演《沙家浜》，他跟着大人们去过好多地方演出，都能听到台下的人说："哎哟，这个日本鬼子还是个小娃娃。"每次听了以后，彭兴国都特别得意，觉得自己不一般。现在，他的同学都还在学校里上课呢，而他已经跟着一群大人走南闯北了。他们家过去一直在东盐池，前年才跟着父母亲去了西盐池。他这次回来演出，特别想在过去的同学中间露一手。卸道具和布景的时候，他站在车上看见了好多熟悉的面孔，何艾香、李永强、常老大和常老二，但他们谁也没想到，车上这个化好戏妆的日本鬼子就是他们的老同学。彭兴国不着急和他们相认，心想："等一会儿我朝台上一走，肯定让他们大吃一惊。"

彭兴国端着枪猫着腰上场了。为了表现出日本兵的凶恶，当然也是为了让自己引人注目，他比平时的演出更加夸张地挤眉弄眼，装出一副狰狞相。果然，人们的注意力都纷纷转向了他，他听见台下有人议论：

“快看快看，最后面的日本鬼子，太热闹了。”

“哎哎，他才这么高一点点，像个小娃娃。”

彭兴国简直得意极了。他朝台下看，今天东盐池的观众还不少呢，把整个学校院子挤得满满的。过去东盐池看节目，夏天就在厂部前的操场上，冬天在厂部会议室，最多也就几十号人。没想到两年没回来，这里热闹起来了。学校有个大院子，还有这个露天舞台。院子里来看戏的人都满了，还有两个连队排成整齐的方队（不过他们穿的是统一的犯人服）。他在台下最靠前的角上，找到了那些从小一块上学的同学们，旁边还有一些学生，没有见过，好像都是新来的。尽管如此，东盐池还是比不了西盐池。那边一演出，都要用六辆大卡车搭舞台，场面特大。再说，《沙家浜》剧组去过好多地方演出，人们看戏的时候都说，西盐池太厉害了，全师那么多的团场，没有一家敢排全本的革命样板戏，顶多演个片断。一听他们的夸奖，彭兴国很自豪，当年朝西盐池搬家的时候，他还又哭又闹地不想走，现在看来，要不是搬家的话，现在还和李永强、常老大（常德明的外号）他们一样，坐在台边上傻不拉几的看热闹哩。

“现在不惊动他们，让他们好好看戏，等演完了，我就穿着这身日本军装找他们玩，他们肯定吓一大跳。”彭兴国回到后台，兴奋地想。在幕后的那间教室里，他过去的同学班长何艾香，正在满头大汗地为演员们倒开水，收拾服装。

“她也没把我认出来，”彭兴国更加得意，“也该她伺候伺候老子了，以前都是她管我，眼下我可是今非昔比，鸟枪换炮了。”

在第三场《转移》中，彭兴国再出来，又变成了胡司令的“忠义救国军”里的小喽啰了。当他和一群匪兵们抢掠完老百姓该下场进侧幕时，突然灵机一动，自己做主来了一个手搭凉棚，贼头贼脑的探望动作。就在这个时候，坐在前排的常老二认出他了。他指着彭兴国惊奇地喊起来：“看，看，他是那个谁，那个彭……彭……”

“尿盆。”常老大一下子说出了他的外号。

彭兴国再上场是《沙家浜》的第六场《斥敌》。刁德一请阿庆嫂喝茶，喊了一声：“来人哪，给阿庆嫂倒茶。”他扮演刁参谋长的勤务兵，提壶执碗上台，沏茶倒水。这一次他的情绪大受影响。因为他一上来，就听见常老大和常老二对着他喊：“尿盆，尿盆……”

过去演这场戏，彭兴国总盼着刁德一和阿庆嫂多唱一会儿，他就可以一直在台上亮亮相，反过来看看台下的热闹。这一次，他恨不得马上下台去，可是刁参谋长要考验阿庆嫂，小勤务兵要在旁边侍候，站在那里真有点难熬。他的脸前面，直接对的就是常老大的那张臭嘴，他对着彭兴国没完没了地做鬼脸，喊他的外号。他越是不想听，那两个字越朝耳朵里钻。彭兴国甚至能听见常老大他们在争论，"尿盆"这个外号是谁先发明的。就听常老大在给周围的学生们吹：

"我刚来东盐池的时候，尿盆还想跟我打，叫我两拳就打哭了……"

"你们知不知道，我们为啥给他起个外号叫'尿盆'？"

"知道，他不是叫彭兴国嘛。"

"还有呢，他小的时候特爱尿床，他妈妈每天早上给他晒褥子，上面全是黄沱沱。"

"哈哈哈，太好玩了。还有就是尿盆爱吹牛皮，说他爸爸是毛主席的警卫员，老红军，我们还当是真的呢。大字报出来我们才知道，他爸爸参加的是国民党，还当过宪兵队的小队长。"

"在老一连的会议室斗尿盆他爸爸你们在不在，噢，都在，他爸爸跪到汽油筒上掉下来，一个狗吃屎，前面的牙全掉光了。"

"哈哈哈，好玩好玩。"

彭兴国愤怒极了，常老大他们说话的声音太大，好像台下所有的人都不看沙老太婆痛斥刁参谋长，反而在听常老大讲故事，揭露着台上这个勤务兵丢人的过去。他用哀求的眼光看着自己过去的同学，示意他们不要再起哄了。可是，他们好像根本就不想看戏，专门是拿他取笑似的。彭兴国这时有点后悔，觉得自己来到东盐池以后没有及时露面是不应该的，要是能在开演前和同学们见个面，把整个《沙家浜》剧组给他们介绍一下，让他们知道这里面有多少能人，他们去过多少地方演出，别人是咋样欢迎他们的，恐怕就把他们镇住了。

"你妈的蛋，常老大，就知道在东盐池称王称霸，没见过世面。"彭兴国在心里狠狠地骂道。可是他马上就觉得屁股上被人狠狠地挨了一脚，恍惚中就听见刁参谋长在小声骂他："该你了，你丫快点儿。"

彭兴国这才反应过来，此时刁参谋长挨了沙老太婆的骂，正恼羞成怒地拍案大喝："押下去！"，他就应该喊："是。"然后押送着骂骂咧咧的老太婆下场，今晚他被常老大他们捣乱得晕头转向，早忘了台上的戏到哪儿了，挨了参谋长一脚，才

清醒过来，急忙喊了是，端枪押人下场。台下的人们以为这就是剧情呢，看得兴高采烈。

常老大他们看到"尿盆"被人狠狠地给了"一尻尖"(西北方言：意为被人踢了屁股)，更是开怀大笑，热烈地鼓掌。

二

整个晚上的演出，刘干事是坐在戏台的侧幕间看完的。

演员们的唱念做打、台下一阵阵的喝彩、鼓掌，还有京胡高亢的伴奏，都在扯着刘干事的心。但是，他不动声色地坐着，抽着一只大烟斗，肩上披着军大衣，冷静地看着这一切。在刘干事身边，西盐池宣传队的领队老褚，一直喋喋不休地给他介绍着演员和剧情，脸上是一种抑制不住的得意和炫耀。

"老刘，你听，这一段西皮摇板多地道。"老褚摇头晃脑地听着，向刘干事介绍。台上，刁德一正在阴阳怪气地高声唱，"新四军久在沙家浜……"

"他妈的，这个杂种怎么一点也没变化。"刘干事心里暗暗地骂着老褚，恨不得把他从台子上扔下去。

前年刘干事从部队上转业到了西盐池，上班的第一天，就特别讨厌这个姓褚的。他啰里吧嗦的嘴，酒瓶底子一样的近视眼镜，还有他的口臭，都让刘干事受不了。刘干事以为自己调到东盐池来，就能够摆脱这个老娘们似的混账，哪想到一年多以后还要他打交道。而且这一次他还提升了，成了西盐池毛泽东思想宣传队的领队。刘干事不得不承认，姓褚的这一次是王八走了鳖运。

不过，刘干事还是暗暗佩服他，西盐池居然排出来了全本的革命样板戏《沙家浜》！排演革命样板戏可不是好玩的，首先这么一大群会唱戏的人从哪儿来，做这么多服装、道具得花多少钱，就算戏排出来，可要是演砸了，掉脑袋的可能都有。想到这，刘干事又得承认，老褚比他有本事。

"老刘，这个刁德一你认得吧，"老褚指着台上的敌参谋长对他说，"四连的北京青年，你还记不记得，一打三反的时候，这小子偷了一只鸡，被咱们在地窝子里关了3天。你还敲过他两棒子。"

原来是这家伙！怪不得刚才在后台上，这小子坐在那儿抽烟，见了刘干事冷笑了两声。演员们都化妆了，熟悉的人变个样，还真认不出来了，何况这些个小地痞呢。没想到西盐池真敢干，牛鬼蛇神都能上舞台。

“奶奶的，马大炮这个二球货真敢胡整，”刘干事想起了西盐池那个成天咋咋呼呼的大胡子厂长。他觉得自己看走眼了，当时刚转业下来分配到西盐池，他就一直在心里说，这里不是人呆的地方。厂长不像个领导，整天到处乱放炮，还喜欢骂娘。在政工组，他也受不了老褚。东盐池的厂长金兆汉到西盐池来办事，把这一切都看在眼里，当天就找他谈，说东盐池正好缺个政工干事，问他想不想调过去。他当时连想都不想，立即就答应了。其实他当时也清楚，西盐池是苏联专家勘探设计的，盐的储量大，自然环境也好，当时是师里的嫡系部队，马大炮也是师长的红人，光正式的生产连队就四个。而东盐池，除了由师里犯过错误的下放人员组成的老一连，另外就是劳改队和新生队，这里又是个有名的风口，一年到头大风不断。可他下定决心跟着金厂长走，就是因为他一眼就看出来，金厂长是个好领导，很像部队那个最赏识他的团政委。可是，没想到来东盐池一年多，自己什么名堂也没干出来，金厂长也一天东奔西走的不知道忙什么，反倒是西盐池越来越红火，连老褚在那边也跟着抖起来了。

此时，刘干事觉得自己应该放下架子，虚心请教一下这个王八蛋。他指着台上的新四军，尽量用请教的口气对老褚说：“老褚，你看，像这种人……你们也敢用。”

“敢用，怎么不敢用。这有什么关系，我们让这些人宣传毛泽东思想，又没有让他们搞破坏，”老褚神气地说，“你看看我们这个乐器队怎么样？”

“我看不孬。”

“不…孬吧，告诉你，这些拉琴的，都是咱们师里的大能人，上次‘清队’（清理阶级队伍运动），全都整到我们西盐池来了。你看那个，就吹‘王八号’（圆号）的那个，原来是西安电影制片厂电影乐团的指挥，历史反革命；那个，戴眼镜，拉京胡的小个儿，师部文工团的首席小提琴，我们照用不误。马大炮说了，我们还怕个吊，东、西两个盐池，是咱们师最烂杆的戈壁滩，从来都是搁牛鬼蛇神的地方，我们再犯错误，他还能把咱送到哪里去？大不了一辈子住这了，哪儿的黄土不埋人。”

“没出麻烦吧？”刘干事听到这里，还是有些心虚。

“出啥麻烦，我们是从省城一路上演过来的，师里的首长都叫好，说是年底让我们参加省里调演。”

“调演？”

“年底是全师的文艺调演，选拔出来最好的参加全省的，没你们的份喽！”老褚幸灾乐祸的腔调，让刘干事心里很烦，像看了一部战斗故事片，他们是地方杂牌军，遭到了主力部队的奚落一样。

“老弟呀，跟你说着玩呐，别在意，”老褚看刘干事阴着脸不说话，拍拍他的肩膀，“实话，你们厂条件也不赖，不过你没有发现。不是吹，要是我在东盐池，照样能干出个名堂来。”

“条件，我们这个破厂有什么条件？”

“别给我打马虎眼了，东盐池有能人，搞个好节目还不是小菜一碟。”

“能人，哪儿有什么能人。”刘干事茫然地看着老褚。

“老弟呀，你可真是不开窍，”老褚苦笑一声，用手拍着他的大腿说，“老刘，师部的调演到元旦了，这还有半年时间，”他扳着指头给刘干事推算，“小半年，够你们搞一台好节目了，你看，东盐池虽然建厂晚，可下来的都是师里有能耐的人，你们还有一批69年来的知青，这不，马上又要来3个连队，听说以后学生毕业了，准备在全师统一进行分配。噢，还有这些北京人——”他指了指台上一大群新四军，他们正在郭指导员和阿庆嫂的带领下，向日伪军的指挥部进行偷袭，他们变着花样，翻着各种筋斗，从舞台上搭的一座院墙处朝里窜跃，博得了台下热烈的喝彩和鼓掌，“——这帮小子已经被我们整服了，一点都不敢捣蛋。听说你们还有一库房的好乐器，都是文化大革命刚开始造反派抢来的，还从来没使过。”

“啥一库房乐器，就那么几把洋号，谁会那些玩艺儿？”

“用啊，都拿出来用啊，”老褚眼珠子瞪得溜圆，他替刘干事着急了，“你先用人，会使这些家伙的人你们东盐池有的是，你得敢用。老刘，你这个人平常干脆利落，怎么现在倒像个老娘们，我告诉你说，”老褚把脑袋凑到刘干事耳边，悄悄地说，“听说，毛主席害怕把林副主席累坏了，要让朱总司令出来当国防部长，贺龙陈毅都要平反……”

“真的吗，贺龙陈毅不是大军阀嘛。”听到这个消息，刘干事吓得差一点跳起来。

“小道消息，小道消息，我是听这帮北京人说的，”老褚连忙摆手，“不过，这些家伙的消息灵通得很，有些家里都是大官。你想，连贺龙这样的人都能平反，厂里那些牛鬼蛇神说不定都要放了。”

说到这里，老褚像对知心朋友一样抓着刘干事的手，推心置腹地说，“老刘呵，你要能把这个宣传队抓好，这就是工作成绩，早晚能升上去。实话对你说，听说师里的这一批军管干部快撤了。马大炮已经给我许愿，那个戴领章帽徽的教导员一走，就提拔我当副教导员……”

刘干事看着老褚那张得意忘形的脸，一时说不出话来，就听见舞台上紧锣密鼓响成了一片。新四军和胡传魁的忠义救国军杀得难解难分。老褚站起来说：“戏要唱完了，我还要到后面去安排一下。你也好好干，呵，希望咱们省城里汇演的舞台上见。”

“一言为定，”刘干事强笑着和老褚握手，看着他神气十足地走向幕后的张狂劲儿，心里有一种说不出来的酸味。

“奶奶的，这个杂种也能当副教导员，”刘干事越想越不服气。不过，老褚的话还是把他给说醒了，他觉得：自己也该找个合适的机会，做点露脸的事。想到这儿，刘干事来了精神，他猛吸几口烟斗，喷吐出一股浓烈的烟雾，朝地上啐了一口，心里大声说，“咳，奶奶，俺也得搞点名堂出来，不然，在这个鬼地方窝囊一辈子，还不把人屈死。”

三

露天舞台后面是小学一年级的教室，现在成了《沙家浜》剧组的演员们化妆和休息的房间。

学校派何艾香和另外两个红卫兵干部，在这里负责招待《沙家浜》剧组。那两个同学光想看戏，经常扔下手上的活，就站在幕后伸着脖子看。所以，何艾香要不断地给演员们的茶杯续开水，还要帮他们换衣服，搬道具，忙得一个劲擦汗。

“小妹妹，别忙活了，快休息会儿吧。”扮演胡司令的胖子过意不去，经常转来转去地提醒她。胡司令在台上的戏不多，老是坐在休息室里捧个大茶缸子喝水。

“叔叔，我不累。”何艾香客气地谢他，还有些厌恶这个对自己过分关心的胖子。这时候，何艾香就想一个人找个没有人的角落安静地坐一会儿，要么就使劲干活，这样，就可以忘记心里突然泛起的烦躁。

何艾香的烦躁来自于女同学中间这两天传播的闲话，是关于新来的数学老师于隆的。散布这些流言蜚语的是杨小红，她说，于老师谈恋爱了，他的对象是金厂长的女儿，厂里的广播员金一鸿。

一想起杨小红成天到晚鬼鬼祟祟地翻闲话，何艾香就恨得咬牙。3年前何艾香家从伊犁的石棉矿调到东盐池来，她和班上的杨小红一见面就成了好朋友。她觉得杨小红像个外国洋娃娃，长得又洋气又漂亮，就是话太多了，还爱傻笑。谁知道上了初中以后，她就不好好学习了，光知道打扮，还喜欢背后议论人，说闲话。仗着她妈妈是厂部的医生，见过的人多，小道消息多，不光在女同学中间散布，还影响男同学的团结。

杨小红要是播弄别人的是非，何艾香还勉强可以容忍，可她要说于老师，何艾香坚决不能答应：于老师虽然是个接受再教育的知青，他父亲还是历史反革命。可在何艾香心目中，他就是像党代表洪常青那样的引路人，甚至比他还英俊，比他还有智慧！

于老师第一次给他们班上课，何艾香就被他吸引住了。那天下午上第一节课，施校长带进来一个人，穿一件蓝帆布工作服，戴一顶旧灰布军便帽，一张戈壁滩上风吹日晒的黑脸。班上的同学都以为校长领来了一个修理火墙的泥瓦工，常德明还对校长说了一句："我们昨天已经把火墙盘好了。"校长说："什么火墙不火墙，莫名其妙，这是你们新来的数学老师。"

大家仔细一看，这个新老师都认识，是老一连的知青"小于子"。厂里在68年底来了第一批知青，有3个是"高六六"的。一个是厂政工组放电影的孔宪实，一个是厂部卫生所的司药，叫宋甲，还有一个就是老一连的"小于子"。何艾香的爸爸是老一连的盐工，说孔宪实他们这一批老高中的毕业生，肚子里有的是东西。只不过小于子命不好，秀才落难。他爸爸是历史反革命，刚解放就被我们的人民政府给镇压了。他从小来新疆投奔姐姐，好容易上到了高中毕业，又赶上了文化大革命，只好来到东盐池当了知青，两个同学都调到厂部去了，就他老实，还在连队劳动。

于老师站在讲台前，对着同学们笑了一下，露出一排细密的白牙。当时不知道为什么，何艾香的心猛然跳了一下，她在东盐池好久没有见到这么洁白的牙了。这里是盐碱地，地下水也苦咸苦咸，这种水喝多了，人的牙齿就发黄；学校还有一些男老师，抽烟抽得牙也黄不拉叽的，难看死了。接着，于老师想张口说什么，"啊啊"了两声却什么也没有说出来，头上的汗立刻就顺着脸庞流下来。他转身向黑板，用粉笔写了两个字"于隆"。

"我叫于、于隆，干勾于，隆重的隆，"于老师有些结巴地介绍。他的字清秀、细长，像他写字的手。

"我见过你，你是老一连的小于子嘛。"李永强瓮声瓮气地对他说。

"对、对，我是老一连的小于子，"于老师点头笑道，"咱们一块打过半场（篮球），你篮板球抢得挺好。"

"嘀、嘀，不行不行。"李永强憨笑摆手。

"噢，还有你，"于老师又面向常德明，"你还有个弟弟也打球，你投篮挺准。"

"哎、哎，我也是个臭球。"常德明红着脸，扭了一下脖子。

教室里的气氛一下轻松了，于老师却严肃起来，他从衣袋里掏出一个小本念道："毛主席教导我们说：'我们都是来自五湖四海，为了一个共同的革命目标，走到一起来了。'我是老一连的知识青年，昨天，连长通知我来学校带课。我一定努力工作，和老师同学们搞好团结，互相帮助；也希望同学们好好学习，天天向上，做德智体全面发展的劳动者。"

"啪、啪、啪，"班上的同学们拍手欢迎，于老师吓了一跳，红着脸又张口"啊啊"了两声，头上的汗又出来了。

他不像个老师，一点威严都没有。他也不笑，刚来的这一节课，他和班上的男同学打招呼，就笑了那么一下。接下来，他讲起课的时候，就又紧张得只朝屋顶上看，汗水更多地从脸上朝脖子里流。起先，学生们只是觉得好玩，像看热闹一样看于老师出洋相。不一会儿，大家被于老师在黑板上列出的算式吸引住了。

"什么叫分数呢，我先给大家讲个故事。"于老师说。

一听讲故事，班上立刻静了许多，所有的脑袋全抬起来盯着讲台。班上的"一王"李永强也主动维持纪律，他指着前排摇头摆尾的周长喜凶狠地说："哎，哎，河南娃，老师讲故事，你妈的不要说话，不然我收拾你。"

"他讲的俺听不懂，坐下着急。"

"听不懂也悄悄，想挨打了说话。"

"从前呀，有一家老财，老财有4个儿子，他们家有123亩地、30头牛，老财快死的时候，想把这些地和牛平均分给4个儿子，怎么分呢……"于老师慢悠悠地讲。

这节课全班听得津津有味，地主老财不会分配土地和牛，活活给急死了，同学们都拍手称快。地主就是笨,3天3夜都想不出办法,大部分同学用了半个小时就会分了——原来数学这么有意思。

从那以后,何艾香最爱上于老师的课,她从那些算式、习题中获得了无穷的乐趣。她不但是班长,还是数学课代表,于老师经常把她叫到办公室去商量事,何艾香心里甜滋滋的。有一次,她帮于老师批改完作业,于老师感慨地说,班上同学的文化程度太低了,初中生才开始学小数、分数。学完小数分数,还有几何、三角、因式分解、方程式,你们要掌握了这些知识,才像个中学生。

听到这里,何艾香心里暗喜,她想,学完这么多知识,起码也要两三年时间。天哪,两三年,这要多少个白天黑夜!能和于老师在一起这么长时间,那多有意思。

可是,于老师谈恋爱的传言,像她不小心踩中了一颗地雷,刹那间,把她的身子和魂都炸飞了。按说老师谈恋爱是好事,他因为家庭出身不好,已经被耽误了。可这个消息怎么让人心里面乱七八糟的,越想越泼烦呢?

昨天放学的时候,何艾香和一个女同学回家,女同学告诉她,是杨小红她妈妈想给于老师介绍对象,这个女的就是金厂长的女儿,厂里的广播员金一鸿。

"胡说八道,"何艾香一听就急了,突然激动地喊,"金一鸿哪里是和于老师,是和厂部放电影的孔宪实,他和于老师同学,别往一块瞎搅和。"

"啊,听错了,"同学被何艾香喊糊涂了,她眨着眼睛说,"我明明听的是于老师呀。"

听到这句话,何艾香的腿立刻软了,捂着肚子就蹲下去。她见何艾香脸色煞白,急忙在身上的口袋里乱摸,找水果糖。班上的同学都知道,何艾香有胃疼的老毛病,犯了以后吃个水果糖就好了。

"小妹妹,你来吃几块糖,"胡司令腆着大肚子,不知什么时候又站到了何艾香面前。

何艾香还没有来得及转脸说话,身后有一个好听的女声,像是韵白一样绵绵地说:"哟,死胖子,你这个没安好心的东西,又跑到这里来骗人家小姑娘了,小心我回去告诉你丫的老婆。"

不用回头,何艾香就知道说话的人,正是刚从台上下来的阿庆嫂。前面两场戏,何艾香还站在侧幕后面,一直目不转睛地看着她的表演,心里十分惊讶:"哎呀,西盐池怎么还有这么好的京剧女演员!看她的一招一式,听她的念白唱腔,都像是科班出来的。”何艾香的家过去也在乌鲁木齐，她爸爸就是个京戏迷。小时候爸爸经常带她去看戏，她也会哼吟几句《二进宫》、《锁麟囊》。何艾香听得出来，这个阿庆嫂真是有底子，肯定是从小就正经拜师学过京戏。可这个台上的英雄人物一走下舞台，马上变了个人，嘴角叼个烟卷，嘴里老是不干不净的，说出来的话十分不入耳。

胡司令听了阿庆嫂的话，十分尴尬，嘴里支吾了两下走开了。阿庆嫂见何艾香毫无表情，便过来亲热地搂住她的肩膀说：“小妹妹，千万别搭理这种臭男人，再有人纠缠你，给丫一大嘴巴。”何艾香觉得一阵恶心，沉着脸没有搭腔，她讨了个没趣，只好讪讪地走开了。

换场了，何艾香看着幕后一群人忙碌地搬运布景和道具。再开场，是英俊高大的指导员郭建光站在芦苇荡里徘徊，不时地有新四军战士前来汇报，有人病了，粮食没有了，药也吃完了。郭指导员浓眉紧锁，边唱边想主意。

何艾香也感到心里烦闷，从昨天到今天，她脑子里老是缠绕着一个解不开的死结：杨小红她妈以前要把孔宪实介绍给金一鸿，怎么变成于老师了，真的假的？她再联想到这几个月于老师的确经常眉开眼笑的，好像真的有了大喜事。难道金一鸿看不上孔宪实，却看上他们一个宿舍的于隆了？于老师和她是一对吗？他那个出身能和厂长的女儿好？再说，金一鸿那么漂亮，厂长会同意？

何艾香越想越乱，脑子里搅成了一锅粥。何艾香原来和金一鸿都在兵团机关学校上学，何艾香上一年级时，六年级的一鸿姐姐已经是学校出名的小演员，唱歌跳舞样样行。“四清”运动一开始，有人揭发何艾香她爸有财务问题，全家都下放到伊犁，3年前又转到东盐池。没想到给她童年留下深刻印象的一鸿姐姐，就是厂里的广播员了，而她的爸爸，就是这个厂的厂长。

听这里的老盐工们说起一鸿姐，都要描述一番金厂长从省城调来时的情景：那时候正是文化大革命的武斗刚刚结束，厂里乱得一塌糊涂，各派都在争权。厂长来了以后，没出几天就把局面收拾住了，并且当年恢复生产。那时候的一鸿姐还是省城里的中学生，长得像一朵花，说一口漂亮的普通话，见了谁都特别有礼貌。她从学校放假回来，夜晚给大家唱歌跳舞，还会用脚尖走路，跳芭蕾舞的片段。那时候东盐池人少，只有一排土房子。她在汽灯下为大伙儿表演节目，就像是这个戈壁滩上飘来的天仙。人们白天上班，晚上开会时看她像蝴蝶一样在人群中飞来飞去，觉得东盐池就像个世外桃源。

一鸿姐中学毕生以后，她的同学们都下乡去了伊犁边境上的兵团农场。那时候正准备和苏联人打仗，厂长就把她调到东盐池的广播室当广播员。每天早上，东盐池的人们都是听着她播放的军号起床下工地，晚上听着她念的通知去开会。但何艾香觉得她的声音，并不像人们说得那么好听。而这里的盐工们却说，这是因为她的脑子受了刺激，说去年省军区的文工团挑选演员，金厂长带着女儿去了乌鲁木齐。一个星期以后他们回来时，她就像是变了一个人。一下子瘦了许多，头发蓬乱，在家里躺了几天，不吃不喝。据说：那些导演看了她的歌舞以后，都认为她是个搞艺术的好苗子，让回来听消息。后来也不知道是什么原因，就再也没有音信了……

"对了，于老师没有来看戏，会不会是和她躲在哪里谈恋爱了。"何艾香抽空在幕后朝台下扫视过一遍，没有发现他和她。想到这里，何艾香心里有些酸。好像看见在一个什么角落里，于老师和一鸿姐姐说说笑笑：于老师打扮得很精神，笑起来的时候，露出洁白的牙。他还给金一鸿讲故事，逗得她老是咯咯咯的笑；她打扮得更漂亮，一根油黑的大辫子时而在背后跳动，时而被她甩到胸前。

"掏出来，全都掏出来，奶奶个熊！"何艾香正乱想，化妆间里传出来褚干事暴怒的呵斥。何艾香不知发生了什么事，连忙跑了进去，看见褚干事仍然满面怒气地冲着那个扮演地下党程书记的中年人发脾气，程书记哆嗦着手，从长袍马褂的口袋里向外掏糖果、瓜子，五年级一个班干部，也怒冲冲地站在旁边。

"你怎么这么没出息？西盐池人民的脸都让你丢完了，你要想吃，老子明天给你买上一大包，叫你吃个够，你跑到这里来丢人现眼，端着盘子朝口袋里倒，奶奶个熊……"

褚干事的斥骂还在继续，何艾香听不下去了，转身出了教室。这时候，舞台上响起了庄严的"东方红"的乐曲，郭指导员正在深情地朗诵："毛主席教导我们：往往有这种情形，有利的条件和主动的恢复……"

何艾香突然想哭，想喊，想狠狠地抓住一个人痛骂一顿。但她这时候全身无力，什么也不想做了，只是站在墙角盯着化妆室愣神。今天晚上，红卫兵大队长何艾香觉得眼前的一切一切都没有意思，没有半点意思。

四

“风声紧雨意浓天低云暗……”阿庆嫂坐在春来茶馆门前的椅子上，心情忧郁地一唱三叹。

台下的人们似乎并没有被她的烦恼担心，人们都熟悉剧情，一会儿县委书记和新四军来了，她就会渡过难关。这时候，男人们的目光比较贪婪，仔细地盯着阿庆嫂漂亮的脸蛋和婀娜的身段，恨不得她一直唱下去；女人们开怀喂奶、把尿，孩子们期待着新四军和日本鬼子开战。

东盐池的人虽然来自五湖四海，但绝大多数人的家乡在中原一带。他们喜爱的是梆子戏，可惜现在都不让演了。伟大领袖毛主席的亲密战友和学生、夫人江青同志，把京剧规定为革命样板戏，大家虽然热烈地拥护，但这种戏听起来费劲，不好懂。也许是这个原因，他们在看戏的时候感情不太投入，精神也不够集中。

在观众里，只有一个年轻的男人从演出一开始就泪流满面，就在阿庆嫂第一句的拖腔还没有唱完时，他已经泣不成声了。

这个男人就是和谢家父子一起被遣送到东盐池来的师文工团演员，他叫宁为玉。他现在坐在新生队（由劳改刑满人员和监督劳动分子组成的连队）的队列中看演出，心情无比悲伤。

这时候，他已经认出来她是谁了——舞台上这个风姿绰约的老板娘，就是当年和他一起参加过全省区戏曲调演的程派京剧演员沈如秋！

宁为玉还记得那次演出，是庆祝中华人民共和国成立25周年的国庆会演，演出地点是省城的新华剧院。他们这台青年演员戏曲折子戏专场，调集了天山南北最有希望的一批年青人。当年只有19岁的沈如秋，是军区京剧团赫赫有名的程派青衣辛正秋最得意的弟子。她表演的是一段程派名剧《文姬归汉》，宁为玉就在她后面出场，演的是北路梆子《女附马》片段。

宁为玉是站在舞台的侧幕间看完了沈如秋的表演，当时气就喘不匀了。多少年以后，她那凄凉哀婉的眼神、幽怨呜咽的泣诉，他都记忆犹新，就连沈如秋的那段“西皮原板”的唱腔“荒原寒日嘶胡马，万里云山归路断……”，他都能一板一眼地唱出来。

"伤心竟把胡人嫁,忍耻偷生计已差……"他眼看着台上的阿庆嫂,暗自吟唱的却是她当年的悲诉,心里一阵阵地发酸,"这唱的是谁,明明唱的就是我,就是我这个倒霉鬼呀……"

眼泪像泉水一样不停地涌,流进嘴角,宁为玉感到了一股夹杂着咸味的苦涩。他哆嗦着僵硬的手想擦一把眼泪,觉得胳膊沉得简直抬不起来。他在心里对着台上哭喊:"沈如秋呀沈如秋,咱们俩都是唱戏的,都演过帝王将相、才子佳人,不过你学的是京剧,我学的是北路梆子,怎么你就没有遭过罪,一演革命样板戏,又能上台了,照样吃香的喝辣的,而我的命咋就这么苦哇。"

他觉得自己实在太冤了。本来在师文工团演员当得好好的,突然来了个"一打三反"运动,有人在师政治部揭发他和乐队吹长号的詹大胡子有"奸情",马上就被民兵给抓起来了。无论他怎么样上诉、申辩,根本没有人相信他。他没有想到,那些演员的心简直太狠了,平常大家还在一起说说笑笑,称兄道弟,可一来了运动,马上就有人揭发、造谣,明明知道他是被冤枉的,不但没有人出来替他说话,还都在专案组面前添油加醋。

他这时候才明白,文工团那些人都在嫉妒他。自从北路梆子剧团解散以后,他被分配到工四师文工团,就有人说闲话。说他是一个唱地方梆子戏的,到文工团能演什么。可他宁为玉在排练厅做了一套舞蹈组合,就没有人敢吱声了,还安排他在藏族歌舞《洗衣歌》里担任男主角。他塑造的"解放军班长"与众不同,不但他有一条好嗓子,还在舞蹈中加入了戏曲程式,人物更加挺拔英俊。省城那么多文艺团体演《洗衣歌》,都评价说他的表演最有特点。这样一来,不但团里的男演员们恨他,还把女演员也得罪了。那些女演员差劲得很,光知道在台上卖俏,不去体会人物的性格,他觉得她们的表演有问题。凭着自己在戏校里学过的花旦功夫,经常热情给她们示范表演,帮助她们提高。可这些人不但不领情,还说他一股娘娘腔,比女人还像女人。

"我是女人吗?啊!我是有老婆的人,而且她已经怀孕5个月了。我怎么就不是男人?我会和詹大胡子有那事?"当着专案组的面,宁为玉激愤地又叫又跳,还动手解自己的裤腰带,他要证明自己,虽然是个搞文艺的,但也是个名符其实的男子汉。

专案组长不说话,脑袋努了一下,他身旁站着几个全副武装的民兵里,师部篮球队那个外号叫"铁匠"的大个子两步就跨过来,当胸揪住他的衣服,一只手就把他提溜到了半空中，接着“啪啪”两声闷响，他的整个脸就木了，舌头也像发面似的猛然膨胀起来，好像嘴里被人塞了一大团棉花。

“宁为玉，你怎么不叫唤了？”专案组长在他面前来回踱步，慢悠悠地说，“你还挺猖狂嘛，敢在我面前乱叫乱喊。怎么着，革命群众还冤枉你了？就凭你当着我们的面脱裤子，我就能断定你是个典型的流氓。”

接着，专案组长摆了摆手，宁为玉像是“铁匠”手中的篮球，被他抡起来从左手扔到右手上，像老鹰刚抓到的兔子，任凭他四肢乱蹬，几步就把他提出审讯室，扔到旁边的一间黑房子里。一个星期以后，就被遣送到东盐池来劳动改造了……

“亲人们粮缺药尽消息又断，芦荡内怎禁得浪激水淹……”阿庆嫂显然不知道他的悲惨遭遇，继续唱着她的“二黄慢三眼”，看来她也有一肚子的烦心事，唱得满面愁容。

在师部关押期间，宁为玉仍然不甘心就这么被人陷害，把专案组让他写交代材料的纸，全都写成上诉申辩材料。可那些材料交到专案组手里就如同石沉大海，真是叫天天不应，呼地地不灵。绝望之中他都不想活了，可一想到他的老娘和有了5个月身孕的老婆，就觉得这么结束自己的生命实在太冤屈了。他爹死的早，娘守了一辈子寡把他拉扯大；老婆虽然是个建筑队的女油漆工，自从看了他演的戏以后，一下就把他迷上了，不顾一切地拼命追他。虽然她长得不好看，但是心眼好，手脚勤快。老娘从老家来看他，一眼就相中了这个姑娘，非要让他娶她做媳妇。现在回想起来，老婆的话真是说得太对了，每次演完戏回家，老婆都说他在台上太轻薄了，还劝他在剧团里要注意影响，搞好团结。他心里那个悔呀，只能怪自己当年太年轻，太烧包。要不是因为自己恃才傲物，遭人嫉恨，怎么会中了别人的暗箭呢？

发配到东盐池来之前，他苦苦哀求专案组，想和老婆见一面，说几句话，可那些狠心的豺狼根本不理睬他。他就像那个忍耻偷生的蔡文姬，一步一流泪地离开了乌鲁木齐。还没到东盐池，他就领教了戈壁滩的厉害。风刮得天地乱吼，飞沙走石。一下火车，他觉得自己就像是大海里的一片树叶，随时都会被狂风的波涛卷得无影无踪。到了东盐池，保卫科的人把他直接押送到新生队去了，让他和那些劳改释放犯们在一起。几十个人挤在一个大帐篷里，屋子里就像个牲口圈，出门上个厕所还有警卫端着枪跟着。这段时间，新生队的主要工作是打土坯，每个人一天的定额是300块土坯。队长心肠还不错，看他身体单薄，又是个搞文艺的，给他分配的任务是给工地拉水。他每天拉着一个架子车，车上固定着一个大汽油桶改装的水罐。别看这是队上最轻松的活，但对他来说，简直能要他的命。别说装满水的重车了，光拉着空车从盐碱地里走到机井跟前，他简直全身都快散架了。每次拉上一车水，他要把身子伏下去，脑袋都快挨着地了，两条腿颤抖着拼命蹬，水车才能颤颤巍巍地动起来。到了下坡的时候，他觉得应该松口气了，谁知道车一跑起来，他压不住车把，后面一沉下去，他整个人就被车把挑到半空中。工地上的人们看到他在半空中两腿乱蹬的样子，都只管哈哈大笑。哪里知道他的心里充满了悲愤，此刻他又会想起被"铁匠"提溜在空中的情景。

每天回到帐篷里，他马上就瘫倒在床上，连脱胶靴、换衣服的力气都没有了。可周围的新生人员都说让他想开点，要是连这点活都干不了，以后下盐池，像他这个身子骨早晚要散架。一听他们这么说，他心里更加愁苦，不知道这种可怕的日子什么时候是尽头。

还有一件事，让他更加难以忍受。傍晚收工的时候，他拉着水车路过厂部，看见和他一起被押送来的谢工程师，正在厂部地窝子前支着油画架悠然自得地作画，而他那个黑儿子，在学校的篮球场上玩耍打球。看到这个情景，宁为玉的心都要碎了……

"毛主席，有您的教导，有群众的智慧，我定能战胜顽敌渡难关，呵呵呵……"阿庆嫂婉转曲折地拉着拖腔，用以表达她的必胜信念。

宁为玉羡妒地盯着这位风采照人的老板娘，心中充满了忧伤和怨恨。

五

演出结束了，彭兴国正在教室里卸妆，常德明带着一帮同学进来，就把他围住了。

"嗨，尿盆，尿盆！"

"常……老大。"

"你们演完了。"

"完了……你们咋跑到后面来了。"

"我们来看看这个后面是个啥样子。呜哇，这么多的枪，还有日本大刀，太来劲了么。”

“哎哎，这些东西都不能乱动，大人来了要骂呢。”

“老二，放下放下，到这边来。”

“……我们的节目棒不棒？”

“棒么。你演得最热闹，一会儿挨人揍，一会儿叫解放军打死了，好玩得很。”

“老二，你不懂别乱说，什么解放军，这是新四军，抗日战争的时候没有解放军。”

“噢、噢，新四军，尿盆现在懂得还怪多的。”

“嗯，不行，我今天晚上演得一点都不好，都是你们在台子下面乱喊我的外号，捣乱我错了好多地方。”

“那又怎么了，你本来就是尿盆嘛。噢，我给你介绍一下，”常德明指着两个人对彭兴国说，“他叫谢东，是我们班新来的，以前在师部中学上学。这是周长喜，外号河南娃，你走了以后从老家来的。”

“你好你好。”彭兴国像个大人一样，和他们握手。

“……我在后面看见何艾香了，她今天给我们端茶倒水。”彭兴国又转移话题。

“她现在不光是班长，还是学校红卫兵大队长。”常老大介绍说。

“她咋一点都认不出我了，我在她前面走来走去好几次，她不理视我。”

“她不知道你的特点。”

“我有啥特点？”

“你走路的时候贼头贼脑，右边的肩膀比左边的高好多。”常德明学他走路，大家都笑。

彭兴国说：“常老大，你到现在还和我作对，别忘了，你还欠我一副乒乓球拍子呢。”

“好好，不说你了，你们的《沙家浜》是哪个京剧团的？”

“哪是京剧团的，都是我们西盐池的北京人。”

“北京人？他们都会演样板戏吗？我们东盐池也来了二十多个，咋没看见他们演。”

“你们这儿的没有我们西盐池的高级。你看，在那儿洗脸的，就是演郭建光的，叫柱子。他在台上这么转的，叫‘旋子’；那些新四军这样，这样，转着走，叫‘急急风'，那都是功夫，不是开玩笑的。"

"那也打不过我们这儿的北京人，他们刚来的时候，都在沙包后面玩跤，你们西盐池的都不是对手。"

"不是对手，哼，有本事比一比，我把柱子叫来问问。"

"哎哎，别问了……"

"柱子，柱子，你来一下，别问干吗，来一下。"彭兴国对着那个正在卸妆的大汉叫。

柱子走过来，用毛巾擦拭着脸问："什么事？"

彭兴国说："他们说我们西盐池的北京人打不过他们东盐池的。"

柱子不屑地笑了一下说："小孩子家懂什么。"说完就准备转身走。

彭兴国上去拉住柱子后腰上的皮带，缠着他问道："你说，到底谁们厉害？"

柱子转过身来，说："告诉你吧，我们北京哥们儿中间真正的高人，就在东盐池。"

常德明和彭兴国异口同声地问："是谁？"

柱子说："大名我不知道，大伙儿都叫他'爷们儿'，他当年杀人，手起刀落，人头就在地上滚，他眼皮都不眨；还有俩哥们儿也了不得，一个叫杰子，一个叫华子。我这儿还没顾上登门拜访呢。"

"杰子我认识，"常老二仰着脸看着柱子，抢着说，"叔叔，我认识杰子，刚才下午的时候还看我们打篮球呢，他最爱在小山包后面吹口琴。"

"那'爷们儿'呢？"彭兴国也抢着问。

"爷们儿……"常老二看看常老大，常老大摇头。

"杰子他们住哪儿呀？我得抽空去看看。"柱子问。

"就在这个院子外面，连部旁边有两排地窝子，第二排第一个。"常老二比划着。

"赶明儿吧，今儿去不了了，明儿我们要去什么……绿山包，到那儿演一场。回来以后再去找他们。"柱子看了看表，对常老二说，"你见了杰子和华子，就告诉他俩，西盐池的柱子演完戏就去登门拜访。"柱子双手抱拳，像画书上的古代人一样。说完后，转身走了。

"怎么样，他威不威(风)？"彭兴国对这几个看着柱子的背影发呆的同学问。

"威，太威了。"常老二敬佩地呢喃。

“你刚才太差劲了，还把他叫叔叔。”彭兴国更加得意忘形，“你看我，直接就叫他柱子。其实他的名字叫左金柱，北京人吧，都讲哥们义气，你就叫他名字后面的那个字，连阿庆嫂我们都叫她秋子，你像良子、元子、柱……”

“那我们把你叫啥，”常老大不耐烦地打断了彭兴国，冷冷地说，“叫你尿盆子。”

“哈哈，尿盆子，”常老二拍手大笑，“这个名字高级，尿-盆-子。”

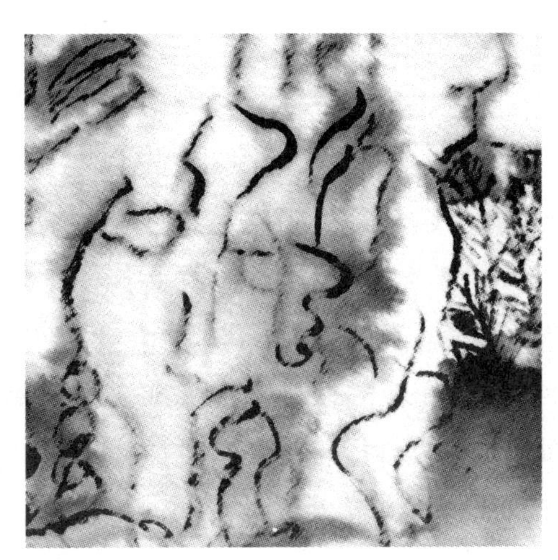

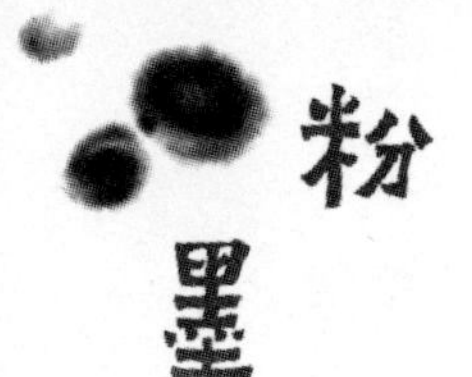

第三章　下马崖来的知青

舞台上静悄悄的，他大声地清嗓子，整个礼堂里回荡着浑厚的共鸣音。他走到台前站住，目光缓缓地向台下扫视。

一

下马崖在天山北麓的巴里坤草原上。从那里到东盐池，有一条山间的小路。早在清朝，就有山里的哈萨克族牧民沿着这条路，到东盐池来采盐。如今，这里有了一条简易的公路，兰新公路上的汽车，要想到达巴里坤、木垒、吉木萨尔、奇台等地，可以从这条路上直接穿越天山，而无需绕道乌鲁木齐兜一个大圈子。

工四师九团17连11名中学毕业的学生，被分配到东盐池接受再教育。他们从下马崖坐卡车出发，在天山里盘旋穿行而下，晚上在深山里一个叫青石头的小村子住了一夜，第二天上午到达东盐池。他们临来以前，听说东盐池是个人烟稀少、寸草不生的盐碱滩，而且风沙特别大。但是到了以后才发现，这儿和想象的完全不一样。东盐池已经快建设成一个大型工业矿区了，而且一点风都没有，蓝天白云，阳光明媚。

知青们下车以后，在新建的宿舍里安置好行李，在连队的食堂吃过饭，就迫不及待地跑出去，三五成群地在厂区到处转着看。

这里的一切都让他们感到好奇。首先是知青宿舍，房顶都是用砖拱起来的圆弧形，像是电影上看到过的延安窑洞。果然，这里的人都把它们叫“窑洞房”。厂部前面的东面是个大商店，里面的柜台和城里的一模一样，也是大玻璃柜子，可惜就是商品太少了，和下马崖公社的小合作社里卖的东西差不多，不过为了显示出商店的货物多，他们把每个货架都摆满了相同的东西。比如五金柜台里面，同一尺寸的钢精锅和洗脸盆摞起了半边墙，对面卖文具的墙上挂满了"画张子"（宣传招贴画），革命样板戏里的英雄们一个个横眉立目，逼视得人心里发虚，站一会儿就想躲开。商店对面是开水房，旁边矗立着一座水塔。奇怪的是，这座水塔的塔身不是圆的，而是用砖砌了一个十字形塔基，撑起来一个大大的圆形水池。他们从水塔旁经过的时候，都有些小心翼翼。好像这座水塔是一个得了小儿麻痹病的大头娃娃，随时随地都会瘫倒下来。

从商店出来，走过水房，迎面又是一个高大雄伟的建筑物，这是还在施工中的大礼堂。知青们都很惊奇，这个小山沟里还有这么大的礼堂，比巴里坤县城的影剧院还要气派。

大家兴奋地朝礼堂走过去，快到跟前时，瘦子余卫中猛地助跑几步，"蹭"的一下，就轻盈地跳上了齐胸高的窗台，然后向里一纵，翻进礼堂不见了。几个男知青也不甘示弱，纷纷向窗台上跳。

猛然进去，就觉得眼前一黑，一股阴湿的潮气扑面而来。余卫中和小名叫"黑旦"的郭永和已经在刚砌好的舞台上乱翻乱窜，嘴里面念着"呛呛呛"的锣鼓点，声音在空旷的墙壁上回响，像是进了山谷。严亚利演过革命样板戏，跳到台上表演打车轮，从台左向台右旋转，下面一片掌声。

黑旦来到台口，把脖子一缩，两只手端在胸前，模仿喀什噶尔文工团那位著名的女高音歌唱家，尖声尖气地用维吾尔语唱《毛主席的恩情唱不完》，同学们更加大笑，还有人打口哨，高叫着："西米子，亚克西"（维吾尔语：大胖子！好极了！）。工九团17连是前不久从南疆调来的，他们都在喀什噶尔古城长大，对那里的维吾尔族风俗都很熟悉，还有人能说一口流利的维吾尔语。

"热合买提，热合买提"（维吾尔语：谢谢，谢谢。）黑旦微微一欠身子，手抚着肩头行了个礼，说："下面，欢迎余大牙给我们表演巴里坤节目：'我们见到毛主席'。"

大家又笑。想起刚从喀什噶尔来到下马崖，下马崖公社的毛泽东思想宣传队来演节目，用的是一种巴里坤方言。他们还是第一次看到舞台上用方言演节目，觉得又惊奇，又好笑。特别是余卫中，外号"余大牙"，学这种方言特别像，他一唱那个"我们见到毛主席"，大家就想笑。

“这么大的舞台，我还没在上面说过话呢，将来我要当大官了，就在这给你们训话，”余卫中说到这儿，装模作样地咳嗽了几声，手扶在腰上说，“安静一点同志们，安静一点同志们，乌里茨基同志被暗杀了，这种暗杀革命领袖的行为是很卑鄙的……”

“让他站出来！”黑旦用尖细的嗓子模仿俄国妇女气愤的叫嚷。

余卫中憋不住了，“噗”的笑出来，说：“妈的，不行了，你学苏联老婆子太像了。”

“行了行了，还装列宁呢，丑化革命导师，”另一个女知青打断了他们的表演，对台上说，“你还想当大官，想上台给我们训话，白日做梦。要我说，你站到这上面，把人家这么大的台子都浪费了。要是菊在上面跳一段还差不多。”

余卫中跳下舞台，点头称是：“就是，前年在下马崖的草地上跳舞，她差点把脚给踒了。”

黑旦说：“那又咋样，就那个条件不照样让师部的导演给看上了。”

严亚利也说：“哎，真是太可惜了，要不是林秃子的事，说不定她就被文工团挑走了。”

大家一登上舞台，就不约而同地想到了菊。

菊的舞蹈特别棒，可惜去了吐鲁番的艾丁湖农场。17连的同学中只有严亚利和她会演节目。但严亚利的水平和菊不能比，她在喀什噶尔参加过最大的红卫兵组织宣传队，演出过大型歌剧《井冈山的道路》、《白毛女》。前年17连从喀什噶尔来到下马崖。刚过完“十·一”，西盐池的毛泽东思想宣传队来慰问，演出革命现代京剧《沙家浜》。那个戴眼镜的褚干事，明摆的就没有把下马崖放在眼里。演出以前他喝了不少酒，突然提出来要和下马崖公社的农牧民联欢。当时，公社毛泽东思想宣传队的青年人都吓住了，谁也不敢上台。可是谁也没有想到，菊站起来说，首长，我给大家表演一个独舞，不过要你们的乐队伴奏。据说那个乐队队长原来是西影乐团的指挥，看见这里有个漂亮的小姑娘要跳舞，满口答应。那一天，在公社革委会门前的草地上，音乐的前奏响过以后，菊从办公室里冲出来，双手舞动着长长的红绸，舞曲是为毛主席诗词《沁园春·长沙》谱写的一首合唱歌曲。当时就把在场的人们全惊呆了，同学都记住了那个指挥后来说的话：小姑娘就像湘水中的一片红枫叶……

17连的应届毕业生，全都来了东盐池。只有菊一个人去了艾丁湖农场，没人和她做伴，孤零零怪可怜的。还有这么大的舞台，她不能在上面施展自己的身手，真是太可惜了。黑旦一看气氛不对，说："算了吧，不提菊了。这个台子让余大牙用就浪费了，我们这一帮人里面嘛，上过大舞台的还有建勇，以后还让他上来做报告。"

黑旦原地转身一圈，迷惑地说："咦，奇怪了，说建勇呢，他人咋不见了？"

大家互相打量，果然，人群里少了赵建勇。从商店里出来，是一起逛到礼堂来的，怎么突然就无影无踪了。

严亚利笑着说："咦，你们说怪不怪，平常我们都是紧跟首长闹革命，现在是首长掉队了。"

黑旦装出电影中日本鬼子的模样说："李向阳，李向阳在哪里？"

余卫中瞪圆眼睛，呲着门牙说："挖地三尺，也要把他找出来。"

二

赵建勇此时在刘干事的办公室里。

他和几个要好的同学从商店里出来，正朝施工的礼堂走。跑在前面的余卫东向礼堂的窗口上跃起时，赵建勇在后面看见了刘干事扛着一台机器也朝礼堂走去。

他急忙向刘干事跑过去，刘干事扛的是一台冲洗相片用的放大机，正在礼堂办公室门口斜着身子掏钥匙开门。他连忙接过放大机，跟着刘干事进了办公室。来到里屋，把放大机摆在暗室的冲印台上，转身说："刘干事，你怎么自己扛机器，搬东西你给我说一声，我带几个同学过来嘛。"

刘干事气喘吁吁地坐在椅子上，掏出烟斗点燃，猛吸几口后才说："用不着，家早搬好了，这家伙重要，别人搬我不放心。"

赵建勇说："你坐了两天汽车，早上回来也不回家休息休息。"

刘干事说："哪还能休息，我这马上就有紧急任务了。"

17连的知青是刘干事从下马崖接来的。可他们不知道，刘干事去17连，只是想招一个会跳舞的女学生。两年前西盐池的《沙家浜》剧组，在东盐池演出后就去了下马崖。听说17连有个女学生，和剧组联欢时跳舞，连导演都看上。今年接到师里通知:东盐池再安排一批工九团的毕业生。刘干事立即想到了17连,便亲自去了下马崖。到地方才知道,那个女学生早在半年前就去了吐鲁番农场。刘干事挺失望,想要的那一个没招上,没想要的倒是领回来11个。

不过,刘干事看上了赵建勇。这小伙子长得方脸宽肩,剑眉利眼,说话办事也利索。演样板戏的主要英雄人物都够条件,听说他12岁就在上千人的大会上讲话,很有表演才能。从下马崖出发的时候,刘干事指定赵建勇作为这一批知青临时负责人。短短几天,他就发现自己没看错人,这个赵建勇天生就是个指挥员的料,理解他的指示又快又准,执行命令坚决。

赵建勇对刘干事也是一见如故,当即对他肃然起敬。刘干事披着一件呢子军大衣,手上戴着一双白手套,还托着一个大烟斗。他不和人说笑,眼睛像刀子一样,令人望而生畏。他下达命令特别干脆、简练,这正是赵建勇向往的战斗作风。

里屋通向舞台的门,传来了黑旦模仿维吾尔族女高音的独唱,还有同学们的叫好。原来这个快完工的大礼堂舞台两侧,各有两间套房,东面的两间是广播室,西边的两间,外屋是基干民兵的值班室,里屋就是刘干事的办公室。刘干事听见,脸上露出一丝笑意说:“这帮小鬼,挺活泼的嘛。”

赵建勇说:“刘干事,他们吵着你了吧,我让他们回去。”

刘干事摆手制止说:“不用,让他们玩,刚离开家到新地方,啥都瞅着新鲜。——噢,建勇,你坐一下,我这还有两个文件没顾上看,看完和你说点事。”

赵建勇坐下,望着正在专心看文件的刘干事,心想:这次来东盐池接受再教育,真是太幸运了,能跟上像刘干事这样的领导,干起工作肯定痛快。好好跟着他,要不了几年,我会像我哥一样,也是一个知青们全都佩服的“野蛮踏斯。”

“踏斯”是维吾尔语“瘌痢”的意思,在喀什噶尔有些维吾尔族小孩长了瘌痢头,人们都避之不及。“野蛮踏斯”是形容城里打架大王的词,用在二哥头上,是对他这个学生领袖的夸奖。古城里的青年人,一听赵建勇的二哥赵建疆的名字,没有人不服,包括城里鼎鼎大名的打架大王。如今,赵建疆的大名又成了伊犁河谷那一片边境农场最有名气的知青榜样。赵建勇从小在同学中能当“司令”,完全是受了哥哥的熏陶。文化大革命中,哥哥是红卫兵领袖,举旗造反、冲锋陷阵都在最前面;知识青年上山下乡运动刚一开始,又是他第一个带头,率领着一百多名学生去了反修前线。赵建勇跟上爸爸单位调动来到了天山东部的下马崖。17连在草原上修水电站,赵建勇在公社中学继续上学。其实,他早不想上学了,渴望能像哥哥那样，在广阔天地里大干一场。哥哥在伊犁草原上骑马挎枪的照片，让他特别羡慕。好容易熬过了两年的中学时光，他觉得自己只要好好努力，将来不会比哥哥差，一定会在东盐池大显身手的。

这时，有人在门外一边喊刘干事，一边就闯进办公室。这个人全副武装，腰间别着一支“五四式”手枪，和他哥当年当红卫兵领袖的手枪一模一样。刘干事一见他，急忙起身说：“廖科长，情况怎么样？”

廖科长看了赵建勇一眼，拉着刘干事来到外屋，在他耳边低声说话。刘干事听完说：“老廖，沉住气，你先带几个民兵过去，记住，要把现场保护好，我马上到，”说完，刘干事进屋，一边迅速地披挂手枪，一边对赵建勇说，“建勇，厂里有紧急情况，我得马上走，你从里屋门出去，顺便把门给我带死，”刘干事急匆匆地朝外走，他又突然停下回头说：“我要说的，还是你代表知青发言的事，你回去好好准备，后天下午，就在这个台上。”

赵建勇响亮地答应，出门拉上暗锁，还仔细地摇了摇门把手。他转身走到舞台前，可同学们已经离开礼堂，不知上哪儿去了。

舞台上静悄悄的，他大声地清嗓子，整个礼堂里回荡着浑厚的共鸣音。他走到台前站住，目光缓缓地向台下扫视。台下一排排的座位，是砖砌起来水泥抹面的长条墩，整齐密集地排列着，似乎静静地等他开口讲话；太阳光从窗口和屋顶的缝隙中照射进来，在地上形成大大小小的几何条纹，像无数双闪烁的眼睛在盯着他。他调皮地对着台下挤了一下眼睛，心里说：“都别这么看着我，我上台给你们讲话，不算啥稀罕。”

赵建勇第一次上台只有12岁，当时已经代表全校师生在上千人的大会上发言。

那是1969年的秋天，当时喀什噶尔城里的武斗结束了，不同派别的革命组织实行大联合，水工团由北京来的军管干部组成了革命委员会。学校也根据最高指示实行“复课闹革命”，赵建勇的好多同学，都跟随他们的父母在荒郊野外，和城里的另一派组织进行了两年多的游击战争，现在也纷纷返回了校园。

赵建勇他们全家都是造反派，也是把那些“保皇狗”们赶出城市的强大武装集团。文化大革命刚开始，他还不到10岁，就跟着哥哥在城里造反。那时候，他的同学们还都是小毛崽子，一看学校不上课了，一天到晚跑到郊外的河坝里洗澡，玩泥巴。而他却跟着红卫兵战斗队南征北战，撒传单、参加辩论，揪斗走资派，要不是他爸管得严，他还会跟着哥哥去文攻武卫，真枪真炮地打个痛快。

重新开学那一天，也是工人宣传队进驻学校的日子。在欢迎工宣队和开学典礼大会上，哥哥交给他一个光荣而艰巨的任务：要他拿出大无畏的战斗精神，占领无产阶级的教育阵地。让那些被他们赶到城外的“保皇狗”及其狗崽子们看看，虽然现在大联合了，但这里仍然是我们的天下。

他没有辜负哥哥的期望。在大会开始时，庄严的“东方红”乐曲响过以后，又为伟大领袖举行了隆重的敬祝仪式。等会场上的人们坐好以后，解放军政委宣布红卫兵小将讲话，赵建勇身穿军装，腰系武装带，英姿飒爽地走上了主席台。他先给工宣队员们敬了一个标准的军礼，然后对着话筒，大声地朗读发言稿。

他下来以后别人都说，没想到这小子胆子这么大，声音这么洪亮，朗读得那么激情洋溢。台下的老师、同学、家长们，还有台上的解放军政委、工宣队的师傅们都挥舞着红宝书，跟着他一起敬祝伟大领袖万寿无疆。那个大众欢腾、高声吟诵的场面，让他想起来就兴奋。

“蛮好，蛮好，很有气势，很有节奏，”赵建勇走进后台的时候，语文老师景秋声一连声地夸奖赵建勇。景老师是个右派，曾经是上海戏剧学院的高材生。他说没有想到赵建勇是个天赋极好的话剧演员，形象、音质还有表演都是很有天资的，“就像这个样子，你再好好学习一下表演，将来会考上专业文工团的呀。”景老师一边兴奋地说，一边用双手梳理着光滑的鬓角。

赵建勇没有理视他，更不会听他的话，朝什么专业文工团的话剧演员方向努力。赵建勇一直厌恶这个油头粉面的老师——有一次，他跟着几个红卫兵大哥去拜访景老师，当时景老师正在宿舍里精心地梳洗。一个大男人这么细致地洗脸梳头，已经让赵建勇觉得心里很不舒服。当他转过身来，在小将们眼前晃动着一瓶发油说，“你们要不要来一点，擦上头发会很光滑的。”一听这话，赵建勇都要呕吐了。

尽管全水工团的人都知道，这个上海人不得了，很有才，在全喀什噶尔都有名，好多造反派组织都请他导演节目。但赵建勇就是和他亲近不起来，赵建勇崇敬的是像李向阳、王成那样的英雄，带着一支队伍神出鬼没地打游击，在战场上轰轰烈烈地拼杀，而不是像他那样，渴望在舞台上混一辈子。

“建勇，好好干，以后俺们东盐池就靠你们这些思想好、文化好的学生了。”赵建勇的耳边又响起了刘干事语重心长的教导，心里热乎乎的。

在来东盐池的路上，刘干事给他布置了一个任务：厂里准备为新知青开一个隆重的欢迎大会，让他代表工九团17连的全体知青，向全厂干部和工人表决心，一定要树立起东盐池一代知青的形象来。

这是个光荣而艰巨的任务。从下马崖出来的一路上，他一直在思索着怎么写好、念好这份决心书，还有怎么才能有舞台效果。过去他的发言声音洪亮、表情激昂，肯定能让整个会场一片沸腾。可现在不行了，这几年大批判搞得太多，人们都没有新鲜劲了，有时他在台下看着台上的人声嘶力竭地咆哮，却常常引来一阵阵嘲讽的窃笑，心里就猛然一惊：妈的，幸亏台上的不是我，不然还真是下不来台了。

其实，赵建勇还有一股压在心头的怒火，他要让下马崖的“大烟鬼”和”秦塌鼻子”看看，赵建勇一出校门，到了社会上是什么样子。

“大烟鬼”是学生们给公社中学的女校长起的外号。这个老太婆烟瘾太大了，抽的还是莫合烟，一会儿卷一根，牙齿和指头全是黄的。这个老婆子怪得很，一直不喜欢赵建勇。他当了两年的学生干部，做了数不清的工作，可从来就没有得到过她的表扬。再就是17连派到学校的工宣队队长，外号叫”秦塌鼻子”。就在前天的欢送会上，找碴当众让他难堪。老王八蛋的臭词还一串一串的，什么“挂羊头卖狗肉，吃红肉拉白屎”。想起这些，让人又可气又可笑。特别是“秦塌鼻子”当着大家，指着他们班上一个最不起眼的同学对赵建勇大声说，你个熊孩儿看看人家，在这一晌午了，不是听先生讲课，就是低头念书，早晚能成个秀才。

他妈的，现在是什么时代了，“塌鼻子”还敢说这种反动透顶的话。不过他是抗美援朝的战斗英雄，谁都不敢惹。这么多年来，还是第一次有人敢这么对他赵建勇。同学们都把他看成是自己的“司令”，就连有些老师，许多事情做不了主，也要找他商量。“塌鼻子”队长让他向那个“爱念书的秀才”学习，简直是天大的笑话。

“爱念书的秀才”叫寇挥，小名挥娃子。他是赵建勇手下的“小兵娃子”。他们从小一起长大，挥娃子从来都是跟在他屁股后面玩。赵建勇从来没有把他放在眼里，更何况，同学们也都不爱和他玩，嫌他太笨了。在中学里，学工学农活动很多，他每一次都要闹笑话，而且还特别没有眼色。但不知道为什么，“大烟鬼”特别喜欢他，和他说话的时候特别亲切。而他每次和“大烟鬼”说话，在赵建勇听起来，都是牛头不对马嘴的废话。可是老婆子却爱听，呲着一嘴的大黄牙嘿嘿地笑。

现在机会来了，学生们走向社会了，学校的那一套到底是什么玩艺儿，只有在社会上才能体现出来到底谁有出息……

“操，这几天怎么不刮风了？真他妈的不通人情。”

“咦，把你个曹瞎子，刮风的时候你骂娘，现在不刮了，你他妈的还嘀咕，你他妈的神经病。”

“什么神经病，老子想多来几天风休。”

礼堂外面有两个人骂骂咧咧地走过去，打断了赵建勇的思绪。赵建勇探头看，那个叫曹瞎子的家伙，嘴里面还在不干不净地嘟囔着什么。一看这家伙的那种神态，就不是什么好东西。穿戴打扮也特别可笑，还正是秋天就裹了一件破棉袄，腰里系了一截旧电线绳，头上扣着一个破棉帽子，两个帽扇子耷拉下来，活像《智取威虎山》里的小炉匠。

“你们到了东盐池，一定要提高警惕，这个地方人的成分特别复杂，牛鬼蛇神很多……”他望着他们远去的背影，想起了刘干事的嘱咐。

“这个曹瞎子说话口音像景秋声，肯定是‘上海鸭子’。”他看着曹瞎子远去的身影，笑着想。在赵建勇刚上小学的那一年，南疆的古城里来了一大批上海支边青年，这些人的口音、穿戴，还有生活方式，都让当地人感到好笑。他们经常跟在那些支边青年的身后喊：“上海鸭子呱呱叫，我的老婆没人要。”后来他大一点儿才知道，这是说上海知青说话叽里呱拉，像鸭子叫一样，听也听不懂，所以，他们找不上老婆，不是他们找的老婆没有人要。

“看起来，这小子一定是支边青年里的落后分子，过去在大城市里四体不勤五谷不分，加上好吃懒做，就算他戴了一副眼镜，好像是个有文化的人，那又怎么样呢？…”赵建勇饶有兴致地看着，一面分析，一面思考着。而这个曹瞎子渐渐消失的背影，已经看上去模糊一团的肉体，在他眼前又逐渐清晰起来，变成了另外一个人——那个被大烟鬼和塌鼻子队长看成“秀才”的人。他们的长相、走路的姿势，还有穿戴都那么像。只不过，他要比曹瞎子穿得干净，嘴里也没有这些不干不净的牢骚怪话。但是，就凭他那个没眼色，啥都干不了的笨蛋样子，说不定要不了几年，他就会变成眼前这个窝囊样……

想着这种“四体不勤、五谷不分”的窝囊货没出息的将来，憋在赵建勇心里的一股恶气，也渐渐地消散了。

三

开饭的时间早就过了，可寇挥的饭碗怎么也找不出来。

他从小有个记性特别坏的毛病，在家里从来分不清洗脸盆和洗脚盆，经常拿妹妹的牙缸子刷牙。为了这个不知道挨了他妈多少骂。现在该吃晚饭了，他又认不出来桌子上一溜大碗哪个是自己的。只好坐在床上等别人把碗筷都拿完了，这才对着最后剩下的那个大花洋瓷碗看了一会儿，仔细地想把它记在脑海里，然后端起来出门了。

“对了，把碗、刷牙缸、脸盆上都用毛笔写上名字，就用不着找了。”出了门，他突然冒出了这个念头。

他低着头朝食堂走，满脑子都是二胡齐奏曲《北京有个金太阳》的谱子。上午到了东盐池，连队还在食堂给知青们举行了欢迎仪式。进入会场的时候，寇挥听到了他一直想学的二胡曲《北京有个金太阳》。可惜听了没几句，厂领导和连队领导都来了，急得他直跺脚。这个曲子还是两年前在下马崖，西盐池的《沙家浜》剧组来演出，那个拉京胡的老师在联欢会上又用二胡来了个独奏，就是这首《北京有个金太阳》。寇挥和他一起学二胡的伙伴春生简直着迷了，这首曲子真好听，老师的弓法和指法那么娴熟。从那天起，他俩经常在一起回忆那段音乐，还想你一句我一句的把整个乐谱记下来，可就是怎么都记不全。没想到东盐池有这张唱片！哈，这下好了，以后经常听就能记下来。此时，他仿佛看见了春生收到了一封信，信里面附有抄好的二胡乐谱《北京有个金太阳》。春生把谱子钉在马圈的墙上，一遍一遍地练。

“呔！”墙角里跳出来一个人大喝一声，把他吓了一跳。他抬头定神一看，是迟媛媛，她站在那里嘻嘻地笑。

寇挥向她一翻白眼，没好气地说：“迟媛媛，你咋这么讨厌。”

迟媛媛也不生气，仍然嘻嘻地笑着说：“怎么样，把你吓一跳吧？”

他见迟媛媛满脸的土，被流下来的汗水冲刷成一道一道的沟，心里嘟哝了一句：“疯婆子。”便不理她，继续朝前走。迟媛媛一步又跳到他前面，大声问道：“你干啥去？”

“你管。”他低头继续朝前走。

“就管。”迟媛媛歪着脑袋回嘴。

“你管不着，闲事科长。”

“你才闲事科长。”

他气得停住脚，瞪着迟媛媛的脸。她也不甘示弱，挑战似的斜着眼睛看过来。

“你，”他差一点张口说，“你要管，管你爸去。”可话到嘴边又止住了。他小时候每次和迟媛媛吵架，这句话成口头语了。可现在他不敢轻易说，他害怕她受不了。

寇挥小时候病多，他妈让他认迟媛媛的妈做干妈。文化大革命一开始，寇挥才知道他干爹解放前是国民党的军官。那一年在喀什噶尔的街头，寇挥亲眼看到红卫兵揪着媛媛爸爸的头发游街，然后一脚把他从大卡车上踢下来，当时就把腰摔断了。迟媛媛从小就是个假小子，上学的时候老是欺负他。可是，从那以后，他觉得迟媛媛特可怜，同学们都不和她玩了，而且一和她吵架就说：“国民党的断腰。”一听这句话，迟媛媛便疯子一样扑上去和人打骂。而他马上想起她爸爸从车上栽下来的场面，还有他弓着腰拄根拐杖哆哆嗦嗦走路的样子。

迟媛媛看到他欲言又止的样子，得意地笑着说：“怎么啦，你咋不说话啦。”

寇挥说：“我不爱理视你。”

“好像我爱理视你。”

“那你挡我的路干啥，好狗不挡路。”

“你才是狗。”

“迟媛媛，你不要无理取闹行不行。”

“哟哟，还无理取闹呢，”迟媛媛撇了撇嘴，“词还不少，怪不得塌鼻子队长说你，早晚是个秀才。”

迟媛媛用手指挤住半边鼻孔，瓮声瓮气地用山东话学工宣队长说话，一下子把他逗笑了。她看他脸上有了笑容，这才正经地说：“你提个碗干什么？”

他说：“废话，提碗打饭么。”

“咯咯咯……”迟媛媛放声大笑，说，“挥娃子，你打饭咋跑到砖瓦窑来了。”

“啊，这是，砖瓦窑，”他茫然地四处看，原来他把方向都走反了。她又问他，“挥娃子，现在几点了，你打饭。”

“几点？你说几点？”

“8点半了，食堂早就关门了，你没听见吹号吗，呆子。”

“吹过号了，”他迷迷糊糊地四下里看，果然，到处都静悄悄的，夕阳底下只有他和迟媛媛两个人站在砖窑的墙角。迟媛媛说：“就是的嘛。我从那个山包那面过来，看见你一个人提了个碗低头走着呢，我还奇怪得不行，你干啥去？我连着喊了好几声你都没反应，所以我才在这儿挡住你，你还骂我是狗……”。

她的嘴巴快得像刀子，寇挥“嘿嘿”地笑着说：“我还当你又抽风呢。不过，怎么就剩下我们两个人了，他们都上哪儿去了？”

“谁们？”迟媛媛明知故问。

“还有谁们，咱们的同学么。”

“我看见他们都朝那个山坡走了。”

“咦，你怎么没跟他们一块去？”寇挥奇怪地停住了脚。

“跟他们一块去干啥，”迟媛媛轻蔑地冷笑了一声，“他们走的时候又没有叫我。”

“没有叫你咋了，你又不是洋小姐，还要人请你。”

“挥娃子，你觉得赖兮兮的跟在别人后面，让人家带你玩，有没有意思？”

“谁赖兮兮的跟在别人后面了，我是说你不要脱离集体。”

“哎哟哎哟，你还好意思说我呢，”迟媛媛撇了撇嘴，说，“你咋不说你自己，从下马崖来的时候，别人都不理视你了，你一个人坐在汽车后头，当我没发现。”

寇挥哑了，迟媛媛又说：“你知不知道，就是那次塌鼻子队长骂了建勇，大家都怪你，说你是丧门星。建勇威信高，偏偏让塌鼻子当着全校骂一顿，你惹祸了吧。”

迟媛媛一番话，让他感到很羞愧。就在欢送17连的中学毕业生到东盐池来接受再教育的大会上，外号“大烟鬼”的女校长在会场上没完没了的啰嗦，大家早就不耐烦了，都围着建勇低头说话。没想到塌鼻子工宣队长不分青红皂白，走过来指着建勇的脸就训，骂他不懂规矩，连校长的话都不听，以后还能有啥出息。其实，当时寇挥也觉得校长讲话太啰嗦了，就偷偷地拿了一本老《红旗》杂志在底下看，里面有革命京剧样板戏《奇袭白虎团》的剧本。他正看得入迷时，就听见工宣队长在骂人，还拿他爱念书来训斥建勇。结果，建勇不理他了，同学们也都开始疏远他。过去大家就嫌他又呆又笨，只有下马崖公社养马的管老头的儿子春生和他好。春生得过小儿麻痹，老是拖着一条腿。他也不上学，可是他会拉胡胡（二胡）。所以，寇挥一有点时间，就往公社的马圈跑，跟他学，两个人经常在马厩里拉琴取乐。

"怎么样,你没话说了吧?"迟媛媛看着寇挥垂头丧气地耷拉着脑袋,得意洋洋地笑。

"啥怎么样,我是男的,要想找,和我玩的人多的是,"寇挥强词夺理地争辩,"你一个丫头子,一天疯疯癫癫的,那以后没有人理了,你咋办?"

"哎哟,谁稀罕他们了,"迟媛媛提高声调说,"没人理更好,以后我不会和我自己玩嘛?"

迟媛媛说完,哼着小调一蹦一跳回宿舍了。可她这句话像个钉子,把寇挥钉在地上久久没动弹。

四

"建勇,在这看啥呢?"

"建勇,你咋跑这儿来了,我们在礼堂你跑丢了,到处找你。"

赵建勇回头一看,他的知青同学都在身后,已经亲亲热热地把他围住了。

赵建勇向远方遥望,然后指着厂区说:"你们大家看看,这地方怎么样?"

"凑合凑合,我们全转过来了,房子盖得还怪多的。不过,这个戈壁滩上连个树和草都没有,听说这里还光刮风。"黑旦说。

"你们发现了没有,这里的水是咸的,喝下去肚子里咕咕咕的光响。"余卫中也抢着说。

"我也是的,中午还拉了好几泡稀。"另外几个人也七嘴八舌地说,众人纷纷点头。

赵建勇笑了,又问他们:"那你们说说,这里比吐鲁番的艾丁湖怎么样?"

"我操,你比艾丁湖。"

"就是,你咋能拿这儿和艾丁湖比。"

"艾丁湖是啥球地方。"

"啥球地方?艾丁湖是世界上海拔最低的地方,低于海平面154米。"

"那算个啥么,没把人活活热死。"

"就是,还顿顿吃高粱米。"

大家又是一阵乱嚷。赵建勇说:"看来大家都不傻,去年咱们17连的学生到艾丁湖农场去了一批，传回来的消息够呛吧。你们知不知道，14连和15连的学生们都分到艾丁湖去了。”

大伙儿面面相觑，想起那里的同学写回来的信，都有些后怕。赵建勇说：“都该知足了吧。你们知不知道，为什么我们17连的学生能分配到东盐池吗？刘干事说了，他把我们工九团中学毕业生的档案都翻遍了，虽然我们那里最偏僻，但品质是最好的。”

“真的么。”

“呜哟，想不到哎。”

“那有啥想不到的，一般都是这样。你看我们在喀什噶尔的时候，那是个啥球学校么，一天到晚打架骂人，还有街上的二流子到学校来捣乱。到了下马崖，就觉得那边公社的学生太老实了。”

“就是就是，听说东盐池的学生也老实得很，离城市远了，人就没有那么坏了。”

“行了，大家别说了，让建勇说，我们在这里应该咋样干？”

赵建勇问：“你们知不知道，东盐池在我们师里上缴利润排第几？”

“啥叫上缴利润？”

“笨球子的，连上缴利润都不知道。就是说东盐池每年给国家交多少钱。”

“交多少，东盐池这么大一点点，能交多少？”

大伙儿乱七八糟地说完，又一起盯着赵建勇。赵建勇看着大家渴望的眼睛，一字一顿地说：“67万。”

“我操，这么多。”

“索嘎，比我们工九团还伟大。”

同学们对赵建勇报出的数字十分惊讶，赵建勇指着前方的盐田说：“你们看，这一片盐池子方圆是70多平方公里，东盐池现有两个生产连队，一个劳改队，一个新生队，每年的盐产量是5万吨，一公斤盐一毛八分五，你们自己算，应该是多少钱吧。”

没人回答，他们都用钦佩的目光注视着赵建勇。黑旦挠着脑袋，憨笑着说：“建勇，嘿嘿。妈了个稀的，你咋知道这么多。”

严亚利笑道：“人家建勇像你，到现在了，连个字书都看不懂，就会看个小画书。”

“去你妈了个蛋吧，你还不如我呢，喜迎全球红丹丹(彤彤)，你才长了两个红蛋蛋。”

“哈哈哈哈…”

“妈的，你敢揭老子的底，皮又痒痒了。”严亚利笑着扑过去，和黑旦在沙丘上扭打起来。

“好了好了，你们别闹了，”赵建勇的话一出口，两人马上住了手。赵建勇说，“我今天给大家说，以后咱们都要好好干，刘干事说了，我们这一批知青，是厂里招来的第一批高中生……大家别笑，我们这个高中上的确实不咋样，混了两年，不是到连队里盖房子，就是去公社割麦子。但是，我们干别的不行，摆弄个机器还是没问题吧。”

“就是，就是。”大家纷纷点头。17连是个工程技术连队，他们的父母亲大多是司机和技术工人，大到汽车、拖拉机，小到车床、发动机，谁家的孩子都会摆弄两下。

“我们这个厂特有发展前途，马上还要扩建，厂里现在有的是盐巴，运不出去。还准备进30辆新解放牌卡车，还要买放电影的大机子(指35毫米型的电影放映机)。你们大家想一想，这些新家伙，能让厂里的劳改犯、管制人员去掌握吗?能让那些犯错误的下放人员掌握吗?不行，绝对不行，”赵建勇斩钉截铁地说，“大家都看过电影《青松岭》，钱广这种人在村里赶个大车，带来多少麻烦。所以，掌握机械化的，只能是我们，我们是东盐池的新一代，有文化的知识青年。大家再想一想，将来咱们男的都开上解放牌，女的再去放电影，怎么样? ”赵建勇像给大家上政治课一样，把新一代知识青年的前景描绘了一番。

大家都被他的话吸引住了，谁也没有作声。半晌，就听见黑旦喃喃地说：“我操，太威风了，我要是能开上新解放，太威风了……”

五

迟媛媛走了以后，寇挥本来也想回宿舍去。但寇挥的肚子饿得咕咕叫。他朝食堂那边望了一眼，发现还有灯光。他怀着一丝侥幸朝食堂走去。

食堂在连部后面的院子里，进了院门，西面山坡下是猪圈，东面就是食堂和仓库。寇挥进去一看，里面空荡荡的，窗口都关了。他连忙用指关节去敲，里面毫无反应。寇挥有些急了，正要用力使拳头砸，就听得身后有人说："这帮孙子，这么早就关门了，丫他妈的想把老子饿死。"

这声音阴阳怪气的，还是标准的北京腔。寇挥回头一看，身后站着一个黑瘦男人，一张狭长的脸上长了很多疙瘩，头发梳得溜光，还散发出一股浓烈的香气。寇挥看不透他有多大年级，更猜不出来他是做什么的。那人见他回头，便很客气地一颔首，笑着问道："您还没吃饭哪？"寇挥连忙回答："还没有，我看错时间了。"

那人又说："我也没吃，这一觉睡得，真他妈香，"说完，他又伸展胳膊打了个呵欠，然后抬腕看表，"哎哟，这一觉也忒长了点儿。可不开过饭了吗？"

寇挥听他这么说，就准备转身走了。那人忙问："嘿，您这是上哪儿？"

"回去。"

"回去干吗？"

"这没饭了，我中午剩了半个馍，吃点剩饭行了。"

"别价呀，咱不能就这么走人。您让开，我来试试。"

说完，那个人来到窗口前，用拳头使劲砸着紧闭的木窗，里面还是没有动静。他又侧着耳朵在窗子上听，龇牙眯眼的样子，寇挥觉得他像电影里搜捕八路的汉奸。

那人听了片刻，冲寇挥使个眼色："里面还有人，走，到后面去瞧瞧。"

他带着寇挥出了食堂大门，轻车熟路地拐过房头，见侧面的后门虚掩着，他推开门，进了后堂的一个内屋。

寇挥进了屋，觉得眼前一片黑，站下定定神，才隐约看到地上乱堆着菜叶子、葱头、蒜皮。他躲闪着脚下的炊具慢慢地挪步，刚走到一个泔水桶边，就听到内屋有人喊："你个小舅子，又在那儿乱抓啥哩。放下放下，你听着了没有？"

接着，"汉奸队长"（寇挥刚给他起的外号）从里屋跑出来，哈哈地笑着，手上抓着什么朝嘴里填。后面跟着追出来一个小个子老头，骂骂咧咧地上来夺他手上的东西。寇挥认出他是食堂炊事班的侯班长，外号叫猴子。他从"汉奸队长"手上抢夺下来的，是半块葱花饼。"汉奸队长"一边鼓着腮帮子嚼，一边笑骂："老猴子，你个老丫挺的，不到点你就关门了，原来躲在这儿偷东西吃。我说我们的伙食老不够，原来是在受你的剥削。"

炊事班长嘿嘿笑着，说："你个小舅子，嘴里尽胡说八道，早开过饭了你不来。

俺剥削谁了，这是给副连长做的病号饭。你们这几天风休不上班，副连长在野外值勤受风了，这会儿还在连部躺着。”

“汉奸队长”说：“那你这病号饭也做的忒多了吧。屋里那一大锅面条他吃得了吗？你不怕撑死首长。老实说，你是不是又想给你老婆带回去了。”

侯班长也不辩解，只是一个劲地说：“你胡说八道，胡说八道……”边说边朝里屋走去。

“嗨，你别走哇，我们没吃饭呢。”

“没有饭了，你们来得太晚了，菜没有了，只有凉发糕。”

“木牛了”，“汉奸队长”模仿侯班长的河南话——他把没有叫“木牛”。他想了想，诡秘地笑，回头向寇挥一摆手示意跟着他。他们进了里屋，就闻到一股久违的香味。炉子上一口小铁锅里，雪白的挂面上飘着一层油和葱花。寇挥顿时感到腮帮发酸，口水直往上翻。“汉奸队长”腆着脸，伸出碗说：“来来，给一碗。”

侯班长似乎被什么烫了一下，忙说：“不行，不行，我不敢做主。”

他又央求道：“半碗半碗，一人半碗，行了吧，这么一大锅，副连长一人吃不了。”

侯班长仍然有些迟疑，“汉奸队长” 接着说：“我这次从北京带回来一瓶二锅头，赶明儿你炒俩菜，咱哥们好好喝一回儿，怎么样？”

侯班长一听有酒，马上笑逐颜开，接过他俩的碗，一人盛了半碗面条，边盛边说：“你个小舅子别糊弄俺，说话算数。”

“汉奸队长”接过碗，点头哈腰地连声说：“算数，算数，我能哄您吗，我的老班长。”

寇挥和他端着饭来到外间的案板前坐下，交了饭票后，从馍筐里拿了包谷面发糕。寇挥有点迫不及待，碗还没放下，就对着上面一层油花花的红汤喝了一大口，马上就觉得嘴里像起了火，强忍着剧痛才没有把汤吐出来，硬是皱着鼻子让它进了喉咙。而“汉奸队长”则是先把脑袋伸到碗上，深深地吸了一口，摇头赞叹道：“啊，真他妈香。”

寇挥一边就着香喷喷的面条吃发糕，一边心里想：“这个人就是北京青年吧，听说他们个个讲义气，看来名不虚传。这位大哥和我素不相识，吃好饭还拉上我，本事不小。”

寇挥想起来他曾经看过的一本残破的《三侠五义》小画书，里面的大侠就是这种人，又机智又勇敢。正这么想着，就听侯班长在旁边说："你们快点吃，别叫人碰上了。"

他们嘴里唔唔着点头答应，听到身后又说："华子，你吃不吃蒜，脚底下的筐里就是。"

寇挥这会儿才知道，眼前的这个北京人名叫华子。

"您多大了？"

"16岁。"

"属什么，好像是鸡，对吗？"

"就是，你呢？"

"我呀，比您可大多喽，属虎。噢，您抽烟吗？"

"不抽不抽，我还没学会呢。"

下马崖的知青寇挥和东盐池一个不明身份的人像是认识了好多年的老朋友，坐在残破不堪的砖窑上聊天。太阳快落山了，把个大戈壁滩染成一片古铜色，连部的院墙拉着长长的影子，像一个被风吹散了长发的女人头。

从食堂出来，寇挥要回宿舍，可华子非拉着他说，现在离开会还有将近一个小时，哥俩儿聊聊天。寇挥不好意思推辞，再说寇挥除了对他这个人有些好奇以外，还有些感激。建勇他们和他从小一块长大，就是因为寇挥在无意中得罪了他，同学们全都不理他了。而这个华子比他年长许多，一点都没有嫌弃他。这么热情，还把他看成哥们儿。

"您是新来的？"

"嗯，上午才到。"

"哪儿来的？"

"下马崖，我们家是工九团17连的。"

"下马崖，是不是在吐鲁番？"

"不是，在巴里坤东面，北山，我们17连在那里修水电站。下马崖水电站，你不知道？"

"操，我知道那玩艺儿干吗。再说，我来新疆哪儿也没去过。"

"你是北京人？"

“没错，正宗八板北京人。”

“那你怎么到新疆来了？”

“我他妈被流放了。”

“啥叫流放？”

“流放就是发配，发配懂不懂，林冲刺配沧州道。”

“知道了，你说的是《水浒》。”

“没错，水泊梁山，一百单八将。”

“你在北京见没见过毛主席？”

“见过呀，国庆观礼的时候。”

“北京那些地方，天安门、北海公园、景山、颐和园呀，你全去过。”

“那当然，我们北京人这些个地方都没去过，不是笑话吗。”

“你们太……幸福了。我要是能到北京去就好了。”

“幸福什么呀，天天看着这些东西，也就那么回事。”

“哎……”寇挥叹息道，“我这一辈子要能去一次北京就好了。”

“那可不容易，连我现在回一次家都难。”华子说完，看见寇挥有些沮丧，又说，“不过你小子还年轻，以后好好念书，这一辈子肯定能去成。”

“真的么。”

“当然真的，哥们儿骗你干嘛，不过你得学一身好本事。”

“我没有本事。”

“干吗这么小就工作呀，在学校念书多好呵。”

“我们都不想念书，上学一点意思都没有。天天背语录，也不教课本。”

“背语录也行呵，那也比下盐池强。”

“下盐池还有工资，一个月18块钱呢。还发工作服，听说冬天还要发皮大衣、大头鞋。”

“也他妈的是呵，如今念书是没什么用了。”

寇挥突然没话说了。眼看着太阳落山以后，天渐渐地暗下来。

“噢，对了，我想起来一件事，”寇挥突然说：“你听没听收音机，前段时间在北京演节目了。”

“什么演节目，样板戏呗。”

“不是样板戏，就是国庆节的联欢会，有好多节目，有相声、山东快书、河南坠子，还有说快板的。”

“啊？是吗，这些都让演了，”华子吃惊地瞪大了眼睛，一把抓住寇挥的胳膊说，“你说说，都有哪些节目。”

“第一个节目是一个叫马季的……”

“对，是有马季，是不是和于世猷说相声？”华子打断寇挥的话，急切地问。

“不是姓于，是一个叫唐，好像叫唐建(杰)忠说的相声，相声叫《友谊颂》。还有，一个女的唱的河南坠子，叫《十个大鸡子》。”寇挥苦思冥想地回忆。

“河南坠子就甭说了，还有呢？”

“然后有一个山东快书，开头的几句特别可笑——‘火车站里有火车，车站里头有旅客，旅客们手里提包裹，不是上车就是下车……’哈哈哈。噢，谁说的没听清楚，还有，还有就是打快板的，说的是《奇袭白虎团》。打快板的叫什么，没听清楚……”

“王凤山？”

“好像不是。”

“李润杰？”

“好像也不是。对了，姓梁，叫梁……”

“梁厚明。”

“对，对，就是梁厚明。”寇挥想起了这个名字。

“哎哟，是他呀。”

“这个人你认识？”

“你别管这个了，我问你，你是在哪儿听的收音机？”

“半个月了，我还是在下马崖收到的，中央人民广播电台一套节目。”

“哎哟喂，”华子遗憾地双手抱头，唉声叹气地说，“这东盐池什么他妈的地方，那几天的风，好家伙，差点儿把人吹上天了，中央台根本他妈的收不到。”

看到他那个痛心的样子，寇挥挺同情他的，但不知道应该怎么安慰他。这些节目，寇挥也是国庆节的时候偶然从收音机里听到的。在下马崖等毕业分配的时候，听说17连的毕业生要分配到东盐池了，晚上，寇挥去公社的马厩向春生告别，还把自己最心爱的笛子送给了他做纪念。春生给寇挥送了一个日记本，上面还写了一句“广阔天地炼红心，送给我最好最好的朋友寇挥”。

他们坐了半天没话说了，春生低着脑袋，手在半导体上乱播。突然，收音机里清晰地传出来了一阵热烈的鼓掌声，然后就是国庆节的联欢晚会。他们简直不相信自己的耳朵，过去在下马崖根本就听不上广播，那里是个小山沟，收不上什么电台的节目，连里好多家在喀什噶尔买的收音机在这里都用不上了。有一次工九团宣传队来下马崖慰问演出，寇挥才第一次看到了说相声、打快板的，当时就喜欢得不得了。寇挥还清楚地记得那个相声的名字叫做《三分钱》，说的是贫农老大爷给解放军送白菜，解放军给老大爷三分钱，老大爷就是不收，两个人推来推去的……那个节目把他们俩笑得抱着肚子喘不过来气，寇挥还把一泡尿给挤到裤子里了。后来听去过省城的同学说，团里的宣传队不行，师里的文工团凑合，军区文工团的节目才好看呢。可是老师又说，新疆的节目水平差得很，北京的节目那才叫艺术呢。从那时候起，寇挥就幻想着有一天能看上北京那些中央的节目，看不到能听到也行。

真没想到就在那天晚上，寇挥和春生一下子听了那么多的好节目，两个人把脑袋挨在春生自己装的半导体上听到半夜。广播上把这些节目叫"曲艺"。可是，听到最紧张的时候，是一个快板书《奇袭白虎团》，正听到志愿军的侦察排冲进了白虎团的时候，又什么都收不到了，光听得收音机里面滋滋拉拉地乱响……

寇挥看了一眼华子，他已经不像个侠客了，躺在砖窑上抱头叹息的样子，就像一个没有得到玩具的小孩儿。寇挥想对他说，中央台的广播早晚会收到的，东盐池比我们那个山沟大多了。

这时候，寇挥听到不远处的沙丘后面突然响起一阵人们的叫喊和喝彩——"好！……"

华子猛然两条腿蹬向空中，然后猛地向前腾空，一个鲤鱼打挺，稳稳地站在地上。寇挥吃了一惊，没想到这个油腔滑调的"汉奸队长"，原来还有这么一手功夫。

"走哇，"华子冲寇挥一摆脑袋，"别发愣了，过去瞧瞧。"

沙丘后面，有一排已经坍塌得东倒西歪的地窝子，到处露出木椽子和芦苇的根。有个人正在一架简易的双杠上做前后摆体向上，三三两两的围了不少人在看，还有不少的小孩也在人堆里钻来钻去。有几个知青模样的年轻人，看见华子来了，都连忙向他打招呼，还有人给他点烟。那个玩杠子的人，只穿着背心和秋裤，看上去就像是受过专门的体操训练，胳臂上和胸部的肌肉高高地隆起，从杠子上向下摆的时候特别轻快，而他每次向上腾起时，都要把杠子连根拔起来一样,发出“噔噔”的响声。寇挥听见身边有个圆头圆脸的小个子知青对同伴说:“看见没有,这才是真功夫,能把杠子向上拔起来,大头肌二头肌都要特发达才行……”

正说着,只见那个人在杠子上来回大幅度地摆荡起来后,来了一个后起倒立,停在了半空中。华子大喝一声:“好!”,嘴里叼着烟带头鼓起掌来,小个子也放声喝彩,用力地拍巴掌。寇挥第一次见到有人“翻杠子”这么棒,也情不自禁地想喊。可一张嘴,就感到火辣辣地疼。他这才意识到,那碗挂面汤把口腔内燎得全是水泡。

六

这一天,下马崖的女知青迟媛媛和东盐池的中学毕业生何艾香也交上了朋友。

午饭过后,何艾香正在知青宿舍的床边写日记,就听身后有人叮咣乱响地进了屋,她回头看见一个陌生的姑娘提着行李、网兜,扔到门边的一张空床上。一边坐着喘息一边没头没脑地对她说:“姐姐,我是新来的知青,分到你们房子住了。”

何艾香笑着说:“谁是姐姐,我还没有参加工作呢。”

姑娘“咦”了一声,这才仔细看着何艾香,说:“这个宿舍不是全住的老知青吗,你咋在这儿呢?”

何艾香说:“我们老家来亲戚了,家里面住不下,这个铺上的人回乌鲁木齐探亲去了,我暂时搬过来住。”

“噢……我咋说你长得这么年轻,还把你叫姐姐,我吃亏了。”

姑娘那一声拉长了声调的“噢”,让何艾香感到了一种久违的亲切。她的这声“噢”,声调先是向上,然后下滑,维吾尔人就是用这种声音表示他们的恍然大悟。

何艾香说:“你吃什么亏,我再有两个月也要参加工作了,说不定你还没有我年龄大呢。”

“噢……你是东盐池学校的学生吧,放假等分配呢吧,那你毕业到哪儿再教育。”

“我可能就留在东盐池了,说不定以后和你一起上班呢。”

“咦,你咋这么占便宜,不用下乡了。”

“不是占便宜，我们这和下乡一样。再说，我们厂要扩建，给师部打报告了，我们这一批留在厂里分配。”

姑娘“唉”地叹息一声，坐着不说话了，好像对自己没有留在父母亲身边十分遗憾。

何艾香打量着她，她长得不算漂亮，小眼睛，翘鼻头，但她那种直爽的性格，让何艾香暗暗喜欢。何艾香一边帮她收拾床铺，一边问道：“你叫什么名字？”

“我叫迟媛媛，你呢？”

“我叫何艾香。”

“哎呀，怎么又是爱香，”迟媛媛拧着眉头惊叫，“我认识好几个叫爱香的，什么罗爱香、王爱香，我还认识一个叫苟爱香的，狗也爱闻香味，咯咯咯，可笑吧。”

“可笑，”何艾香微笑道，“不过我不是爱闻香味的爱，艾是艾草的艾。”

“噢…艾香，艾草的艾。”迟媛媛在手心上比划着写，“哎，你这个艾字就是扎针烤艾的那个艾。”

“嗯，烤艾用的，就是艾草加工出来的。”

“咦，我给我爸爸烤过腰，没有闻到香味呀？”

“哎哟，你可真缠，名字就是个代号么，大人给我们起名字，也没有想是要啥意思。我们学校有个老师叫于隆，难道他耳朵聋了吗？”

“咯咯咯……你还挺会辩论的嘛。”迟媛媛纵声大笑起来。

迟媛媛笑起来的样子，也挺有趣。她不知道有多长时间没有见过一个人笑起来这么开心，这么放任。就这样，她俩只有一个晚上就喜欢上了对方，也不知怎么这么投缘，一问年龄，她俩同年出生，何艾香比迟媛媛大3个月；再一说出生地，都生在乌鲁木齐的军区总医院。父亲也都是军人，不过何艾香的父亲是跟着王震解放新疆的解放军，而迟媛媛的父亲是个起义军官。

那天她俩点着马灯，交头接耳地说话到半夜。何艾香不知又说了什么，惹得迟媛媛“咯咯咯”地笑。何艾香凑到她脸前仔细看，她被何艾香看得不好意思了，说：“你看我干啥，我脸上也没有长花。”

何艾香说：“我就爱看你笑，你笑起来真痛快。”

迟媛媛皱着鼻子说：“哎哟，还有人爱看我笑，人家都说我笑起来傻不拉几的，像个维族洋缸子（妇女）。”

何艾香冷笑道：“哼，还不知道谁傻呢，说不定说你傻的人才最傻。”

听到这句话，迟媛媛脸上一片阴影，半晌才说："何艾香，你不知道，我哪里还笑得痛快呢，你要是知道我们家的历史，你想不到我们是怎么样活到今天的。"接下来，迟媛媛告诉何艾香，她父亲是怎么随着部队整编到了喀什噶尔，文化大革命又怎么被红卫兵揪出来打断了腰，她们家又是怎么到了下马崖，然后她怎么中学毕业来到东盐池。

何艾香安慰她道："媛媛，其实我爸爸也是挨整，才把家搬到这儿来的。这个地方除了接受再教育的知识青年，差不多都是犯错误以后调来的。在这里你可别觉得抬不起头来，谁也没啥了不起。"

迟媛媛一把抓住何艾香的手说："何艾香，这么多年我们家一直受欺负，被人看不起，我从来没有和人说过心里话，没想到在东盐池有了你做朋友，我要是写信给我妈，还不知道她多高兴呢。"

何艾香惊异地说："咦，你这么活泼开朗，在同学中还没有朋友。"

迟媛媛说："嗨，你不知道，17连就我们一家是历史反革命，谁敢沾边。分宿舍的时候，她们都不愿意和我住，我听说老知青的房间还有一个空铺，就自己要求过来的。想不到还来好了，和你认识，我就有人玩了。"

又过了两天，何艾香倚在被子上看报纸，迟媛媛右肩扛着一支搂耙、一杆大锹，左手拎着一条橡胶皮裤回来了。何艾香说："哟，你们发工具了。"

迟媛媛说："散会以后领的，明天就要下工地了。"

何艾香说："媛媛，有的人穿上这种皮裤，特可笑，你也把皮裤穿上我看看，像不像个大狗熊。"

迟媛媛没有回答，她把工具都搁在床头，过来坐在何艾香的床边，脸色忧忧地说："何艾香，我想让你陪我到外面转一转。"

何艾香奇怪地看着她，说："赶快睡觉吧，你不是明天还要起早下工地吗，这可是你第一天上班，不敢迟到，"迟媛媛不动，何艾香又说，"马上要熄灯了，你还出去转吗？"

迟媛媛说："不是，我，我们一块来的同学寇挥可能出事了，我怪害怕的，想打听一下情况。"

"啊，刚来就出事了，出什么事？"

"刚才开完会，他就被刘干事点名叫走了，到库房领工具他也不在，他们告诉我，有人看见他刚来那天晚上和厂里的一个坏分子偷吃炊事班的夜班饭，还和他出去混在一起玩。他们坐在砖窑上不知道说的啥，有人说这两天在砖窑里面发现反动标语了。”

“坏分子是谁，东盐池的坏分子我全认识，他和谁玩了？”

“也是我们连的，叫华子，还有一个叫宁为玉都一起叫走了。”

何艾香一听，连忙下床蹬鞋披衣服，拿起手电筒拉着迟媛媛就朝外走。她们出了宿舍，看见一个个新知青的宿舍灯火通明，门窗大开，大家都是刚刚从库房领到了新胶皮裤和搂耙、板锹，兴奋得不行，纷纷在试穿；还有人穿着齐腰高的大皮裤，在院子里“噗噗”地走，院子里站了一群，倒握着新铁锹相互拼刺刀，呀呀地喊。

何艾香到东盐池已经5年了，认识宁为玉和华子。宁为玉听说是师文工团的演员，犯了作风错误下放的。刚来在新生队，去年出来在老一连上班。华子是北京青年，东、西两大盐池有不少，听说都是北京的少年犯。虽然这两个人不是坏分子，但都是被内部管制的人员，如果迟媛媛的同学和他们一起被叫走了，肯定不是好事。看到迟媛媛那副焦急的样子，何艾香也挺同情的。虽然她们俩才认识3天，但已经成了无话不说的好朋友。

现在，迟媛媛的同学出事了，何艾香心里也跟上着急。她俩打着手电，走到离厂部不远的开水房屋檐下，朝厂部亮灯的地方眺望。何艾香问：“这个寇挥是个男同学吧。”

迟媛媛点头说：“嗯，要是别人出事了，我才不着急呢。文化大革命以前，我妈妈是寇挥认下的干妈。”

迟媛媛告诉何艾香，她小时候因为爸妈都上班，就把她寄放在寇挥家里。寇挥的妈妈是个家属，特别喜欢她，把她当自己的女儿带。寇挥小名叫挥娃子，从小特别老实，经常被她欺负得哭，挥娃子他妈也不管，反而骂他爱哭鼻子没出息。想不到她妈妈最喜欢挥娃子，加上家里没有男孩，反过来把他认了个干儿子，还老嚷嚷着要和寇挥他妈交换儿女。文化大革命开始，她爸爸揪出来被红卫兵打伤了，还是挥娃子的爸爸把他背到医务所，才捡了一条命……

这时，四下里的电灯泡一明一暗地闪了3次，这是在“打招呼”，告诉人们再有10分钟就要熄灯了。可厂部那边办公室的灯还亮着，何艾香能听见迟媛媛的牙齿“得得得”的响，何艾香说：“媛媛，不会有事的，不就偷吃了一碗挂面嘛，把钱赔上做个检查就没事了。咱们回去睡觉吧，你明天要上班。”

“不是，要是查反动标语咋办。”

“那怕什么，又不是他写的，查就查嘛。”

迟媛媛不动，何艾香上去拉她，她一甩胳臂就往前走。不想这一冲，正好和墙角走过来的人撞了个满怀。只听她“妈呀”叫了一声，何艾香赶紧打亮手电，迟媛媛惊叫起来：“挥娃子，是你呀，妈呀，吓死我了。”

那个挥娃子说：“迟媛媛，你就会大惊小怪，在这乱咋呼啥呢。”

迟媛媛“咯咯”地笑，然后问：“挥娃子，他们把你放回来了？”

寇挥没好气地说：“你咋这么讨厌，谁把我放回来了，我开会去了。”

迟媛媛也不恼，说：“啊，你开会去了，哎唷，妈呀，”她长吐了一口气，“别人说你出事了，被刘干事抓走了。”

寇挥说：“迟媛媛，你别胡说八道行不行，我没干坏事，为啥要抓我。”

“哎，你这手里提的是个啥东西，让我看看。”迟媛媛说着就伸手去抢。

“不行，不行，你别抢，搞坏了你赔不起。”寇挥说着连忙躲避。

迟媛媛轻蔑地说：“哟哟，啥了不起的东西我赔不起，我偏要看看。”说完伸手又去抢，寇挥只好说：“好好，给你看，你手慢一点。”说完，他从身后拎出一个长盒子。

迟媛媛一见又惊叫起来：“妈呀，小提琴，你哪儿来的这个东西？”

“刚才开会发的。”

“啊，你去开会发提琴，你开的啥会。”

寇挥说：“厂里成立了一个毛泽东思想宣传队，让我到宣传队里拉乐器。”

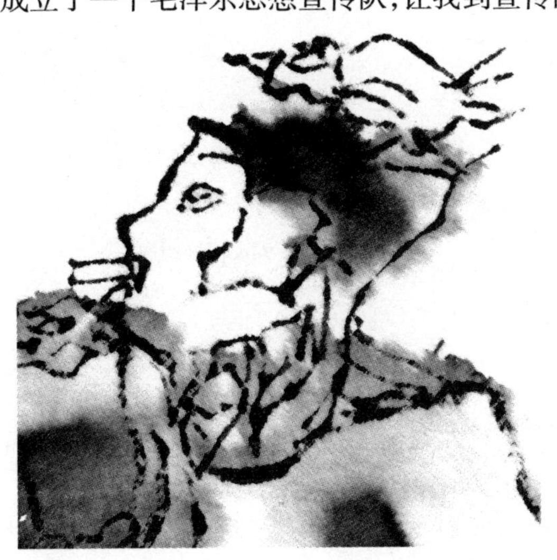

第四章　有人欢喜有人忧

电唱机上的唱头也早就走完了它逐渐缩小的旋转过程，耐心地在唱片上“沙沙”地划着同心圆。

一

“南疆的鼓点子100多种。”大老王说。

“唔，唔。”乐队的人们点头敬慕。

“100多种花样，南疆的鼓点子。”大老王说。

“啧，啧。”女演员们啧舌表示惊奇。

“咚巴拉拉咚巴拉，咚、巴、拉。”大老王的双手在手鼓上飞快地拍打，像一只拼命扇动翅膀的鸟。

“啪嗒啪嗒。”大家对大老王高超的手鼓技术报以掌声。

大老王更加得意了，说：“这算个啥么，我在叶城当兵的时候，学了好多花样，南疆的鼓点子100多种。”

大老王一笑，嘴里的金牙亮闪闪的。他到厂里新成立的宣传队来，被刘干事指定为乐器组的负责人，心情十分愉快。还不到一个星期，他就觉得宣传队是个好地方。过去他在厂部汽车班当修理工，主要工作是修引擎。他最受不了的，就是磨矾尔（气门）。要成天坐在开盖的汽车发动机前，提溜着个小橡皮碗，吸附在气门上，再往气门口上抹些细油砂，坐在那里轻轻地搓。这是个细心活，磨合不好气缸就漏气，车就跑不动，还得拆下来返工。一个五大三粗的老爷们，从早到晚就坐在车间里搓那个橡皮碗碗子，真把他憋闷得难受。可他哪敢吱声，在东盐池能干上他这样技术活的人没几个，整个宣传队的人除了他，都是下盐池干重体力活的，一年到头全在野地里，风吹日晒，最难过是冬天，东盐池是风口，在工地上不要说干活了，站在寒风中都让人受不了。大老王知足了。

大老王部队转业来到东盐池，就盼望着这里能有个宣传队。不光是没有说说唱唱的日子难熬，主要他有许多的艺术才能施展不开。过去厂里开大会、搞庆祝活动，迎接最高指示，全是他负责锣鼓队。只能在厂部门前那排土房子外热闹一阵，连观看的人都没几个。每次见到金厂长和刘干事，他都提建议成立宣传队。厂领导都借口说人烟稀少，搞那玩艺给谁看。自从西盐池的宣传队来过以后，好像厂领导的思想有了转变。听说厂长接见《沙家浜》剧组的全体演员，夸奖他们演得好。演郭建光的大个子打着京腔说：献丑献丑，你们东盐池要演样板戏，比我们可就强多了。我们北京人里的高人，大部分都在这儿呢。金厂长问他谁是高人，郭建光说了一串名字，其中特别强调了杰子和华子的大名。说这哥俩不但京剧唱得好，说相声、快板书都有绝活，都是在北京拜师学过艺的。他还听说师里早就准备年底要搞一次汇演，各个团场都要参加，刘干事也来和大老王商量过宣传队的事。

接着又是基建大会战，为了扩建厂区，金厂长亲自带着全厂干部职工打地基，砌房屋，将近半年都没有休息过，实行“星期天义务劳动日”。现在好了，厂里陆续调来了3个连队，还有70多名知青，厂政工组才开始收罗艺术人才，实现了大老王的愿望。

宣传队任命了两个负责人，师文工团下放的宁为玉是演员组长，他是乐器组长。他让大家把乐器组改叫乐队，乐器组这个称呼太小气了。如果叫个乐队队长，就更顺耳。他还希望别人把他看成指挥，这个称呼比“打鼓的”要好听多了。打手鼓、敲扁鼓，这就相当于一个乐队的指挥。外国的指挥是站在指挥台上，拿个小棍棍在那里比比划划，神气得很。可中国过去唱老戏没有专门的指挥，不管台上唱的、跳的，还是台后吹打拉琴的，全是跟着司鼓的鼓点子和板尺的节奏走。维族舞也一样，手鼓就相当于外国的指挥手里的“小棍棍”，没有它就乱套了。

乐器组成立的那天，刘干事还郑重地把一个小箱子和钥匙交给他。这里面满满一箱子琴弦、松香，大老王知道自己责任重大，把这个小箱子看得很紧，专门找了一截尼龙绳，把钥匙拴牢绑在腰间。

“以后谁要来领琴弦、松香，要登记，不能浪费，更不能想用多少用多少。”他宣

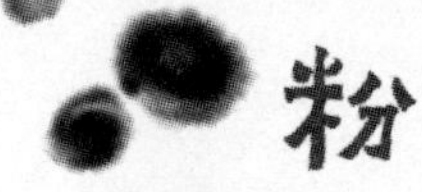

布说。

还有，乐器组一共8个年轻人，全都服从他的指挥。尤其是二连来的北京人庄家杰，是厂里小青年们最佩服的一条好汉。谁都知道他有一身好武艺，还特别讲义气。他对大老王毕恭毕敬，一口一个“王师傅”，叫得他心花怒放。有了他的带头，其他人都不敢怠慢。一个叫寇挥的知青，从下马崖来才3天，就被领导通知到宣传队报到。小伙子每天早上都是提前一个小时来上班，先把火炉生好，把排练室打扫干净，然后开始练琴。不但得到大老王的表扬，在分配乐器时还交给他一把挺高级的小提琴。小伙子吓得不敢接，说他拉二胡还凑合，小提琴不行。大老王不由分说，命令他提回去好好练，有啥行不行的，谁还不是从不会到学会的。

惟一让大老王感到“日眼”(不顺眼)的，就是老一连来的知青铁柱。铁柱有些刺头，仗着自己是乌鲁木齐下来的知青，总觉得自己从大城市来，见多识广。喜欢和人抬扛，还把他叫“大老王”。大老王心里很不高兴，背后还说：一个年轻娃娃，一点礼貌也没有，大老王也是你叫的。但是，当面他不得不承认，铁柱的笛子吹得好，而且领会曲子特别快。大老王布置的排练，铁柱先自己打着拍子哼上两遍，一会儿就吹下来了。笛子的音色嘹亮，不但在乐队里起到领奏作用，还能掩盖住其他乐器水平不高的杂乱，就像羊群里的领头羊，它把路带好了，放牧的人就轻松了。乐队排练在铁柱的领奏下顺利进行，大老王又在背后说：“年轻人嘛，有点毛病难免的，时间长了能改正。不管咋样，他还是支持我的工作嘛。”

既然大老王有度量，铁柱也不难为他。只不过有时候说高兴了，有点云山雾罩，铁柱就按捺不住，总想找机会和他抬杠。大老王开会就说，东盐池成立毛泽东思想宣传队，很不容易，大家要珍惜这个机会，把宣传队办好了，有名堂了，咱们每年都能凑到一块，好好地玩它一冬天。这话很实在，因为东盐池的冬天不好过，特别是在戈壁滩上干活，寒风刺骨，饭菜都是冰凉的。铁柱一想，他说的有道理。这个机会真是来之不易。铁柱在师部中学就是红卫兵宣传队的乐器骨干，上山下乡的时候，还觉得自己将来没问题，靠一根笛子就能吃遍天下。没想到来到荒无人烟的东盐池，根本没有铁柱施展才能的机会。不几天，两人都摸准了对方的脾性。不管怎么抬杠，怎么吵闹，两人都不朝心里去，刚才吵完，不一会儿又好了。

可是，宣传队里有一个人大老王坚决不能容忍，这就是演员组长宁为玉。只要有人一提“宁导演”，大老王马上就变脸，不知道有什么仇。嘴里翻来覆去就两句话，一是“把他个释放犯，狗日的咋没劳改”，二是“那个女里女气的娘们样子，把人恶心死了”。

刚开始大家不知道他们之间有矛盾，在排练维吾尔族歌舞《鲜花献给解放军》时，大老王觉得这些年轻人在他的调教下，进展很快。但最后一段应该再欢快一点，要把手鼓举过头顶，像个真正的南疆维吾尔人一样，形成一种狂热的欢乐气氛。于是，大老王要求大家把节奏再加快，立刻遭到了铁柱的反对。铁柱说：“大老王，这样演奏能行不，你让我们快一点，我们就快一点，演员那边能接受吗？他们要是演不了，我们可是白费劲了。”

大老王说：“不用管他，咱练咱的，他狗日的宁娘们不是日能吗，他啥演不了。”

铁柱说：“哎，这你们当干部的可要商量好，不然我们又要干返工活。”

铁柱说话的口气和态度都让他不舒服，但却理直气壮。大老王看了一眼庄家杰，他也说：“王师傅，节目的事儿，您还是和宁导演商量一下为好。”

大老王一听这句话，立刻脸色大变，扯着大嗓门骂：“导演，他狗日的宁娘们算个什么鸡巴导演，把他个释放犯，狗日的咋没劳改！一个扛搂耙拿大锹挖硝捞盐的工人，也想去当导演。导演，那都是有级别的，最低都是副师级。过去，都是由‘王胡子’（王震）亲自任命的。排戏的时候，披着将军呢大衣，带着白手套，威风得很，跟演员说话都不说中国话，那全是‘路思给’，‘路思给’就是俄语，苏联话……”

大老王骂着骂着，又扯得云山雾罩了。铁柱不服气，偏要和他抬杠说：“不信不信，导演都说苏联话，演员能听懂吗？”

大老王一脸的不屑，说：“说你们年轻人没见过世面，还不服。娃娃家懂啥，演员也有级别，一级演员都是苏联留哈（下）学的，演戏都是‘斯坦尼斯拉夫斯基’，那叫‘斯氏体系’，学问大得很，你们去问问狗日的宁娘们，什么是‘斯氏体系’，问他听说过没有。”

杰子说：“王师傅，您怎么俄语、‘斯氏体系’都知道，您是从哪儿学的。”

大老王说：“我参军进疆以后，在南疆军区开车，每年拉着新疆军区文工团上喀喇昆仑山慰问演出，名演员见得多了，人家导演啥架势，你再看狗日的宁娘们，不男不女的，还自封一个导演，吊死鬼卖×，死不要脸么。”

大家听大老王形容得生动，都哄笑起来。大老王越发来了精神，说他前天他去排练场，见演员们都在那里练动作，宁为玉不见了。他问一个正在压腿的姑娘老宁哪里去了，姑娘说，王叔叔是找我们导演吧，刘干事叫走了。他当时奇怪地问，你们还有导演了。姑娘说，当然有了，就是老宁呀。他一听，怒火就朝上翻，说他是个演员组的组长么，导演是谁给他任命的。姑娘笑说：他当然是导演嘛，人家是大城市里的艺术家吗，我们都叫他宁导演，他就高兴，就把真本事都教给我们了。大老王看到姑娘满脸都是对宁为玉的崇拜，更是怒不可遏，当天下午就去找刘干事汇报。刘干事不等他说完，就打断他说："老王，毛主席的八字方针咋说哩，'团结、紧张、严肃、活泼'。这'团结'排在第一。我不管他懂不懂那个什么斯基不斯基，老宁在咱这儿，能写戏，能编曲，演啥像啥，这就是有本事，逢年过节，大人娃娃有个戏看，这就不孬，叫个导演，我看也不过分。"

杰子劝说："王师傅，别生气，我看刘干事说得也没错。你不是老说把宣传队办好了，大家都有好处吗。"

大老王说："不行，别的我都不计较，就是一看到这个狗日的宁娘们，我心里面就犯恶心。你看他那个日眼的样子，女里女气的。走路的时候一只手扶着腰，迈着碎花步，说起话来挤眉弄眼的，还翘个兰花指，快把人恶心死了。"

大老王说他第一次见宁为玉为演员排练，是他辅导一个小歌舞《采茶山歌》。宁为玉给女演员们示范动作，从出场步态怎么走、手势、眼神、表情应该怎么做，都让大老王讨厌。比如伴随节拍两只手从下向上舞动时，兰花指一拧，是采茶；手腕向脑后翻转，是向背篓中扔茶叶。你说戏就行了么，还非要亲自表演示范。宁为玉还提醒女演员，采茶都是在山坡上，舞步要有起伏，还设计了一个前排采茶女失足要跌倒，后排女的去扶的组合动作，前排要做京剧中的"卧鱼"，后排则用芭蕾中的"掀身探海"。狗日的动作太夸张了，比女妖精还骚情。旁边围的人越多，他还越来劲。大老王看得牙直痒痒，恨不得冲上去把这个不男不女的东西扔到大库房的窗外去。

不过，刘干事对这个狗日的挺欣赏的，只要宣传队有事找他们两个组长商量，宁为玉点子真多。而且这次排演的节目，除了广播里的歌曲和舞曲编排的以外，几乎有一大半都是宁为玉自己编出来的。不管是哪个民族的，什么地方剧种，他还都能写出词、编上曲，然后去教演员怎么表演。过不了两天，刘干事就过来，对宁为玉说："老宁呀，上面又有新精神了，来个节目吧，弄热闹些，啊？"狗日的头点得像捣蒜，满口答应。第二天一早，他就把自己的"剧本"带到刘干事的办公室里，一边解说，一边哼着曲子，还富有表情地跳着。刘干事披件军大衣，嘴里叼着大烟斗"滋巴滋巴"地抽，并不拿正眼瞅他。等宁为玉大汗淋漓地跳完了，他就摆摆手，说："我看不孬，你们去排练吧。"

每到这种时候，狗日的都不走，好像觉得刘干事并不十分看重他的“艺术才能”，偏要凑上去诉苦，说他这几天累得什么样了，白天排戏，夜里写剧本，一熬就是一个通宵，这眼睛红得……你看你看，说着便翘着兰花指翻开眼皮，让刘干事看。每次都是刘干事不耐烦地摆手：“行了行了，俺知道你辛苦，你要嫌累，我把你调回连队里劳动去，怎么样？”宁为玉这才叹口气，扭着腰肢走了。宁为玉只要前脚出门，大老王就要在刘干事面前骂狗日的太骚情、太猖狂。宣传队啥都好，惟一不满意的，就是刘干事把姓宁的任命为演员组的组长，和他平起平坐。

铁柱也赞同说：“就是就是，我第一次见到宁娘们，也觉得这孙子日眼，就想狠狠收拾狗日的一顿。”

大老王说：“可是不行呀，狗日的现在巴结上刘干事了，咱的话不灵。”

大老王一提到宁娘们的丑恶嘴脸，刘干事都要打断他，说让他不要多管演员的事，能把乐器组这帮人收拾住就不错了。大老王说：“刘干事，你放心，乐器组没麻达(西北方言：没问题)，这帮小伙子都服从我。”

刘干事摇头说：“老王啊，这帮小子不好整，尤其是那个北京人庄家杰，就是大伙儿叫杰子的那个，虽然有些能耐，但头脑复杂得很，现在厂里的年轻人都受他的影响。你说宁为玉一个戏子，他能骚情出啥名堂，可这个杰子要整出点事来，那可就是敌我矛盾的问题了。”

听到这话，大老王感到性质严重了，自己肩上的担子也就更重了。但他不怕，文化大革命开始，他参加过战斗队，冲锋陷阵都在前面，枪林弹雨都经过了，这几个年轻人算啥么。再回来排练，大老王就格外小心，暗地里观察杰子有什么动向，可是这个人还是老样子，话不多，对他也尊重，小伙子好着呢么。每天和宁为玉在一起排练，还是咋看这个狗日的咋不顺眼，不由得就想找碴收拾他。

大老王一说激动了，就容易忘记时间，也忘记了自己的责任。等他想起来继续排练了，有些人早不知道溜到哪儿去了。当他四处寻找把人都召集回来，半天就算过去了。

在宣传队的日子，过的还是挺有滋味的。哪天大老王不在，铁柱还觉得不热闹。为了给大家逗个乐，铁柱说，你们等着看，一会儿大老王回来，我能让他给大家来一个保留节目，绝对好玩。大家都不相信，铁柱说，你们在窗户上看，等他快进门了，就告诉我。

听说大老王回来了，铁柱迅速把手鼓拿起来，也敲出几个花样来，大家纷纷为铁柱叫好。大老王一听就急了，赶忙进屋，看到这个场面，脸色大变，直冲铁柱摆手让他停下来，说该开始排练了。铁柱假装听不见，继续玩着各种花样。

大老王说："铁柱，你这一套鼓点早过时了，真正高水平的，是我们在南疆时学哈的，哪才是正宗的维吾尔鼓点。光鼓点子，就有100多种。"

"唔、唔。"大家又敬慕地看着大老王，铁柱把手鼓递过去，笑嘻嘻地说："你来你来，打鼓你是权威。"

大老王接过手鼓，又说了一句，"南疆的鼓点子100多种。"然后，两个指头在鼓面上"嘭嘭"弹击出了两下脆响的起式，开始表演起来。

"咚巴拉拉咚巴拉，咚、巴、拉。"大老王的双手在手鼓上飞舞，像一只拼命扇动翅膀的鸟。

二

宁为玉从老婆的身后伸出双臂，搂住她的腰，并把脸贴在她的颈部轻轻地摩娑，他闻到了一丝雪花膏的清香。

老婆显然吃了一惊，枯瘦的肩膀抖动了一下。然后她扭动身子挣扎，想摆脱宁为玉的拥抱。宁为玉在她的耳边轻声地说："你别动，娃儿睡着了。你听我说，如果现在我要你在东盐池挑出来一个最幸福的人，你说是谁？嗯，你没有想过，那你想想看。不不，我不松手，你猜猜看。猜不着，下劲猜。还是猜不着，那我就告诉你：这个人，就、是、我。"

"哼，烧得不轻。"她笑着挣脱了宁为玉的搂抱，弯下腰一阵咳喘，伸手在脚边摸索滚落在地上的毛线团。

宁为玉从老婆的身后直起腰，走到镜子边仔细地梳头。镜子里的这张面孔，虽然经过了长时间的风吹日晒，但仍然不失俊俏。他向镜子抛了个飞眼，闪动起了一道妩媚的余波。

宁为玉是烧得不轻，因为他已经沉浸在无比的喜悦中了。他当然有理由说，他是东盐池最幸福的人。因为像他这样一个被流放多年的艺术家来说，重新回到毛主席的文艺战线上来，又将要登上梦寐以求的舞台了。

他要感谢老婆，是她给他带来了幸福。自从宁为玉被下放到东盐池来，他老婆就没有停止过为丈夫鸣冤。她成天挺着个大肚子，在文工团、师部、兵团到处上诉，要求为她丈夫平反。她甚至还在师部农场找到了和他丈夫有“奸情”的詹大胡子，让他写材料证明他们之间的清白。也许，她的苦心感动了老天，师政治部做了批示，宁为玉和詹大胡子的问题按人民内部矛盾处理。这样一来，宁为玉在东盐池的新生队劳动改造了不到两个月，就调到老一连当盐工了。接着，老婆又坚决要求从省城调到东盐池来，就是为了夫妻团聚。老婆刚到东盐池不久，就生下了他们的第一个儿子。如今，宁为玉不但有了一个温暖的家庭，而且还被刘干事任命为宣传队的导演，他怎么能不欣喜若狂呢。

在排练场上才半个月，宁为玉就喊哑了嗓子，熬红了双眼。每天腰酸背疼的排练一天下来，宁为玉还要熬夜编写剧本，设计歌舞的队形和动作。他经常睡下以后，突然有创作灵感迸发，便立刻翻身下床，当地就手舞足蹈起来。再苦再累，心也是甜的，宁为玉觉得浑身有使不完的劲。这种累和下工地的累它不一样呵，是有着天壤之别的。尽管每天晚上回到家，宁为玉的双臂酸痛得都举不起来了，但这不是握镐把、举大锹，双手僵硬得屈伸艰难，而是越来越柔软；还有腰身，排一天节目下来，也像要断了一样，有时还要老婆站在背上踩一阵儿，但它是灵活的，有柔韧性的。宁为玉想告诉天下的人，他天天都是在唱歌、跳舞中度过的，这成了他的工作，谁能说他不是最幸福的人呢？

这段日子，宁为玉还体会到了有规律的作息时间带来的乐趣。每天下班，宁为玉先到托儿所去接儿子；回到家，下工地的，上学的都没回来，宁为玉开始点火、做饭，承担着全部的家务活，宁为玉也很快乐。在门外的灶台和屋内的案头上穿梭时，宁为玉哼唱着歌曲，跳动舞步，像风摆杨柳一样飘来飘去。老婆儿子回到家，热腾腾的饭菜已经摆上了桌。在工地上劳累一天的老婆有了休息的时间，不再因为灶边的烟熏火燎而剧烈地咳喘。这样的生活，实在是太美好了。

“九九那个艳阳天呀天来哟，十八岁的哥哥坐在那小河边……”宁为玉一边朝头发上擦头油，一边情不自禁地哼着歌。

“咯、咯，”身后的老婆又咳嗽起来，她织着毛衣说，“老宁，你可真是烧得不轻，老话讲，人轻（浮）没好事，狗轻一泡热屎吃，咋劝你都不听。”

老婆已经被肺结核折磨成了一把干柴，说起话声音也很微弱。但宁为玉听来，却像是一声炸雷，立刻就被震得闭上了嘴。有人说宁为玉听到老婆的话，就像一只轻狂的狗正在撒泼打滚，突然被人当头打了一棒，立刻恢复了原形，乖乖地夹着尾巴坐下来。

“你经常唱老歌,还给别人讲老电影,这些东西都是毒草,是封资修。别人要揭发你,说你到处放毒,你到倒霉了。咯、咯。”老婆继续絮叨。

宁为玉不做声,只管听话地点头称是。

“老婆说的对,人轻没好事,”宁为玉冷静下来,“比如这次成立宣传队,简直就是搞突然袭击。事先也不通知一声,追查反动标语的大会,突然宣布让他到厂部办公室去。他奶奶的,吓死人了。我还当要去劳改队呢,想不到成了宣传队。”

一想起那天晚上,宁为玉的心就会抽一下。这样的大起大落,会要了胆小的人的命。他简直像从地狱边上走了一遭,谁知一迈腿,却踏进了天堂。

那天晚上,连队本来是要开一个欢迎新知青的联欢会。下午收工的路上,指导员还找他说,晚上迎接新来的知识青年,让宁为玉准备点小节目,万一会场上气氛热烈了,咱们老一连也得有个表示。宁为玉感到受宠若惊,连忙满口答应。回家的路上,他就一直琢磨着,表演一个什么呢?到东盐池这么多年了,他一直是众人耍笑的对象,从来没有人说让他当众正式表演点什么,他的艺术才能白白地浪费掉了。这一次的机会不能错过,宁为玉想好了,就来一段芭蕾舞剧《红色娘子军》,其中军民联欢中有一节几个小孩子戴着面具做“斗地主”的游戏。他要表现出小孩子天真活泼的憨态,还有好几个屈膝跳跃的高难技巧,让人们知道,他宁为玉还年轻得很哩,而且各种角色都难不住他。

开会前,他还专门精心地洗脸,梳头,换了一件干净衣服。在会场上,别人都在盯着新来的知青,嘁嘁喳喳地品头论足时,他已经进入了角色,还在为自己即将进行的表演进行构思。

谁会料想到会场上风云突变,先是连长杜培志宣布,欢迎会不开了,由指导员传达重要的中央文件。一听这话宁为玉很失望,又一次白白地精心准备了。接着,满脸阴沉的刘干事来到会场,把连长叫进了连部办公室。人群里一阵骚动,他听见坐在角落里的人悄声地议论起来:“快看,刘干事来了,你们知不知道,听说厂里又发现反动标语了。”

“什么什么,又发现了,他奶奶的!在哪儿发现的,破案了没有。”

“听说又是在砖窑里,模仿小孩子写的。我看案子还没破,要破的话,刘干事肯定要带值班民兵,当场逮捕狗日的。”

“妈了个巴子,咋又出来这个了,头几年这事多,现在咋又有人搞这?”

“反革命还隐藏的有，有时候戈壁滩上能看见信号弹，都是苏修特务干的。”

“依我的估计，刘干事是来对笔迹的，散会以后，断文识字的留下，好好查他个水落石出。”

会场上顿时弥漫着一股森严的气息，许多人都不由自主地把脑袋压得很低，不再乱说乱动。

宁为玉当时不以为然，还暗暗发出冷笑。因为散布这种消息最活跃的，就是他身边这个“刘克思”。这个老不死的家伙，最能日精捣怪。平时动不动拿一张报纸看半天，还在上面划划点点的，有事没事经常散布一些流言蜚语，完全是胡说八道。但是，宁为玉并没有放松警惕，因为以往的经验证明，只要政工组的刘干事黑着个脸出现在那个地方，准有人倒霉。

不一会儿，杜连长和刘干事走出办公室，坐在台上的办公桌前。两个人都像是恶煞神，满脸凶气。指导员传达文件的时候，他们的眼睛恶狠狠地在满场上找人。文件刚念完，连长就接着说：“刚才我讲了，今天本来要给新来的知识青年们开个欢迎会，但是，因为阶级斗争又出现了新情况，我们还有很多工作要抓，啊，会呢，改时间开。再说，我今天没有这个心情，”说到这里，他突然脸色一变，又敲起桌子厉声喝道，“最近，我们连上有那么几个人，看来皮又痒了，三天不打，上房揭瓦。有的人，牢骚怪话，逃避劳动，偷奸耍滑……”

连长一说起那些好吃懒做的人，气就不打一处来，开始漫无边际地痛骂。周围的人低声议论：“连长说谁呢，说谁呢……”

就听二班长熊章良逞能地说：“还有谁，不就是那么几块料，曹瞎子、宁娘们、李学华，这几个老油条从来出工不出力……”

宁为玉就坐在熊章良身后不远，听到这里他恨得咬牙，心里大骂：“狗日的熊章良，你也不是什么好东西，别以为你出身贫农就了不起，你他妈的是个从四川农村跑出来的盲流，农村二流子，”宁为玉一边骂着，一边脑子里飞快地转，“连长不是骂我吧，我最近干活没偷过懒，谁还能给我造谣？”

他悄悄地抬头张望，狗日的曹瞎子，好像根本不在乎，得意洋洋地向周围的人炫耀他的新铁皮莫合烟盒子；再回头看那个北京油子李学华，脑袋一点一点的正在打瞌睡；还有宁为玉最讨厌的知青张铁柱，也没仔细听连长的训话，正在和另外一个知青偷偷地伸着指头练划拳。

“还有的人，成天宣扬资产阶级的臭思想，唱一些下流歌曲，腐蚀拉拢青年，”

连长话题一转,“你们看看新来的这些知识青年,都是刚从学校毕业的学生,是革命接班人。到我们连上来接受再教育,我们教育他们啥,嗯,你不教他革命传统,不让他学好,让他们学成二流子吗,啊?我警告这些人……”

“毁了!这一定是在说我!天哪,我惹祸了!”宁为玉的脑袋“嗡”的一下大了,他这时觉察到了问题的严重:“是不是连队里早已掌握了我在工地上的一举一动,而且肯定有人暗中汇报上去了——可不是,上个星期在工地上吃饭的时候,我又忍不住和铁柱抬杠。这一次怕是要新账老账一块算!”

想到这儿,宁为玉顿时觉得天旋地转,背上的冷汗“唰唰”地朝下流。

一年前,宁为玉从新生队出来,到老一连当盐工。他现在获得了“新生”,也吸取了过去的教训,一直夹着尾巴做人。不久,省城工三团来了十几个知青,分到老一连接受再教育。厂里没有电影看的时候,他们聚在一起,特别爱回忆过去的老电影,而且经常说得牛头不对马嘴,唱歌也是乱七八糟的跑调。刚开始,他任凭他们胡说八道,只是暗自偷笑,从来不随便插嘴。可后来听他们说得漏洞百出,就有点忍无可忍。有一天中午在工地上吃午饭,一个叫张铁柱的知青给大家唱《柳堡的故事》中的“九九艳阳天”。刚唱了两句就卡壳了,宁为玉好像是鬼使神差,接着就唱了起来。知青们都吃了一惊,还有人拍手叫好。只有那个铁柱还不服气,梗着粗脖子说:“这位师傅,看来你还有两下子,还会别的吗。”

宁为玉淡淡地一笑说:“不会不会,我就这一下子,也是碰巧看过这么一部电影。”

人群里有人嘻笑。铁柱涨红了脸,不服气地说:“我看也差不离,不过是瞎猫碰上个死耗子。”

宁为玉说:“就是就是,不过我这个瞎猫运气好,老是能碰上死耗子。”

老职工们都笑,铁柱有些下不来台,宁为玉正准备去打开水,被他用胳膊拦住了,强横地说:“是骡子是马总要拉出来遛遛,我倒是要请教师傅,你还有什么能耐。”

知青们开始起哄。宁为玉打量了一下眼前这个张狂的年青人,他满脸的青春疙瘩因为激动而愈发饱满,颗颗发亮。让宁为玉心里涌起一股厌恶,他想,眼前这个年青人有点不知天高地厚,该当众教训一下,正好也在人们面前露一手,以后不要小觑了他。他说:“好吧,要说能耐我没有多少,不过,提起老电影,只要是你能说上名字的,随便说到哪儿,我都可以试试。”

铁柱昂首拉长声调问:“先问个最简单的吧,《刘三姐》,看过没有?”

宁为玉一笑,说:“看过没有,老掉牙的,电影里的歌你们随便点,点哪一首我唱哪一首。”

“……你唱一下刚开演的那一段,刘三姐划着小木筏子的那一段。”

“哎……山顶有花山脚香哎,桥面有水桥下凉……怎么样,对不对,嗯?”

“……对了。那一段,三个秀才和刘三姐对歌。”

“三个秀才的都唱吗,太长了吧,你们还是选一首。”

“……就唱陶秀才骂刘三姐的那一段。”

“真粗鲁,皆因不读圣贤书,不读诗书不知礼,劝你先读人之初。”

“……还有,刘三姐和阿牛在大树底下的……”

“山中只有藤缠树,世上哪有树缠藤……”

“……”

“还有吗?”宁为玉挑衅地看着铁柱和那一群知青,他们面面相觑,都不说话了。

“老宁,我刚才知道,你原来是咱们师文工团出来的。不一样,是有两把刷子。”一个知青满面钦佩,挑着大拇指对他说。

宁为玉哈哈一笑说:“搞艺术,这可不是开玩笑的,我连这么两下子都没有,那还不叫人笑掉大牙了吗。”

“就是,就是……”

“好吧,你们考我半天了,我也请教一下你们。你们也都是大城市里来的,你们听过这个歌了没有。”

“你唱,你唱,我们听听……”

“天涯呀海角呀觅呀觅知音……”宁为玉一边唱,一边看着铁柱在挠头,其他的知青们也是满脸的茫然。唱完以后,他什么话都没说,抓起草帽戴在头上就扬长而去了。

从那以后,知青们都喜欢和宁为玉在一个组干活,可以听他唱歌,讲各式各样有趣的故事。这期间,老婆已经从乌鲁木齐调来了,接着他有了儿子。人逢喜事精神爽,他和大家也混熟了,说话也就随便起来。老婆经常劝告他,千万不要像过去那样,一高兴就轻薄烧包,那就快要倒霉了。他还是把老婆的话当成了耳旁风,喜欢说笑是他的天性,再说,他一讲笑话,唱几首歌,别人就不太计较他干活,有时甚至为了听他说唱，经常有人主动替他完成任务定额。

“老宁，唱一个《蝴蝶泉边》。”

“宁为玉，给我们来一段《九九艳阳天》。”

干活的时候，休息的时候，总有人这么央求他。

“不行，不行，这些歌是毒草，黄色歌曲，不能唱。”

“哎……老宁，我们不是想听坏歌，我们是想批判批判大毒草。”

“姓宁的，别你妈拿架子了，再不赶快唱，我们扒你的裤子。”

“哎，别别，老宁，你来一段好听的，你那点活我们两铁锹就给你解决了，唱一个吧。”

“那我唱了，我今天给大家唱一段《朝阳沟》选段，怎么样？”

“好……！”众人高兴地纷纷鼓掌。

“走一道岭来哎嗨哟，翻一架山哪哈哟……”宁为玉的歌声一起，人们都如醉如痴地低首倾听，还有人摇头晃脑地跟着曲子哼哼。他一面唱，一面在心里骂道，“这帮土鳖，还都是从省城里来的，简直是一群可怜虫，啥都没见识过……”

现在，他要为自己的轻薄付出代价了，现在是什么年代，怎么还敢给唱那些毒草歌曲呀。宁为玉感到自己浑身瘫软，追悔莫及。他伏下身子不敢抬头，好像现在连长正对着他大骂，周围的人也都在幸灾乐祸地看着他。千不该万不该，不听老婆的劝，在工地上瞎吹，非要在那帮省城里来的知青面前卖弄，没想到昏头昏脑惹下了大祸。

连长滔滔不绝的痛骂结束时，刘干事站起来，那双刺刀一样的眼睛在会场上一扫，空气更加紧张。只见他严肃地说：“根据毛主席和党中央的战略部署，全厂马上要立即掀起一个批林批孔运动。我的工作，就是要配合这次运动。现在，叫到名字的，散会以后不要走，跟我到厂部去一趟。”说到这里，他又朝下面扫视了一遍。

会场上的人纷纷低着头用眼睛四下乱瞅。

“一排的宁为玉、李学华；二排的耿春英、张铁柱；最后念到的这一个，是新来的知青，寇挥……”

会场上“嗡”的一下，所有的眼光都盯住了这几个被点到的人。还有人长出一口气，好像庆幸地说：“没我们的事，看来这几个家伙要倒霉了。”

宁为玉排在了头一个！他的心碎了，他直想哭。朦胧中就看见刘干事铁青着脸，站在会场上一招手，一群全副武装的基干民兵冲进会场，把他和张铁柱，还有李学华，都五花大绑地押了出去。宁为玉扭头在会场上寻找老婆，他那已经被痨病折磨得没有人形的老婆，这会儿怎么不在了？

这时候，他的屁股上重重地挨了一脚，“哎哎，老宁，你他妈的还做梦呐，快起来走，到厂部开会。”

宁为玉一抬头，铁柱喜气洋洋地站在面前，完全是一副死到临头始不知的蠢相。散会后的人们乱哄哄地朝外走，宁为玉赖在地上不起来，抱着肚子有气无力地呻吟：“我，我病了，站，站不起来。”

“别他妈的装洋蒜了，”铁柱又踢了他一脚，“你个老小子，不是整天做梦上台演戏吧，现在你时来运转了。”

铁柱没有说错，宁为玉真的时来运转了。当他心惊胆战地跟着刘干事来到厂部政工组，没有看到全副武装的民兵，却看到一群喜气洋洋的年轻人，还有办公桌上堆放的乐器和戏装。这时他才意识到，他的命运瞬息之间发生了翻天覆地的变化。

“我的幸福来之不易，要珍惜，要珍惜，”是老婆警钟般的劝诫，让他的头脑清醒了很多。通过对这段让他魂飞魄散的往事回顾，宁为玉认识到：自己虽然有一定的艺术才华，心地善良，但还存在着骄傲自大的缺点，不够注意团结。有“人来疯”的坏毛病。越是人多的时候，就越是想出风头，引起人们的注意，显示出自己的与众不同。

“这很不好，这个毛病一定要改，今后要多做事，少说话。成绩不说跑不了，缺点不说不得了。”想到这儿，宁为玉为了提醒自己，赶紧把刚才想到的这段话写进了日记，而且在“要珍惜”3个字后面，还加上了3个重重的惊叹号。

三

对厂长的女儿金一鸿来说，今天是个非常值得纪念的日子——今天她要过23岁生日。

这一次生日要自己过，金一鸿要去学校的老师宿舍，和于隆单独吃一顿小锅饭。两人在灯下饮酒、谈心，多有诗意。这样一来，也说明她和于老师确定了一种关系；厂里面有些传闻就得到了证实。这件事如果在东盐池传开，肯定是头号新闻。想一想那些特别关心她的人突然不知所措的样子，然后到处乱哄哄的场面，金一鸿就觉得好玩。

在家吃完午饭，金一鸿从食品柜中偷偷地拿了两瓶罐头、一瓶红烧猪肉、一瓶糖水桔子，还翻出来一瓶葡萄酒，装在军用书包里带到了广播室。离下午上班还有半个小时，金一鸿轻松地打开唱片盒，挑出来自己最喜欢听的那张唱片《北京有个金太阳》，用绒布擦拭干净了，放在留声机里；又挑了一根新唱针换上去，仔细地把唱针对准了唱片的纹路，一松手，电唱机晃晃悠悠地旋转起来，动听的音乐马上在屋里回荡。

这部电唱机有些老了，唱片盘忽快忽慢，唱针头也像海面上的小船那样微微地起伏，金一鸿的心也在旋转和起伏。她掏出上衣口袋里的纸条，看不够似的，又仔细地端详一遍：金一鸿同志，我想约你谈谈心。星期六晚上行吗？熊班长一家探亲去了，我给他看房子。地点：一连家属院最后一排靠山角的第一间。我在那里等你。此致，革命敬礼。于隆。

于老师的字写得很清秀，金一鸿望着那一行行细长的字儿出神的时候，恍然觉得是一群漂亮的小人在纸上跳舞。

“星期六晚上……熊班长家……谈谈心……”这几个句子在金一鸿的脑子里跳来跳去，她的脸上有些滚烫。

桌上的小圆镜里，有一张兴奋而绯红的脸庞。这张脸仍然年轻、美丽，并且因为春心荡漾而容光焕发。如果不是那个倒霉的家庭出身，这张秀美的面孔应该出现在报纸上，出现在军区文工团的剧照里。这就是命，不是还有更多比她年轻、美丽，更有艺术天赋的人，如今都在全疆各地的戈壁荒滩上劳动改造吗？金一鸿知足了，她有一份舒适、清闲的工作，有一个优越的家庭，如果还有一个善良的、智慧的男人疼她爱她，不是很幸福了吗？

想到这儿，金一鸿害羞地用手捂住脸，心也有些“突突”地跳。和于隆认识有一年多了，她不知不觉地变了，心情舒畅以后，脸上渐渐有了笑容，做事也不再消极、散懒。前不久，刘干事来找她，小心翼翼地说，厂里要成立毛泽东思想宣传队，想先“征求”她的意见。要在以往，她会很不耐烦地拒绝。这种事情别来烦她，更何况这会揭开她心底那个长期隐隐作痛的伤口。可这一次，金一鸿的表现让刘干事非常意外；她不仅为他提供了一份详细的东盐池艺术人才名单，还很愉快地答应了他的请求——担任宣传队的独唱演员。

金一鸿从刘干事惊讶的表情中可以看出，这个行伍出身的政工干部，绝对没有想到，她金一鸿不光有一副清脆甜美的好嗓子，而且还对东盐池有艺术细胞的人这么了如指掌。在接下来宣传队的成立以后得到了应证：比如金一鸿推荐汽车班的大老王做乐队负责，刘干事根本想不到那个稀里哈拉的粗鲁汉子还有两下子；金一鸿说宁为玉不光是好演员，还是个不错的编导。果然，这两个人各自负责一摊，还真找不出比他们更合适的人了。另外，她还介绍了厂会计钟才来的老婆顾继蓉，金一鸿告诉他钟大嫂以前在老家的县豫剧团演过花旦，演个大婶老太太最合适。刘干事言听计从，把人叫来一试，真是"不孬"。

这些年，金一鸿在东盐池之所以委靡不振，除了父亲带她去考军区文工团意外落选之外，还有她一直觉得，再没有能让自己高兴起来的人和事。母亲说她太挑剔，她也承认，她不想迁就自己，能看上眼的人，必须要有品位；能让她高兴的事，也必须是和艺术有关的。现在，这两种东西先后飘落在金一鸿面前，当然应该欣然接受。

"不过于隆的长相太一般化了，眯眯眼，个子也有点矮，"想到这儿，金一鸿稍微有些遗憾，"他要是有刘干事那样的相貌和派头，加上自身的才华，就算他是反革命的后代，就算我爸爸不让我在东盐池谈恋爱，我也不会犹豫到现在了。"

"再怎么说，他也比孔宪实强，"金一鸿又想，"虽然孔宪实长得端正，人也特聪明，还和于隆是高六六的同学，但我就是不喜欢他——我讨厌话多的、爱显示的人。"

在厂里，随着她年龄的一天天增长，关心她"个人问题"的人也越来越多。特别是医务室的俄罗斯族女医生娜莎，几乎就是个"洋媒婆"，三天两头跑到广播室来，给金一鸿介绍厂里年轻人的各种情况。工九团那几个"高六六"的学生一来，她比谁都跑得勤，每个人的家庭出身、文化程度、身体状况包括身高体重，都给她调查得一清二楚。而且娜莎一眼就相中了相貌出众、能说会道的孔宪实，不但自作主张要把金一鸿介绍给他，还在她爸妈面前使劲夸奖他。她爸爸和刘干事也都很快喜欢上他了，孔宪实劳动锻炼不到半年，就被调到厂部放电影，现在又是厂团工委书记。不知为什么，金一鸿却死活瞧不上他。她和他都在政工组，几乎是低头不见抬头见。可她反感孔宪实的能说会道，反感他的滔滔不绝，就连他说话时眉毛生动的跳跃，都觉得不能容忍。

说起来也奇怪，平日里聪明机智、人见人爱的孔宪实，摆弄起他那架结构简单的8.75毫米的小型放映机来，却是出奇的笨。可以说，东盐池的人们没有顺利地看过一场电影。放映期间，不是机器突然发生故障，就是胶片断了，而且经常是刚看了个开头，接着就演到大结局了。人们更多的是同情地看着他满脸堆笑、手忙脚乱地修机器。好在孔宪实极有人缘，全厂的男女老少都喜欢这个和蔼可亲的"高才生"，还有不少姑娘和小媳妇，都觉得能有机会在灯下仔细地打量他，而感到一种暗暗的满足。

和于隆接触多了，金一鸿把他和孔宪实，还有自己认识的所有男青年，包括女同学的恋爱对象一一列出来比较。经过比较，她得出的结论是：凡是能超过于隆的，大都是长像、个头，但要论知识、学问，还有气质，他们真不行。

有一次，在于隆的宿舍里，金一鸿问他说："于老师，你还记得刘干事带你到广播室来，我看到你以后想到什么了？"

"你想到什么？"于隆问，但还在低头用电烙铁焊接收音机的线，屋里飘浮着一股松香混杂着焊锡的甜味。

"你们俩一前一后的走，就像电影《霓虹灯下的哨兵》里面，你是被解放军排长赵大大押着走的上海小阿飞。"

"噢哟，我有这么狼狈吗？"

"就是的，"金一鸿笑道，"我看你的文章，还有那一笔好字，觉得你肯定是一个细高个、秀秀气气的小伙子。哪想到站在我面前的，却是一个黑不溜秋的小老头。"

"哈、哈，"于隆干笑两声，"我没有那么苍老吧，顶多就是在连队干活，晒得黑一点嘛。"

"哎哟，还黑一点，简直就是个非洲人，你比谢叔叔那个黑儿子稍微白一点。"

"啊哈，你是讲谢东，那是我班上的学生，他可比我黑得多了。"

"于老师，你第一次见到我，想到了什么？"金一鸿指着自己的鼻尖问他。

"这个，不太好讲。"于隆有些犹豫，手上的烙铁也冒着青烟。

"你怕什么，有什么不好讲，大胆地说吧。"

"我第一次见你，觉得你像电影《秘密图纸》里面的女侦察员。"

"啊，我怎么是这个样子？"

"就是呀，我进来你让我坐下，第一句问，你叫于隆？我说是；你又问，这篇《哥达纲领批判》是你写的？我说是；你又问，你是高六六的学生？我还说是。我觉得你好像在审犯人一样。”

“哈哈，好玩，还有呢？”

“还有就是我觉得你问的全是废话，这叫明知故问。”

“哟，你狗胆不小，还敢当面批判我。”

“彻底的唯物主义者是无所畏惧的。”

又是哲学。想到这里，金一鸿出神地笑起来。

的确，于隆之所以让金一鸿有了相识的冲动，起因是因为马克思主义哲学。

通过几个月的学习，厂部政工组从职工们的体会文章里，挑出来几篇送到广播室。金一鸿像往常一样，漫不经心地整理稿件准备播音。可金一鸿无意中发现，其中的一篇稿件，字写得蛮漂亮，在那些工农大众的广播稿中显得很特别。金一鸿看了一下稿件的标题：《学习〈哥达纲领批判〉的体会》，后面署名是——老一连一排二班于隆。

这一笔流利秀美的字体吸引了她，好像天天面对的泥腿子莽汉中，突然出现了一个风度翩翩的秀才。金一鸿听说过于隆这个名字，他是孔宪实的高中同学。孔宪实偶尔提起他，只是一种对老同学的同情——于隆出身不好，又老实巴交的，在连队里混得灰头土脸。这些年来，金一鸿天天念那些大批判稿，越来越感到乏味，常常是写的人敷衍了事，念的人也应付差事。很少有人像他这么认真地写，又抄得工工整整，更何况还挺深奥。什么拉萨尔派的“不折不扣的劳动所得”了，马克思主义的“限制资产阶级法权”了，还有什么维持和扩大再生产的生产资料消耗，剩余的消费资料分配……

这一次，金一鸿广播稿件的准备工作就很充分，金一鸿先逐字逐句地读，读顺了以后，又在广播室里练习了几遍，这才打开话筒向全厂广播。金一鸿还记得这一天天气也格外晴朗，蓝天白云的，令人倍觉清爽。

播音不到两个小时，谢培良叔叔就找到广播室，说他听到了一篇好文章，要借去学习学习。接着是她爸爸在家表扬了她，吃晚饭时他说，一鸿今天表现蛮好，播音有个精神头了，不像以前懒洋洋的。说这话的时候，爸爸显然心情很愉快。

金一鸿暗自吃惊，这两年爸爸似乎一心扑在工作上，根本没有关心过她。没想到她的举动，并没有逃过爸爸的眼睛，而且还给金一鸿带来了少有的好心情。

金一鸿乘机说：“这个于隆是孔宪实的同学，可比他有才，你可以把他调到政工组写材料嘛。爸你不是说过，刘干事抓枪杆子行，抓不了笔杆子。”

爸爸叹口气说："嗨，真可惜呀，这个年轻人的父亲是个历史反革命。下班的时候，你谢叔叔也说文章好，本来我还想，这个知识青年有水平，马列学得不错，让他参加全师工农兵学哲学讲用会，还能给我们东盐池夺面红旗回来。可一问他们连长，出身不行，师里面怕是通不过。"

金一鸿说："现在不是反对'血统论'，不唯'成分论'了嘛。知识青年接受工人阶级的再教育，改造好了做个学马列的典型还不行吗？"

爸爸又叹口气说："嗨，什么不唯'成分论'，我金兆汉要是工农出身，还会是今天这个模样吗。"

金一鸿见爸爸脸上有了阴影，急忙转移话题。

爸爸脸上瞬间的愉快，感染了金一鸿。两天以后，谢叔叔还回来的稿件上，用红笔圈圈点点地划了好多记号，而且赞不绝口地说，小伙子有才气，文章很精彩，有时间和他认识认识。谢叔叔的这句话提醒了她，她把刘干事叫来说，这篇广播稿被谢叔叔拿去划得乱七八糟，人名字老长，好多字都不认识了，最好让写稿子的人来一趟，当面问个清楚。刘干事听完不说话，转身就走。金一鸿知道，这是他保证完成任务的表示。别看刘干事在外面威风凛凛，但对她从来都是百依百顺。

那天中午的太阳很毒，好像是在向戈壁滩上喷火。金一鸿从窗玻璃上，看见刘干事身后跟着一个小个子，朝广播室走。于隆穿一条旧军背心，露出两条细胳膊，下身穿了一条缩水的黄军裤，两条麻杆腿。金一鸿当时有些失望，因为她想像中的于隆不是这样的，怎么会是个黑瘦木讷的小老头？而且他目光呆滞，对金一鸿的热情招待没有反应。她问一句，他就简短地答一句，然后就耷拉着脑袋看自己的裤脚。直到把眼前的一杯热茶放得冰凉了，也没有说出一句话。然后他就要走，只是临出门的时候把手伸到扩音器后面摸索了一阵，突然冒出了一句话："这个接口的线头松了，广播里老是劈劈拉拉的响；还有，电唱机里的转盘也该清洗一下，不然，再过几个月就报废了。"

见过于隆，金一鸿的心陡然凉了半截。说来也巧，就在她有些灰心时不久，于隆调到学校当老师。有天晚饭后，金一鸿同宿舍的好朋友周援朝突然说："一鸿帮我个忙吧，我的半导体又不响了，你陪我去找一下学校的于老师，他会修。"金一鸿问："怎么还要我陪，你自己不能去？"周援朝说："我才不去呢，于老师现在搬到学校院子，和敲钟的老潘头住一间宿舍。一个老反革命，一个反革命的儿子，简直就是个匪窟，我还怪害怕呢。"金一鸿说："那你找人把收音机带到省城修嘛，干吗非要找他？”周援朝笑嘻嘻地说：“孔宪实说于隆手巧得很，找他不是不用花钱了嘛。认识他有好处呢，以后你的表坏了、手电筒坏了，他全能修。”金一鸿敷衍说：“好吧，我就陪你深入匪穴。”

于隆不在宿舍，老潘头说：“你们到操场上去找找，他在那里打排球。”

这次在操场上见到的于隆，给金一鸿留下了难忘的印象。她简直不敢相信，不远处正在奔跑跳跃的于老师，哪里是广播室里那个黑瘦的小老头。他穿一件白色短袖衬衣，下摆扎在运动裤里，显得很精神，也许是不再风吹日晒，他的脸也白了许多。一群高年级的男女学生正围着他，听这个年轻的老师示范手腕托球的要领。在练习中，他还不时地做出一些鱼跃救球的翻腾，男学生们努力地模仿着老师的动作，女学生们则在一边尖声叫好。尤其是娜莎医生的“洋娃娃”女儿，显得特别兴奋，似乎为了引起老师的注意，夸张地跳跃、尖笑。金一鸿就是在那一刹那，心里有了一阵恐慌，她似乎有一种预感：如果自己再犹豫下去，眼前这个重新焕发了青春的于老师，早晚会属于那些小姑娘们的。

这之后，周援朝的收音机修好了，手电筒修好了，金一鸿的手表却开始走走停停。周援朝恐怕无论如何也想不到，金一鸿会在她的掩护下，和于隆发生了感情的微妙变化。她俩每次来到于隆的宿舍，通常都是老潘头去值夜班。周援朝坐不住，老是要出去转转，就留下金一鸿和于隆交谈，常常是她出出进进几趟，金一鸿和于隆还在那里说个没完。金一鸿也不知道自己一见他，哪儿来的那么多话要说，一会儿天上，一会儿地下，有时候还扯到国内外形势、甚至还讨论起哲学来了。有一次，窗外不远处有两个家属婆娘在骂架，好像还有人在哄笑，周援朝出去看热闹。回来见他们俩说得投机，突然开玩笑说：“哎呀，你们两个人说得这么热闹，我干脆给你们当个媒人算了。”

这句话把金一鸿羞得满脸通红，于隆更是吓得全身哆嗦，手上的镊子都摔到了地上。金一鸿几乎是夺门而逃，跟在后面追出来的周援朝，一个劲地向她赔不是。金一鸿骂周援朝神经病，说以后再不来了。周援朝等金一鸿消了气，才委屈地说：“和你开个玩笑嘛，你们那么多话。你比以前小气了，脸皮怎么也变薄了。”

“想想看，如果人们都知道我和于隆恋爱的话，会是什么反应？”金一鸿又想，“首先周援朝会气个半死，然后叨唠我太吃亏了；我爸呢，要大吃一惊，平静下来说，尊重我的选择；我妈说不定马上就哭上一鼻子，然后跑到学校施校长那里进行详细的调查研究。她这一辈子跟着我爸担惊受怕，越来越胆小了。不过，如果听完校长的介绍,她马上就会想通的。还会说小于成份高不要紧,只要你爸还在东盐池当厂长,你们的日子就不会差;那么娜莎医生呢,肯定是鸡飞狗跳,而且只需要一个晚上,全厂的男女老少都会知道,厂长的千金小姐,和学校的一个又穷又呆的教书的好上了。娜莎医生说话的表情永远很夸张,总是瞪起一双金黄色的眼珠,经常让想到电影《列宁在十月》中刺杀列宁的女特务。

想想娜莎医生摇着满头金黄色的卷发,咋舌叹息的神情,更让金一鸿觉得好笑。

"噢,对了,还有孔宪实,这个一天到晚向我乱献殷勤的家伙要知道了,肯定活活气死,"金一鸿的眼前又出现了一张惊讶、痛苦的脸,"她没看上我,却看上我的同学了,"孔宪实想不通,揪着自己的头发长吁短叹,"他妈的,我哪一点比不上于隆,相貌、出身、工作、风度……"

嘻嘻,金一鸿就是不喜欢他,就是不喜欢。

"妈的,先让这帮瞎操心的家伙乱上一阵子,然后全都靠边稍息,"金一鸿站起来,对着空中扇了一巴掌,"揭发林彪的材料上说,为了给林立果选妃子,周围那些家伙天天围着叶群打转转。我看我快成东盐池的林立果了,男的女的一大帮,一天到晚缠到我妈跟前,快把我烦死了。姑奶奶我今天就是要自作主张,打他一个,冷、不、防!"最后一句金一鸿唱出了声,是《沙家浜》里郭指导员唱的"奔袭",她还做出了一个丁字步的亮相姿势。

电唱机上的唱头也早就走完了它逐渐缩小的旋转过程,耐心地在唱片上"沙沙"地划着同心圆。

四

老一连连部的办公室是过去的老厂部, 自从谢培良设计的新厂部建好以后,厂直机关都迁走了,把这排土屋留给了这个建厂时的老连队。连部是一间大屋,一直是厂里开会的主会场。大屋的东西两面分别套着四间小屋,东面过去是厂首长的办公室,现在分别成了连部和会计室;西面过去是厂政工组和生产组,如今成了女知青们的宿舍。

随着几批知青的到来,连队的气氛明显地活跃多了。全连开会集合坐好,不少人都有点兴奋，伸着脖子左右来回好奇地看。老盐工们大都沉默地抽烟，或者低着脑袋不知在想什么；老知青和妇女们比较活跃，说笑的声音和喊喊喳喳的低语在他们那里此伏彼起。连部的门总是紧闭着，偶尔有各排的排长和会计进出，人们的眼光总是追捕他们的脸色，直到他们坐在队伍里。女知青宿舍的门不时地响，搞不清楚她们为什么老是出来进去的，而且姑娘们进门时总是一闪而入，还没等人们的脖子转过来，门就关上了；她们出来的时候却都忸怩着身子，满面娇羞。

“这女娃走路，硬是好看，朗个腰腰一扭，啧啧……”紫色面皮的大汉熊章良咧着大嘴感叹，还有一股酒气溢过来。

“熊章良你个龟儿子，又犯骚病了，你小心杜瞎子扒你的皮。”

“老骚胡，这些知识青年可是刚毕业的中学生，你不要蠢蠢欲动。”

“你让龟儿子骚情，他怕是活到头了。”

熊章良对人们的笑骂毫不在意，反而更放肆地说：“怕啥子嘛，老子看一下也不犯法，杜瞎子又没有宣布不能看女娃嘛。”

“不犯法，你看到眼里就拔不出来了。”

“拔不出来也没得关系嘛，再说，老子也就是嘴巴头子过过瘾，从来不犯错误。这个错误犯不得，这比现行反革命还要命，你们想想，从师部下放来的，哪些人不得翻身呢，就是这个男女作风的东西，永远抬不起头。”

“老骚胡猫尿又喝多了。”

“去，告诉龟儿子的老婆，看晚上咋回家。”

周围这些人的议论很无聊，赵建勇不禁皱了皱眉。他厌恶地扫了熊章良一眼，心里对这个喷着酒气大吹大擂的大汉说：“你这个狗杂种，这么嚣张，可能不知道我赵建勇是谁，哪天找个碴子，拾掇拾掇他。”

赵建勇最讨厌的人，就是这种在人多的地方张牙舞爪的家伙。要在以前，有人敢在他面前这么猖狂，他早带上一帮弟兄，把那家伙收拾得服服帖帖了。在南疆古城，是他哥带着他到处铲除恶霸；到了下马崖，是他带着同学们抱打不平。可惜下马崖地方太小，他们只是在公社大院看电影的时候，把当地一个有名的二流子打得跪地求饶，以后再也没有人敢在赵建勇面前张狂了。所以，看到熊章良借酒撒野，说些议论女知青的骚情话，他的手心直痒，真想跳起来给他点颜色看看。可是现在不行，他只是个新来的，而且手上没有权。再说，这个狗杂种既然敢在众人面前借酒放肆，肯定是有来头的。这个“龟儿子”虽然个头不高，但很结实，脸色紫黑、肩宽臂粗，一看就是从小在农村下过苦力，在连队里干活不要命的家伙。在基层连队里，每个连长手下都有几个这样的“爱将”，就像战场上不怕死又狡诈的老兵痞。其实，赵建勇已经想好了收拾他的办法，这种人其实也不难对付，只要凭自己的年轻，干起活来比他更玩命，一个回合下来他就垮了。等他成了一条没用的癞皮狗，就不会有人护着了。到那个时候，收拾这个王八蛋，跟捏死个小鸡娃一样。

“安静一下，现在开会了”，一排长李有顺大嗓门儿一吼，会场立即静了下来。接着是各排的排长向指导员汇报人数。晚上开会的主要内容，是传达党的“十大”胜利闭幕的中央文件。文件上的内容，连队里已经组织大家听过好多次广播了，再学就感到疲沓。再加上文件太长，会场上的纪律有些松散。干了一天重活的人们，大多裹紧羊皮大衣，趁机低着头闭目养神。

虽然赵建勇也是在工地上大干了一天，但此刻仍然毫无倦意。他把腰板挺得笔直，像个标准的军人。其他知青们也受到了赵建勇的感染，全都精神抖擞地坐直。他们这两排队伍，在东倒西歪的会场上显得格外醒目，指导员读文件期间，偶尔扫视到他们身上的目光，有赞许，也有鼓励。一想到刘干事的叮嘱，还有指导员的信任，赵建勇心里热乎乎的。他现在担忧的是身边的同学们，他们对即将开始的严峻生活还是缺少警惕性。就拿刚才来说，听到周围那些低级趣味的语言时，有些人不但没有反感，反而觉得新鲜，听得也津津有味。还有人不听他的劝告，主动和连队一些不三不四的人接触。种种现象表明，他的威望受到了歪风邪气的挑战。两个月来，他已经摸清了老一连的底细：这个建厂时期的老连队，一半的职工都是从师部贬到东盐池来的，不是犯过形形色色的错误，就是劳教释放人员。再一半是年轻人，有一部分是前几年从省城里陆续分配来的知青，还有十几个“北京青年”，都是从北京的少年管教所里押送过来的城市二流子。刘干事说过，这几年从省城里来了几十个知青，刚来的时候也是风华正茂。结果，这还不到3年时间，革命意志就全消退了。一个个不是发牢骚，磨洋工，抽烟喝酒，还有人偷偷谈起了恋爱，实在是不争气。

为了树立知青的新形象，赵建勇没有少出力。他向同学们描绘东盐池的前景，大家很受鼓舞，让他觉得自己有信心有能力带领他们，在东盐池大显身手。然而，事物的发展却完全出乎他的意料。首先，刘干事布置的全厂欢迎知青大会，被一条谣传中的反动标语突然冲掉了。当指导员在开会前才通知他，欢迎大会不开了，他很恼火。要知道，为了这个大会发言，他做了非常精心的准备，发言稿改了好几遍，内容一再推敲，半夜惊醒，还在构思文章。有同学还向他汇报了一个情况，挥娃子刚来那天没和大家一起去食堂吃晚饭，而是和一个流里流气的北京青年打得火热，骗取食堂的病号饭。可没想到，当天晚上，刘干事从老一连抽调了7个人去宣传队，其中就有那个应该得到批评的挥娃子！

这一下赵建勇有些按捺不住了，连着几个晚上都没有睡好觉。最后还是找到指导员，向他倾诉自己的不满。

指导员是个圆脸、大眼睛的小个子，他说话慢条斯理，态度十分和蔼。听完他的反映，微笑着说："想不到小赵的思想这么敏锐，工作做得这么细。欢迎大会开不开，是厂首长做决定，们们只能服从组织安排。但你的工作没有白做，对于我们掌握知青的情况，很有帮助。"

赵建勇说："指导员，我还是有些想不通，会不开了，发言稿白准备了，这都可以接受。可是像寇挥这种行为，不但没有受到批评，反而直接进了宣传队。我们下马崖的知青里，比他会演节目的有好几个，像严亚利，从小就能歌善舞，为什么不选？而寇挥从来没有上过台，怎么一下就选中了，同学们意见很大。"

指导员笑着说："这个情况刘干事和我们交流过，我们厂的宣传队，目前演员好挑，会拉胡琴的太少，这是其一；其二呢，这个寇挥也有进步，他不但找刘干事，也找过我，坚决要求回连队来，说要加强劳动锻炼，和同学们同甘共苦。刘干事不同意，还发了脾气，他这才罢休。听宣传队的领导和同志们反映，小伙子很勤快，也很努力，你的工作不是很有成绩嘛。"

指导员的话，说得那么有情有理，憋在赵建勇心中好几天的怨气顿时消化了，而且他立即感到了后悔，觉得自己不应该这么冲动，这会给领导留下冒失、毛躁、不够成熟的印象。想到这儿，赵建勇不好意思地笑了一下说："指导员，我错了，经过你的开导，我现在全想通了。以后坚决服从上级领导的指挥，再也不闹情绪了。"

这时，指导员脸上露出了满意的笑容。赵建勇又接着说："指导员，你做思想工作可真厉害，几句话就让我心服口服。"

指导员脸上的笑容更慈祥了，他仍然谦虚地摆手说："哪里哪里，我到东盐池时间也不长，情况还是不熟悉，还需要小赵你这样的基层干部支持工作。"

"指导员又开玩笑，我哪里是基层干部，我不过是个接受再教育的新兵呀。"

"你可不是新兵，你的材料我们都掌握，刘干事也介绍过，你来之前是学校红卫兵的副大队长，比我带的兵多得多了。看你组织知青学习，安排讨论，很有经验嘛。”

指导员的夸奖，让他有些腼腆地垂下眼皮。指导员又说，“小赵哇，有个情况我正要和你通个气，厂中学毕业的学生，也分到连队来了，我和连长商量过，以后知青们下来，不再分散到各个班组，咱们成立一个知青排。集中优势兵力，要让它起到青年突击队的作用。”

赵建勇当时连声叫好，对着他猛然起立，响亮地说：“指导员，有啥任务你就吩咐，我保证坚决完成。”

这几天，关于要成立知青排的事渐渐在工地上传开了，同学们都很高兴，而且一致认为，知青排的排长，非他赵建勇莫属。他虽然心中喜悦，但表面上却十分平静，只是更加有条不紊地安排实习阶段的思想教育，下工地劳动也是虚心向老职工们请教装盐包的技巧。他在有意识地锻炼自己，做好勇挑重担的一切思想准备。

就在指导员的中央文件念完后，人们都睁开眼，活动手脚，就等宣布散会提板凳走人的时候，杜连长站起来说：“大家先不要动，我还有个事情要讲。”

会场静下来，人们又重新坐好。连长说：“大家可能都听说了，我们连来了两批知青，要成立个知青排的事，经过我们党支部研究，这个知青排今天就算成立了，”说到这儿，指导员带头鼓掌，知青们也热烈地响应。

连长又说：“我现在宣布一下知青排的任命。”

这时，赵建勇的心“砰砰”地跳，后面的严亚利也用指头捅他的腰眼，仿佛说：“建勇，下面就看你的了。”

连长从口袋里掏笔记本、翻页，赵建勇觉得这个时间好长，知青们也都屏住呼吸，静静地等待。只听他大声念道：“现在宣布任命；知青排排长，王三妮。三妮，你站起来，让大家认识一下。”

知青中一阵哗然，赵建勇也不敢相信自己的耳朵。这时，人群中一个妇女站起来，她的头上包着花头巾，脸色黑红，羞涩地低着头。连长说：“三妮坐下吧。”她才坐下去。接着，连长又说：“知青排副排长，熊章良。老熊，你也站起来，让大家看看，连续十几年的劳模。”

赵建勇的脑袋“轰”的响了一下，整个身体好像飘在了半空中。蒙胧中他听见了会场上有人哄笑，还有人鼓掌。在连长宣布任命的最后，他听见了自己的名字——“三班班长，赵建勇。”

五

知青排成立两个月以后，东盐池中学毕业的第一批高中生也分来了。他们中有两个人直接去了宣传队，这两个人是李永强和杨小红。

知青排和宣传队的人们都感到意外，不免议论纷纷：杨小红去宣传队，倒也说得过去，她长得漂亮洋气，从小能歌善舞；李永强从来就不爱好文艺，也没有上台演过节目，刘干事为什么要把这个五大三粗的壮小子招进去？

李永强打心眼里也不想去宣传队，可他没有办法，因为这是他爸爸的主张。李永强的爸爸李富贵，是厂新生队的队长，和刘干事、一连长杜培志关系不一般。就在李永强毕业等待分配期间，他们3个人在杜连长家喝酒。杜连长说："老李，你儿子交到我手上，你就一万个放心，我肯定不会亏待他。"李富贵嚷道："不行，不能交给你，老子在这个戈壁滩上将近20年，怎么到了我儿子这儿，还是扛着搂耙和大锹在戈壁滩上出苦力，绝对不行。"刘干事哈哈一笑说："老李，你别着急，把你儿子交给我。这不，我们东盐池马上要进一台16毫米的大放映机，到时候我让强强跟着孔宪实去放电影。不过，还是先到宣传队来，演个群众啥的。让他先懂一点文艺，过上一年半载的，等新的大放映机一到，我先让强强到师部学习，然后回来放电影。"

李富贵回来把刘干事的话一说，李永强就犹豫了。在厂部放电影，那可太攒劲（来劲）了。在东盐池，这是个人人羡慕的好工作，每个星期可以去一趟乌鲁木齐，到师部的放映站去领取电影片子；而且厂里马上要换16毫米的大放映机，那多神气。李永强从小在东盐池长大，看电影只见过那台8.75毫米的小机子。还是去年师部电影队来慰问，带了两架16毫米的大放映机，让他至今难忘。两台机器大三角架一支，银幕好大，电影那么清楚，两台机器还是来回接着放电影，不像厂里的这个小机子，演不了多久，就要停下来倒片子。看过那一次的电影以后，再回头看厂里放电影，人们都说银幕上简直就像一团鬼火。但是，那些见识过大世面的人说，在城里人家连16毫米的大放映机也不稀罕，要看电影，就得到一级电影院去看"火光（弧光）放映机"，那才过瘾。李永强没有去过乌鲁木齐，没见识过"火光机子"是啥样。可是，这一辈子能看上大放映机放电影，那就满足死了。

一想到将来放电影，李永强眼前就出现了一个场面：每个星期，他都从省城乌鲁木齐提片子回来，厂里的男女老少见了他，都热情地打招呼，问强强晚上放什么电影，就像现在人们见了放映员孔宪实一样。晚上，在新建好的大礼堂里，他带着白手套，熟练地倒胶片，对焦距，然后，在人们都安静下来以后，银幕上就五颜六色地动起来了……

想到这，李永强动心了，但他也给他爸爸提了一个条件，先到老一连报到，住到知青宿舍里，再去宣传队，李富贵答应得很爽快。到连队报到的头一天晚上，李永强就把行李搬到了知青宿舍，和同学谢东、周长喜住在一起。在这他认识了下马崖来的一帮知青，这么多年轻人在一起，别提多热闹了。

可是，他第一天到宣传队上班，他就对那个破宣传队厌烦透了。

早晨李永强到刘干事的办公室报到，进门见刘干事在用一截铁丝捅烟斗。一见他进来，刘干事笑着说："强强来了，正好，先帮我把这玩艺弄开。"说着，就把烟斗递过来。李永强接过烟斗轻轻一拧，烟嘴和烟锅中间的螺丝就松了。刘干事说："好家伙，你小子真有力气，"说完，他把烟斗拿过去，先用铁丝把烟油都捅出来，装好以后又用嘴使劲吹气，让烟道彻底畅通。

刘干事收拾烟斗的时候，李永强就看办公室。别人说刘干事的办公室特高级，四面都是白白的水泥墙，地下也是平平展展的水泥地，跟北京上海的办公室差不多。果然不假，他这还是里外间，里间是洗照片的暗室，除了放大机以外，那台8.75毫米的小放映机也摆在水泥台上。看到放映机，他一下子来精神了，心里想："再过一年时间，它就该归我用了吧。"

这时刘干事对他说："来吧，跟我走。"

李永强跟着刘干事进了里屋，刘干事一拉开通向礼堂舞台的门，李永强的耳朵里立刻轰轰隆隆的乱响。

舞台上的演员们正在和乐队进行合练，一群人在李永强的眼前飞快地闪过。他爸爸在新生队管制过的宁为玉，正站在台边扯着脖子喊，但听不见他在叫喊什么。舞台上没几件乐器，咋能发出这么响的声音。光是厂部修车的大老王手上的手鼓，就震得他耳朵"嗡嗡"直响。

刘干事走到台前一摆手，活动的人像是放电影的时候片子突然卡住了，人不动，声音也不响。刘干事说："让大家停一下，我说个事，"他把李永强拉到身前，对大家说，"这个小伙子是我们宣传队新来的，叫李永强，是我们东盐池中学刚毕业的。"

宁为玉一边拍手，一边走过来说："欢迎欢迎，热烈欢迎，这小伙子，我们厂的强强嘛，李队长的儿子。"说完，他有意站在李永强身边，脸向上看着他，夸张地比划说，"哎哟，你们看，小伙子多魁梧，黑铁塔一样。以前谁说过，强强五岁的时候，他老子才给他报户口。"

人们都笑，大老王说："老宁，你行了吧，淡皮话没完没了的，抓紧时间排练，我们还忙着呢。"

刘干事说："好了，大家抓紧排练，李永强先到你们演员组，演啥节目老宁给安排一下。一会杨小红来了，让她到我这儿来。"

刘干事走了，李永强一个人坐在角落里，看着宣传队员们排练。舞台上有些人他都认识，厂部钟会计的老婆站在宁为玉的身边尖叫，广播员一鸿姐姐坐在大汽油桶改成的火炉前嗑瓜子。特别奇怪，他坐了半天，没有人过来和他说话，更没有人理睬他。一直到排练结束，所有的人都收拾东西下班了，也没人跟他打招呼，好像这间屋子里根本没有他这个人一样。

李永强第一天上班，就在舞台边上干坐了一个上午。就这一上午，他就呆够了。其实，李永强业余爱好是体育，推铅球、摔跤、打篮球都很拿手。而且他也热爱劳动，喜欢出大力，流大汗。这样才痛快，才攒劲(来劲)。不然，白白长这么个大个子，练了一身发达的肌肉，却要跑到宣传队去搞文艺，实在太无聊了。要是能回连队去，和他的同学，还有下马崖来的那帮知青在一起，人多一起玩，一起干活，那才热闹呢。可是，他爸爸犟得很，管了一辈子劳改犯和坏分子，从来都是说一不二，李永强不敢和他作对。

现在，李永强一个人孤零零地坐在舞台角落里，看着别人都有说有笑的，也没有人和他说话，脑子里全是工地上的伙伴们热火朝天地劳动、一起说笑打闹的场面，越发觉得这里没意思。特别是那个宁为玉，过去在新生队干活的时候，一天到晚哭丧着脸，一挨他爸爸的训，就没出息地哭。看他现在，神气活现的，好像是在有意在他面前卖弄，像是向他挑衅地说："小子，当年是你爸爸管制我，现在你可落到我的手心里了。"

整整一天，"宁导演"都在给演员们纠正动作，因为歌舞的节奏加快了，有些人的动作就跟不上，"宁导演"也不着急，耐心地示范、讲解。李永强在屋子里憋得受不了，就想出门透透空气。他刚一走出礼堂，就听见屋里面闹哄哄地，像是排练休息了，那些人都随便地说说笑笑。

“没球意思，确实没球意思，”李永强丧气地摇头，“要这样过一个冬天，还不把我活活憋死个球了。”

李永强站在礼堂门口，遥望着远方的盐田，仿佛看见了新成立的知青排的红旗在迎风飘扬，大家在一起热热闹闹地劳动，说话。礼堂后面还有一排快拆完的老房子，更激起了他的怀念。他想起从小和常德明兄弟俩、彭兴国、周长喜这些老同学在这里玩打仗、捉迷藏的热闹场面。现在，常德明不想上高中，去年去了吐鲁番农场，彭兴国在西盐池，谢东他们都下工地了，就丢下他一个人孤零零地在宣传队……

站的久了，寒风就透过老羊皮大衣朝皮肉里钻，李永强朝墙边挪了挪身子。这时，宁为玉和一帮男演员们说说笑笑地朝破房子走过来。他不想见到他们，一闪身就躲进了房角。

男演员们钻进一间屋子，对着墙角撒尿，一个叫都伟的老知青边尿边说：“老宁刚才形容得挺可笑，李永强5岁的时候，他老子才给他报户口。”

一群人嘿嘿地笑，一个知青说：“这么大的块头不下工地可惜了，多棒的劳动力。”

宁为玉哼了一下鼻子，说：“头脑简单，四肢发达，也不知道来了能干个啥。”

听到这儿，李永强胸中的怒火“腾”地燃烧起来，他不由攥紧了拳头，真想跳出去把他们都按在地上捶上一顿。这时，那帮人已经朝礼堂走去了，但他们身后，他还能隐约听见他们七嘴八舌地说：

“看他傻大个样，还会演戏……滥竽充数……”

“有权有势……走后门，到这儿来混一混……以后，好工作……”

“哼，他爸爸……有名的……打人凶手……”

第五章　关于北京青年的传闻及其现状

赶不上火车的梦，庄家杰记不清这是第几次做了。

可是无论跑得再快，眼看着家门近在咫尺，就是到不了跟前。

一

知青排晚上的政治学习结束的早，下马崖来的那个外号"黑旦"的知青郭永和，回到宿舍找谢东，见他正要脱衣服洗脸准备睡觉。连忙拉住他说："走走走，熄灯还早呢，咱们到礼堂那边转一圈。"

"不去不去，又看排节目，有啥看头，"谢东打着呵欠，"我干上一天活，觉都睡不够，还看那个，没啥看头。"

"一会会，就一会会，"黑旦央求他，"我也知道没啥看头，我们又不是看演戏的，去看看杰子，咋样。"

谢东拗不过他，只好答应说："你说的，就一会会，说话算数。"

"向毛主席保证，就一会会。"黑旦赌咒发誓。

他俩朝礼堂走去。乐队的排练室现在搬到了礼堂东侧广播室的外间，远远地就能看见那里灯火通明，音乐声隐隐地传出来。这里现在挺热闹，每天都有人通过窗口朝里看。一群小孩趴在最前面，后面是抱娃娃的家属们，三三两两站在远处的，是学校里的中学生。黑旦挤到前面，伸长脖子透过窗户玻璃找杰子。

黑旦到东盐池时间不长，杰子的威名老是被小年青们挂在嘴边。谁都知道他是个武艺高强、最讲义气的江湖好汉。听说他每天晚饭去操场上玩双杠，后面都跟着一群崇拜者，有知青，还有中学生。就连他说话也被众人模仿，有次看一个纪录影片《乒坛盛开友谊花》，杰子看到庄则栋左右开弓的扣球时赞叹了一声："真他妈盖（帽）了！"谁想到没过多久，东盐池的小青年们形容什么特别好的时候，都是一挑大拇指说：嘿，真他妈盖了。

不过，黑旦的班长赵建勇，坚决反对他们这一批知青和"北京青年"来往，怕受他们的影响腐蚀。可黑旦从小就崇仰武功高强的英雄侠客，可惜从来没有遇见过。现在，他只有拉上宿舍里的谢东，以晚上看宣传队排节目为名，远远地看一眼心目中的好汉。

杰子一般固定坐在墙角，这几天晚上乐队排练一个山东琴书，他手持一个大三弦，身板挺得笔直。他和寇挥合用一个谱架，两个人脑袋挨得很近。看到这儿，黑旦对他的同学挥娃子挺羡慕的，也有些嫉妒。这小子挺有福气，别人想和杰子说上一句话都怪难的，他倒好，每天和杰子在一块，听说杰子对他特好，天天教他练琴，教他识谱。可惜这个大傻瓜就知道拉胡胡，其它啥也不懂。要是他黑旦的话，非把杰子全身的武艺都学到手不可。

这个时候，黑旦根本听不见别人演的是啥，就只有三弦的声音在耳边清脆地响。他都能透过杰子穿的棉衣，看到他臂膀上和胸前高高隆起的肌肉。他想看看杰子说话、抽烟、聊天都是什么"式子"，可杰子像钉在板凳上一样，纹丝不动，一脸冷酷，两只眼睛只管盯着眼前的乐谱。只有那个大老王最爱出风头，他坐在窗下，嘴上叼着半根莫合烟，烟熏得他眯缝着一只眼，左手持板，右手捏着一根小棍，正一板一眼地击打着节奏。还不时地停下来，给大家讲解一番。

谢东又打哈欠，还连连伸着懒腰，一会儿说："行了吧，你说的一会会。"

黑旦只好离开，一边走还恋恋不舍地回头。他对谢东说："哎谢东，你说杰子这种人呆在东盐池是不是特亏，这么好的武功，在这个小地方一点都施展不开。要是打仗的话，他当个铁道游击队的大队长，或者当个武工队的侦察员，多威风。我要是他的兵，他让我干啥，我就干啥。"

谢东说："黑旦，你真是身在福中不知福，光知道羡慕别人。我要是有你这么高的个子，能在篮球队打上主力，一辈子都满足了。"

谢东一张口，就是打篮球，可惜他太笨了，个子也不高，怎么练技术也没有提高。尽管如此，黑旦和他打球的时候一直照顾他，经常抢下来篮板球传给他，还用身体掩护他投篮，两个人交上了朋友。

谢东说他第一次看黑旦打篮球，说他打球的动作让他想到一个人，特别是黑旦投篮不进的时候，挠着头皮嘿嘿一笑，让他想起了师部篮球队的前锋“铁匠”。他们住在一个宿舍里，先是谢东想和他交朋友。谢东不知道应该怎么样接近他，就坐在床铺上暗暗观察。那天他在宿舍洗衣服，发现洗衣粉用光了。谢东见他耷拉着两手水，站在地上不知应咋办，赶紧把自己的洗衣粉递过来说：“哥们儿，用我的。”黑旦连忙接过洗衣粉，朝他嘿嘿一笑。

他们开始说话。黑旦说：“我叫郭永和，因为我长得太黑了，外号叫‘黑旦’。”

谢东说：“我叫谢东，其实我比你黑，我也有外号，在乌鲁木齐的时候人家都叫我‘老卡’。”

“为啥要叫你‘老卡’？”

“他们说我太黑了，长得像非洲赞比亚的总统卡翁达，就叫我‘老卡’。”

“嘀嘀嘀……赞比亚的总统卡翁达，嘀嘀嘀……老卡，嘀嘀嘀…”黑旦觉得这个外号太可笑了，放声大笑起来。

谢东说，过去因为他长得黑，个子又矮，在师部中学老让人欺负。别人只要一笑话他黑，他就觉得低人三分。现在有人根本不在乎黑不黑，还怪乐观的，顿时觉得自己过去有点神经过敏。他们还相互介绍自己的同学，黑旦特别介绍了赵建勇，告诉他建勇是这帮弟兄们的“头头子”，特能，还讲义气。谢东听到这里，好像没什么反应，反而接着介绍他的同学李永强。可惜还有一些同学去了吐鲁番，不然知青排就更热闹了。

黑旦问他：“我听你们这儿打招呼特可笑，为啥要叫‘哥们儿’？”

谢东说：“这还可笑，我们这有好多北京人，见了年轻人都这么叫，他们讲义气。”

黑旦说：“呜唷，这些人你们不害怕吗，我们来的时候，专门开会说要让我们小心一点，不要和他们接触，这些人有的是强盗，有的是小偷二流子。”

谢东满不在乎地说：“没事，他们不是敌我矛盾。在我们这可以接触，这不是成立宣传队，还把杰子和华子调进去了吗。这些人原来在北京，就是爱打架，每个人都有武艺，特厉害。听说还能飞檐走壁呢。”

黑旦一听，哇哇地叫起来，说：“呜唷，这么厉害，那他们怎么没有保卫首都，跑到新疆来了。”

谢东摇摇头说：“我也不知道，这些事情我们班常老大知道得最多，他胆子大，敢和他们玩。可惜他这次到吐鲁番农场去了。不过，你想一想，北京的人哎，革命觉悟多高，他们光惹事，影响不好，就让周总理给调到新疆来了。”

谢东刚说到这，晚上开会的军号响了。一散会，黑旦又缠着他，让他再说一点北京人的故事。赵建勇听见他俩熄灯了还嘀嘀咕咕的，就说：“赶快睡觉，明天还要早起，别影响大家休息。”

黑旦心里搁不住事，要是一个故事没有听完，这一天心里都着急，光想赶快知道结果。第二天下班以后，吃完晚饭的同学们都叫他去打篮球，他不想去，又来找谢东，要听他讲故事。

谢东说：“我先声明，这些事情我也是听常老大他们说的，常老大特爱吹牛，人家都说他的话不能相信。”

黑旦急得直搓大腿，催促道：“行了行行，先别管他是不是吹牛，赶快给我讲吧。”

谢东又想了一下，这才告诉他说：“在东盐池，北京人是一种特殊的称呼。和上海、天津、江苏来的支边青年不一样，听大人说，这一批北京青年是解放军押过来的。他们说，北京有个天堂河，那儿有个少年管教所，就是关小流氓的地方，他们有的就是从那儿出来的。文化大革命刚开始的时候，乱得很，不是还砸烂公、检、法吗，你知不知道啥叫公、检、法？”

黑旦说：“知道知道，砸烂公、检、法我知道，公安局都不管用了。”

谢东说：“这帮北京人没人管了，出了少管所以后，就在北京城内到处打架闹事，还有好多上街偷钱包的。他们只要从你身边一过，你口袋里面的钱包就不见了。还是周总理指示：说让他们到新疆来，不但支援边疆建设，改造思想，还维护了首都的治安。我听常老大说，他们刚离开北京时，也是披红戴花，敲锣打鼓地欢送出来的。但是他们太野蛮了……”

黑旦插话说：“我们在喀什噶尔的时候，说谁厉害就是‘野蛮踏斯’。”

谢东说：“他们一路上和坐车的人打架，根本管不住。听说火车到了河南，在一个火车站，他们和卖东西的老乡打起来了，不但把火车站的老乡全打跑了，连车站也砸了个稀巴烂。一个警察还想掏出手枪镇压呢，被咱们厂二连的杰子一刀就给捅倒了。后来，来了一个师的解放军，把火车站全包围了，中央才让解放军把他们全关到闷罐子车上，用机关枪押送着来到新疆了。”

黑旦听得入迷了，问谢东说：“我们连上北京人多不多。”

谢东说："不多，听说不让他们在一块，害怕又像在河南火车站那样，他们有好几百人，全都分到了我们师里面的各个矿上了，这几个，那几个，他们就闹不起来了。"

黑旦说："那你见过他们耍武术没有？"

谢东说："我不爱看耍武术，我爱打篮球，有时候看见他们在猪圈后面的沙包上打拳，常老大、常老二他们爱看。"

黑旦听说他们还练拳，更是心痒痒，急忙说："先不说打篮球，我就可以教你。你说他们现在在哪儿耍武术，要不你带我去看看。"

谢东说："最近好像不练了，他们的头头子叫庄家杰，刚调到宣传队说相声去了，他一不练了，其他人就不来了。"

黑旦听到这里很失望，但还不甘心，又问他："庄家杰是哪个，长得啥样子？"

谢东说："二连的，方脸，就像你这么高。不过他肌肉特发达，胳膊上全是'块'。"

"你知不知道他的故事？"

"知道一点点，听说有一次他从北京探家回来，火车走到柳树沟，上来一帮'103'的知青，哎你知不知道'103'的？"

"知道知道，修铁路的嘛，打架特野。"

"'103'的知青上火车，从来不买票，谁的座位都敢抢。那天，他们一上车，半个车厢里的人全吓跑了，列车员也跑掉了。他们坐下唱歌，喝酒。回头一看，咦，靠门的一个大座位上有个人在那儿睡觉，他还不赶快跑。有一个小伙走过去，把杰子一拍，说，嗨，睡觉的，起来，滚，这个车厢我们包了。杰子刚一坐起来，七八个小伙子在他面前站了一大排。他脸色都不变，说，怎么着年轻人，我在这儿睡觉碍着你们了吗？一个小伙子也不说话，对着杰子的脸上就是一拳。你猜咋样？"

"猜、猜、猜不出来，你快点讲吧！"黑旦当时急得直跺脚。

"杰子一闪，那家伙就打了个空，杰子揪住他的领子，一下就把他扔到前面一排座位里了。'103'的一大帮人全扑上来，杰子一个人和他们打，你猜谁厉害？"

"我猜不到，"黑旦扯着脖子叫，"你快说呀。"

"结果呢，这一帮有十几个小伙子，杰子三拳两脚，全部给放翻了，打得他们屁滚尿流。"

"我操，伟大球子的，"黑旦听完这个故事，长长地出了一口气。过去在下马崖，他就听说"103"的知青是全疆最野的，没想到被东盐池一个北京人就治服了，

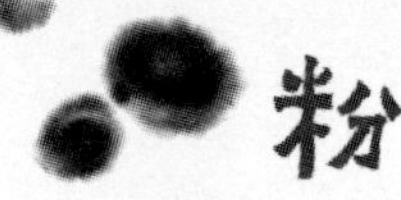

"哎,谢东,我本来还想用赵建勇打架的故事吹上一家伙呢,原来你们这的人,比他厉害10倍。"

"哎,谢东,以后咱们晚上开完会,到宣传队看看排练去。不,我不是说排节目有啥看头,挥娃子和杰子在乐器组拉胡胡,我们到窗户外面看看他,怎么样?哎,谢东,你说我这么棒的身体,再要会武术,你说,一次能打几个?"

谢东没有回答,黑旦转过身子一看,这小子已经爬在床上睡着了。他的姿势特别可笑,四肢张开,脑袋插在被子下面,像一只被剁掉了脑袋的"四脚蛇"(蜥蜴)。脚上的胶靴都没有脱,一会儿就朝地上落下一滴盐硝的水渍。

二

赶不上火车的梦,庄家杰记不清这是第几次做了。

在梦里他向连长请探亲假,没想到那么顺,自己还没有张口,连长就说:"怎么着,庄家杰,想爹想娘了?回北京去看看吧。"

这么简单,让庄家杰为了请假而编出来的好多理由全没用上。从东盐池出发的时候,他带了半麻袋自己亲手掏洗的原盐,想让父母亲和街坊、同学都尝尝:这可是最好的盐,比商店里卖的那种加工过的再生盐强多了。可是,就在汽车快到三间房火车站的时候,他看见火车已经进站了。他一个劲地催司机开快点儿,司机也在用力地踩油门,可汽车就是原地打转不朝前走,眼巴巴地看着火车缓缓地起动,鸣着汽笛开走了。他气坏了,一脚把司机从车上踹了下去。沮丧地扛着麻袋朝回走,没走几步就回到了宿舍。宿舍里没别人,却是他姐姐正站在地窝子的天窗下面。她端着一面小镜子,精心地往脸上抹起了胭脂,还在嘴唇上涂着厚厚的口红。姐姐见到他后兴奋地说,杰子,我晚上要去首都剧场参加演出,听说中央文革小组和江青同志要来看我们的节目。

姐姐一身草绿色的新军装,打扮得漂亮极了。他心里急得要命,冲着姐姐大声喊叫,因为他听见门外的汽车一直在鸣喇叭,还有人叫姐姐的名字,但是姐姐却好像一点儿也听不见,只顾拿着小镜子站在窗台边上细细地描眉毛,抹口红。他跳着脚对姐姐说,别抹了,车上所有的红卫兵都在等你一个人,再说我们刚才还在街上破四旧,你怎么就用上口红了。可姐姐好像压根儿就没听见他的话,仍然在那里仔细地化妆。

他扑上去抢姐姐手上的小镜子，不知怎么，镜子变成了一把菜刀。他正奇怪地看刀，不知道什么时候姐姐的战友们都涌进了他们家，姐姐最好的朋友金小华，说姐姐是“联动”，红卫兵们都在喊口号。可是姐姐还是什么也听不见，什么也看不见，还往脸上涂着厚厚的油彩。他哭了，抡着菜刀就往人群里扑，突然，那些红卫兵小将们都不见了，他发现自己正在胡同口上，和这一片最有名的小霸王二进子打作一团。正打着，二进子撒腿朝胡同里跑，就看见几个全副武装的警察，正向他飞奔过来，他也慌了，扔下菜刀就跑，可是无论跑得再快，眼看着家门近在咫尺，就是到不了跟前。他急得直冲家门喊，可怎么也喊不出声音来。“啪”的一声，他看见一个大个子警察对着他的脸开了一枪，但子弹打飞了他的军帽。又是“啪、啪、”两枪，打中了他的头，他觉得自己死了，躺在胡同的墙根，街坊邻居都围着看热闹。他的朋友华子冲着他的脸哈哈地笑，他大骂道：李学华，我他妈的都死了，你还乐!

这时候，庄家杰的耳边又“啪”的一声巨响，然后是华子阴阳怪气地叫：“嘿、嘿，曹瞎子，你丫看清楚了，我这儿将着军呢，你走的哪门子炮哇？”

他醒了，听见宿舍里人们走动、说话、下棋，屋角曹瞎子的半导体收音机里，方海珍正在唱“想起党心明眼亮斗志强”里那段拖腔。他迷惑极了，不知道自己是谁，这是在哪儿，为什么会躺在这张床铺上。

“我不是庄家杰吗，北京人呀。我怎么会在这里？”他努力地回忆，并且试图活动一下身体，可连胳膊都抬不起来，手软得攥不起拳头。

“毛主席万岁，毛主席的军事思想胜利万岁！”华子举着双臂欢呼，“哥们儿都来看呐，我用毛主席攻其不备出其不意的军事思想，战胜了号称东盐池象棋冠军的曹瞎子，打破了曹瞎子不可战胜的神话。”

“不算不算，这盘不算，”曹瞎子哆哆嗦嗦地说，“我眼睛不好，看错棋了。再来再来，我要再输给你一盘，我是你孙子。”

“曹瞎子，你丫能看错棋？你不是吹嘘在上海用盲棋打擂台吗？”华子得意地说，“哥们儿我今儿不和你玩了，战胜你这么强大的敌人容易吗，我把毛主席的《论持久战》都溶化在血液中了。”

“往往有这种情形，有利的条件和主动的恢复……”华子模仿着京剧《沙家浜》中郭指导员的那段念白。

华子兴奋的絮叨，让庄家杰恢复了记忆："对了，我在华子的床上睡着了，我来找他订的《光明日报》看，看他正在下棋，就倚在他的床上看报纸，不知怎么就睡着了。"

"我被魇住了。怪得很，全是午睡时做梦，醒来不知道自己是谁，人在哪儿。"庄家杰想。

屋子里太嘈杂了，不甘输棋的曹瞎子纠缠着华子，非要和他再下一盘，华子却在地上载歌载舞，尽情地表达胜利的喜悦。周围看热闹的人七嘴八舌地起哄。

庄家杰走出宿舍，登上屋后的小山包。过去一到星期天，他总是一个人到这里来，在大青石上一坐就是几个小时。午后的阳光很暖和，晒得他后背热乎乎的。他点燃一支烟，渐渐地清醒了："我又做了赶不上火车的梦。对了，我还梦到了姐姐，梦里面好像还有弟弟小三，不过他的脸是模糊的，始终看不清楚。"

"我们姐弟三人现在天各一方，姐姐去了黑龙江的兵团农场，我在新疆，小三到陕北去插队了。"想到这里，他心里突然有些难受，抬起头向远方遥望。四处都是青灰色的山，像一口巨大的铁锅，而"锅底"那一块，就是白茫茫的盐池。这几年每天在那里的卤水池里捞盐，就像是被扔在锅里，浸泡在盐水中的肉骨头。去年，他坐在这块青石上突然有了诗兴，凑了几句诗，回去写进了日记本：

"我们在盐碱的大锅里，
忍受着酷暑的煎熬。
风沙像是在搅拌佐料，
最终把我们制作成腊肠。"

再看厂部的那一排土房子，用红油漆刷着一行大字"迎接伟大的七十年代！"已经被大风吹得字迹模糊。他曾经居住的那几排地窝子，只有屋脊露出地面，好像几艘快要沉入海底的船。从这里朝东望过去，山包后面的洼地里，有十几个大帐篷。好像天上大朵大朵的白云，飘落在戈壁滩上。他想起刚来的时候，第一次坐在这个小山包上，看着茫茫四野一片荒凉，心里特别沮丧。但华子突然指着东面的一片帐篷让他看，他立刻兴奋起来，以为这就是哈萨克牧民的毡房，马上产生了一种幻想：以后可以和那些能歌善舞的哈萨克牧民一道骑马、喝酒、唱歌了。可当他和华子兴致勃勃地向毡房走过去，却被两个全副武装的民兵挡在了围墙外，民兵告诉他俩，这是师部劳改队和新生队的住地，任何人不许靠近。这时候他才意识到：东盐池是个牛鬼蛇神们聚集的流放之地，在这里，根本就不应该有任何幻想……

不过最近好多了，东盐池来了3个连队，从省城和各团场陆续来了几批知青，生活不再像过去那么荒芜了。还有，当他来到宣传队时，还遇到了一个从长相到神态都像他弟弟的小青年，让他觉得自己冰冷的心有些解冻了。

那天晚上二连开会，刘干事宣布借调庄家杰到宣传队报到。庄家杰当时也很意外，因为他们这批北京青年是受管制的，怎么还能被厂里的领导看中，去宣传队搞文艺。但一到宣传队报到，刘干事先给他和华子来了一个下马威，专门把他俩叫到办公室训话。刘干事的办公室是个里外间，在里间训话的，还有厂保卫科的廖科长。刘干事披着军大衣坐在办公桌后抽烟斗，廖科长则是全副武装，右手扶着腰间的手枪套来回踱步。刘干事说："你们现在还是内部管制人员，在宣传队更要加强思想改造，不许乱说乱动。一旦发现有翘尾巴的苗头，马上毫不留情地收拾掉。"廖科长拍着手枪套接一句："毫不留情。"刘干事说："除了说相声，你俩要分开，庄家杰会弹三弦拉二胡，去乐器组；李学华会唱京剧，分到演员组。"

华子一个劲地点头称是，庄家杰却面无表情地盯着刘干事。他的手开始发痒，并捏紧了拳头想打架。刘干事训完话，要他俩表态。这时外屋有人敲门，廖科长出去开门，一听有人找刘干事，便喊老刘，自己进来坐下。

就听刘干事在外间说："寇挥，你有啥事。"

隔着门缝，庄家杰看到了一张瘦弱、苍白的面孔。他暗暗地吃惊，这小伙子怎么特别像我弟弟小三。就听这个叫寇挥的青年低声说："刘干事，我能不能回连队上班。"

"你说什么，回连队，咋着了，宣传队容不下你？"刘干事显然很吃惊。

"不是，刘干事，昨天晚上我领了提琴回宿舍，心里挺不好受的。我的同学们每人都发的是搂耙和铁锹，还有皮裤，我提了一个小提琴……"

"有人讽刺你了，还有人不理你了，是不是。"刘干事打断了他的话，"我知道，你到东盐池来，是接受再教育的，一来还没干活呢，就分到宣传队来了，别人看着眼气，对不对？你回答我。"

"嗯……他们拿着铁锹拼刺刀玩，没有人理睬我。"

"还有人说，真佩服你，说你早就想到以后插队要出苦力，在学校就练了一门吃香手艺，是不是。"

"……刘干事，我哪有那么精，哪里知道学个乐器以后就不用干活了，"寇挥委屈地辩解,“我就是从小喜欢玩这个,再说,我们也是住在山里边,连个会音乐的老师都找不到,也没有钱买二胡,咋能靠这个当手艺呢?”

“行了,你不用解释了,”刘干事又打断了他的话,“你回去吧,好好在宣传队干,不要有私心杂念。毛主席说要你们经风雨,见世面,这么点小困难你都克服不了,以后咋接班来,嗯。”

“刘干事,你再考虑考虑,我……”

“别啰嗦了,就这么定了,”刘干事不由分说,“寇挥,你知不知道,你是咋来宣传队的嘛,嗯?我是到下马崖接你们这批知青,你们学校工宣队的秦队长,就是鼻子有些毛病的那个,专门向我推荐你,说你最听话,爱学习,还会拉胡胡(二胡)。只要你在宣传队好好工作,照样能改造思想,听见没有。”

“听见了。”

“听见了就赶紧回去。”刘干事命令道。

“是。”寇挥说完走了。

听了他们的对话,庄家杰和华子面面相觑,简直不相信这是真的,天下还有这么傻的小青年。刘干事回到里屋,对庄家杰和华子说:“你俩全听到了吧,人家知青咋想的,来了就想加强改造,主动要求下工地,不像有些人,好吃懒做,就想贪图舒服。”

庄家杰和华子这会儿有些服气了,都表了决心,绝不辜负厂领导的培养,一定努力改造思想。出来走在路上,华子说:“杰子,知道刚才这小子是谁吗,就是那天晚上和我一起吃面条,告诉我国庆联欢会的那个。”

庄家杰没有说话,心里还在想:妈的今天奇怪了,这小伙子怎么这么像我家小三呢?同时,庄家杰觉得刘干事也不那么让他讨厌了。平常看他,一个农村出来的转业兵,成天披着军大衣,还装模作样叼着个大烟斗,总想哪天痛揍他一顿才解气。

这个寇挥简直就是弟弟的翻版,小三也是这么瘦弱、苍白,还有一股不通时务的呆气。就连他们俩眼睛里流露出的单纯和信任,还有软弱的性格下隐含的执拗都那么相像。庄家杰在北京被学校开除,又被送到少年管教所去,就是因为弟弟小三在学校无缘无故地被一个流氓打了一顿,他去给弟弟报仇,用板砖把那个流氓拍得血流满面,直接送进了医院抢救。事后才知道他是在太岁头上动土——他打了一位总后领导的公子,娄子捅大了,而且,他倒成了人人痛恨的小流氓。

想起在刘干事那儿听到的谈话，觉得这个小知青像草原上体弱笨拙的小羊羔，羊群在头羊的带领和策动下，全都遗弃它偷偷溜走了，可它还一心渴望着回到同类当中去，和它们共享集体的欢乐。他甚至可以想像到：如果他被刘干事送回连队，仍然无法博得大家的信任和同情，反而会遭到更多的嘲弄。庄家杰下意识就想悄悄跟在这只羊羔后面，提防它被狼群吞噬。

“杰子，有人找你！”

庄家杰朝山包下看，铁柱用双手在嘴上卷成喇叭口，正朝他大声喊。

他走下山坡，铁柱说：“我一猜你就在这里，你到华子宿舍去，有个女人等你半天了。”

“什么女人，谁呀？”

“家属，老娘们儿，她说她是王三妮的嫂子。”

“我不认识她，她找华子还是找我？”

“华子早溜了，她说找不到你她就不走。”

庄家杰心里“咯噔”一下，他想：“坏了，是不是华子又沾染上什么烂污事了。”他赶忙让铁柱到华子宿舍去，先想办法把宿舍里的人都支出去，告诉那个女人，他马上就到。

这一两年，这帮北京青年都到了婚娶的年龄，因为名声不好，加上这里人烟稀少，如今还没有人能找到对象。有人打熬不住，偷偷和劳改队几个死了丈夫的寡妇私会。庄家杰刚开始知道时，怒不可遏，不但痛骂过，还动手打过他们。过后又觉得他们也挺可怜，那几个没有工作的寡妇也很可怜，也就睁只眼闭只眼。但他担心华子，这小子好吃懒做出了名，每个月钱花得精光不说，还欠了一屁股债。如果他和那些寡妇有了什么瓜葛，还不给钱，万一她们闹起来，麻烦可就大了。

庄家杰进了宿舍，华子床前的小板凳上坐着一个包头巾的中年妇女。见他进来，从板凳上起身，操着河南口音问：“你就是杰子。”

“我就是。”

“俺是王三妮的嫂子，俺妹子三妮是老一连知青排的排长。”

“王排长我知道，全师的劳模。嫂子您找我有什么事？”

“俺、俺，”女人话没说完，突然捂着脸哭起来。

“嫂子，嫂子，您别哭，有话慢慢说。”

“杰子，俺知道你们北京人里面，你说话最管用。俺求你了，让华子快些把东西给俺，实在不行了，把钱退给俺，俺那些钱可是东家西家借，才凑出来的。”

“东西？华子拿您什么东西了？”

“缝纫机，华子说他爸爸是外交部的大官，自行车缝纫机随便弄。去年他回北京探家，俺们几家凑了一百多块钱，让他给买一个缝纫机。现在他回来快一年了，光说快买好了，就是不见东西。先前他还老到俺们几家去吃饭，鸡下的蛋，俺儿哭着要，俺都舍不得给，全叫华子吃了。现在再找他，他老躲着，我都快急死了。”女人说着，又哭起来。

“噢，是这样，”庄家杰松了一口气，从上衣口袋里摸出5块钱，说，“嫂子，您别哭了。这事好办，您先拿上这钱，这是华子欠你们几家的饭钱，缝纫机的事我来解决。”

“不行不行，俺坚决不能要你的钱，”女人一边慌忙摆手，一边朝后退，“你的钱不能要，那些饭和鸡蛋也不值几个钱。俺到新疆来没有工作，不能光靠俺妹子。俺就是想要个缝纫机，做点零活。”

庄家杰恨得咬牙，真想马上把华子揪住痛揍一顿。但此时他还得替华子劝慰说：“嫂子，你要体谅华子，现在不比从前了，自行车缝纫机都是凭票供应，就这还得半夜三更去商店门口排队，一时半会儿可能办不成，您再等等，再有一个月，如果还没买上，你直接来找我，我保证给你退钱。”

女人惊异地说：“咦，华子的爸爸是中央领导，家里面收音机自行车都数不清，买个缝纫机还要票？”

庄家杰苦笑一声，说：“中央领导也有倒霉的时候，刘少奇、林彪不是都完蛋了嘛？华子他爸爸去学习班交代问题，最近快出来了。”

女人叹口气说：“唉，家家都有难事，但愿他爸爸快些出来，俺的缝纫机就有着落了。”

庄家杰说：“嫂子，您先回去吧，千万别着急，再耐心等等。”

女人点点头，说：“杰子，你们可快一点。俺可就要华子上回带回来的那种牌子，飞人牌的，可好使。”

庄家杰疑惑地问：“华子上回带回来的，什么时间？”

女人说：“你忘了，新生队那个回族老太婆家的，不是华子在北京买好，让他爸爸的警卫员给带回来的？”

庄家杰明白了，原来他在北京探家时，到处托朋友找门路，给自己刚到东盐池时结识的朋友"爷们儿"买了一台缝纫机。当时"爷们儿"刚刚改了死缓，老伴又是个家属，生活十分困难。为了这台缝纫机，他还在回来的火车上和一群铁路知青打了一架。想不到华子如今借这台缝纫机招摇撞骗，还害得他来给这个混蛋收拾残局。

"这个王八蛋跑哪儿去了，"庄家杰气愤地想，"回来非给丫几个大嘴巴。"

三

三个泉子公社的放映队晚上到绿山包慰问民工，放映国产彩色故事片《火红的年代》。知青们奔走相告，还约好时间一块走，去5公里外的绿山包看电影。他们盼望这部电影已经好几个月了，报纸上早就介绍过，这是文化大革命以来拍摄的第一部彩色故事影片，是无产阶级文艺战线上的重要成果。人们都想看看这部电影比"老片子"(文革前的故事片)怎么样，听说这部电影还是于洋主演的。晚饭以后好几个人来找华子，约一块去看"于洋"。

华子参加宣传队以后，一夜之间成了东盐池的大名人，还没登台演戏呢，就被人传得神乎其神。说他从小就在京剧团练功，不但京剧唱得好，还是个武把子，飞檐走壁如同平地。还传说杰子从小练过少林拳，十八般武艺样样精通，三五十个人靠不到跟前。那些小青年问到华子时，他也不加否认。他想，人生在世，该吹的时候还得他妈的吹！这样才有人不敢小瞧了咱爷们儿。

且不说刚来新疆时受人岐视，现在到了宣传队报到，华子才发现，自己的处境并不比过去强多少。他和杰子被刘干事叫去，先训了一个小时的话。说他们现在还是内部管制人员，在宣传队更要加强思想改造，不许乱说乱动。还说除了说相声，两人要分开，杰子会吹单簧管，会弹三弦，去乐器组，听说他学过京剧武生，分到演员组。来到演员组，华子发现这里的人看他的眼光，和连队里那帮人没什么区别，也没人敢和他接触。他心里明白，还是有人把他看成油头粉面的二流子了。

不过，连队里的小青年，还有中学里的男学生们，还是把他看成了江湖上的英雄好汉。华子给小青年们讲过于洋，讲他在"老片子"里演过好多战斗英雄，特别是于洋在《英雄虎胆》中演的侦察科长，打进敌人内部以后，在土匪窝里和女特务阿兰小姐跳伦巴舞，最有滋味了。知青们都没看过这个电影，是听宁为玉摆乎的。不过，华子不给小青年们讲那些惊险曲折的战斗场面，就这场伦巴舞，他足足讲了半个小时。那帮小子全听傻了，他越渲染这个情节"特下流"，他们就听得越入神。听完之后都唉声叹气，恨自己没有赶上那个年代，错过了多少电影，现在它们都成了大毒草，这一辈子再也别想看上了。

这次他们来约华子，他谢绝了。他的理由是刚进宣传队，排戏还顾不过来呢，还有闲心看电影。再说跑5公里看场电影，来回10公里，太不划算了，身子板不能和年青人相比，老喽。

其实，华子说自己要练节目只不过是个借口，他心里还有一个无人知晓的秘密：晚上要去"看出戏"，戏的主角是他熊章良和他老婆。今天星期六，按照以往的规律，晚上是戏要上演的时间。这样的戏看了几次，他有些上瘾。

第一次"看戏"还是去年夏天，有天晚上厂里放电影，是老掉牙的影片《地雷战》。华子硬着头皮看了一半，实在是没有兴趣了，就想回宿舍睡觉。路上又想撒尿了，他顺便躲到家属院和小山包之间的一个死角去方便。他刚松了裤子，就听到房头的屋里传来一阵男女打架的叫喊。华子的耳朵很灵，第一个反应，就是赶紧提裤子去看热闹。华子爱看打架，尤其是两口子之间的打架；另外还爱看老娘们骂大街，她们的语言特生动，好多奇怪的比喻让人想都想不到。

不过，此刻他要想看热闹，却出现了障碍。这排房屋紧靠山包，有一面齐肩高的山体墙院挡住了去路。

华子后退两步助跑，左脚一蹬墙纵身跃过山墙。前年西盐池的《沙家浜》剧组来演出，那帮哥们的唱念做打，他都挑不出多少毛病。就是最后的"突袭"一场，华子觉得美中不足。演新四军的北京哥们儿在越墙的表演，用一块齐腰高的布景当墙，他们全是在踏板上一个前扑跃过去，要是他来演这场戏，得有一串跟头从幕后翻出来，然后再来个后空翻跳进去，那才漂亮。

华子轻盈地窜上山墙，跳到屋后亮着灯并喊声大作的窗户下。他又遇到了第二个障碍，窗户太高。东盐池的住家户们为了避风，基本都不留后窗，在砖垒的窗户顶端镶一块一尺见方的厚玻璃用来采光。这样的高度同样难不倒他，他见房檐有一根突出半尺的檩子，一个"旱地拔葱"抱住檩子。然后来了个引体向上，脑袋就贴在玻璃上。

这一看不要紧，华子脑袋当时“嗡”的一下就大了：玻璃窗里哪儿是什么两口子打架，女人发出的哭喊声哪儿是痛苦的呻吟。华子看见四川龟儿子熊章良，和他的胖婆娘一丝不挂，正在床上抱成一团翻滚作乐。这公母俩也忒他妈放肆了，做这种见不得人的事居然不拉窗帘，还开着明晃晃的大灯！

他当时就觉得自己受不了了，全身发软，却又到处鼓胀得像要爆炸。

好景不长，这时候电影散场了。到处是人声喧哗，手电光乱闪。龟儿子和他的胖婆娘听见动静，也拉过床单包了个严严实实。华子一个鹞子翻身落下地，翻过山墙，混进了人群。

那天夜里，华子一宿没睡，浑身燥热得难受，也憋得难受。一闭上眼睛，熊章良和他的胖婆娘光溜溜的身体就在他眼前翻滚，胖女人快活的叫喊也在耳边萦绕。最要命的是，从那儿以后他再睡觉，这个画面和叫喊就出现了。他不得不用各种排遣的方式，才能使自己平息下来。

再见到熊章良，华子就对这个龟儿子产生了强烈的仇恨。干活的时候莫名其妙地处处跟他捣乱，甚至想找碴狠狠地揍丫一顿。但是一到夜里，他的心思就来到了小窗后面，怎么控制也不管用。他一遍又一遍地问警告自己：“李学华呀李学华，你他妈怎么这么没出息，万一让人发现了怎么办？要知道你是怎么到新疆来的吗，这么大人了，应该长个记性。”

华子在这方面是有过惨痛教训的。还是在北京上小学的时候，他就爱和院子里的一群孩子到处起哄架秧子。还特别喜欢在公园里偷看年轻的男女谈恋爱，看到要紧的时辰便“噢噢”地哄，要不就是一起扔土块然后四下奔逃。后来上瘾了，有一天，他在胡同里的公共厕所墙上挖了个小洞，正在偷看女人解手的时候，被人发现抓住，送进了少管所……

华子想阻止自己，甚至还打过自己的耳光。可是没有办法，虽然教训深刻而惨痛，但是一到晚上，他不由自主就会在这一带家属院转悠，简直是鬼使神差。而且他还摸到了规律：熊章良和他的胖婆娘，并不是每天晚上做那种事，原因大概是平时干活太累，把力气都使到工地上了。一般是在星期六晚上，厂里不开会或者放电影的时间。如果没有新电影，华子就会在天黑无人时悄悄潜入他家屋后，等待好戏上演。他们做事，也不是经常开着灯，摸黑取乐的时候比较多。屋里黑灯瞎火的，他不敢露头，这时候如果窗口上有一只脑袋，屋里反而会看得清清楚楚。所以，他只能躲在墙根下面偷听，碰上刮风的天气，听起来也很受影响，还有冬天，刺骨的寒风吹得他直打哆嗦，全身麻木。所以，华子后来再来，就要选日子了，刮风天不来，三九天不来，有些年轻人晚上不睡觉，跑到这个山包上聊天的时候，就更不能来了。

没有办法，这出戏的诱惑力太强了，而且并不是每个人都能遇上的。华子想，这就像钓鱼，能赶上“这拨儿”，除了运气之外，还得有本事，就是古代侠客们那种“飞檐走壁”的高超武功。这一点东盐池可是非他莫属，把身子挂在半空中半晌，纹丝不动，一般人绝对做不了。

知青们、学生们走了以后，厂里突然显得空荡荡的。华子看了看手表，现在天还没有黑，好戏还没有开演。有点闲空，他还想再练练功。他为新成立的宣传队准备了两个节目，一个是《沙家浜》中郭建光的“朝霞映在阳澄湖上”。目的是要让人们比较一下，西盐池宣传队的《沙家浜》和他有什么不一样。还有一个节目是快板书《奇袭白虎团》，这一段全部说下来，起码8分钟。一个人在台上“白话”这么长时间，还得让观众听得“来情绪”，不但要有嘴皮子上的功夫，还要为故事人物设计表情和动作。

自从那天和寇挥在砖瓦窑上的聊天，华子得到了国庆节曲艺晚会的消息。回去告诉杰子，他也很激动。他们借来曹瞎子的高级袖珍“牡丹牌”半导体收音机，专门架了天线，调方向，听预告，终于收到了中央人民广播电台的实况录音。尽管那天有风，杂音很大，但他们的耳朵贴在收音机上，把整个联欢会的节目听完了。两人激动得一宿没睡。

华子小时候跟梁厚明的师傅高凤山先生学过快板，这些年一直没有好段子，文化大革命以前的又不敢说，把他憋屈得够呛。听完《奇袭白虎团》，他马上给北京的哥哥写信，让他把快板书的资料寄一份来。他到宣传队没几天，哥哥就把《奇袭白虎团》的手抄本通过北京—乌鲁木齐的特快列车寄了过来，还打电报让他去火车站接收。他收到资料只用了一个通宵，就把这个节目背得滚瓜烂熟。

我来到礼堂，沿着舞台右侧的台口拾级而上。从幕边走向舞台中央，站好后向台下彬彬有礼地鞠了一躬。然后，我直起身子向下面缓缓地扫视。我觉得台下的喧哗声已经完全平息了，这才把手中的竹板一抖，“啪嗒，啪打打依打啪打打，”右手的大竹板清脆响亮，左手的节子抖出一串又碎又密的花点。开场的一段前奏板，我打出了高先生的真传，引来一阵狂热的“碰头采”，叫喊声像浪潮一样扑上舞台——

华蓥山巍峨耸立万丈多

嘉陵江水滚滚东流像开锅

赤日炎炎如烈火

路上行人烧心窝……

我模仿着李润杰先生的声音、动作，小嘴皮子利索、流畅。台下热烈的掌声响起来了，老师和同学们都在叫好。接着，是发奖仪式，李学华的《劫刑车》，为学校捧回了北京市宣武区少年宫文艺汇演的一等奖。

这是1964年的6月1日，我14岁。

一阵小提琴的音阶练习传过来。不用说，又是寇挥在排练室练琴了。一想这小子自从拉上小提琴，起早贪黑，全在没有人的时候苦练。华子也不敢怠慢，一边活动手脚，在舞台上来来回回走了几个“急急风”，然后练了“旋子”、“吊毛”等京剧基本功。最后，他调息运气，开始默诵《奇袭白虎团》……

礼堂里渐渐黑下来，华子看看手表上的夜光，10点半。他走出礼堂，轻车熟路地来到山脚下。先装作解手四下里观察，确定没有人走动了，这才一个鹞子翻身，跳进山墙。他估算得真是恰如其分，熊章良家的窗口亮了。

华子像往常一样攀檐观望，却发现龟儿子和他的胖婆娘都不在，站在灯下的，居然是他过去同班组的小于子——于隆。好久不见，小于子的打扮斯文了许多，也显得年轻了。不过他的神情似乎很激动，满脸通红地在地上走来走去，不时走到镜子面前，用手梳理头发，还对着镜子喃喃自语。华子正奇怪间，于老师猛然转过脸，对着窗口警惕地看。他吓了一跳，连忙缩下脑袋。确信小于子没有——也不可能发现他，这才抬头继续观察。果然，小于子又在地上转，然后他朝门口走去。

门开了，进来的人更让他吃了一惊，她就是厂长的女儿，广播员，宣传队独唱演员金一鸿。

“妈的，今天晚上有戏，”华子一下来了精神，同时也很惊讶，“行呀，小于子，你丫不吭不哈的，把厂长的千金都搞到手了。”

厂长的这个千金要是打扮起来，还真漂亮。她穿了一件淡黄色、有些收腰的涤卡外套,腰身和胸部都比较突出。她还背了一个军用书包,里面鼓鼓囊囊,好像装了不少瓶瓶罐罐。华子的眼睛有些不够用了,贪婪地在她的脸上、胸脯上流动。以他的估计,小于子借用熊章良的家约会,肯定会有点意思的,可能会发生点什么,值得一看。

可是,接下来的场面,完全出乎华子的意料。他万万没有想到,平时看上去文静而羞涩的书生于隆,居然会在漂亮姑娘面前表现得那么愚蠢,而且很没有水平。眼看着一出好戏,硬是叫他给搅了个鸡飞蛋打。

通过小于子的表现,华子算是把这些臭知识分子看透了。别看他们平时文质彬彬、诗词曲赋的像个人儿,可一到动真格的,笨得让人气都不打一处来。真他妈没用!

四

排练室的电灯一明一暗地又闪了3次,发电机房在"打招呼",再过10分钟就要熄灯了。晚上的排练早已结束,别人也都走了,可寇挥不想回宿舍,他要呆到夜里一点,估计大家都睡着了,这才起身。

他不愿意早回宿舍的原因,不光是想多练一会琴,主要是不想让大家看他不顺眼。自从他进了宣传队,一夜之间,就像是逃离革命队伍的叛徒,遭到了知青们一致的唾弃。那天晚上,同学们领回宿舍的都是一支搂耙、一杆大锹和一副下盐硝水池的皮裤,而寇挥提回来的,却是一把质地优良的小提琴。在每一间灯火通明的知青宿舍里,大家都兴高采烈地比划着劳动工具,用大锹做相对拼刺的表演,试穿齐腰高的大皮裤。而他提着小提琴一进门,大家就不闹了,全都回头看他,好像在说:都来看看,这个人手上拎的是什么,他和我们是一块来的同学吗?是一条心的战友吗?

他穿过一道道有些敌意的目光,走到屋角自己的床边坐下。当时,本来他想赶紧回到宿舍打开小提琴盒子,在灯光下好好欣赏一番。此刻,却慌忙地把琴放在床里侧,用被窝掩盖住,好像匣子里藏着变节自首的证据。

短暂的沉寂之后,人们又活跃起来。

"行呀,挥娃子,还是你有远见,有福气,"黑旦摇晃着宽大的身体走过来,嘻笑着说，“你可能早就料到今天要出苦力，在学校里就拉胡胡（二胡），练下了一门在社会上吃香的好手艺。”

众人都低声笑，寇挥脸烧得通红，吞吞吐吐地想解释什么，偏又说不出话。他抬眼望着建勇，想让他帮着说句话。可建勇没有回头，似乎什么也没听见，还在和严亚利说笑着换穿工作服。寇挥心里一慌，又向大家笑，可同学们谁也没有理睬他，他们三三两两地说话，玩闹。他更慌了，觉得自己很可能要被这个年青、充满欢愉的集体遗弃了……

“说我有远见，练一门在社会上吃香的好手艺，”寇挥坐在排练室的黑暗中，委屈地想了一遍又一遍，“我啥时候想过学个乐器以后不劳动了。我喜欢玩这个也不对么？山里边连个二胡都买不上，也没人教，咋能靠这个当手艺呢？”

他还是想向同学们解释，可又不知道怎么张口，好像谁也没有兴趣听他说话。而且，只要他一回到宿舍，大家本来还兴高采烈的，突然就不玩闹了，全都回头看他，他在大家的目光下狼狈地垂头走向屋角，接着他们又开始更热烈地玩闹。散会以后熄灯前这段时间，相当于自由活动。知青们来回串门，打闹、聊天、下棋，等到电灯“打招呼”，便纷纷散去，抓紧洗漱。钻进被窝以后，还要斗一阵嘴，声音才渐渐平息。

寇挥每天就是要等到这一切都结束了，同学们全都睡死了，这才离开排练室，蹑手蹑脚地进屋、上床。从小一起长大的伙伴，怎么现在连话都不说了。屋里的光线不知什么时候暗了下来，在昏暗中，传来了窗外同学们打闹的笑声，还有呀呀的喊杀声。寇挥想起小时候在喀什噶尔，他们一起玩耍，自己一直是建勇手下的“小兵娃子”，那时候，多少游戏都是建勇带着玩，更何况，他读的第一本字书，还是建勇带着他在地委大院偷的……

那一天是个大中午，天气热得要命。我和建勇都穿着小背心，在一棵大树下面弹玻璃弹。这时候，建勇看见他哥朝城里的方向走，急忙喊了他哥一声。他哥走过来说，建勇，我到邹洛那里去，你在家玩。建勇说，不行，我也要去，你把我带上。他哥想了一下说，行，可是挥娃子怎么办，他们家大人都不在。建勇说，那也把挥娃子带上，反正现在街上不乱了。建勇的哥哥看了我一眼说，一块走吧。在进城的路上，建勇的哥哥并不说话，只是低着头走得很快。我和建勇只有小跑，才能跟上他。

建勇边走边问我，挥娃子，我们去看邹洛，你知不知道他是谁。我说，当然知道，他是你们观点最大的红卫兵头头。我们在县城的时候，到处都有大标语：打进古城，活捉邹洛。建勇笑着说，你们还想活捉他，完全是痴心妄想。邹洛会武呢，他能飞檐走壁，还会打双枪，两把盒子枪百发百中，比双枪老太婆还厉害。听到这里，我兴奋极了，跟着建勇和他哥，就能见到城里的一个传奇英雄。我要有个哥哥就好了，啥时候都没有人敢欺负，还知道好多小伙伴们都不知道的事情。

我们拐过好几条街，进了一个大院子，里面全是参天大树。有一幢大房子，所有的窗户上都没有玻璃了，有些窗框上横七竖八地钉了些木板条，墙上到处是子弹孔。建勇说，这个地方你没来过吧，这是以前的苏联领事馆，房子是苏修在五几年造的，里面的墙厚得很，特结实。

进了大房子，我觉得眼前一片黑暗，身上也一阵发冷。我使劲闭了一下眼睛，再睁开时，才隐约看见一条长长的走廊，像地道一样。我们跟着建勇的哥哥向前走，就听得地板"轰轰"地响，怪害怕的。建勇他哥推开了一扇门，我们也跟着走进去。

这间房子可高了，里面亮得很，我和建勇一看：哇呀，这里面堆了一大房子的书，像山一样。

"坐这等我，不准乱翻，"建勇他哥命令我们，"这些书都是文化大革命开始的时候收来的毒草，看看就行了，不要乱翻，听见没有。"

我们赶快站好，看着大哥走进了里面的一个套间。等他关上门，建勇扑过去，在地下的一堆书上扒拉起来。我不敢动手，就站在旁边看。我先看到的是靠窗户的墙边上，从地上摞起来堆得有我的胸脯高，全是各种各样的《红楼梦》；然后，又看到好几百本《星火燎原》，这本书我以前在迟媛媛家见过，封皮是鲜红的；还有好多好多厚厚的字书，有些故事，都是小时候听建勇他哥给我们讲过的——《林海雪原》、《红岩》、《烈火金刚》……

我看见建勇手上拿了一本书，封皮上画了一个古代的英雄，威风凛凛地举着一把滴血的长剑，他的脚下躺了好几个死尸。他身后的大旗在飘。书的名字是《西汉故事》。这时候"吱嘎"一声，建勇他哥打开了门，吓了我们俩一跳。但他哥并没有立即走出来，而是站在门口又和里面的人说起话了。建勇捅了我一把，撩起背心，把一本书塞了进去。我也下意识地从地下抓起一本书，赶紧塞进了自己的背心里。

建勇他哥出来，后面跟着一个小矮人，这个人的脑袋特别大，肩膀宽宽的，但两条腿很细，却穿了一双大皮鞋，好象是个“木头娃娃(木偶)”。

“哥，你现在就带我们去邹洛那里吗？”出了院子，建勇问他哥。

“什么见邹洛，”建勇他哥愣了一下，然后笑起来，“你们刚才见到的就是邹洛。”

我和建勇都傻眼了，我看着建勇，好像刚才他吹了个大牛皮。

“行了，你们两个回家去吧，我到街上还要办点事。”建勇他哥说完，就朝市中心走了。他哥刚走，我们俩就朝相反跑到一片树林子里。赶快把怀里的书掏出来看，再看对方的书，我们两个全愣住了，然后哈哈大笑——你说我们笨不笨，两个人偷出来的书一模一样，都是《西汉故事》。

就是这本《西汉故事》，我不但成了营房里第一个能看“字书”的小学生，也是故事最多的。大家在跟着建勇玩打仗，拼杀累了，就要我给大家讲张良拜师、揭竿而起、楚汉相争、垓下之战、苏武牧羊、李广射虎……

建勇比我厉害，有一天他带来一个军分区大院的娃娃，听我讲故事。听完以后，那个娃娃非要问我要那本书。建勇说，我们好不容易才偷出来这么一本，你要的话可以，必须给我们一顶新军帽。那个娃娃第二天就拿来一顶崭新的五号军帽，建勇把他那本书给他了。这顶军帽太高级了，把我们全营房的学生都羡慕坏了。连建勇他哥都眼馋得不行，天天缠着他要。他借口说他哥头太大了戴不上，咋样说都不给……

“看起来，建勇这次真的不和我玩了，大家也不和我玩了。”寇挥坐在排练室的黑暗中，越想越觉得委屈，还有孤独。可他哪里知道，最近建勇的心里也正“泼烦”得很，有好几个眼看就要实现的事物一一落空了。

在黑暗中坐得久了，排练室里的谱架、乐器、椅子都朦胧地浮现出来，似乎它们也有一肚子的心事说不出，只能静静地陪着寇挥愣神。无意之中，他拨动了小提琴的D弦，“峥”的一声响起，奇怪的事情发生了：屋里的扬琴、三弦、二胡也都“峥”的颤响起来，在宁静的屋子里格外清晰。他大为惊奇，又拨了一次，四下里再一次回应着。

后来，还是学校的于隆老师为寇挥解释了这种物理现象：小提琴的D弦和其他乐器的D弦频率相同，它被拨响时产生振动，在空气中激起声波，就会发生共振。这种声音的共振现象，通常叫做共鸣。

五

"峥……"庄家杰一拨琴弦，共鸣箱里传出由低到高的一组五度和弦音。声音纯净、柔润。

庄家杰一边翻来覆去地打量着提琴，一边说："小寇子，你手上是一把好琴。"

寇挥一听，赶紧放下手中的乐谱，凑过来看：这只小提琴上的亮漆已经快褪完了，指板的高音区也磨出了一道长长的木痕。还有那4个调音的旋钮柱，暗褐而没有了光泽，像是4片快要凋谢的树叶。只有琴弓上的马尾，细密地排列，洁白、柔韧，它应该来自于一匹强壮、年轻的白色骏马的尾部。

庄家杰又捧起提琴，借着刚升起的太阳光从琴孔朝里看，琴的紫红色商标已经模糊不清，看不出是什么年月制造的，下面隐约有一排外国字，大概是制作提琴的厂家标志。

"小寇子，你来瞧瞧，这琴，别看它旧，我敢肯定，这是一把名贵的好琴，说不定是那个演奏家用过的，在文化大革命中流落到东盐池来了。"

寇挥一听，赶紧接过小提琴，也学他从琴孔处朝里面看。

庄家杰说："小寇子，你怎么这么有眼力，最好的东西归你了。"

寇挥说："不是呀，我根本不知道这把提琴好，是他们先把琴都挑完，就剩这一把了，都嫌它旧，大老王就交给我了。"

庄家杰的嘴角浮现出一丝嘲讽。这个世界有时候的确奇怪，就拿这个乐队来说，人们开始挑乐器的时候，都在争抢那些外表鲜亮的破玩艺儿。包括拉小提琴的上海支边青年老戴，早就看好了一把红漆透亮的新琴，却把最好的东西剩下，留给了这个老实巴交的小伙子。庄家杰把琴弓递过去，对他说："您给我来一段，我听听。"

寇挥坐下，把小提琴竖立在腿面上，横着弓拉了一曲《向着北京致敬》。

屋子里弥漫着一股浓郁的伊斯兰情调。这一回轮到庄家杰惊愕了，他奇怪地说："哎，你怎么回事，怎么能这么拉小提琴？"

"我、我、"寇挥羞惭满面愧，说："我不行，不会架在脖子上拉。"

"什么，你不会，"庄家杰吃惊地看着他，"那你怎么就敢领把提琴回来？"

寇挥说："大哥，不是我要领提琴，我以前拉过二胡，还会一点吹笛子。我当是要到宣传队来弄这个呢。领乐器的时候，大老王说演奏维族音乐用二胡死难听，非要让我拿一把提琴。"

庄家杰听完，注视了寇挥一会儿，叹了口气，摇着头说："唉，小伙子，你可真够胆大的。3天以后就要正式排练了，你怎么能混过去呢？"

寇挥说："我不混，我就给大老王说，我不会拉提琴，我在喀什拉过艾捷克，还是一个维族老头送给我的。那个我会拉一点点。"

"你拉过艾捷克，就是维吾尔人架在腿上拉的那玩艺？"庄家杰恍然大悟，笑着说，"敢情你把小提琴当成它了。"

"就是，艾捷克和小提琴一样，定弦、运弓都差不多，不过它就是放在腿上，像大提琴那样拉。"

"你的艾捷克呢？"

"在下马崖的时候送给我的好朋友春生了，"寇挥惋惜地说："当时我和春生争着拉二胡，谁拉错音了，就罚他拉艾捷克，我要知道现在能拉到小提琴，当时才不和他争呢。"

庄家杰说："小寇子，这小提琴和艾捷克肯定区别大了，你在这儿现学，排节目也就两个月时间，你能学会吗？"

寇挥毫不犹豫地说："学不会就算了，我就回连队下工地干活去。"

庄家杰听完这句话，不知为什么又笑了。他说："你现在知道我怎么知道你叫寇挥了吧，那天你找刘干事说要回连队，我和华子就在里屋，你的话我全听见了。还有，你刚来就和华子吃连首长的病号饭，还给他说国庆晚会的节目。"

寇挥的脸又红了，他低头说："我现在后悔了，那天不应该吃人家的挂面，还和华子在一起。我太不懂事了。"

庄家杰说："小寇子，你真够老实的。其实，那根本不算什么事，再说，华子也不是坏人。你要是和华子接触都害怕，那我呢，你不怕别人说你认识了一个流氓吗？"

寇挥脸色变了，他急急地说："你咋是流氓，你不是。东盐池那么多人佩服你，说你最讲义气。"

"那你相信我吗？"

"我相信。"

庄家杰沉默了片刻，用手拍了拍寇挥的肩膀，说："小寇子，你既然相信我，我就把你看成我的兄弟。我现在说话你能听进去吗？"

"我能。"

"好，我告诉你，你现在已经参加工作了，就要把自己当个大人看待了。刘干事说的对，以后的路要你自己走，别人怎么看你，都无关紧要。你明白我的意思吗？"

寇挥看着庄家杰逐渐严肃起来的脸，迷茫地点点头，问道："大哥，那我应该怎么办呢？"

庄家杰说："我先问你，你有没有决心学好提琴？"

寇挥用力地点头："有，我有。"

庄家杰说："那好，你要真心想学，你就能学好，我信你。不过，你要照我说的做，成吗？"

寇挥看着庄家杰的眼睛，说："没问题。"

"那好，"庄家杰说着摊开右手，逐个屈起手指，一字一句地说："第一，明天在排练的时候，你千万不要提自己要回连队的事，也不要对任何人说，你根本就不会拉提琴。要有人问，你就说以前练过，拉得不好。行吗？"

"行。"

"第二，从今天开始，我要给你找一个教提琴的师傅，你跟着他学……等等，你先别激动，我还要给你说清楚，这个事情不能让别人知道，你能做到吗？"

"我能。"

"好，你要有思想准备，这个师傅说话可能让你很讨厌，你不能和他计较。而且在他面前，你一定要毕恭毕敬。你还要记住，以后在社会上，只有让你讨厌的人，才会给你带来好运气。"

这句话寇挥显然还没听懂，便眨着眼睛想。庄家杰又说："第三，以后，你不能见到谁对你好一点，你就把心里话都说出来，除了你的父母，明白吗。"

"为啥？"

"你先别问为啥，以后你自然就懂了。"

"那……"寇挥想一下说，"那我明天上班咋办，大老王要挨个考试，我咋么说？”

庄家杰一摆手说：“这你不要操心，这事我来办，大老王不会考你，你上班以后要做的，就是手脚勤快一点，每天早点来，把排练室打扫干净。要尊重大老王和那些老知青。”

寇挥连连点头答应，他后来说杰子的神态让他想起了小时候看过的第一本书《西汉故事》，里面的第一个故事就是《张良拜师》，说杰子简直就像那个坐在桥头、让张良给他捡草鞋的黄石公，神秘莫测、满腹韬略。

“大哥，我还想知道一点。”

“没事儿，你说吧。”

“这个师傅到底是干啥的？”

“他刚从劳改队放出来，是个杀人犯。”

“啊！”

“不过你不要紧张，他杀的不是好人，是害死他父亲的凶手。”

“噢。”

“你的师傅姓达，是个老回回(回族)，他的外号叫‘爷们儿’。”

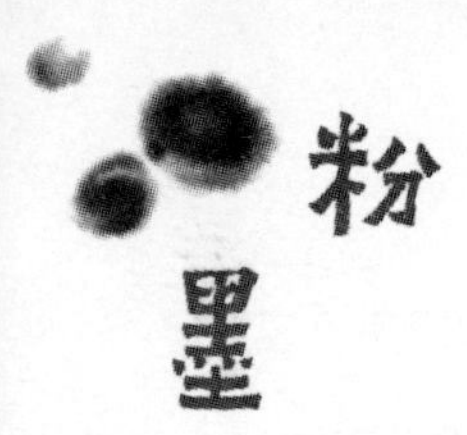

第六章　演出开始了

她开始卸妆。在朝脸上涂抹“凡士林”的顷刻间，镜子里一张美丽的脸庞就变得五官混沌。

一

演出就要开始了。

隔着厚重的帷幕，台下强烈的喧闹声夹杂着浓呛的烟味冲上了舞台。兴奋异常的孩子们在台前乱跑大叫，不时好奇地掀起幕布底边向上面窥视。男人们沉重地咳嗽，妇女用尖利的嗓音呵斥小孩、相互招呼和寻找座位。

礼堂里的热烈气氛，让宣传队员都不同程度地感到紧张。早已化好了油彩，穿好戏装静坐等待的演员们，这时又坐不住了，利用场前的瞬间，更加起劲地跳跃或吊嗓子；他们还不时地跑到化妆镜前，仔细地端详自己。

“宁导演，我都不敢相信，镜子里面的这个人，到底是不是我？”一位第一次化了彩妆的姑娘，用娇柔的声音问宁为玉。

“当然不是你，你哪儿有镜子里的这个美人漂亮。”宁为玉故意打趣说。

“哎哟，讨厌。”姑娘笑骂着，满意地走开。

宁为玉也在仔细地端详着镜子里的自己。看惯了平日被戈壁上的毒日头和大风长期侵蚀的面容，还有那一身简陋单调的工装服，镜子中这个浓眉大眼、唇红齿白的俊美青年，难道真是我吗？想想平时，除了蓝粗布的工作服，还敢穿啥衣服。而现在，想怎么涂脂抹粉就怎么朝脸上整，什么衣服鲜亮穿什么，太自由了！

“妈的，演戏真好，平常唱歌受限制，说话要小心，穿啥样衣服，都看人眼色。只要是一上台子，想怎么唱怎么扭，真开心呵。”宁为玉感慨万千地想，不由得又拿起口红，朝嘴唇上重重地涂。镜子里，他身后的人们穿梭般地闪来闪去，乱得像赶集。他用眼角的余光，能看见身披军大衣的刘干事，吸着一只烟斗，镇静地坐在广播室通向舞台的门边上。他身后的墙上，贴着一张大红纸，上面是今天晚上的节目单。

“刘干事，这个礼堂音响效果太差了。那个谢培良不是高级工程师吗，咋连隔音的原理都不懂？”一听这嗓问，这腔调，是大老王在刘干事身边逞能了。

“你胡扯啥哩，人家是啥水平，咋连隔音的原理都不懂。”刘干事回答。

“我说的实话，刘干事，我们走台好几天了，彩排的时候，厂里的领导也审查过了，节目的内容、质量都没说的，可就是这礼堂的回音太大了，台上的声音台下根本听不清楚。演员们要挣着嗓子吼，拉琴的像扯锯，演一场下来，人都累炸了。”

“噢，依着你，咋样整？”

“简单得很么，要加隔音板么。人家城里的大剧院为啥高级，没有回音，天花板上都有一层隔音板。场里有的是钱，加一层天花板都舍不得吗。”

“大老王，你的意见我们会向厂领导反映的。不过这马上就开演了，咱们还是先把眼前的演出搞好，声音的问题以后再说。”

“别人都不知道礼堂要隔音，就显出你能。”宁为玉望着大老王悻悻而去的背影，撇了一下嘴，“有回音咋着了，抓不住观众的心思，啥高级礼堂也不行。”

宁为玉回忆这两个多月的排练，他付出了多少心血和汗水呵！过去在剧团里，他只不过是个演员，写戏有编剧，排戏有导演，哪里轮的上他指手画脚。现在可好，编剧、导演、主演让他一个人包了，连他自己都觉得惊讶：我的身上怎么还潜藏着这么多才能。看来，一个艺术家只要敢想敢做，有人能提供必要的条件，没有干不了的。

“有朝一日，我还要堂堂正正地回到省城的剧团里，我要让他们给我平反，我要当真正的导演。”宁为玉憧憬着将来，觉得这个愿望早晚有一天会实现。

突然间，舞台上炸响了一阵惊天动地的锣鼓。宁为玉转脸看过去，大老王正用力地擂响一面大鼓，李永强和另外几个年青人也提着钹、镲，起劲地击打。“唏，大老粗，野蛮样子，一点艺术都不懂。”宁为玉皱紧眉头，厌恶地在心里骂。

演出前，刘干事找到宁为玉和大老王，商量开场用什么方式进行。宁为玉抢着说:“过去的大剧院都是按3遍电铃,那声音悦耳动听,咱们是不是……”

“少来那一套,”大老王粗暴地打断他说,“那玩艺早就过时了,现在是文化大革命,锣鼓家伙多威风,我带几个人狠狠一砸,台下面立刻鸦雀无声。”

大老王的骄横激怒了宁为玉,他正要反击,刘干事摆手说:“俺看这个不孬,锣鼓家伙一停,你们的报幕跟上去,这样才有力量。”

宁为玉觉得刘干事这样是在和稀泥,完全是为了照顾大老王的面子。上次刘干事和他俩商量开场,大老王说,开场么,肯定是找一个漂亮一点的女娃娃,声音甜一点,这样才能吸引观众么。宁为玉心里也这么想,而且还选了“洋娃娃”杨小红当报幕员,一开场走出来这么个洋气的漂亮姑娘,肯定吸引观众。但大老王先说出来,宁为玉心里就别扭,就偏偏和他唱反调,说现在的开场要有气势,要有文化大革命的特点。当时大老王气得直瞪眼,一句话也说不出来。为此,宁为玉设计了一个报幕对口词,由他和一个老知青都伟表演,用激昂的朗诵加以孔武有力的招式,表现出文化大革命的新气象。为了达到急风暴雨般的效果,他们之间台词的衔接不留间隔,一句紧接一句。排练的时候别人都说好,只有大老王看一回骂一回。

不过,大老王的锣鼓家伙还真管用,把台上台下都震得无声无息。大老王环顾周围,一切准备完备,从幕缝向台下观察的铁柱给他一个眼神,大老王便用一个激烈的花样完成了雄壮的序曲。

帷幕徐徐拉开,宁为玉和都伟身穿草绿色的军装,腰扎武装带,雄赳赳地走上台来。他俩的开场词近似于咆哮,用东风、红旗、灯塔、太阳等诗句形容着伟大祖国的繁荣美好,让整个剧场充满了胜利的欢庆。他们的朗诵一停止,摆好一个结束的造型,欢快的乐曲骤然响起,所有的男女演员们立刻冲上舞台,载歌载舞。他和都伟雄赳赳地下场,一进侧幕,飞快地解开武装带、扒下绿军装。里面是早已穿戴好的彩色戏装。他们的脸上也立即变幻出一种喜气洋洋的神情,连蹦带跳地舞着彩绸又冲上舞台,带领着男女演员们酣畅淋漓地舞动、歌唱起来。

宁为玉近乎忘情地歌舞,眼角却在台下仔细地搜寻、观察。首先,他要看清楚整个礼堂里今晚来了多少人,这是多少年来演戏养成的习惯。戏校的老师傅曾说过,当演员就应该是“人来疯”,人越多演起来越带劲。他透过浓重的烟雾,看到礼堂几乎坐满了人,靠台口的,是小孩和妇女;后面是知青和厂里的职工。前后乱窜的,是搞副业的民工和中学生,最后面有不少人都是站在椅子上眺望。宁为玉满意地笑了，今天晚上的观众恐怕是东盐池建厂以来最多的，哪怕厂里到了最新的电影，看的人也没有今晚多。

宁为玉还在寻找老婆、儿子所坐的位置，在舞到台口时看见了他们——在舞台右侧靠前的地方，两个儿子(包括老婆怀里抱着的老二)都穿着新衣裳，老婆也穿着那件在箱底压了好多年的花罩衣。满台浓妆艳抹的人在舞动，孩子已经认不出哪一个是他们的父亲了。老婆一只手捂着嘴咳嗽，一只手指着他让孩子们看。儿子终于认出了爸爸，惊喜地拍手乱叫。刹那间，宁为玉的眼睛被泪水模糊了。

这是一个让他扬眉吐气的节日呵，这个春节，宁为玉的全家人不用再灰溜溜地缩在家里，提心吊胆地等待着厄运降临，他也不再是那个人人唾弃的管制分子了。他现今是导演，是艺术家，人家都说“演戏的是疯子，看戏的是傻子”，他在台上装疯，可是他们呢——无论台下坐的是谁，都要跟着他在台上的一举一动欢笑或者忧愁。他还发现，台下人的眼睛，除了盯着台上的青年姑娘以外，再就是跟着他的身段走了。谁都不是傻子，他们能看出来，师文工团出来的演员，一招一式，举手投足，就是和别人不一样。

热烈的开幕歌舞成功了，台下的观众席里发出的鼓掌、喝彩，当然还有哄笑和嘘声，都冲上了舞台。回到台后换服装，演员们都很兴奋，宁为玉告诫大家，不要高兴得太早了，这不过是个开始，下面的节目千万不能出问题。

节目的进展完全按照宁为玉的预想顺利地进行。接下来，是李学华的快板书《奇袭白虎团》。一个热烈的歌舞后面，接上一个曲艺节目，也是宁导演的精心安排。让一个人在前台自由表演，幕后的全体演员可以从容地准备。这个“北京油子”还真行，嘴皮子利索极了，而且声音脆亮，后台里都听得清清楚楚，台底下一会儿鸦雀无声，一会儿哄堂大笑。宁为玉不由暗暗佩服：这个二流子货，原来还真有两下子。

没有宁为玉的节目时，他在幕后也闲不住。他要为即将登场的演员整理服装道具，安抚过于紧张的年轻人。每个节目演到关键处，他都会出现在台边，准备为他们提词。他的手脚再忙，但头脑却很清楚，接下来，会有一个最重要的时刻，这就是他自编、自导、自演的小歌剧《父女争先》，他要从头到尾细细地在心里过一遍。

他演一个已经退休在家的老盐工，为了参加运盐大会战，和女儿抢着下工地。演女儿的顾继蓉，唱过老戏里的花旦。他编排这戏是看重了顾继蓉30多岁了，还有一种娇媚神态。这种功夫，现在的年轻人根本学不来，也是好多人平常想看也看不到的。他知道，现在虽然到处讲思想革命化，可是人们还是愿意看男欢女爱的东西，可惜又看不上。《父女争先》表面上演的是歌颂“抓革命促生产”，两个角色是父女关系，他就可以大胆地在戏里加上一些逗嘴、抚爱的动作，才会有出人意料的剧场效果。

果然不出宁为玉的所料，他和顾继蓉一出场，就把观众的胃口调起来了。“父女俩”在台上又是逗嘴，又是较量力气，把台下的人看得津津有味。而顾继蓉一身红袄绿裤，表情又娇又嗲，更是引起一阵阵的骚动。

“下面这是个要紧的地方，得拿出真本事，等着底下的人拍手叫好吧。”宁为玉边扭边想。在小戏渐渐到了高潮的地方，他设计了一个父女两人为了争着下工地，要进行一场拔河比武的场面。两个人要在戏曲音乐和锣鼓的伴奏下，拉着一条彩绸，你进我退，你退我进，特别有喜剧效果。

正在这时，宁为玉的眼角看见大老王在台后也不甘寂寞，故意朝台口挪出了足足一个身子。台下的大部分人，都能看见他的侧影。只见这个老二流子还是叼着莫合烟，熏得自己眯缝着眼，摇头晃脑地敲打着扁鼓和板尺，陶醉得不行。

“讨厌，真讨厌，”宁为玉紧锁眉头，厌恶地转身，“什么东西，啥时间都忘不了突出自己。”

他没有慌乱，对付这种人有的是办法。为了把观众的目光吸引过来，他给顾继蓉使了个眼色，故意把动作做得更夸张，顾继蓉也心领神会，愈发扭动得浪了。一条彩绸被他们拉来拽去，果然台下的气氛立刻热烈起来。宁为玉心里得意极了，心里说，你大老王再能，也是给我伴奏的。我在台上演得痛快淋漓，你也只能在旁边干瞪眼。

可是，就在他俩拉着彩绸在舞台上团团转圈的时候，台下突然暴发出了一阵疯狂的笑声。宁为玉更加得意了，这是他们的戏发展到了高潮。然而，台下近乎疯狂的笑声并没有消落，还有人抱着肚子用手指着他前仰后合。宁为玉凭着本能感觉到，好像哪儿出了问题，台上的演员们也都挤到幕边哈哈大笑。顾继蓉一边用力憋着偷笑；用眼睛给他的下身使眼色。

宁为玉用眼睛迅速地向下一扫，头上的汗“刷”一下就涌了出来：天哪，啥时候裤带松了，裤子已经快掉下来了，露出了里面的大花衬裤！

在这种情况下，宁为玉并没有惊惶失措，情急之中，他突然一个侧身亮相，嘴里念念有词:“女儿呀,你是看爹老得不中用了,衣服都系不牢了(台下的人们一愣,顿时静了许多)。实话告诉你,我还没有提气运功呐。我这就让你瞧瞧,你爹威风不减当年。”说毕,他上下一拍巴掌,又挥舞着腰间的彩绸,左边一下,右边一下,做了两个系紧腰带的程式亮相。

“噢……”台下一阵叫好,夹杂着更为热烈的哄笑。

大幕急急落下。

二

在台下看节目的知青中,坐着一位裹着军大衣的俊俏姑娘。她应该算是今晚的特殊观众——当年在下马崖,她以一段独舞,惊动了名动一时的西盐池《沙家浜》剧组;刘干事为了她,专门去17连招收知青。她就是菊。

春节前夕,东盐池的生活车去吐鲁番的艾丁湖农场拉菜,顺便把厂里的下乡知青接回家过年。菊也搭便车来到东盐池。她和赵建勇、迟媛媛等老同学见面后,大家都喜出望外。在热情的老同学们中间说笑时,她暗自后悔:当年赌气离开大家去艾丁湖,实在是一个冲动的错误选择。

菊一到农场,连队里就宣布了知青的3条纪律:不许探亲,不许谈恋爱,更不许结婚。她已经两年没有回家了,身边没有一个同学作伴。除了举目无亲之外,那里的恶劣环境,农场的贫穷,生活条件的简陋,还有夏天的酷热,都让她不堪忍受。别说回家了,想从连队里搭个拖拉机到团部去一趟都那么困难。在东盐池短短一下午,她就感到同学们在这里多么幸运。这里虽然是戈壁滩,但毕竟是工矿企业。他们的劳动和生活,都比那个破农场强多了。这里有明亮的电灯,有周末的伙食改善,有通向火车站和下马崖的汽车。这里的一切,都让她暗地里羡慕。在同学中她惟独没有见到挥娃子,迟媛媛说,他在宣传队排练,晚上要演出。菊听了心里直笑,挥娃子也能上台演出,可见这个厂的宣传队也太不怎么样了。晚饭以后,她和同学们来到礼堂看节目,此时,心里说不出是什么味道。

“菊,快看快看,挥娃子出来了。”迟媛媛用指头捅着她的腰,兴奋地喊。

菊抬头朝舞台上看,大幕缓缓拉开以后,挥娃子和所有的乐队成员坐在台前。只见他紧抿着嘴,努力地挺着胸脯一动不动,左手持着一把小提琴架在腿上,右手握着一支琴弓。

“咯咯，你看挥娃子那个傻样子，像不像庙里面的泥巴人。”媛媛笑得弯下了腰。知青们听见她的话，再看挥娃子正襟危坐的紧张神态，的确感到滑稽，纷纷笑起来。

“啥叫泥巴人，那叫护神的金刚，要的就是厉害样子。”余卫中更正道。

菊也笑了，但她更多的是惊讶。在她心目中，挥娃子还是一个没有发育长大的小男孩。两年多不见，他居然也大模大样的坐在大人中间，而且还操纵着一支只有城里人才会使用的小提琴。他什么时候学过拉小提琴了？他怎么敢大模大样地坐在台上演奏它呢？

这时，一个深眼窝、高鼻梁，长得像个“洋娃娃”的小姑娘，手里拿着一对碰铃走上台来，清脆地报幕道：“器乐合奏《花毡献给毛主席》。”

一个呲着满口金牙的中年汉子捧着手鼓，两声清脆的起式，乐曲响起来。菊听出来，这是由哈萨克族歌舞《绣花毡》改编的一首乐曲。他们演奏得很欢快，也很熟练。她好像一下就回到了下马崖牧场的哈萨克人毡房里，人们围坐在地毯上，喝着奶茶、泡着馕，偶尔还能吃上手抓羊肉，男女老少们都在唱歌跳舞……

“呜……”礼堂最后边传来一阵响亮、激越的唿哨。不少人都回头探起身子观望。黑旦说，今天热闹呀，连山里面的哈萨（哈萨克族牧民）都来了。

同学们看节目的时候，不时转脸看一下菊的反应。因为她是内行，也爱挑剔。她11岁就参加了喀什噶尔城里最大的红卫兵毛泽东思想宣传队，还演出过几部大型歌剧，见识过不知多少业余宣传队的演出。看得出菊有些激动，她在努力压抑自己的急促呼吸，胸脯也在起伏。她显然过低的估计了这个厂宣传队的水平：就说开场歌舞，虽然全国都一个样，靠热烈气氛和演员夸张有力的舞姿来“吓住”观众，但东盐池的歌舞用的是秧歌形式，全副武装的男女演员腰系红绸，跳动整齐的秧歌步，满台大红大绿，有刚有柔。

谁编排的这个歌舞？这个编导还是挺动脑子的，起码在业余演出队里是个高明的人。别看都是文化大革命的节目，要制造出一点剧场效果还是不容易的。因为现在毕竟不是革命造反刚开始了，那时候只要能吼能跳就能吸引住人；再说这个器乐合奏吧，他们在排练的时候肯定也动了不少脑筋，主要是会藏拙。几件主要乐器演奏得都不差——打手鼓的大汉，动作虽然花哨了点，但节奏清晰准确；吹笛子的技巧也好，可以听出他笛音中的“水声”，这是搞专业的人衡量笛子水平的基本标准;还有两个弹热瓦甫的,引起了她的兴趣:前排是一个30岁出头的方脸青年,是个左撇子,反手操琴,动作很随便,弹奏的声音清脆、明亮,像个行家;他身后一个瓦块脸的中年人,怀抱热瓦甫的样子,像是紧紧地搂着自己的小孩,而且脑袋几乎垂在琴面上的姿势,一看就是个刚学的,放在台上凑个数。好在前排有几个顶梁柱支撑着,一下子就把整个乐队的不足掩饰下去了。

她还不时地打量着挥娃子,看他坐在戏台上,一上一下地挥舞着琴弓,还真像那么回事。菊的心里乱极了,简直像做梦:这个世界太奇怪了,过去,是她在舞台上表演节目,挥娃子和一群鼻涕哈拉的小孩,在台下傻乎乎地挤成一堆,扒着台口好奇地看。今天,这个曾经长久地属于她的舞台,却变成了她的追随者表演的空间,她反倒成了台下的观众!

菊的胸口突然有些发闷:老天,你为什么要在我和我的忠实观众之间开这么大的玩笑?

“好…再来一个…”

“呜…呜…”

掌声、口哨声和叫喊声,在器乐合奏结束之后响成一片。我感到一阵恍惚,迷蒙之中,我觉得这是下马崖,公社中学的老师和同学们在为我拼命地拍手、叫喊——

这种情景在下马崖还是第一次,即使是一些专业文工团的精彩表演,也没有这么热烈过。我跳完舞回到后台,管弦乐队的老师们纷纷地称赞我,曾经在师部文工团担任导演的乐队队长迎上来,眼睛那么慈祥。他和蔼地问我:叫什么名字,今年十几岁了,上几年级,以后想不想当演员。我大口地喘着气使劲点头,他伸出手,摸着我的头说,小鬼,快快长吧,再过两年我们就来招你。

那一天晚上,我兴奋得一夜没有合眼。

第二天一早,是我和挥娃子的值日。早晨我们在教室里生好火炉,全部都打扫干净以后,我在昏暗的灯下,说起了昨天的联欢会,说起了师部文工团的导演在后台对我的许诺。我说得兴高采烈,而挥娃子心里好像并不愉快,只是不想扫我的兴,表面上一副为我高兴的模样。

我问他说:“你是不是不高兴了。”

他强笑着说:“没有呀,我怎么会不高兴,又没有人惹我。”

我说:“我要是进了师部文工团,就给导演推荐你。”

他惊奇地说:“你推荐我?我去干什么。”

我说:“你去拉胡琴呀。”

听完这句话,他哈哈大笑,说:我去拉胡琴,我去拉胡琴,哈哈哈……”

我记得我当时翻了他一眼,说:“这有什么可笑的,你怎么就不能拉琴了,你不会好好练吗。”

他说:“好好练,那也要有老师教才行,我们这个山里哪儿有老师呢。”

我一时无话,想了一下说:“你别着急,等我到了文工团,给你找个好老师。等你学好了,就给我伴奏。”

说完这句话,我觉得我的脸都红了。

他愣愣地坐在课桌旁,不知在想什么。过一会儿,他慢慢地说:“给你伴奏是不可能的,以后我还是去看你演的节目吧”。

一听他说看我演的节目,我想起了往事,笑着说:“要看节目你就买票,找个好座位定定的看,再别挤到台口上,傻兮兮的。”

他先是愣了一下,然后想了想,突然笑了,不好意思地说:“你还记得那一次我看节目的事,你要不说我都想不起来了。”

我说:“把你的哪件事我不记得?那时候你在台子下面乱钻,从幕布下朝上看的时候,我就觉得这个娃娃咋那么熟悉,脸白白的,像我的同学。后来你用袖子一擦鼻涕,我一下就把你认出来了。”

他听到这里,又哈哈大笑起来,脸上不知什么时候长起来的几颗粉刺也快乐地跳,他说:“你还怪会形容的,叫你一说,我以前咋就那么没出息。”

我看着他还是那么娃娃气,摇头叹息说:“挥娃子呀挥娃子,你什么时候能变大呢。”

他没有听懂我说的话,说:“我又不是孙悟空,变他干啥。”

正说到这儿,教室外早操的钟声响了。我们都去操场跑步做操,集合的时候,我觉得那帮同学看我的眼光怪怪的,我明白,班上那几个一直嫉妒我的学生干部,不知道在背后又说了我什么难听的坏话。不过,我已经习惯了,别看我们的中学不大,但班里面勾心斗角的破事并不少。加上我的舞蹈成功了,还不知道有人嫉恨成什么样了。这一天,我的步伐格外有力,身体轻得好像能飞起来。我没有心思上学了，我想远离他们，到那个我想往的地方去。

一个月以后，我打听到团部中学有一批高年级毕业的学生要下乡，我借口家庭生活困难，就报名和他们一起来到了吐鲁番。我以为在不久的将来，自己真的会站在省城里的舞台上，实现童年的梦想了。结果，我哪儿也没有走成，却从中学要好的同学信中，听到了不少流言蜚语。有的说，省城里的各大文工团轮流选拔我，还有的说，我已经和一个团场领导的公子订婚了。我知道这是那些仍然在嫉恨我的同学故意编造的。我实在不明白自己什么时候得罪了这么多的人。在这里，我才亲身体会到了，我们这些普通老百姓家的孩子，在这个时代里要想出人头地是何等的痴心妄想。其实，那位师部文工团的导演的确没有忘记履行当年的诺言，亲自到我们农场来了好几次，要把我调走。可农场的领导就是不同意，说是广阔天地更需要我这样的人才。

火焰山下的农场，每天吃高粱米水煮白菜……40多度高温下的麦收，我被镰刀割破了腿，流了那么多血……连队里没有电，漆黑的夜……交通闭塞，可我想回家……流言蜚语，我躲在被窝里大哭……

“菊，快看快看，挥娃子又出来了。”迟媛媛又在招呼。

菊定神再看，大幕拉开的台上，乐队的人们又出来。但这一次是斜坐一隅，乐器也换成了民乐。那个打手鼓的面前是一套唱戏的鼓板；挥娃子腿上架着一只板胡；那个报幕的“洋娃娃”手里还是一对碰铃，娇声报幕：“下一个节目，女声独唱，陕北民歌《翻身道情》。”

这时，从幕后袅袅婷婷地出来一个大辫子姑娘，一身蓝布印花的戏装。周围的盐工议论；“快看，金厂长的女儿出来了，那唱的，跟半导体里一模样。”

“那错不了，你听她念广播嘛，声音多清亮。”

“噫嘻，好几年没有听过她唱歌了，那时候唱的才好。”

这个大辫子姑娘朝舞台上一站，菊顿时觉得她很面熟，好像在哪儿见过。大辫子不慌不忙地用眼睛向台下缓缓扫视，不知为什么，礼堂里立刻静下来。好像还有职工和家属抱紧自己的小孩，不让他们乱动。四周维持秩序的基干民兵们，也都庄严了许多。只见大辫子姑娘朝乐队那边轻轻一点头，那个金牙汉子夸张地扬起手中的鼓尺，“啪啪”两下起板，急促热烈的音乐响起来——

“太阳……一出……哎咳哟……”大辫子姑娘清脆的歌声引来一阵喝彩。

“我说好像在哪儿见过这个人,其实这个人就是我!”菊突然醒悟过来,“她的化妆,她的作派,她的身段,再看看台下人们渴望的面孔,还有他们的欢笑,这不就是当年我在台上时的场面吗。”

她的心一阵刺痛。就像在吐鲁番盆地的酷热中的麦收,被麦芒扎,被汗水蛰,皮肤疼痒难忍。不过那只是皮肉之苦,此刻,麦芒扎的是她的心。

“咯咯咯……”迟媛媛在一旁大笑,她又用胳膊碰菊,“你看你看,那边,太热闹了……”

“嘀嘀嘀,你们看李永强,好玩……”黑旦他们也大笑。

迟媛媛让她朝挥娃子头顶处看,在乐队伴奏的后排,站着几个打击乐演员,在击打碰铃的“洋娃娃”身边矗立着一个粗壮的大个子知青,手执一副木鱼,面无表情地敲,眼睛还不时地朝天翻一下。和那个眉飞色舞的“洋娃娃”形成强烈的反差。大个子的眼睛朝天上翻一下,迟媛媛就“咯”地笑一声。

“媛媛,你个死样子,一天到晚就知道傻笑,吃了哈哈屁了。”

“你才吃哈哈……咦,你刚才哭了?”迟媛媛盯着菊的脸,惊疑地叫。

“别胡说,谁哭了,”菊顺手在脸上抹了一把,果然,她的手掌有些湿。她若无其事地笑道,“我的眼睛出汗了。”

两人相视而笑。想起上小学时,有次迟媛媛打哭了一个上汉族学校的维吾尔族小男孩儿。菊过去安慰他说:“安尼瓦尔,你怎么和丫头子打架还哭鼻子。”安尼瓦尔一抹脸说:“谁哭了,我的眼睛出汗了。”

三

不知是谁在舞台上的大火炉里又放了大煤块,炉面的铁皮都红了,散发出逼人的热量。加上浓重的莫合烟、煤烟味,还有人们身上的汗腥味,舞台上的空气有些污浊。下一个节目是锣鼓词,紧接着是厂教导员突发奇想,安排了几个职工进行批林批孔的诗朗诵。乐队有一段空闲时间,庄家杰起身离开舞台,穿过广播室和排练室,想到礼堂外抽根烟。

清冽的风扑面一吹,他的头脑顿时轻快了许多。他仰面朝天,大口地深呼吸,胸膛里顿时一片清凉。满天的星星密密麻麻地闪动、拥挤着，好像一张网要向他的头顶罩下来。

“远远的街灯明了，好像闪着无数的明星。

天上的明星现了，好像点着无数的街灯。

我想那缥渺的空中，定然有美丽的街市。

街市上陈列的一些物品，定然是世上没有的珍奇。”

庄家杰默诵起小学课文《天上的街市》。

礼堂里的喧闹声一阵阵地传出来，和满天星斗的静谧形成了鲜明的对比。庄家杰突然想，飘渺的空中如果真的有美丽的街市，会不会在剧场里上演大批判的诗歌朗诵呢？星空的东方，有两颗明亮的星星格外地耀眼，如果这就是俩人说相声，它们会说些什么，怎么才能把周围的群星逗乐呢？银河系那边的织女星旁，4颗菱形排列像织布梭子一样的星星，如果是表演唱，它们会围绕着天王星、海王星这样的“领导”唱颂歌吗？

四野黑沉沉的，环绕着东盐池大戈壁的山脉，像一面巨大的环形屏障，把这里和外面的世界完全隔开了，要不是还有眼前的这个礼堂透出来的一点灯火，他觉得自己好像已经被人间遗弃了。

庄家杰想到舞台下面黑压压的一片人头，就觉得滑稽：这种破节目，平常排练的时候都看不下去，偏偏那些演员们排演得那么起劲。越是他认为拙劣的玩艺儿，担心演到这儿会招人嘲笑，偏偏有人热烈地鼓掌；有些荒唐的表演，他在后台都觉得无地自容的时候，台下的情绪居然最为高涨。可是，反过来他也想过，这可是在荒无人烟的戈壁深处，现在又是春节，如果人们连这么一点儿热闹的业余生活都没有了，日子怎么过下去呢？

礼堂里安静了，间或能听见远处柴油发电机“突突突”的轰鸣，家属院那边不时有爆竹声此起彼伏地响。

“怎么着，哥们儿，出来透口气。”铁柱也溜出来，和他搭话，及时递上了一只平日罕见的牡丹牌香烟。

“噢，里面太闷了。”

“今天来的人不少，礼堂都快满了。”

“凑热闹呗。”

“杰子，你说这东盐池的人多他妈的可怜，逢年过节，哪儿也去不了，最大的乐趣，也就是大年初一晚上盼望着能看上个电影、节目。”

“你知足吧，过年有台戏看不错了。”

“要不我说这戈壁滩上的人可怜呢，”铁柱说，“想想咱们在城市里过年，多好玩，放炮、打雪仗、滑冰、看电影、逛公园。”

“是呵。”铁柱的话引起了庄家杰的思念。他脑海里出现了厂甸、天桥、中山公园、民族宫礼堂、北海、颐和园，还有冰糖葫芦、风车……

“再呆会儿，早呢，下面该诗朗诵了，”铁柱从窗玻璃朝舞台上望，突然说，“杰子，咱们是不是进礼堂看看。光是自个在上面演，谁知道下面的人看什么呢，反正咱们也没化妆。”

庄家杰一想，把自己当成个观众，去看看折腾了两个多月排出来的节目，也有些意思。他俩从礼堂的后门走进去，找个角落站下。从这里朝台上看，两人还是有些惊讶：在明亮的灯光下，妆扮过的演员们，的确和平日里见到的不一样，个个精神焕发，女人们也显得妩媚。特别是华子，他平常一副狭长的马脸，脸上疙疙瘩瘩的全是麻坑，走路也是斜肩弓背的没个正型。如今一化妆打扮，好一个剑眉立眼，穿了一身新军装，昂首挺胸地亮相，比平日高大了许多，也有了几分英武。

“这帮狗男女，还真像那么回事。”铁柱笑嘻嘻地骂道。

庄家杰没有搭腔，心里说：小时候老听母亲说，人靠衣裳马靠鞍，果然有点道理——难怪这些演员们平常排练的时候，老是吊儿郎当的，看来也是一种假象，大概就是要保留着神秘，到正式上台的时候，给人们一个惊奇吧。

礼堂最后，游荡着一些小青年。他们三五成群的围成一堆，闲逛、吸烟、磕瓜子，偶尔抬头朝舞台上看一眼，有了感兴趣的场面，才集中精力伸长脖子瞅一阵，相互说些闲话。这时，有两个知青从人群中挤出来，也来到门边的墙角处抽烟。

庄家杰看他们熟练地点火、喷吐着烟圈，想现在的小青年真胆大，刚参加工作就敢叼上烟卷了。这两个小伙子转过脸来聊天，他认出了他们。高个的黑小伙外号叫黑旦，是寇挥的同学，到宣传队来看过乐队的排练；矮的正是厂部谢工程师的黑儿子。这两个小子站在一起，让他觉得有趣。因为两人的皮肤都黑得发亮，一高一矮，两颗脑袋凑到一起抽烟，像两颗北京有名的“黑绷筋”西瓜。

庄家杰猛吸几口烟，正要招呼铁柱回后台，就听头顶处的窗台上有小孩喊：“老卡，卡翁达。”

庄家杰听小孩喊得奇怪，抬头看去，几个十来岁的小学生，身子吊在窗户上，其中一个小脑袋正对着抽烟的黑小子叫。他一时不明白小东西说什么，只见黑小子听见后，突然变了脸，恶狠狠地瞪了小孩一眼，然后转身和大个儿说话、吸烟。

“老卡，老卡，赞比亚总统卡翁达。”小孩子继续叫。

庄家杰突然听明白了，不由得笑起来。

“哎，老卡，非洲人，赞比亚总统卡翁达。”小孩子还在调皮地挑衅，另外几个也跟着起哄。

这时，黑小子有些沉不住气了，他回过头，恶狠狠地警告说：“小屁崽，别乱喊，再乱喊小心我收拾你。”说完，又讪笑着回头吸烟。

“唷……”小孩子冲着黑小子做鬼脸，“谁害怕你，你偷偷抽烟，我告你爸爸。”小孩子继续向黑小子挑衅。

黑小子轻视地一笑，没有作声。这时候，台上的诗朗诵快演完了，那个黑大个说，咱们到前面去看吧，下个节目里有你们同学李永强。两人刚要走，又听见了小孩在窗台上挑衅的笑骂。

黑小子再也忍不住了，他转过身来，一步一步地向窗口走过去，刚开始小孩还一脸调皮地笑，看到“赞比亚总统卡翁达”满脸的杀气，脸上都露出了恐惧的神情。他们打开窗口，接二连三地朝外跳，黑小子跳起来，一把揪住了那个还没有来得及逃走的小学生后腿，一把从窗台上揪下来，像提溜一只小鸡一般，把他拉出了礼堂。黑小子的这个动作让庄家杰感到惊诧，因为他过去见过这个黑小子打篮球，是个反应迟钝、憨直怯懦的学生，和他那个会画油画、举止优雅的父亲反差太大，他甚至觉得这个小孩不是那个著名设计师的儿子。可今天从黑小子的那种凶狠的目光中，能感觉到这个小青年的性格，正在发生一次很大的变化。

庄家杰和铁柱也跟着出了后门，他们听到了两声清脆的耳光声。

“日你妈，卡翁达。”小孩大骂。

“啪、啪。”又是沉沉地两声闷响。

“日你妈，卡翁达。”小孩的声音有些模糊不清了。

“啪、啪、啪。”又是几声耳光。“打，狠打，这小屁崽3天不打皮痒痒。”黑大个子抽着烟，在一旁为同伴鼓劲。庄家杰发现黑小子有点不对劲了，他狠命地抽打着小孩子的脸，根本不像是大人对调皮小孩的惩戒，好像是和一个有血海深仇的死敌狭路相逢了。他正想过去劝阻，就看见黑大个子已经察觉到了同伴的疯狂，赶忙扑过去拉扯。这时,小孩子已经倒在地上,黑小子并不想善罢甘休,他狞笑着,一次又一次地朝上扑,隔着黑大个用脚踩地上的那堆肉。

因为大个子身高力大,他几脚都踩空了。在灯光的映照下,庄家杰能看清他穿的是一双崭新的"大头鞋"。这是连队里入冬时新发的劳保服装,这种棉鞋之所以叫大头鞋,是在鞋面的帆布里面,箍着一层硬度很高的厚铁皮。

四

刘干事从舞台二道幕的侧面朝台下看,厂长金兆汉和教导员都来看戏了,他们坐在一片小孩和家属后面,脸上都带着喜气,看来厂里领导们目前的心情都很愉快。

金厂长换了一身海军蓝的军便服,新理的头发向后梳成背头。教导员是军管干部,一身草绿色的军装,领章和帽徽格外地显眼。这让刘干事觉得十分亲切,那些当兵的生活,都出现到了眼前。

从节目一开场,刘干事的心就提在嗓子眼上了。表面上他镇定从容地指挥演出,眼睛却紧紧地盯着台下中部靠前的那个位置。从厂首长脸上的表情,他想看出领导对他几个月的努力是咋样评价的。

"不能出麻达(西北方言:差错),千万不能出麻达!"刘干事默默地向天祈求,觉得自己压力太大,简直有些喘不上气来了,"这几个月,我过得可不轻松,第一个,节目不能出问题,别看那些台词是从演员嘴里朝外说,可责任得我负,谁说错一句话,掉脑袋都不稀罕。还有,人也不能出纰漏,搞这个宣传队,我可是把东盐池的牛鬼蛇神全搜集到一堆了,这中间谁要搞点活动,那就全完了。"

想到这儿,刘干事觉得自己喉咙干得冒火。不过,节目演到一半的时候,他松了一口气,心中暗喜地想:"不孬不孬,还没有出问题,首长们还算满意。"

厂长和教导员表情都很轻松,不时地为台上的表演微笑。厂长还不时地侧过脸和教导员低声交谈,节目结束的时候都鼓掌。

"看来厂长喜欢京剧,唱样板戏他听得怪认真,下回还整这个,而且要精益求精。"

“锣鼓词他没怎么听，掏出烟点上了，还和教导员说话来，下来以后得找找问题。”

刘干事仔细地捕捉着两位首长的表情。有些地方让他很费琢磨。比如那个乐器合奏，厂长听得很投入，但听完了又摇摇头。这是个啥意思?他是爱听还是不爱听? 要把首长这些细微的表情记在心里，下来再侧面了解一下。

接下来，厂长的千金小姐金一鸿上台了，刘干事的心也提到了嗓子眼上。他知道，最要紧的时刻到了。

这半年多来，金厂长的这个宝贝女儿不知道中了啥邪，喜怒无常的。先是无缘无故的高兴了一段时间，听人说她谈恋爱了，看中了老一连调到学校当老师的于隆。当时刘干事一阵紧张，觉得人们在胡说乱传，根本不可能的事。为了厂长女儿的形象，他还专门把厂部医务室的那个“洋婆子”娜莎叫来训了一通；果然，没多长时间风平浪静了。可这位大小姐的脾气又古怪了，一会儿懒洋洋的谁都不理，一会儿像个“婆娘”，满嘴粗言浪语。偏偏是他第一次领导宣传队选上她了，本来是想在金厂长面前表个功，替首长照顾好他的宝贝女儿。谁知道她咋这么难伺候，头几天还为宣传队的演员出谋划策，说话也喜气洋洋的。哪想到，不出一个礼拜，她又变成了个怪目日眼的泼剌货。刘干事就像是捡了个烫手的山芋，吃不了还扔不掉。

上个月，宁为玉从广播上听了一首新歌，叫做《选良种》，就按照这个歌曲排演一个表演唱。刘干事抽空去看排练，没有惊动演员，只是悄悄地来到舞台后面坐下。宁为玉眉飞色舞地为4个女演员示范着各种动作，金一鸿坐在舞台边那个用大汽油桶改装的火炉前烤火。她一只手握着炉勾在煤灰上拨来拨去，一只手飞快地往嘴里送着瓜子。炉火映射在她俊俏的脸上，有一种说不出的美。他看到她这副模样，有些发呆。

这时候，不知宁为玉在姑娘们面前放肆地说了一句什么，就听到金一鸿在喊:“姑娘们，选种可是一件终身大事，可千万别选上了姓宁的这号子货……”

宁导演立即转过身来，双手叉在细腰上回嘴:“我怎么了，怎么了? 你怎么知道我不是‘良种’，你选过我吗?”

接下来的话很不入耳，4个姑娘站在台上满脸羞红。刘干事当时愣在地上半天，不知该怎么办。突然间，一股怒气从他心头升起，突然跳起来把宁为玉当着众人狠狠地骂了一通。其他人吓得不敢喘粗气，而金一鸿头也不抬，继续在火炉边上不紧不慢地嗑着瓜子。

过了几天，刘干事把新来的李永强带到宣传队，把他引到众人面前做介绍时，又是金一鸿说："小伙子，你可别太老实了。这里的人都不是什么好东西，小心他们欺负你。"

狗改不了吃屎的宁为玉说："金大小姐真会心疼人，特别是这种身强力壮的小伙子。"金一鸿转身骂他。刘干事更是火冒三丈，又准备臭骂宁为玉。但他这次硬忍着，只是皱皱眉头说："你们快些排练。"众人赶紧散去。唯有金一鸿不动，在那儿嗑瓜子。

后来，刘干事看到她似乎每天都是这样，不唱，不跳，除了吃零食，就是说些风话。

"小姑奶奶，你可千万别砸锅呀，"音乐过门响起来的时候，刘干事简直要为她烧香了，"俺这个人是个老粗，根本不懂个啥艺术，你平常练习的时候，从来都是吊儿郎当的不当回事，唱的中不中俺也听不来，又念你是厂长的女儿，我也不敢管，你今天可拿出个本事来呀。"

也许是他的祈求起了作用，金一鸿刚唱了一句，刘干事悬在嗓子眼上的心就回到胸腔里去了。奶奶的，难怪说她当年去考军区文工团呢，这水平，瞎子害眼——没治了。他从内心发出赞叹，再把目光投向观众席里的金厂长，他仍然轻轻地、很有风度地鼓掌。虽然从他的脸上看不出多少喜悦，但刘干事确信，老人家非常满意。

这一回，轮到教导员在厂长耳边低声说话了。

观众的热烈欢迎并没有平息，他们高叫："再来一个。"可是金大小姐走进后台直接回到广播室，不出来了。刘干事见大老王跟在这个姑奶奶身后，点头哈腰地陪笑脸，说好话，无论怎么请，她都以沉默加以拒绝，以至于杨小红出去报幕两次，都被起哄的浪潮给冲回来了。

刘干事当机立断，起身命令宁为玉，下面的节目强行上演。一会儿，礼堂里才渐渐恢复正常。他来到角落里朝烟斗里装烟丝，就听墙边两个女演员嘀咕道："哼，啥了不起，厂长的丫头咋了，摆啥臭架子。"

"你以为底下的人是冲她叫好呢，其实有人是故意和杨小红骚情呢。"

"你咋知道？"

"今天从'绿山包'来了一帮二流子，根本不是来看节目的，都在后面捣乱，专门等着杨小红出来报幕起哄的。”

“呸，不要脸，看到她那个骚情样子就恶心。”

听到姑娘们的闲话，刘干事苦笑着摇摇头，悄悄地走开了。想想这两个月来领导宣传队，他真是想尽了招，操碎了心。这里面什么乱七八糟的人都有，什么鸡毛蒜皮的事都得管，有时候简直让他头疼。不过，这个艰巨的任务还是让他胜利完成了。那几个牛鬼蛇神、社会渣子被他收拾得服服帖帖，就连金厂长这个脾性古怪的女儿也没有惹出啥纰漏。不过，金一鸿不愿意返场，再唱一首歌，让他感到有些不可思议。

刘干事领导宣传队的几个月期间，发现了一种怪现象：到这里上班的人特别有积极性，几乎每个人都在争角色，抢上台的机会，经常闹得不可开交，经常找到他这里来评理，请领导解决。有时把刘干事逼急了，他就拉下脸来骂：他妈的，你们这帮东西，下工地的时候，咋就不说抢着干活，在这儿都成了积极分子。再他妈的抢，我让你们到盐池子里抢去。

骂完了，这些人该争的继续争，该抢的还在抢。渐渐他也习惯了，看起来，上台演戏是个美事，就像人抽大烟一样，能上瘾。可是，金一鸿要一直这么喜怒无常下去，可不是个好事。刘干事觉得这事有些挠头，要是这个问题解决不好，早晚要出“麻达”，而且对他的前途有直接的影响。谁也搞不清这个姑奶奶心里想啥来，毛主席说要“对症下药”，他不知她得啥怪病，可咋球治来？

就在刘干事苦苦思索的时候，台上宁为玉和顾继蓉的小戏也进入了高潮，台下更大的喧闹和哄笑，吵得他无法集中精力。他厌恶地看着这一对“老妖精”，挺着早已变形的腰身扭得正欢，同样感到不可思议，心里说：“就这么个破烂戏，他们哪来那么大劲头，日不够似的；台下的人也是，把这么个鸟玩艺儿也当成稀罕了，咋就看得那么来劲。”

既然这种东西有人爱演，也有人爱看，那它就有些道道在里头。这么一琢磨，刘干事觉得有些想明白了：对呀，宁为玉和顾继蓉费那么大劲，他们扭啥来、唱啥来？演的不就是男女之间那点事嘛；台底下人看啥来，还不是从这些假戏里面找点“那个方面”的乐子嘛。不过，宁为玉这个老小子没有把它挑明，也不能挑明，他就靠这来撩拨人的！想到这，刘干事简直有些佩服眼前这个不男不女的“宁导演”了，这家伙狡猾狡猾的。照这么分析，金一鸿最近阴晴不定的，保不准就是和这有关。

刘干事一下兴奋起来，看来前段时间有人说金大小姐闹恋爱，不是捕风捉影了。以前他观察过金厂长在这件事情上的态度，金一鸿她妈曾经找了多少次，让刘干事给她的宝贝女儿物色个好小伙子。刘干事看放电影的孔宪实不赖，长相、文化程度、家庭出身全都没得说，可金一鸿死活看不上。这事没搞成，金一鸿她妈急得直跳脚，但金厂长没有任何表情。他从侧面打听到，老头子有个心病，他因为家庭成份问题，被人从省城排挤到了东盐池，但他并不觉得怎么委屈。但厂长不能让女儿在戈壁滩上陪他们一辈子。这就是说，金厂长想在适当的时间，给女儿在省城找一个称心如意的男朋友。再加上那时候东盐池的年轻人屈指可数，没有什么出色的能让大小姐看上眼。

随着宝贝女儿年龄变大，厂里的年轻人越来越多，金厂长的心思可能也变了。说不定，他现在就想把女儿留在身边，给他养老送终？刘干事越想越兴奋，好像又回到了当年的侦察连，在敌人的重重掩蔽物中，要通过各种分析判断，捕捉到暗堡群的准确位置。接下来，就是依靠机智勇敢去攻克它们了。

刘干事再走回台边朝下看，厂长和教导员不知道啥时间走了。但他们留下的长条水泥凳上，一排棉座垫仍然威严地坐在那里。整个台下的观众席，像一个被理发员不小心在头顶上横着给了一推子的方脑勺。

五

金一鸿唱完陕北民歌《翻身道情》，听到了全场雷鸣般的掌声。她回到广播室坐下，掌声和叫好声还在持续，没有停歇下来的意思。好像对她说，你唱得实在太好了，如果不出来再唱一首，广大观众是不能答应的。

金一鸿不为所动。大老王急忙站在她身边，低声乞求她再来一首，乐队还在台上等着呢。金一鸿充耳不闻；刘干事也来了，说："一鸿，你如果不想唱，到台上亮个相、谢个幕总可以吧，不然下面的节目不好进行了。"她仍然不动，也不说话。刘干事无奈，只好叫大老王和宁为玉来，命令他们继续朝下演。大老王还想争辩，并表示要亲自出马非把"东盐池的金嗓子"请上台来，但刘干事果断地阻止他，要他执行命令。

"洋娃娃"杨小红两次出来报幕，都被掌声轰了回来，刘干事干脆让演员们上台直接开演，这才渐渐地平息了观众的热情。

金一鸿心里一阵冷笑，这简直就是一场蓄谋已久的闹剧。她觉得自己并不傻，自己有多高的唱歌水平还是心中有数的。虽然从小能歌善舞，也考过军区文工团，但那毕竟是多少年前的老黄历了。这么多年不练，嗓子早就不行了。她选择《翻身道情》来唱，就是认为这首民歌调门不太高，主要功夫应该放在表情变化上。另外，乐队的烘托作用也很重要，大段的过门不但节奏变化多端，各种器乐也都派上了用场。在这方面，大老王的确没少下功夫，锣鼓铙钯、扁鼓板尺样样不能省略，加上他喜欢卖弄的炫技处理，一下子就把气氛制造出来了。

说到表情变化，她目前最有体会，因为她正处在爱情的波折之中。唱到"太阳升起"的时候，她脸上洋溢着穷人翻身的幸福，其实那是她接到第一封约会信的心情；唱到控诉黑心地主的段落时，她不由自主想哭，那也是经历了突如其来的变故后的痛苦。果然，她动情的诉说感染了观众，那些中老年的妇女已经揉眼睛了。这也并不意外，因为这几年人们太容易流眼泪了。在忆苦思甜的会上，在看阶级教育电影的时候，都有很多人泣不成声。特别让她奇怪的是，东盐池放映朝鲜电影《卖花姑娘》，来了不少哈萨克牧民，有些老大娘一句汉话都听不懂，照样哭得坐在地上双手直拍大腿，"喂江"、"喂江"的喊。

金一鸿很清醒，她知道自己的表演，还不至于让全场的观众们如此狂热。这是有人在暗中操纵，也有人积极配合。他们只有一个目的，就是讨好厂长金兆汉，让这个东盐池最有权势的人高兴！

她在独唱的时候，能看见厂部财务会计钟才来在人群里乱窜，在一些人的耳边说悄悄话。在东盐池，她最讨厌的人，就是这个长得猴头鬼脸的广东佬。他不光是长相猥琐，说起话来也鬼鬼祟祟，尤其是他一天到晚对着她爸爸的耳朵低声嘀咕的样子，她一看见就犯恶心。不过，钟才来打得一手好算盘，他的财务报表、统计数据是出了名的清楚准确，这么多年来，他的账目从来没有出过任何差错。现在，这个狗东西又找到了巴结厂长的良机，他当然不会错过，那些掌声和叫好声，完全是被他煽动起来的。姑奶奶我不是提线木偶，早就把这帮奴才的险恶用心看透了，绝不会让他们得逞。

独唱之后，金一鸿就没节目了。她现在对登台表演已经没有多少热情了，其他演员为争抢角色闹得不可开交，在她看来很无聊，也很可怜。等春节过完，宣传队一解散，这帮人就要回到自己的连队里下地干活了。再要想过这样的"艺术生活”，只怕是要等到秋后了。那么，又有谁不想趁机在领导和观众面前尽量展示自己，为以后的好日子打下坚实的基础呢？

她开始卸妆。在朝脸上涂抹“凡士林”的顷刻间，镜子里一张美丽的脸庞就变得五官混沌。她没有立即擦拭脸上的油污，而是仔细地端详着镜中的自己，好像在辨认一个面目不清的熟人——这个年轻漂亮的姑娘最近几个月有些喜怒无常，情绪变化很大。上午还和人有说有笑的，下午就看着他们都不顺眼，谁也不想理睬；这会儿还排练得很融洽，一会儿又突然不想唱了，任谁来劝也不管用。她自己也不知道是怎么回事，而且越是想控制自己，就越容易闹情绪。过去她在厂部上班，和连队里的知青们接触不多，相互都不太了解，也不想了解。现在年轻人聚到一起，却让所有的人在短短几个月期间发现，厂长的女儿聪明是聪明，漂亮是漂亮，可就是性格有些捉摸不定，好像是个“神经病”。

她也觉得自己好像得了神经病，没法控制自己的情绪。最近她经常失眠，睡着了又作噩梦。金一鸿没有料想到，初恋的滋味不光是甜蜜，还有这么多的烦恼。这几个月来，她和于隆有过两次约会，但结果都不太愉快。随着他们秘密接触的一步步深入，两个人的感情应该是越来越融洽，越来越知心。可是，就在她23岁生日那天，他们之间的感情就在熊章良的家里突然终结了。

于隆约金一鸿的纸条，夹在一本还给她的书里。这本书包的书皮，写的是《收租院的故事》，里面却是一个外国话剧《阴谋与爱情》。这本书是厂政工组从连队中搜出来的。这几年，刘干事知道她爱看书，所有上交的“毒草”，她都可以拿去“批判”。这本《阴谋与爱情》她不知道看了多少遍，宰相的儿子斐迪南和贫穷乐师的女儿路易丝的爱情悲剧，无数次地让她落泪。她把这本书借给于隆，除了志趣相投以外，还有一种暗示，就是表示他们要冲破家庭、出身的束缚，勇敢地走到一起来。于隆似乎理解了她的心思，也被书中的伟大爱情感动了，于是，有了一次主动的表达。

那天，金一鸿想在庆祝生日的晚上，和于隆坐在一起，喝着葡萄酒，吃着罐头，好好谈上一晚上，把心里想说的话都倾诉出来。于隆老说自己不配，顶多只是个可以改造好的地富子女。金一鸿她爸过去也不让她在东盐池恋爱结婚一心想把她再嫁到省城去，可她偏不听，就要婚姻自主。金一鸿甚至想，借着喝酒，出其不意地亲他一口，还不知道要把这个书呆子吓成什么样呢……

金一鸿敲开熊章良的家门，看到了两条欢喜的眯缝眼和一排洁白细密的牙，然后听到了一声叹息:哦,你可算是来了。金一鸿心里说,你等急了。其实我也一样,自从接到那个纸条,心里就没有平静过。她走到方桌前,于隆立刻从她肩上接过军用挎包放好,然后拉过来一把椅子,请她就坐。金一鸿坐下来,看见于隆在她身边打转,像一只没头的苍蝇,便偷偷一笑,好奇地四下打量。

金一鸿到东盐池这么多年,还很少走进连队职工的家。她一看这个家,实在有点太寒酸了。整个家当就是一张用木板拼起来的大床,一个小孩睡的小床,还有一口用砖块支起来的木箱。房顶两头用铁丝拉了十几道线,然后用废报纸搭成顶棚,据说这样是防止屋顶随时降落的沙土。她听见了沙土"唰唰"地滴落在报纸上的声音,还不时地沿着窑洞顶的弧形滑落下来。屋子里始终有一股呛人的粉尘,还闻到了一股潮湿酸腐的怪味,那是孩子身上的乳臭和尿臊的混合。金一鸿心里有些嫌恶,但尽量压抑着,因为她看见于隆似乎对这一切毫不在乎,只是一味地盯着她的脸傻笑。她上下打量于隆,他好像也进行了一番装扮,藏蓝色的工作服洗得有些发白,显得干净朴素,里面那件驼色的毛衣挺雅致的……

金一鸿笑着说:"看你选的这个地方,实在不怎么样。"

于隆说:"噢、噢,是吗,太寒酸了。"

"不光是寒酸,简直有点……算了,我不说了,"金一鸿起身走到大床边坐下,两腿前后甩动着说,"我们说那本书吧,好看不好看?"

"什么书,好看不好看。"

"就我借给你的,《阴谋与爱情》。"

"好,好,蛮好的。"

"那你说一说,好在哪儿?"

"我今天,说不出来。"

金一鸿看了于隆一眼,觉得他今天好像有点不对劲。他好像没有认真地听她说话,眼睛老是在她的身上来回流动,并且一会儿瞄一眼门,一会儿看一眼窗户。金一鸿以为他是心理紧张,外加选错约会环境的歉疚。她有意地大声说笑,想让他放松下来;同时也想告诉他,自己并不在意这个环境的粗陋,两个人只要感情合得来,这些算什么。既然她能在东盐池交一个出身不好的男朋友,会在乎这些和爱情无关的东西吗?

她还是想先和于隆谈谈小说、话剧。这时候,于隆向床边凑过来,先是坐在她对面的椅子上,面对面地盯着她的脸,不一会儿又站起来在床前踱步,顺势和她并肩坐在床上。金一鸿也许当时太兴奋了，忽略了他慢慢地接近她的企图。就在金一鸿表达看过《阴谋与爱情》的“读后感”时，于隆突然一把抓住了她搭在床边的手，眼睛直勾勾地看着她。

金一鸿愣住了，脑子里一阵空白。她低头看着这只微微颤动的手，它似乎很凉，没有体温；她感觉到攥紧她手背的手指，像一把剪刀，似乎剪碎了她心中最美好的一幅图画。她看着于隆的脸，此刻，它不再温和、轻松，两颊的肌肉因为紧张似乎在痉挛。这时候，金一鸿觉得有一股冰水正从头顶上浇下来。她不知道是怎么从牙缝里挤出来这样冰冷的两个字：“放手。”

于隆脸上笑嘻嘻的，完全不像平时的文静，好像赖皮地说了一句：“不放。”

“放不放。”

“不放。”

她不知道这种尴尬的僵持持续了多长时间，显然，于隆已经觉得无趣了，只好悻悻地松开手，同时站起来坐在了床边的椅子上。

他们俩低着头，沉默不语。金一鸿被一股失望的洪流湮没了，于隆的无礼举动让她感到震惊，同时又有一种受到侮辱的愤懑。她怕自己再呆下去会哭，便猛然站起身，抓起红围巾径直地向外走。

家属院很黑，金一鸿冲出门没走几步，身体就撞趴在了鸡窝上，引得鸡窝里一片乱叫，一只手还按在了鸡食盆里，黏糊糊地沾了一手。她深一脚浅一脚地摸索到房头时，才看见一盏路灯在远处不怀好意地眨眼，把她的影子拉得很长。这时，身后有一个影子迅速地靠近，她知道这是谁。但她没有回头，仍然快步地朝家走去。

影子还在相随，金一鸿停步，影子也不动。她转过身平静地对身后说：“于老师，别跟着我，我自己能回家。”

于隆靠近一步，双手捧着一件东西，结巴地说：“你……你的书包……忘了……”

金一鸿看了一眼自己的军用挎包，慢慢地接过来，突然抡起来用力向墙壁上掷去。就听得“啪”的一声，玻璃爆裂发出的巨响，在宁静的夜空下显得格外刺耳。

舞台上响起《大海航行靠舵手》的乐曲，金一鸿从镜子里看过去，演员们全都站在台前有节奏地鼓掌。

“宣传演出到此结束，”杨小红的声音娇媚得有些妖气，“祝大家……”

话没说完，杨小红突然“哎哟”地叫了一声，舞台上顿时乱了。就听刘干事低声怒吼：“谁，这是谁干的，民兵，过来一下……”

金一鸿疾步走上舞台，看见秩序又迅速恢复了，演员们仍然笑容满面地鼓掌谢幕，杨小红左手捂着眼睛，右手向观众们挥手致意，饱含泪水，强作欢颜。

不知道是谁在散场时趁着混乱，偷偷用弹弓枪向杨小红发射了一枚纸叠的子弹。偷袭者射术精良，子弹准确地击中了杨小红的左眼眶。

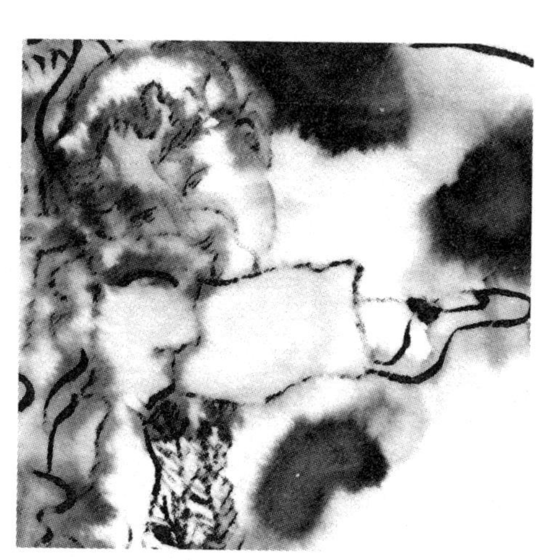

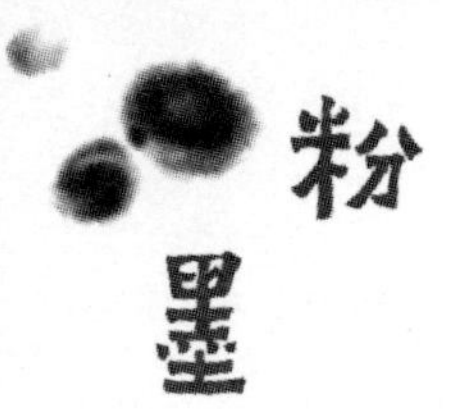

第七章　休假三天

寇挥是被上午的太阳撵起来的。

他努力地睁开眼睛，发现阳光正好从屋顶的天窗上照进来，射在脸上。

一

宣传队的巡回演出结束了，厂里给全队放3天假。刘干事宣布完这个决定以后，大部分人都兴高采烈，也有一些人暗自嘀咕：我们元旦、春节都没有休息，然后又马不停蹄地到周边的兄弟单位巡回演了将近一个月，这才给了3天假，有点吃亏。但是李永强早就按捺不住要回知青排，他根本没休息，第二天一大早下工地干活去了。

冬季的劳动主要是装盐包，把夏天从盐池里捞出来的再生盐装包运走。通常是4个人一组，前面一个人把码成方的盐堆刨开、打碎大块；后面两个人装包，都是8公斤的大锹；一个人撑麻袋看磅秤，通常都是女的。装盐包的时候，李永强非常兴奋，他那杆大板锹上下翻飞，嘴里还不断地叫着："攒劲，攒劲"（意为痛快，过瘾）。知青排三班长赵建勇，和他一左一右，两杆大锹你上我下，配合得十分默契。赵建勇一边干一边叮嘱他："别太猛了，第一天干活，不能太猛。"撑麻袋的迟媛媛，尽量把麻包口来回递送到他俩锹下，让他们不至于扬锹太累。李永强急了，对他俩说："你们再别客气了，就让我好好痛快一回吧，在宣传队呆着，都快把我憋炸了，真他妈的难受，只有和你们一起干活，我才觉得攒劲。"

李永强说完，对着清冽的寒风猛吸几口，呼出一大股白气。再看看远处山顶的积雪和蓝蓝的天，浑身舒坦。想想在宣传队的那些日子，实在太窝囊了。自己不喜欢演节目，别人也都不理他，后来，看他一天到晚无所事事，宁为玉就派他干些杂活，搬煤、烧火炉，打扫礼堂、装卸道具。大老王看不过去了，把他要到乐器组来，让他跟着学打锣，敲木鱼。但他还是经常敲错节奏，被那些老知青们耻笑或翻白眼。

李永强干得全身发热，索性扔掉了皮帽子，脱掉皮大衣，全身冒着蒸气，像刚出屉的热包子。他朝手上吐了两口唾沫，又挥舞着大锹，干得越发来劲了。

迟媛媛心里存不住话，说："哎李永强，你们演的节目我们都看了，你上场怎么那么少，他们是不是故意整你？"

李永强说："不是，其实我从来就不喜欢演节目，这你们还看不出来吗？都怪我爸，也不知道听谁说的，去宣传队不用下地干活，又舒服又干净，就让刘干事把我调过去。还说再过上一两年，就让我去厂部放电影。我现在才知道，让我干什么都没意思，我从小就坐不住。还是让我和你们一起干活，我才心里痛快。"

赵建勇说："永强说得对，劳动最光荣了，咱们都身强力壮，多出点力气有啥不好。一天到晚在舞台上哼哼叽叽的，有啥出息。"

李永强说："对，对。我在宣传队最讨厌他们摆臭架子，为屁大一点事情吵来吵去。"

迟媛媛说："你说的也不全对，演员屁事多，人家拉乐器的一帮人，相处得怪好，还不吵闹。"

李永强说："谁说的，拉乐器的也爱吵，那个大老王和铁柱天天抬杠。你没在那儿上过班，你咋知道。"

赵建勇说："她咋不知道，媛媛她妈妈的干儿子在那儿。"

迟媛媛一听，从盐包里抓把盐粒就朝赵建勇脸上撒，李永强赶紧去拉，几个人闹成一团。

在前面挖盐堆的老职工田松林，外号"田老鼠"。这时候，他正坐在前面的盐包上吸烟，贼头贼脑地望着这几个干得热火朝天的年轻人。呲着稀疏的黄牙，心怀鬼胎地窃笑。田老鼠说他这几天腰疼，连带半边身子都不能用力，坐下也不能弯得太猛，只有挺直腰板或是倚在什么东西上才舒服一点。赵建勇一说叫他快点干，他就哎哟哎哟地叫唤。本来连队派一些老职工到知青排里刨盐堆，就是照顾弱劳力。可这家伙还不知足，干不了一会儿就要喝水，一会儿又要抽烟。

赵建勇见不得这老家伙偷奸耍滑，瞪起双眼喊道："田老鼠，你妈的又坐下了，快点干，我们装包都接不上了。"

田老鼠笑嘻嘻地说："急啥来，人家强强第一天来，别把他累着了。"

赵建勇说："你别给脸不要脸，应该让永强刨几天盐堆适应一下，你来和我装包。可人家一来二话不说，抢过你的大锹就呼拉呼拉大干，你好意思吗。"

田老鼠陪笑说："腰不行，真不行。你们小伙子年轻火力壮，又爱争第一，装包像拼命，谁和你一组也受不了。"

赵建勇说："好啊，你不是说人家第一天来，别累着，你过来和我装包。"

田老鼠一听傻眼了，连忙摆手说："哎哎，今天不行，赵班长，你饶了我。我分到你们班，偏偏和你一组。咬着牙死撑了两个月，挣了个半死。"

李永强拦住赵建勇说："建勇，你再别啰唆客气了，咱们俩一组，要干就干出个名堂，我李永强有的是力气。"

建勇坚决地说："不行，绝对不行。这老家伙油得很，早上我说让你挖盐堆，让他装包，他假装没听见，支支吾吾地磨蹭。"

李永强说："不怨他，是我从他手上抢的大锹，我想痛快一下。"

建勇说："你是好心替他，你知道他刚才为啥偷笑吗？他笑你是个傻小子，有休假不在家呆着，非要赶到工地上来干活。你问他是不是。"

李永强回头看田老鼠，果然他涨红了脸，小声嘀咕说："噫唏，就你赵班长能，你是孙悟空，能钻到别人脑子里。"说完，他站起来，呲牙咧嘴地用手揉腰，准备干活了。

赵建勇嘿地一笑，田老鼠翻了他一眼，阴阳怪气地叹气说："哎，咱们倒霉呀，白天在工地上挨呲，晚上老婆不满意，做人难呀。"

李永强奇怪地问："你老婆怎么不满意了。"

田老鼠挤挤眼，神秘地小声说："腰，我腰不中用了，她能满意吗？"

李永强不懂他在说啥，正费劲地想，赵建勇说："你鸡巴不中用了，老婆没办法，只好乱摔东西，恶声恶气地拿孩子出气。老流氓，话说三遍比屎臭。"

这回田老鼠不吭气了，扛着砍土塅朝盐堆走去。

不知不觉就到了中午，李永强回头一看，他们组的盐包已经快堆满了一条盐田。赵建勇问迟媛媛："多少包了？"迟媛媛回答道："260，按这个速度，今天肯定是我们组第一。”赵建勇说:“上午就干到这里,咱们休息一会儿,马上开饭了。”

李永强扔下铁锹,回头看着密密麻麻的盐包,还有远远落在后面的其他盐池的小组,高兴坏了。接过建勇递过来的大茶缸,咕咚咕咚地饮了一气,对他说:“建勇,连里的最高纪录是多少包?”

建勇回答说:“大概一天装380多包,二班的黑旦他们组刚刚创造的新纪录。”

李永强说:“我们一上午就260了,下午加把劲,来他个400包。”

建勇说:“别太猛,把你累坏了。再说,田老鼠揭盐盖子太慢了,装快了他跟不上,下午就省点力气,活没有干完的时候。”

正说着,送饭的毛驴车就到了,打饭的时候,知青伙伴们见了李永强,都热情地打招呼。黑旦奇怪地问:“怎么你一个人来了?挥娃子他们呢?”

李永强说:“宣传队有3天休假,我不想休。挥娃子他们在家休息,过两天就来了。”

李永强买了4个包谷面大发糕,一茶缸红烧土豆,不一会就狼吞虎咽地吃光了。一抬头见大家都盯着他看。黑旦说:“哎呀李永强,你吃饭太快了,4个大发糕全干掉了,野蛮踏斯。”

赵建勇说:“黑旦你们快点,吃完了带永强到麻袋房睡一会。”

李永强和大家一起来到麻袋房(盐田里用盐碱块垒起的麻袋库房)休息。大家先坐在一起说笑了一阵,然后都裹紧皮大衣躺在麻袋上睡觉。李永强睡不着,便一个人悄悄回到了工地,抡起坎土曼刨盐堆。等赵建勇他们踩着上工的哨音走过来时,刨松、打碎的盐粒白花花地一长溜,像是快艇过后掀起的浪花。

晚上在连部开大会,连长宣布:今天知青排三班创造了装盐400包新纪录,还特别表扬了三班和李永强。李永强心里舒畅极了,他觉得这是他一生中最难忘的日子。

二

寇挥是被上午的太阳撵起来的。

当时他还在做梦,梦见自己回到了下马崖17连的家。他父亲不知为什么背着身子不理他,妈妈也不敢吱声,坐在墙角流眼泪。寇挥在屋子里站了一会,父亲才说，你现在长本事了，连手提琴也敢使了。你给我们来一段。他慌忙答应，从琴盒子里取出提琴。他拉的是从广播上听到的独奏曲《千年的铁树开了花》。这时候他的指头特别灵活，简直是运指如飞，平常想都不敢想的快弓，揉弦，倒把，还有和弦，运用得太熟练了。他正在得意中，发现父亲正用眼睛狠狠地瞪他，寇揮这才意识到，自己虽然在随心所欲地玩花样，可是提琴一点声音也没有，他再仔细朝指板上一看：天哪，上面只有一根琴弦，而且已经锈成了一根铁丝。这时，父亲大声吼叫起来：你个没用的东西，书都念到驴肚子里去了。春生不知什么时候来的，也在一边嘲笑他。他慌了，急忙调那根已经变成铁棍的弦，可是越着急，弦越不听使唤，就是发不出一点声音。突然，土屋里一个气球那么大的灯泡突然亮了，强烈的灯光刺得他睁不开眼，这时，寇揮发现自己的裤子不知什么时候不见了，他光着屁股站在地中间，周围出现了好多人在围着他哈哈大笑，他下意识地用手遮挡下身的时候，手像过电似的一麻——他醒了，手背打在墙上隐隐作痛。

他努力地睁开眼睛，发现阳光正好从屋顶的天窗上照进来，射在脸上。也许是第一次这么晚才起床，所以他发现，太阳在这个时候会在枕头上留下长方形的一束光，像一盏探照灯对着他的脸照。他在床上赖了一会儿，惬意地享受着这难得的休息。平时他起得很早，总是第一个到排练室，打扫完卫生就开始练琴。他爸爸让春生写来的信总是说，刚参加工作，千万不要偷懒。听说宣传队都是能人，你在那儿不要乱说话，多干活。

“我一直都是按照信上的话做的，我为啥还要挨骂?”寇揮回想着刚才的梦。爸爸是个胆小怕事、但又爱发脾气的人，在连队里太老实了，又没有文化。单位上有人欺负他，不敢去争吵，老是回到家来，看寇揮哪儿也不顺眼，动不动就翻脸骂人。

“做梦的时候，我都可以独奏了，这要是真的该多好呵。”寇揮又想。

在宣传队拉了几个月的小提琴了，寇揮一直是在提心吊胆中度过的。宣传队还有个拉提琴的老戴，是个老上海支边青年。他有些自私，好像知道寇揮不行，所以，练琴的时候都要背着他。合练的时候他也离寇揮远远的，防备寇揮偷他的技术。刚开始的一个星期，杰子给寇揮找了一个借口，说他没进过宣传队，更没用过这么金贵的提琴，万一断了弦，配都不好配。就先别动手，跟着大家找找感觉。大老王心疼琴弦，居然同意了。一个星期以后，寇揮装模作样地架着琴，躲在角落里，连换把都不熟练，只敢在第一把位上来回运弓。好在大家都看他老实、勤快，技术差一点也被原谅了。但不知道为什么大家都好像在共同保守着一个秘密，就是他过去从来没有摸过小提琴。

“这娃，不是拉提琴的手，”达师傅攥着寇挥的手，仔细地看着寇挥的掌纹。然后摇头，把山羊胡子甩得像旋风中的骆驼刺，叹息道，“他学不下。”

“达师傅，这娃能把啥学下，”杰子模仿着他的河州口音，“你给这娃指个路。”

“这娃以后是个秀才，”达师傅神秘地眨着小眼睛，十分严肃地说，“那(他)坐办公室哩，不靠卖艺讨生活。”

“哈哈哈……”杰子和寇挥放声大笑，他们强忍着山羊胡子老汉神神鬼鬼的胡话已经好久了。

3个月前的一天傍晚，厂里放电影，杰子带着寇挥顶着大风，到厂里的木工房去拜提琴师傅。在路上，杰子就叮嘱寇挥，见了提琴师傅要有礼貌。他满口答应，怀着虔诚地想，不知道师傅是怎么深奥呢，更不知道师傅能不能看上他这个徒弟。寇挥无论如何也想不到，这个外号叫“爷们儿”的师傅，竟然是一人长得像头老山羊一样的河州回族老汉。一见有个学生娃子要拜他做师傅，欢喜得在地上又蹦又跳。

“你坐正了，我先端详一下，”“老山羊”把寇挥按到椅子上，在他的脸上来来回回地仔细打量，“手伸出来，我看看，”师傅又拉过寇挥的手，放在自己的鼻子底下，看着他手掌上的纹路，半晌又摇头叹息，说了些他学不下提琴，是个秀才的疯话。

东盐池的小青年们都说，北京人里面杰子武功最高，而他还有个师父外号叫“爷们儿”，更不得了，听说他当年一个人手执一把“皮夹克”(一种维吾尔族匕首)，杀了3个提着机枪的土匪。还有人说他杀的是苏联红军，这才被人民政府判了死刑。因为他的历史问题一直查不清楚，才没被枪毙。可寇挥一见“爷们儿”是这个模样，他很失望。

杰子见老头闹够了，这才说：“娃娃在宣传队拉提琴，还有两个月就要演出了，你得教个基本功。”

“杰子，你臊我哩，我不会拉琴，我咋教娃呢么。”

寇挥和杰子傻眼了，他俩面面相觑。杰子说：“达师傅，你不是说你什么乐器都精通得很吗？”

“我是精通，当然精通，可我是个做琴的，又不是拉琴的。”老山羊摇头晃脑地狡辩。

“嘿，老东西，原来你耍我，”杰子不恼，反而笑着说，“我不听你这些，反正徒弟我给你领来了，春节他得上台演出，你看着办吧。”

老汉吸了几口烟，想了想对寇挥说：“行，我教。你最好先拉个曲子我听听。”

“他还不会拉呢。”杰子喷着烟雾笑道。

“啥，不会拉，”老头惊奇地瞪大了眼睛，“杰子你胡球然（缠）呢么，不会拉，一点都不会拉？”

“提琴他不会拉，他会拉二胡，还会拉维族人的艾捷克。”

“啥啥，啥东西，他会那个……啥？”老头脸色突然变了，吓了寇挥一跳。

“你别生气，老人家，他从小在喀什噶尔长大，来东盐池的时候，一个维吾尔族老头给的艾捷克。”杰子陪着笑脸解释。

“不过，会拉艾捷克，学这就不难了，”老头松了一口气，他捋着山羊胡子慢条斯理地说，“小提琴和艾捷克指法一模一样的，不过一个在腿上拉，一个要架到脖子上拉？”

杰子喝道：“老东西，你他妈全是废话。”

“这咋么是废话呢么，这个弄不清楚，还学啥球子提琴么。”

杰子无奈地笑：“好好，先把这弄清楚。”

“小提琴的外国名字咋个叫法，你们知道不。”

“不知道，您老人家指教。”

“外国名字嘛，叫梵阿林。”

“凡士林？”

“啥凡士林，梵—阿—林。凡士林是擦手油，你胡球然呢么。”

“对、对，梵阿林。”杰子忍气吞声地点头。

“这琴是把好琴，”师傅又抚摸着小提琴叹息说，“我现在老了，搁30年前，这琴我也能做。”

“肯定能做，达师傅年轻的时候手艺高超。”

“不提了，提球不成了，”达师傅摇头叹息，又说，“狗日的闹叛乱，杀回灭汉，害死了我的大大（父亲），我替我大报仇，反倒成了杀人犯。”

“杀人偿命，你该坐牢。政府现在宽大处理，你还说什么。”

“政府好着呢，给我一条光明大路……不过，现在朝里有奸臣哩。”

“达师傅，咱们不扯朝廷的事，当心犯法。你教挥娃子提琴。”

“噢，教娃提琴。我是个做琴的，又不是拉琴的……好、好，不扯了。不过，咱啥样拉琴的都见识了，照猫画虎，错不下。挥娃子，把提琴这样，哎，端平了，手不对，小提琴和艾捷克指法一样的，拿法不一样。这对咧，现在拉弓、推弓，拉直，哎，拉直，动手腕，胳膊不动，好，好……”

“完了？”

“可不完了。”

“师傅，我要学拉提琴。”

“我给你说过了，我是个做琴的，又不是拉琴的。”师傅理直气壮地说。

“我不能天天拉空弦呀。”

“谁说不能，我说能。娃子，有人空弦要拉半年，才学指法，这叫打基础。”

“师傅，那……我啥时候学指法？”

“我不管你学指法，我做琴的。我把最关键的东西教给你了，别的不用教，自己摸。”

“……”

“姿势，最重要的就是姿势，学啥就要像个啥。”

寇挥后来发现，达师傅教的没错。他起早摸黑，偷偷地练了一个星期的空弦，胳膊、腮帮子全肿了，然后，他又试着用拉艾捷克的指法摸索着拉乐谱，再留意老戴拉琴的动作和指法。又是一个星期，他已经磕磕绊绊地跟上了乐器组的排练。这时，从火车站来了一个铁路知青，不知怎么听说了东盐池的杰子武艺高强，非要来拜他为师，不学几招真功夫他就不走。杰子本来推辞得很坚决，但听说这个小伙子拉过5年小提琴，马上喜出望外。说好只教他3天，但他必须每天教寇挥拉提琴……

寇挥就是这样学拉小提琴。后来，宣传队到西盐池演出，有个知青一直站在乐队旁边，不看台上的节目，两眼直盯着他的演奏。散场时他问寇挥：“哥们儿，你的琴虽然拉得不咋样，但能看出挺正规的，好像得过名师指点，能不能透露一下，你的师傅是谁？”

“我师傅姓达。”

“你是达师傅的徒弟，果然不凡，”小伙子立即肃然起敬，“我两次去东盐池，都和他老人家无缘相见，有机会一定登门求教。”小伙子对寇挥做了一个古代英雄的抱拳告别手势，带着一脸的遗憾走了。

那个知青走出好远了，寇挥都没有回过神来。他觉得这几个月发生在他身上的事，比做的任何梦都荒诞。

想到这儿，寇挥翻身下床，胡乱洗漱了一番。捅开炉子，放些块煤，就听得炉子里轰轰隆隆地响，像是火车在跑。他坐在火墙边，把一块包谷面发糕放进炉膛下烤。一会儿，就听着铝壶里的水吱吱呀呀地哼哼。这让他想起了李永强在排演休息的时侯，总是在角落里一个人扛着他的小提琴，像扯锯一样来回拉。

大家都知道这个大块头并不是想学乐器，而是在消磨时间。演员们在排演室里说闲话、打闹，李永强也不去凑热闹，乐队里的那帮老知青也好像不喜欢他。杰子对他更没有好脸，听说杰子刚到东盐池来，也在李永强他爸爸的新生队劳动了半年多，没少挨他爸爸的整。看到李永强笨手笨脚地敲木鱼，老是打不到点子上，杰子一脸的冷笑。春节前彩排休息的时候，李永强在角落里“锯琴”，乐队的那帮老知青抽烟闲聊时，杰子突然对大家说：“你们瞧李永强嘿，丫那鼻头朝上翘，和他爹一个操性。”大家都望过去，果然丝毫不差。杰子又说：“你们看丫的鼻孔，像不像电源插座，你们谁把他头顶上的那个插头朝里一插，这追光灯立马就亮。”

大家都哄笑起来，寇挥刚开始还没有反应过来，仔细想一下，也笑了。

想到这里，寇挥又独自乐了起来，壶里的水也笑得哗哗翻滚，大口地喷着白汽。他灌了热水瓶，给自己泡了一杯茯茶，从炉灰中拨出一个烤得焦黄的发糕，又吃又喝。想到杰子形容李永强的鼻孔像电源插座，大家一边前仰后合地笑，便有些同情他。

寇挥正吃喝间，听到窗外有个妇女嗓门很大地说话：“小红呀，你咋还在这闲遛达，为啥没下工地？”

寇挥站起身来隔着玻璃窗朝外看，看见李永强他妈又来给儿子收拾床铺来了。

杨小红正坐在宿舍门口洗衣服，她笑着说：“阿姨，我们演完节目休假3天，强强不是也回家休息了吗。”

李永强他妈哼了一声：“我把你这个小懒丫头子，在宣传队舒服了一个冬天，还没有把你休息过来吗？强强一大早就下工地了。”

杨小红惊讶地说：“咦，他下工地了？怎么没听他说过。”

李永强他妈又撇了撇嘴：“他和你说做啥呢，你们在宣传队都混得攒劲，李永强见天被人欺负，连个和他说话的人都没有。昨天晚上他给我说想下工地，我说你去吧，盐池子里才是你呆的地方，你的同学朋友全都在那儿呐。咱们家是劳动人民，不是戏台子上唱戏的。”

李永强他妈虽然胖得呵噜气喘的，但嘴巴快得像放鞭炮。杨小红听了也不恼，又笑着说：“阿姨，你把我说的不是劳动人民了。你们家强强思想好，觉悟高嘛。哪天当上劳动模范了，说不定还要上天安门见毛主席呢。”

“哎，那个美梦我们不敢做，我们还是老老实实出大力吧。”

“阿姨，我们才是老老实实出大力呢，要是强强表现好了，调到厂部放个电影，开个车了，我们还想沾个光呢。”

李永强他妈不知道为什么突然哑了，抱着一卷衣服朝家疾走。寇挥觉得李永强他妈走路的背影挺好玩的，她全身的肥肉都在哗哗地抖动，远远望去，像一个灌满了开水的热水袋。

三

晚上的政治学习一会儿就完了。连长说这几天装盐任务重，大家都辛苦了，早点休息。

何艾香回到家，一进门脑袋就朝自己的床头扎。她妈眼疾手快，一把揪住她的工作服后衣领说：“去去，衣服换下来，洗了再睡。”

何艾香闭着双眼，身体直向床上软下去，说：“妈呀，累死了，我先躺下缓一缓。”

妈妈一松手，何艾香像磅秤上倒了的盐包，软软地倒下不动了。一会儿她妈端盆热水进来，见她身子蜷在一起，眼睛却直勾勾地盯着窗台出神。妈妈说：“快起来洗洗睡觉，又哪里想不通了。”

何艾香说：“妈呀，你说有没有这种人，别人喜欢的他不喜欢，但他就是不想让别人喜欢，因为他看到别人喜欢了他的心里就难受。”

妈妈说：“我听不懂你的哈萨(克)话，什么喜欢不喜欢，乱七八糟。”

何艾香笑着坐起身，开始洗漱，妈妈在她身后说：“是不是媛媛又招惹上是非了？”

“没有，胡想八想的，和媛媛没关系。”

“什么没关系，媛媛好几天没来了。我发现这丫头近日不疯了，怕有什么心事呢。”

何艾香笑道：“妈你又乱猜，这个礼拜开始装包了，活累得很，回来话都懒的说，谁还有力气疯。”

妈妈说：“没听说干活出力还能改了人的脾性。媛媛心里存不住事，阴晴全在脸上。”

何艾香没有出声，这两天工地上的事，让她的脑子有点乱。她一边慢慢地洗脸，一边清理着缠绕在心里的一团乱麻。

昨天在工地上吃午饭，何艾香看见了李永强，正和一群男知青们一起说笑吃饭。媛媛对她说：“你们这个同学真实在，宣传队放3天假他也不休息，特卖力气。”何艾香说：“他就是，上学也这样，憨大心直的。”媛媛又说上午李永强在他们组干活，田老鼠怎么狡猾装病，赵建勇又是怎么揭穿他，田老鼠从此服服贴贴。何艾香听得有趣，心里对赵建勇更加佩服。同样在知青排当班长，自己差远了。过去在学校里，遇到学习不好的同学，她还可以帮助；可现在到连队碰上偷懒耍滑的老油子，真是束手无措。比如她的知青排二班，掺进来个“曹瞎子”，是个上海支边青年。账算得太精明了，比女人还细。他一个月多少钱工资，干多少活，都可以精确到一镐一锹，一点亏都不吃。她拿他一点办法也没有，要是赵建勇多好，批评不管用了就撕下脸皮骂他一顿，再不听就抡起铁拳揍他。她可知道这种小男人，最怕来硬的，小伙子们一朝他撸袖子，马上就跟三孙子似的。

晚上，连长在大会上表扬了李永强，何艾香也为自己的老同学高兴。第二天在工地上，宣传队的宁为玉已经和一帮老娘们边干活边打闹了；还有张铁柱他们那帮宣传队的老知青们，一个不剩地全来上班了。何艾香有些纳闷，问班上的黑旦怎么回事。黑旦说：“昨晚连长在会上表扬李永强以后，宣传队的人都受到了鼓舞，今天全来上班了，听说中午吃饭的时候，还要给全连表演几个小节目表示慰问。”她听完黑旦的话，还打趣地说了句：“你看，还是我们东盐池的学生觉悟高吧，给大家做榜样。”没想到黑旦听了后气呼呼地说：“挥娃子这小子最笨了，每次都拉我们后腿。”

何艾香听完一愣，想不到他把玩笑当真了。吃完午饭，大伙们围着宣传队的演员们看节目，只有赵建勇和蹲在毛驴车边吃饭的连长说话。何艾香到车边打开水，就听赵建勇对连长说："咱们连宣传队的都来了，就差李学华、寇挥和杨小红。"连长停下筷子问道："李学华干什么去了？"赵建勇说："听说给一排长请过假，到西盐池看北京老乡去了。"连长一听，马上脸就阴沉了，只管低头吃饭，也不说话。

何艾香的心有点砰砰跳，绕到驴车后边喝着水，心思却在那边说话的人身上。果然，连长又问："还有谁没来？"赵建勇忙说："噢，是寇挥，是我们下马崖来的知青，拉提琴那个，瘦瘦的，连长你可能记不下，我们刚到连队，他就让刘干事挑到宣传队去了。"连长问："唔，他在家干什么呢？"赵建勇说："好像休息呢吧，连长，是不是我今天找一下他，动员他明天来。"连长说："动员啥，革命工作，靠的是自觉。"赵建勇说："要是有事在家休息也就罢了，昨天晚上有人看见，他在戈壁滩上骑毛驴，和几个哈萨(克)娃娃的马赛跑呢。"听到这里，连长突然"卟"的一下笑了，把嘴里的饭菜喷了一地。赵建勇吓了一跳，愣在那里，不知道他笑什么。连长挥挥手说："你去休息吧，没事了。"

何艾香心里有些不舒服，洗碗筷时心想：赵建勇这是怎么了？这点小事怎么还告到连长那里去。人家的休假，来不来上班自愿嘛，怎么还生出是非来了。

下午再装盐包，何艾香问黑旦："哎，郭永和，你上午说挥娃子又拉你们后腿，是怎么回事。"

黑旦瓮声瓮气地说："他不来上班，逃避劳动。"

何艾香说："人家这3天放假，不来上班也没错呀。"

黑旦说："那他一个人在房子呆着有啥意思，不和大家在一起。"

何艾香笑着说："想和大家在一起还不容易，宣传队也解散了，3天以后他不来工地还能去哪儿？"

黑旦说："建勇一直给我们说，再教育期间要给连队留下好印象，现在是关键时刻，他不能一个老鼠害一锅汤。"

"什么关键时刻，你们要干什么？"

"指导员说了，我们这一批知青最有朝气，文化比69年的知青高，还特别听话、也能干活。厂里面研究过了，准备从师部调20辆新解放来，表现好的，厂里重点培养，调去开车。"

"郭永和，指导员在哪儿说过这个话，我怎么没听见。"

"建勇给我们说的。你也是个班长，消息这么闭塞。"

"什么我消息闭塞，这种话你也相信？你走遍全国打听一下，哪里的知青工作半年就开新解放车。”

“难道说建勇还骗人吗？”

“不是他骗人，是你听岔了。从师部调解放车，你们还没来就在传，已经嚷嚷了好几年了。他是在鼓励咱们好好工作，将来有可能实现理想。”

黑旦疑惑地看着女班长，何艾香又说：“挥娃子是你们的老同学，挺老实的，你们怎么老是和他不团结。”

“不是不团结。我们从小一起长大，玩得好着呢，”黑旦急急地辩解，“主要是……”黑旦说到这里挠起了头皮，憨笑着说，“班长，你不知道，这个事情怪复杂的。我……”

何艾香一看他的神态，马上明白了，她立即想到可能和迟媛媛有关，就说：“哎呀，我知道了。学生一说复杂，就是有那种事情，对不对。”

黑旦吞吞吐吐地说：“说有吧，也好像没有；说没有吧，下面人乱传。”

何艾香不再问了，她似乎找到了寇挥和迟媛媛在众人面前总是那么孤立的原因。看来，去年迟媛媛担心挥娃子出事那件事，并不是神经过敏。因为他们老是拖一个追求上进的集体后腿，难怪有人想给他们一点教训。何艾香一直是学生干部，也做过不少惩治落后分子的事。可是有一次，施校长逼她带领几个红卫兵的骨干，揭发批判一个爱说怪话的同学，硬是把他开除了。那个同学后来在小农场里赶毛驴车，每当他赶车从学校门前经过，都要用草帽捂着半边脸，可何艾香每次见到他，心里都会愧疚。

其实，何艾香对寇挥没有多少好印象，去年秋天第一次见到他，看他瘦不拉叽的还穿了一身不合体的黄军便裤，理了一个还是上学时的那种小平头，溜肩驼背地站在那儿，脸色苍白，没有一点小伙子的刚气。但这次有人向领导告他的状，她就有些同情。更何况，挥娃子又和她的好朋友媛媛有关。

何艾香知道冠挥刚来和李学华去吃食堂病号饭的事，而且差点被人怀疑和反动标语有牵连。为了这件事把媛媛吓得不轻，后来听说那个反动标语是假的，有人谎报军情，害得刘干事和保卫科白费了半天劲。但要说他和媛媛有“那种事情”，何艾香觉得不像。媛媛的母亲是挥娃子的干妈，他们下马崖的人都清楚，这也没有什么复杂的……

何艾香想不清楚，觉得赵建勇这么做，肯定还有什么原因。这时，就听窗外门响，一个四川妇女哀求的喊声：“大叔大婶，可怜可怜我吧……”

何艾香心烦，便冲外屋喊道："撵走撵走，一天来多少趟，这么晚了还不能安生。"

她妈在外屋厉声喝斥："艾香，不许这么说话！人么，谁没有个落难的时候，我们家多少代了，也没有把要饭的穷人朝外撵的规矩。"

就听屋外一个熟悉的声音幽幽地说："哎，还是阿姨心疼我呀。"

"媛媛！你这个死丫头，"妈妈笑着骂起来，"装神弄鬼的，要死呀。"

迟媛媛咯咯地笑着进门说："阿姨，你看我的脸成啥了，真的快成要饭的了。"

何艾香从里屋冲出来，用毛巾向媛媛的背上抽过去，也笑着骂道："滚远一点，就不让你这个要饭的进来。"

她们说笑着进了里屋，迟媛媛"咕咚"倒在床上，叫道："妈呀，累死我了，我都想洗了睡觉，可又觉得几天没和你说话了，怪着急的。"

何艾香说："你不来，我还想找你去呢。我妈刚才还说，你近日不疯了，怕有什么心事呢。"

迟媛媛一听，果然脸就红了。她马上掩饰地说："哪里来的心事，刚才阿姨还骂我装神弄鬼。"

何艾香佯作不知，说："媛媛，你们班可真行，连续几天都是全连第一。"

媛媛说："可不吗，你们那个同学李永强，呕，野蛮踏斯，干活太攒劲了。"

"媛媛，你这两天见过挥娃子吗？"

"好像见过，这几天可把他休息美了。"

"他休息美了，连里面其他在宣传队的人，可都下工地了。"

"噢，那些人，跟屁虫么。就会看当官的脸色，连长一表扬李永强，他们也跟着乱转。"

"媛媛，你知不知道，只有李学华、杨小红和挥娃子3个人没下工地，也不参加晚上的学习。"

"那又咋的了，反正人家是放假。"

"放假是放假，但是，"何艾香迟疑了一下，又说，"你可能不了解杜连长这个人，他要是对谁有了坏影响，以后可就没有好果子吃了。"

迟媛媛冷笑道："没做亏心事，不怕鬼敲门。我们凭良心劳动，他还能把我们怎么样，不就是天天下地干活嘛。"

"那你知道那些跟屁虫为什么要跟着乱转吗？"

“哎哟，”迟媛媛轻蔑地撇嘴，“不就是想开解放牌汽车嘛，啥了不起的。”

“呵，你这个死丫头，你怎么知道？”

“哎呀，你们那个李永强，和建勇干活的时候，一会儿说一遍。建勇，我脑瓜笨，上学不及格，我爸骂我啥都干不成，开汽车是技术，我行不行。喊，简直想开车想疯了。”

“那赵建勇怎么说？”

“建勇说，你咋不行，新解放特好开，比骑自行车还简单，你看我们厂开拉水车的三胖，原来是个老家娃，在农村都没上过学，他都能开，你还不如他？”李永强听完说：“去他妈的宣传队吧，老子再也不去受罪了。我跟着你好好干活，以后开上新解放，我们跑吐鲁番、跑乌鲁木齐，也到大城市里面浪给一圈子。想得倒美，快美出鼻涕泡了。”

“那人家也是在为理想奋斗么。”

“啥破理想，我看他们是劳动目的不纯。”

迟媛媛的伶牙利齿，让何艾香一时哑口无言。她想想又说：“媛媛，目的纯不纯先不说，每个人都要为自己的将来打算吧，你也不为将来做点打算。”

“打算呀，我的将来我为啥不打算。”

“那你现在还不注意影响。”

“注意影响？”迟媛媛惊诧地睁大了眼睛，“我做错啥事了，要注意影响。”

“你……”何艾香鼓足勇气说，“媛媛，我可是为你好，说错了你可别见怪。”

媛媛的脸又红了，但她还是强硬地说：“你听到啥闲话了，我倒想听听。”

“好吧，我说，”何艾香盯着迟媛媛的眼睛问，“你和那个挥娃子的事，是不是有人嫉妒。”

“你神经病，我和挥娃子有啥事？”迟媛媛叫起来，然后她又“咯咯”地笑，“妈呀，你吓死我了，我当是谁又给我造谣了呢。”

何艾香迷惑地看着她说：“啊，你和挥娃子真的没事？”

“这种事还轮不到我，早就有人从我这儿把他抢走了。”

“什么？我简直糊涂了，还有人抢那个挥娃子，是谁呀？”

“菊呀，就是上次从吐鲁番到这来的，我们班的同学。”

“哎呀，是她呀，”何艾香想起春节那天，从吐鲁番来的那个漂亮孤傲的姑娘，“就你们那个会跳舞的女同学？不可能吧，那个菊挺漂亮的，她抢挥娃子，真的假的。”

“真真假假，我也闹不清楚，”迟媛媛说，“他们俩从小就好，要说谁看上挥娃子了，第一个就是她。”

“她看上去岁数要比挥娃子大。”

“大半岁吧，这有什么奇怪的，‘女大三，抱金砖’。”

“厚脸皮，什么话都敢说，”何艾香横了一眼迟媛媛，说：“媛媛，你觉得他们般配吗？”

“我也没有谈过对象，我咋知道，”迟媛媛说，“菊和你一样，也是学生干部，校长的大红人，可她偏偏喜欢和挥娃子在一起，我都碰到过。”

“那我有点明白了，”何艾香觉得心里的乱麻有了头绪，“媛媛，你说菊一直照顾挥娃子，是不是还有人看上菊了呢？”

“肯定有么，菊长得漂亮，舞又跳得好。不过现在这个年龄，啥看上不看上的，又不是真的找对象，”迟媛媛说到这儿，仔细看着她的脸说，“何二小姐，你现在咋了，你关心人家谁看上谁干啥，你是不是也想找对象了？”

迟媛媛说完就想躲，可何艾香没有扑过去。她的胸口有点闷，总觉得就在这几天，似乎有什么事情要发生。

四

一大清早，工地上到处流传着杰子一巴掌就把一堵火墙打得粉碎的故事。

平常蔫头耷脑的田老鼠，今天在上工地的路上显得十分兴奋。他呲着一嘴稀疏的黄牙，摇着干瘦的脑袋，逢人就啧啧地说：“不得了，不得了，昨晚儿真不得了。”大家都围上来问，出啥事了，昨晚儿怎么不得了。他马上闭嘴，唔唔地摇着头，显得很神秘。

有人急了，冲他大骂：“田老鼠，你他妈的少卖关子，快说怎么啦，不说把你裤子扒了。”田老鼠这才用手捋着几根稀稀拉拉的胡须，慢吞吞地说：“昨天晚上，我开完会出了连部，先到驴圈后面撒了泡尿，然后就准备回家了，我家小三‘扁头’，这两天呀，有点儿闹肚子，老他妈的拉稀，拉的那个稀呀……”

黑旦听得不耐烦，叫道：“田老鼠，你他妈的才拉稀呢，到底啥事嘛，你快点行不行。”

田老鼠一边抖抖嗦嗦地卷着莫合烟，一边说：“我朝家走，快到家门口了，我才想起来，我要驮我家‘扁头’去卫生所，得有自行车。可是呢，我小舅子的自行车，被华子借跑了，他去西盐池，要到绿山包那边搭便车。我和他是哥们儿，你说我能不借吗？别人谁借我的自行车，没门儿，可哥们儿要借，我绝对借。我亲自到我小舅子家，把自行车给他推来，怎么样，我这人仗义吧。”

有人说：“仗义仗义，田叔讲义气谁不知道，你快往下说。”

“哎，我要驮‘扁头’看病，就要找华子要自行车，对不。我又掉头朝连队宿舍走。远远地，就看见华子房间灯亮了，这小子从西盐池回来了。我到他房子里拿车子，你们猜怎么着？”

黑旦一把扇掉了田老鼠的皮帽子，大叫着：“猜个球，你快说咋回事吧，马上干活了，你还能不能讲完！”

田老鼠弯下腰，捡起皮帽子掸着上面的盐碱，又朝着帽子吹气，然后端正地朝头上戴。这时，就听身后赵建勇冷冷地说：“行了，大家别听这老东西扯淡了。他不就是想说，庄家杰把李学华宿舍的火墙给拆了，今天上午重新打吗，怎么就不得了了？”

田老鼠傻了，回头看着赵建勇。大家更好奇了，正想听赵建勇讲，田老鼠说：“赵班长，你光知道他今天早上砌火墙，那你知不知道杰子昨天晚上为什么要拆火墙。”

“我当然知道，”赵建勇转身，逼近田老鼠的脸说，“他们演节目的个别人，以打火墙为借口，不下工地，逃避劳动。”

田老鼠张口结舌，躲闪着赵建勇的锋利目光，裹紧皮大衣缩着脖子走开了。那个狼狈像让人想起了杨子荣智斗小炉匠，大家笑着散去了。几个年青人刚听了个开头就完了，心里直痒痒，又追着赵建勇问：“建勇，昨天晚上咋回事，后来咋样了？”

赵建勇沉着脸说：“先干活吧，有空我告诉你们。”

黑旦说：“听余大牙说了半句，怎么杰子一巴掌就把一堵火墙打得粉碎。”

赵建勇冷笑一声：“哼，那算不上什么能耐。”

大家一看建勇的脸色，不敢再问，只好回班上干活了。知青排有人佩服北京人，唯独赵建勇没把他们放在眼里，还把他们看成“社会渣子”，经常劝大家别上当。大家都是表面答应，在背后还是偷偷和他们玩。他们想，我们这些人都是在山沟沟里长大的，能和北京人一起工作，多沾光呀。北京多伟大呵，那是全世界革命人民的中心，地球上最好最好的地方。全世界最好吃的，最好玩的全都有。北京还有毛主席，毛主席出来站在天安门上，只有北京人才能见上。听说华子他们家就在天安门旁边，毛主席、周总理经常见。还有北京话，多好听，大家啥时候听见过这么标准、这么好听的声音。不管北京人说个啥，都能把知青们馋得流口水。还有就是，这儿的北京人都文武双全，武艺高强，讲哥们义气，还会唱戏，全国哪个城市的人都比不了。厂里还有不少上海支边青年，年轻人就不佩服。他们说话呱叽呱叽的一点也听不懂，胆子还特小，连架都不敢打，一点都不威风。

黑旦没有听上杰子的故事，还是心痒痒。不知道杰子用的啥招数，一巴掌就能把火墙打碎。宿舍砌的火墙，虽然用的都是小土坯，但也挺结实的。而且火墙烧得时间越长，那些土坯都变得像砖头一样硬。可能杰子在华子宿舍练武，不小心一拳打在火墙上，火墙立刻哗啦啦的塌了……

黑旦正站着发呆，突然一个盐块飞过来，砸在他的脚面上。他抬头一看，前面挖盐堆的严亚利给他暗暗使眼色，然后抡起砍土镘大力挖盐。黑旦问："你拿盐打我干啥？"

严亚利头也不回，手上的砍土镘挥舞得更猛，只是低声说："快点快点，连长朝这边走过来了。"

黑旦一听，更不明白他啥意思，又问："连长走过来又咋了？为啥要快点。"

严亚利不理他了，只管自己使劲。黑旦一下明白了，在心里骂：严亚利，妈的你装个球！原来你是想让连长看到你干活积极。你那两下子我们谁不知道。抡砍土镘的架势，哪是个干活的，光看见全身乱抖，嘴里还哼哼地使劲，可砍土镘下去，一大半还露在盐堆外面，根本没刨出来东西。他想起严亚利在下马崖的中学，一直是大家讽刺打击的对象。他的毛病别人都知道：干啥事情都是3分钟的热度，而且平常不积极。一到加入红小兵、入团、选班干部的关键时刻，马上开始做好人好事。不管当上没当上，一出结果人就变个样子。那时为了加入红小兵，天天早上打扫学校的茅房。一听这一批没有他，立刻就泄气不干了。这次来到东盐池，正好赶上成立宣传队。不但没有把他这个会跳舞的挑选上，反而把挥娃子给挑走了。这件事对严亚利打击特别大，干活的时候老是无精打采的。大家都同情他，也为他打抱不平，每当挥娃子回宿舍，大家全都不理他，或者和严亚利故意玩得特热闹。时间一长，严亚利慢慢想通了，不再为宣传队的事生气。不过今天他突然表现自己,不知道又打的啥算盘。

他的表现起作用了。连长路过二班的盐田,走到严亚利身后停下了,他看了一会儿,脸上露出了满意的笑容。

“我操,这个卖尻子的(新疆方言,骂人语汇)咋了,挖个盐么,搞得那么夸张。”谢东从隔壁盐田过来,刚好看在眼里,和黑旦说话。

黑旦没说话,旁边的“曹瞎子”说:“这叫啄木鸟翻跟头——卖弄花屁股。”

谢东呵呵地大声笑,被连长听见了。连长回头看他,皱了一下眉头,说:“你在哪个班组?”

谢东说:“我在一班,隔壁盐田。”

连长说:“你在隔壁盐田,跑到这来弄啥。”

谢东说:“我干活干累了,过来抽根烟。”

“把烟扔了!你个熊孩子,谁叫你抽烟了,”连长突然发怒了,指着谢东说:“给我立正,站直了,松松垮垮,你那个熊样!”

知青们都吓住了,谢东扔了烟,立正站好。连长围着他转了一圈,上下打量他。轻蔑地说:“你看你个熊样,吊儿郎当的,一看就是个没出息的东西,牵着不走,打着倒退……”

黑旦和严亚利在连长的身后,一个劲给谢东使眼色,让他赶紧给连长承认错误,别再让他骂了,因为整个工地上的人好像都朝这边看。可谢东犟得像头驴,梗着脖子,一脸的不服气。

连长说:“好的你不学,抽烟喝酒磨洋工,你倒是跟得紧。你看看人家严亚利,啊,人家咋干活来。”

谢东说:“我咋了,比他干得多多了。”

连长吼道:“奶奶,你还敢犟嘴!要在部队上,我马上关你狗日的禁闭!”

这时,二班长何艾香站出来,冲着谢东说:“谢东,你怎么搞的,连长批评你,你就好好接受,回去赶快改正不就好了嘛,”说完,她又转过身劝连长说:“连长,你别生气了,下来我们好好批评他。你要批评应该先批评我,我……”

连长一挥手,打断何艾香说:“和你没关系,一班的人我不找你二班长,”又指着谢东对大家说,“你们都给我听好,我最看不上的,就是这号吊儿郎当的熊玩艺,谁再不学好,到时候别怪我姓杜的手黑!”

连长走了,何艾香赶紧招呼大家回去干活。曹瞎子吃吃地笑,对着谢东大摇大摆走去的背影说:“这个傻小子,太没有眼色了,没听人说嘛,不打勤的不打懒的,专打那些不长眼的。”

黑旦瞪了曹瞎子一眼说:“曹瞎子,你高兴个球,妈的就你精,你有眼色。”

曹瞎子一缩脖子,不敢吭气了。这时候黑旦又想起了杰子,要是有他那样一身武艺就好了。谁要敢惹,马上冲过去一阵拳打脚踢,保证让他像那个火墙的碎砖头一样,四分五裂。

五

一上午装盐包,赵建勇只顾埋头干活,大家看他脸色沉重,也都不再说笑。休息哨响的时候,都坐下喝水。只见杨小红眼睛通红,撅着嘴巴从三班的盐田走过,李永强慌忙站起身来,想和她说话,杨小红一扭头走了过去。

迟媛媛奇怪地问:“李永强,杨小红她咋了?”

李永强面带愧色说:“她昨天晚上挨打了。”

“啊,挨打了,谁,是不是绿山包的二流子?”

“不是,不是,别乱造谣。是她爸打她了。我也是昨天晚上,我妈来给我送棉裤才知道的。”

“你没打人家,你难受啥呢?”

“都是我惹下的祸,”李永强低头说,“杨小红她们家在我们家房后。她妈昨天晚上到我们家来,说他们昨天才听说杨小红休假的事,回去劝她上班。可她犟得很,说她还没休完假期呢;他爸骂她怕劳动,她不服,还要和她爸讲道理,他爸上来就给了她一个耳光子,她还和她爸吵。她妈害怕了,来求我妈给连队的领导说说,她女儿年轻不懂事,让领导多帮助,千万别处理她。”

余卫中走过来喝水,听完幸灾乐祸地笑着说:“打得活该,我早就看这个‘二转子’丫头不顺眼了,像个妖精一样,到处惹是非。”

赵建勇冲他说:“余大牙,别乱插嘴,回你们班干活去。”

余卫中吓得赶快溜了,迟媛媛又埋怨说:“李永强你看你,自己有假不休息,闹得鸡飞狗跳。”

李永强委屈地说:“我就是想早一点和你们在一起嘛,谁知道后面这么泼烦。”

赵建勇这时才说:“媛媛,你也别怨永强,他做得没错。主要是那一小撮贪图享乐的人,一点亏都不能吃,下工地干点活不就什么事都没有了吗,不见棺材不掉泪。”说完,扔下茶缸,起身干活了。

赵建勇心想,现在这个局面很不正常,李永强提前上班,引起了连锁反应;还有李学华的宿舍里重新砌个火墙,本来是件不值一提的小事,昨天晚上庄家杰拆火墙时,赵建勇正好路过,看得一清二楚。什么庄家杰一巴掌把一堵火墙打得粉碎,纯粹是胡编乱扯。那个叫杰子的北京流氓青年,居然成年青人眼中敢作敢为的英雄了。这一批刚刚走向社会的年轻人,辨别是非的能力还不强,一听有人武艺高强,就盲目佩服他们。赵建勇就不信这个邪,他觉得这帮北京人一个个油腔滑调,都是卖嘴皮子的,哪儿有什么真本事。必须找个机会把他们都揭穿,让他们露出马脚。

昨晚散会的时候,赵建勇在连部等迟媛媛交统计报表,可她却早早地走了。他出了连部办公室,四周一片漆黑,风刮得房顶上的电线呜呜直叫。他刚走过房头,就看见有个人迎着老知青的宿舍走,背影像迟媛媛,刚要张嘴喊她,见她又转身,向开水房走过去。站在房角的阴暗处,还是朝老知青的宿舍那边看。

赵建勇看清了这个人是杨小红,心里有点紧张。他觉得杨小红是在看着北京青年李学华的窗口。别看李学华出门油头粉面的,但他的床铺脏得像猪窝。谁也不愿意和他住,他这才搬到连里的一间废弃的工具房,和连上的会计两人住。会计散会以后,喜欢找人下棋,这里平常就他一个人。二连的庄家杰,经常到这里玩。在赵建勇看来,这里就是个藏污纳垢的黑窝子。有时候黑旦、谢东、余卫东他们,下班以后老在这里敲门。赵建勇劝了他们好几次,他们口头上答应不来了,可还是偷偷朝这跑。有一次黑旦和谢东他们,非要拉着赵建勇到这里来玩,还要哄着挥娃子带路,因为杰子太傲,一般人敲门还不开。他当时心里就很不舒服,但觉得自己应该把这里的情况摸一下,就跟着他们一起去了。一进屋,华子就点头哈腰的迎上来,给他们递烟,企图腐蚀拉拢知青,而那个杰子谁也不理睬,只和挥娃子说话,要么就是两个人吹笛子拉胡琴,黑旦他们贱兮兮的,大气也不敢出,坐在地上的小板凳上傻瓜一样地听。这一切很伤赵建勇的自尊心,从那时以后他再也没来过这间宿舍,还骂过黑旦他们贱骨头。

“如果连女知青也被这种人迷住的话,问题就严重了,”赵建勇一下警觉起来。因为现在连队里已经发现,老知青中有女的和北京青年谈恋爱,而且正在采取制止的措施。他听说过这个有俄罗斯血统的杨小红,在上中学的时候就风流有名了。

虽然毕业的时候分在他们班，没几天就和李永强一起去了宣传队。这才回到知青排，如果她和那个华子有了什么关系，他这个当班长的，肯定责任最大。想到这里，赵建勇有些着急，但他发现杨小红这时去了开水房，打了开水以后回宿舍去了。

这时候，赵建勇看见一个矮胖的影子晃动着军人的步伐，靠近了那个窗口。就听见黑影一边砰砰地敲门一边用柔和的声音喊小李，他听出来，这是二连指导员的声音。

"二连指导员到我们连找李学华，会有啥事？"他有些好奇，悄悄地走到宿舍的门口，就听见屋子的热瓦甫"峥峥"地响。他在窗户边侧耳仔细听，听见屋里传出指导员的声音："你们几个都在这儿，好好想一下，咱们连里参加宣传队的同志们都下工地了，就剩你们三个人还在休息，你们是不是也向李永强同志学习，明天早上拿出行动来。"

热瓦甫还在"峥峥"地弹，没有人再说话。他已经猜到了屋里面是哪几个人了。

指导员说："小庄，你表个态嘛，我们是不是也向一连的同志学习呀，光这么凑在一起玩不好吧。"

热瓦甫不唱了，就听庄家杰说："指导员，我们不是凑在一起玩，是商量明天有事。"

"你们到底有什么事。"

"嗵"的一声，好像是庄家杰把琴扔在了床上，然后有脚步声朝门口来了，建勇正要朝暗地里躲，就听见庄家杰大声说："指导员您瞧瞧，这个仓库的火墙是田老鼠打的，这老丫挺的，打这么个东西用了两天，还怎么烧都不热，这他妈的是什么玩艺儿。"

里面传出了田老鼠的咳咳干笑，那个老油条说："我这火墙怎么了，就是砌得不直嘛，可是火利得很，指导员最了解我，是不是呀指导员。"

"你他妈的甭废话了，赶紧给我滚蛋。"庄家杰打断了田老鼠的话。

屋里静了片刻，就听到指导员慢悠悠地说："小庄呀，我怎么听着你这话里有话呀。"

这时，就听见华子恭敬地说："指导员，您听我解释，这是这么回事。我这火墙早不行了，就想请杰子放假时间给我重新砌，这不，泥都和好了，小寇子白天给搬了半天土块。再不把火墙打出来，我这可就成冰窖了。您看，是不是该回去早点儿休息了,我这儿要拆火墙,别把您身上弄脏了。”

指导员说:“火墙不用急着拆嘛,小庄,你是不是再好好考虑一下我的意见,不要简单冲动。你们这批北京青年过去都犯过错误,现在要想改正,我们还是要看表现的嘛……”

屋里一片寂静,不一会儿,门开了,指导员从屋里出来走了。

这时,赵建勇听得屋里轰隆一声,紧接着,田老鼠和一股汹涌的黑烟一起冲出了门,像从战火硝烟中侥幸逃出来的。他看见庄家杰站在滚滚浓烟中一堆黑黄相杂的砖砾残骸面前,面无表情地朝门外看。华子一边咳嗽,一边拍打着他头上和身上的飞灰……

“怎么着,能把我的哥们儿怎么着?”那边又传来田老鼠的嚷嚷,他的身边又聚集了一堆人,听他讲昨晚的故事。这时田老鼠不知是和谁在抬扛,李永强抬头看了一眼,说:“建勇,田老鼠口口声声说他和杰子是哥们儿,你说杰子能瞧得上他,和他成哥们儿?”

赵建勇说:“应该是哥们儿吧,他们属于一丘之貉。”

李永强没听懂赵建勇的话,他说建勇的话有水平,经常让他听完以后想半天,还想不出来是啥意思。

晚上在连部开大会,指导员点名,全连只有李学华和寇挥没有到。

“这两个人还是没有上班呀,啊。”指导员拉长声调又补充了一句,“杨小红同志要提出表扬,她是今天放弃休假,白天下工地,晚上还来开会的。”

指导员的话,臊得赵建勇抬不起头来。一个挥娃子,就把他们下马崖的11名知青的脸丢尽了。第一天休息情有可原,可第二天宣传队的都下了工地,寇挥不但无动于衷,晚上还出现在华子的宿舍里,二连指导员那样苦口婆心,他也不听,反而今天还跟着庄家杰打火墙。

赵建勇这时听见几个老职工在下面窃窃私语,交头接耳地说,二连那个叫杰子的北京人,火墙砌得漂亮,又平又直,勾出来的缝,一条线,比朱广田师傅的手艺还好。朱广田是水工团贬到东盐池来的土建一级大工,是厂里的建筑大拿,看来也赶不上杰子。明年也拆家里的火墙,让他给打一个,一回到家看着这样的火墙都舒坦。还有人说:“还让人家打火墙呢,刚才指导员都不高兴了,小心叫他收拾。”马上有人接着说:“怕个吊,收拾完了还不是一样下盐池。”

听见这些乱糟糟的私语,赵建勇从心底嘲笑着这些乌合之众的浅薄。居然他们还有人夸挥娃子，说他要是跟上杰子好好学一门打火墙盘炉子的手艺，以后吃香的喝辣的。一个老娘们更可笑，说挥娃子还用学打火墙，他都会拉手提琴，以后那都是坐办公室的料。

赵建勇很想知道连首长怎么处理这件事，因为上午人人都领教了连长收拾谢东的威风。散会的时候，人们都说笑着朝外挤，他有意地留在了后面。他发现连长和指导员低声说着什么，然后指导员就先走了。他跟在杜连长身后从办公室出来，锁门的时候，看见李学华宿舍的窗口亮着灯，里面传出来笛子和二胡的合奏，在漆黑的夜里特别清楚。他能猜到是庄家杰和挥娃子又搅到一起娱乐呢。这首曲子他也很熟悉，叫民乐合奏《子弟兵和老百姓》。赵建勇心里一阵冷笑：都到这个时候了，还他妈的娱乐呢，真是不见棺材不落泪。

杜连长走了几步，听到音乐便站下了。他歪着脑袋听了一会儿，鼻子哼的骂了一句："奶奶个熊，个家伙，拉得真不赖，我还当是谁家的半导体呢。"

说完，连长把军大衣向上紧了一下，回家去了。

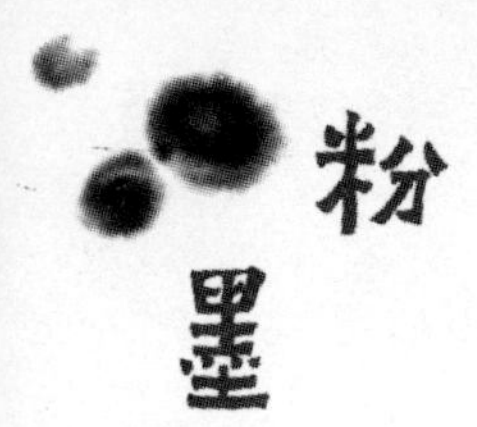

第八章　抓革命与促生产

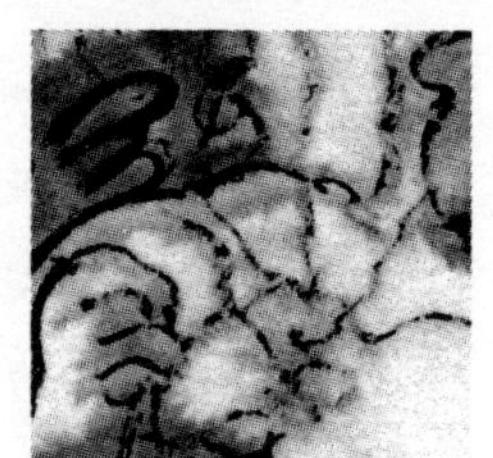

他觉得这个场面挺好玩，人们一会儿跑到这边，一会儿又涌向那边，远远望去，像是小时候在村子里用水灌蚂蚁窝，看那些小东西们没头没脑的四下逃窜。

一

厂部的商店从乌鲁木齐进了两箱"的确良"的衬衣回来，消息传得很快。人们像得了传染病，串连着往一块约，都说星期天要早起，去商店门口排队。

东盐池早就传说，"的确良"是我们国家发明的一种新布料，又鲜艳又结实，城里特别流行。厂里的年轻人都想买一件穿，不少妇女家属也动心了。不过听说一件的确良衬衣要12块钱，许多人都犹豫了。也不知道这个"的确良"是啥高级料子，要这么多钱。

刘干事这一回下了决心，不管贵贱，给老婆买一件穿。

这是刘干事头一次给老婆买衣服。要在过去，他坚决不能答应老婆这种无理的要求。一个从老家农村来的家属，在戈壁滩上穿得花花绿绿，谁看着了？花这个冤枉钱；再说，他平常最讨厌的，就是讲吃讲穿、好逸恶劳的人。不过这一回不同，做出这个决定，是因为刘干事太高兴了。"人逢喜事精神爽"，他也就豁出来了，买！

刘干事最近双喜临门。头一件喜事，是金厂长代表党组织和他谈了话，准备提拔他为政工组长；第二件喜事是头一喜带来的，金厂长和他谈话的当天夜晚，让他苦恼了将近两年的阳萎病，也奇迹般的好了。

那两天晚上，刘干事都在加班冲洗照片，夜里11点多了，厂部通讯员来通知他，金厂长找他有事。刘干事卷好照片来见金厂长。

金厂长正带着一副花镜看文件，见刘干事进门，送上来一卷纸筒，问道："你这是什么？"

刘干事打开照片说："厂长，这就是你参加兵团庆功大会的那张合影。"

金厂长说："噢，放这么大，效果不错，城里刚寄过来的？"

刘干事说："不是，就在我那个暗室里冲印的。"

金厂长惊讶地从花镜上面看他，说："嚯，你小子看不出来，有这么大本事。"

刘干事说："我哪儿有这本事，我是请学校教物理的于老师帮忙整出来的，可是费劲。"

金厂长满意地"唔"了一声，再仔细看了一阵照片，连声赞赏道："好，好，你们辛苦，有功。"

刘干事说："厂长，如果你没有意见，我明天让木工班做个镜框，挂在你办公室里。"

金厂长说："好呀，这也是我们厂的荣誉嘛。"

刘干事说："厂长，我可是听说这次兵团的庆功大会，咱们厂特别风光。不但立了个一等功，每次吃饭的时候，司令员都安排你和他一桌，听说还给你敬酒。"

金厂长笑着说："哈哈，谁的嘴巴这么长，说得有鼻子有眼。"

刘干事说："那还用说，我们一看合影就明白，中间是司令员，你在前排左起第三位，好几个农业师的师长政委，都灰溜溜地站在第二排。"

金厂长愈发笑起来说："哈哈，那是因为那几个师长现在都是老贫农，成天到司令员那里要补助。我去年就上交了130万，全兵团我排第三。"

刘干事说："其实要按人均来算，我们才是第一。听说第一第二都是上万人的大厂，人家啥条件，我们啥条件？"

金厂长说："是呀，要论环境条件，我们最差；可我们的产值、利润在那摆着，你说，什么原因？"

刘干事说："还是毛主席那句话，人的因素第一。有了好领导，水平高，能力强，就是事业胜利的基本保证。"

金厂长微笑着颔首点头，顺手摸出一支烟，点燃吸了一口说："现在说正事，今天我叫你来，就是要说水平和能力的问题。小刘呵，你这一段时间宣传队的工作抓得很有成绩，对厂里做思想工作起了很大的作用。”

刘干事说：“厂长，还不是你一手培养我，支持我，就凭我一个大老粗，哪能管文艺来……”

他本来还想说，工作没做好，比如对金一鸿的关心和照顾就不够。可厂长不容他多讲，说：“怎么不能管，工农兵占领文艺舞台，这是毛主席的文艺方针。现在看来，你做得很不错。”

“哪里哪里，我离厂长的要求还差得远。”

“小刘，用不着谦虚，好就是好，”金厂长活动了几下脖颈，又吐了一口烟雾说，“最近，师里接到中央通知，全疆所有的军管干部都要撤回部队。师里面可能要派一个新的教导员来，而且要我们从厂里提拔一名副教导员，协助厂党委工作。我和魏教导员商量过了，先提拔你为政工组长，等师里的正式文件到了，再考虑你新的岗位。你思想好、根子正，从部队上转业到这么艰苦的地方工作，一直任劳任怨，经得起组织的严峻考验。我们已经把你的材料报上去了……”

刘干事的脸红了，他有些害羞地低下头说：“厂长，我还年轻，没有革命经验，怕挑不起这么重的担子。”厂长鼓励了他一番，说让他回去先有个思想准备。

刘干事走出金厂长的办公室，双拳紧握，仰面对着夜空，长长地吐了一口气。他没有回家，回到政工组办公室，坐在黑暗里不知道呆了多久。首长的每一句话，他都记得清清楚楚，就像在广播室里审查电影片子似的，一遍一遍地在脑子里过。

“军管干部要撤……提拔副教导员……协助党委工作……材料报上去了……”

当政工组组长，刘干事早有心理准备，领导给他打过招呼。可是，当副教导员？能行吗？他一个农村穷孩子，初中都没上完，62年出来当兵，就想着能吃上热馍，穿上个囫囵衣服就中。可在边防部队里受的那些苦，让他一心想复员回家，哪想到能转业当干部。刘干事当干部的时候，想法也简单，这辈子能混到个正连级就满足了，他们村当兵出来的，最大的官是个副连长。想不到呀想不到，今年刚过30岁，他有希望成为副营级……”

想到这里，刘干事再也抑制不住内心的狂喜，伏身爬在桌子上，痛痛快快地哭了一场。

在办公室哭痛快了，他迈着轻松的步伐回到家。那天晚上，无论他怎么板着面孔，也没有掩饰内心的狂喜，更没有躲过老婆的眼睛。还和过去一样，老婆先把饭菜热好端上来看着他吃完，又把热水倒好伺候他洗脸洗脚。过去这时候，他上床睡觉，都是脸冲着墙紧闭双目想事，或者假装打鼾。不过今天太高兴了，他把脑袋蒙在被窝里，"嘿嘿"地一直偷笑。不知什么时候，老婆粗壮结实的肉体钻了进来，向他身上用力地挤。刘干事突然觉得小肚子下面热乎乎的，全身都鼓荡起了一种冲动。他坚决地转过身来迎上去，紧紧地把老婆压在身子底下，向她的肉体发起了冲锋！他的勇猛冲破了道道封锁，又恢复了年轻时的勃勃生机，当他胜利地冲上顶峰的时候，痛快淋漓地大吼了一声。

"你个孬种，咋又行了哩?"老婆意犹未尽，用粗壮有力的胳膊死死地箍住他，咬牙切齿地骂。这个婆娘一到了高潮，总是把他叫"孬种"。

"我是孬种?我还孬吗，我告诉你，我最近有变动哩，到时候，保准把你美死。"刘干事抚摸着她汗淋淋的头发，得意地说。

"啥叫个变动，能把我给美死？咋了，土方子管用了？"老婆翻过身子，俯在他的胸前问。

"唉，你可真是个傻娘们儿。"他长叹一声，"美国总统尼克松到中国来访问，这就是个变动，明白没？"

"咋越说越邪乎？你个孬种有劲了，和尼克松有啥关系。"

"哈哈哈哈……"刘干事放声大笑起来。老婆反应过来了：她丈夫的确是遇到大喜事了。因为自从她嫁给刘干事，这是第二次看见他这么纵情大笑。第一次见他这么高兴，还是5年前在西盐池，她为刘干事生下一个大胖小子的那个晚上。

也不知道是怎么搞的，自从到了东盐池来以后，刘干事发现自己的家伙慢慢地不好使了。经常是和老婆刚亲热到兴头上，他就软下来了。第一次把他吓坏了，心想，是不是在昆仑山上当兵落下的后遗症。他们部队里有过这种事情，据说山里有大量的放射性元素，专门杀灭男人的精气。他趁回老家探亲，偷偷地找野医生看过，也吃过不少偏方，可就是一直不管用。后来，他只好借口说工作太忙，晚上加班回来迟，让老婆先哄着儿子睡。一到睡觉时间，他就早早地蒙着被子，缩着身子脸冲墙壁，装作工作太累太忙，倒头就不知人事了。他知道老婆对他一肚子的怨恨，可又不敢说，只能偷偷掉眼泪。其实刘干事也常常暗自伤心，觉得自己这一辈子完蛋了，不能做男人了。好在老婆还给他生了一个儿子，刘家不至于绝了后。从此，刘干事只好把更多的时间投入到工作中去。没有人知道他的苦恼，在人们的眼里，他是个一心为党拼命工作的好同志。

第二天晚上，刘干事又和老婆痛痛快快地亲热了一回。就在他心满意足地准备入睡时，老婆抱着他的身子说，她想要一件“的确良”的衬衣。他连想也没想，爽快地说，行，我明天给你买件穿。

老婆很快就进入梦乡了。看她睡得那么香甜，刘干事有些感慨：老婆跟着他这么多年，在戈壁滩上吃苦受罪，也没有享过啥福，今天要件衬衣，就给她买。特别是在这种时候，不能太穷酸了，让别人看着笑话。

凌晨7点钟，天还灰蒙蒙的。尽管刘干事的疲累还没缓过来，但他还是准时起床下地，走出了家门。

转业快6年了，刘干事一直保持着当兵时的作风，不管头一天晚上睡得多迟，第二天一定要早起，而且军容整齐。夏天的中午很热，他依然一身洗得发白的旧军装，风纪扣系得严严实实。平常出门，他都要先围着矿区转一圈，没有发现什么异常的情况，然后才到办公室去，一年四季天天如此。今天，刘干事却直接向厂部的商店走去，他决定也排个队，亲自体会一下为家里人买东西的感受。

一转过房头，他朝商店那边一看，心里吃了一惊。商店门口的人黑压压的一大片，队伍从商店前都排到水塔下面了。他正犹豫间，一个盐工跟他打招呼：“刘干事，你也来买‘的确良’了？”

“噢，对，嗯，不，我转哩。这咋这多人？”

“嘿，早上5点钟就有人起来排队，听说这‘的确良’可美，穿上它再热都不出汗。”

“扯淡，能有我这背心凉快。”

“哎，它不光是凉快，颜色可鲜，咋洗都不掉色，里面有化学呐。”

“噢，那你们赶紧排队吧，不过要注意秩序，别让人乱挤。不要像西盐池，来了几箱子罐头，好几个人住院，差一点出了人命。”

“放心吧，刘干事，来一件，听说商店就来了50件，你现在不赶紧排队，就买不着了。”

“慌个啥来，能买着就买，买不着就算了，这也不是啥要紧东西。这次买不着还有下一次，我们国家这么强，还能缺衬衣了。”

刘干事和他说几句闲话，转身朝厂部办公室走去。眼下，他不太情愿与那些小年轻和妇女们挤到一块，为个时兴东西凑热闹，自己好歹也是个厂部的干部，而且怀里还揣着一个大秘密。他怕自己一不留神失去控制，暴露出来坏了大事。

他来到礼堂西侧的办公室里坐了一会儿，点燃烟斗，打量着眼前这些办公桌椅，还有桌面上的文件、文具。想想真要提拔了，肯定就搬进新厂部，就要和这些老伙计告别了，还真有点念想哩。

烟雾从他眼前飘起，晃晃悠悠地顺着窗口朝外钻。他抬眼向窗外的西边遥望，目光穿过了重重的山峦，好像看到了西盐池，那里曾经也有他的办公室，对面坐着一个让他厌烦透顶的家伙——“老褚呵老褚，我该咋样感谢你来？狗东西，要不是你带着《沙家浜》到东盐池来，用你的能耐刺激我，用你的得意提醒我，我哪里还想起来搞个宣传队；再说，我的宣传队要是演砸了，当政工组长，还有门吗，窗户都没有。”

此刻，他的心情特别畅快，要感谢老褚，他是个难得的反面教员。可惜呀可惜，俺老刘把日子过美了，老褚却毁了。带着酒瓶底子一样的近视眼镜、老在他面前趾高气扬的褚干事彻底完蛋了。他排演了个革命样板戏《沙家浜》，在全师巡回演出了一圈，就觉得自己不得了了，就烧包得不轻了，就红得发紫了。结果，他被糖衣炮弹打中了，调戏人家“阿庆嫂”被人逮着了，犯了男女作风错误，叫西盐池的大胡子厂长马大炮一怒之下，给发配到山后的牧业队里放羊去了。

老褚呵老褚，你他妈的咋就这么倒霉呀？毛主席的教导真是千真万确，虚心使人进步，骄傲使人落后，要警惕糖衣裹着的炮弹，你连这些话都记不清，还想当西盐池的副书记，你他妈做美梦哩。你个不要脸的毛驴子。

半年前，金厂长让刘干事带领着东盐池的毛泽东思想宣传队到西盐池去慰问演出，他接受任务后，心里直打鼓：过去马大炮一直不待见他，这也没有啥；可是，再见到当年同一个办公室的老褚，那脸上就不好看了。人家怕是已经当上副教导员了，还不知道又张狂成啥样呢。刘干事在心里犯愁，宣传队的演员们似乎比他还要紧张，因为前年那场革命样板戏《沙家浜》来东盐池演出，实在太轰动了，那里边尽是能人，东盐池的节目敢去演么，敢和人比么？

他带着一车各怀心思的宣传队员，心神不安地朝西盐池去。一翻过山，他望着山脚下那个熟悉的老地方，有点不敢相信自己的眼睛：3年不见，西盐池不但没有任何变化，反而快让疯长的荒草把厂部埋住了。他们的卡车路过几个连队的驻地，墙倒屋塌的，连个人影子都见不到。到了厂部一看，办公室大都空荡荡的。从他过去的办公室出来一个陌生的年轻人，说已经接到他们要来的电话了，他请大家下车，先进屋等一会儿。然后到家属区，搀扶来了喝得醉醺醺的大胡子厂长马大炮。他一见刘干事二话不说，放声大骂。说“老修”当年派专家来，有意把西盐池的盐储量计算错了，这才十几年，盐就快挖光了。现在，西盐池就靠山里的牧业队，其他两个职工连队都到师部煤矿去增援，“白人变成黑人”了。

刘干事问他：“你们的宣传队呢，老褚呢。”马大炮摇摇晃晃地说：“不提那个狗日的，不提那个狗日的。”年轻人一边给刘干事使眼色，一边扶走马大炮。回来告诉他，老褚出事了。他被“阿庆嫂”迷昏了头，答应要把她从山里的牧业队调到厂部招待所。他是光沾人家便宜就是不办实事，结果呢，“阿庆嫂”把他揭发出来，被马厂长下放到山里放羊去了。人家“阿庆嫂”远走高飞，回了省城的京剧团。厂里的宣传队也早解散了，自从师部把那些能人全调回去以后，厂里没人了，再加上生产连续亏损，哪儿还有钱养些唱歌跳舞的闲人。哪儿像你们东盐池，今非昔比，鸟枪换炮喽，又是盖楼，又是买车的……

晚上演出的地方，还是过去苏联人留下的那栋老房子。全厂的男女老少都拥挤到大食堂里，眼睛里放着光，好像多少年没有见过人一样。一看那个凄凉的样子，刘干事的心里也不是个滋味。同时，他也觉得自己真是幸运，当年被逼无奈，离开西盐池，这一步还走好了。

戏演完了，厂里连顿简单的加班饭都管不起。还是刘干事掏出钱，让人进山在牧业队买了一只羊，还吩咐他们先卸一条羊腿给马厂长送家去。听说马大炮一见羊腿，眼泪就下来了，连连说他瞎了眼，不识货，放着青松不浇水，反而用好料喂了一头不要脸的草驴……

这时候，他从窗玻璃看见远处的商店门口，排队的长蛇阵突然乱了，人们都朝着商店的大门涌过去，正挤得不可开交，接着又见人群向商店南边的一个大窗户冲过去。要在平时，商店里卖新到的货，还有菜场卖菜，都是让刘干事绷紧弦的时候，必要的情况下，他还会动用基干民兵维持秩序。这种时候，经常发生为排队打架骂架的事。

可今天刘干事不想动。他觉得这个场面挺好玩，人们一会儿跑到这边，一会儿又涌向那边，远远望去，像是小时候在村子里用水灌蚂蚁窝，看那些小东西们没头没脑的四下逃窜。

二

“今天是6月24号，25、26……还有6天到月底，7月、8月……11月，离宣传队集合还有整整半年！天哪，这半年我怎么才能熬得过去？”

宁为玉每天掐着指头算日子，每算一天，就像被刀子割下来一块肉。他觉得自己早晚有一天，会像一头牲口，被那些刽子手们割成碎片。他的心里每天都在悲号、流血，连死掉拉倒的心都有了。要不是家里还有两个活蹦乱跳的儿子，还有那个和他同甘共苦的病老婆，宁为玉真想把家里灭小咬(小咬：戈壁滩上的一种小蚊虫)的那瓶“敌敌畏”全喝下去，不再受人间这么痛苦的折磨了。

吃过午饭，宁为玉没去麻袋库房找地方休息，而像一具僵尸一样，直挺挺地躺在盐田里背阴的盐碱壳上，眼泪在肚子里哗哗直流。他的全身没有一个地方不在剧烈地疼痛，一双过去十分灵巧的手现在打满了血泡，伸开了就半天攥不拢，攥上了半天又伸展不开。

今年开春，是宁为玉在东盐池最难熬的一段日子。现在，厂里捞盐的劳动强度越来越大了。过去捞盐、清盐池这种重活，都是劳改犯干的。现在，师部把劳改队全部转移到了南疆，什么活都留给职工们干。过去装盐包，虽然也累，但那时没有定劳动指标，大家一起动手，他力气小，就多给大家讲个笑话，唱上一两段，也就蒙混过去了。可现在不行，捞盐每天都有定额，一天必须完成4立方的任务。量盐方的人扛着长木尺，提着算盘，一直围着几十条盐池转，让他不敢有半点喘息的时间，就这样，想完成一天的任务，简直要扒一层皮。

“刘干事，你不是说今年有个全师的文艺汇演吗，说好了9月份集中，“十·一”试演，然后到乌鲁木齐去参加比赛，怎么一天一天地朝后推，啥时间开始？”宁为玉苦苦地盼望，无限怀念每年春秋各两个月的排练和演出。他觉得那段时光太美妙了，只有现在遭大罪的时候，才真正体会到幸福的来之不易。

“我他妈的是个混蛋，我不知道珍惜好日子。”宁为玉在心里狠狠地骂自己，痛悔得要命，“本来干活就够折磨人的，我怎么还去得罪人，自找没趣。我错了，我犯了忌讳了，还是自己太烧得慌了，刚在东盐池有了名声就拿不稳了。”想到这儿，他恨不得给自己的脸上打几个耳光。

自从在宣传队里当了导演，特别是演出获得的巨大成功，宁为玉飘飘然了。不像过去下班以后，老是灰溜溜地窝在家里不敢出门，开会的时候虽然经常和一些老娘们儿打打闹闹，说些风话，其实心里并没有放松警惕，处处都很小心。可如今出名了，他就在家里坐不住了，有事没事老是喜欢在厂里到处转转，如果有人在路上遇到宁为玉，认出来这就是《父女争先》中那个"爹"，不免要惊喜地指指点点一番，那一刻宁为玉真是心花怒放呵。还有人知道他就是宣传队的导演，这次演的节目好多都是"宁导演"亲自编剧、指导才排出来的，更是肃然起敬。就这么过了一段时间，他烧得慌了，平常和连队里的人们开玩笑，就越来越张狂。一定是有些人嫉妒他的才华，一直想找个机会报复他，这一次是他自己没有留神，亲自把这个机会送上门去了。

"千不该万不该，你说我，当着好几个人招惹寇挥做什么？"他痛悔极了。

两个月前的一个星期天，宣传队解散不久。吃晚饭的时候，老婆给宁为玉炒了两个菜，让儿子到商店给他打了二两酒。酒足饭饱以后，他趁着兴头到知青宿舍转转。这两年，连队里的知青们没少听宁为玉的故事，也没少喝他家的酒。当然，在工地上也帮了不少忙。他到知青宿舍的时候，看到好多宿舍都是空的，全跑到篮球场上玩去了，只有寇挥正在宿舍里抄一本《战地新歌》。见他进来，连个身子都不抬，只管背着身子写字。

宁为玉心里莫名其妙地产生了一种怒意，觉得这个挥娃子有点看不起他这个导演。在宣传队里，这个年轻人从来不主动和宁为玉说话。表面上有礼貌，但是从来不亲近人。宁为玉回想了一下，下马崖来的知青里面，还就是寇挥和赵建勇没有去过他家，没有听过宁为玉讲老电影，还有大城市里的稀罕事。人家赵建勇心气高，是准备将来当大官的有志青年，哪儿能和牛鬼蛇神同流合污；但这个呆头呆脑的挥娃子，怎么也不把他放在眼里。

"小兔崽子，抱上北京二流子的大腿，就目中无人了，"宁为玉酒劲上来了，愤愤地想。这小子在宣传队里和那个北京人杰子打得火热，好像找到了靠山。

"挥娃子。"宁为玉大声吆喝。

"哎。"寇挥低头只管答应，并不回头看他。

"挥娃子，我有话和你说。"宁为玉又喊了一声。

"噢噢，等一下，我马上抄完了，人家还等着要书呢。"寇挥仍然低头奋笔疾书。

一股无名火在宁为玉心底“腾”地燃烧起来，正想着怎么找碴发作，黑旦慌慌张张地跑了进来，手上拿着一张信纸。他正要喊挥娃子，一眼看到了宁为玉在谢东床上坐着，也顾不上和他打招呼，把挥娃子拽进了套间里，压低了嗓门跟他说起了什么。

宁为玉更加好奇了，他摇晃着悄悄地走到门口，就听见黑旦说：“听说她在农场被一个部队文工团的导演看中了，可能要去参军当文艺兵。”

“当文艺兵，太好了。”挥娃子惊喜地叫。

“好个球！挥娃子，你咋这么傻，她都当兵到大城市里去了，还能和你好吗？”

“和我好……谁说的。”

“行了，挥娃子，你别装洋蒜了，你别看我傻，我知道你们两个关系不一般，我还知道，她一直对你最好。”

宁为玉听到这里，心里偷笑一声。他隐约听知青们议论过，说寇挥和赵建勇合不来。赵建勇势力大，老是带一帮知青孤立他。不过这个寇挥和杰子关系最好，也没人敢随便惹他。还有人说，他们之间的矛盾，和一个叫菊的女同学有关，就像“五四电影”中最常见的三角恋爱。这下可有好戏看了，宁为玉一把掀开套间的门帘，直直地闯进去，喷着酒气对两个正坐在那里沉默的青年人嘻笑着说：“两个人躲到里面，说什么悄悄话呢，啊？”

两个人都没有搭腔，给他来了个没趣。宁为玉说：“今天是个星期天，年轻人应该好好玩一玩嘛，”两个人都低下头，没有反应。他继续说，“你们知不知道，我们当年在乌鲁木齐，每个周末都是咋样过的？”

挥娃子和黑旦把头朝墙壁扭过去，这分明是嫌他啰嗦了。宁为玉感到有些意外：要在平常，只要他一说乌鲁木齐的事，黑旦立刻兴致大发，而且听得津津有味。记得去年有一天在工地上，铁柱给新来的知青们吹嘘他看过的电影，还编造了一些电影明星的轶闻，全是驴唇不对马嘴的小道消息。宁为玉本来一直强忍着不说话，可是后来铁柱吹的越来越离谱了，他才冒了一句：“你们看过的那些电影算个啥，一说起来只有王心刚、张瑞芳。要说电影，解放以前的电影那才有水平呐，“五·四”以后的电影，你铁柱恐怕听都没有听过。”

铁柱挤眉弄眼地笑，好像听见了天下最荒诞的传闻，反问说，什么“五·四”以后的电影，电影是我们新中国解放以后才诞生的，旧社会哪儿来的电影？

他一听这个傻瓜说话，就忍不住想笑，说：“年轻人，你连中国什么时候有电影都不知道，还在这瞎吹个啥。你知不知道赵丹、白杨、陶金，他们解放以前是干啥的？你知不知道电影皇帝石挥是谁，金山演过啥角色？你听没听说过故事片《桃李劫》、《夜半歌声》，宋丹萍和绿蝶在哪儿见的面，秋海棠是怎么死的……"

那一次把铁柱又镇住了，新来的知青又开始崇拜宁导演了。宁为玉还经常把他们请到家里来玩，给他们讲"五·四电影"，说上海滩的大明星，听得那帮小青年如醉如痴……

今天，宁为玉不甘心这么没趣地退出去，说："我们当年在乌鲁木齐，每个星期天要去参加舞会。那时候，我们穿得笔挺，头上打着发蜡，那才是……"

黑旦突然烦燥地打断了他的话："宁导演，我们俩现在有事要商量，你没事就出去。"

宁为玉纵声笑起来，说："哎哟，黑旦也开始讨厌我宁导演了，"他突然面对寇挥说："你的女朋友给你来信了？"

寇挥一下子脸涨得通红，呼吸也急促起来，语无伦次地说："女、女朋友，谁是女朋友？"

宁为玉把那个名字说得非常轻俏，声调也拉得很长，像唱歌。

寇挥当时脸色苍白，垂下头软在那里不动了。后来有人说宁为玉太过分了，这个名字是那个挥娃子心中最大的宝贝呀，不管是上学还是再教育，他都没在人前叫过，可见他多稀罕她。

黑旦看着寇挥，又看看宁为玉，起身走了。

宁为玉没有想到，就在当天晚上的政治学习时，厄运就开始降临了。

从知青宿舍出来，宁为玉回家睡足了午觉，晚饭后悠然地来到了连部的会议室。他挤到姑娘、媳妇堆里，跟她们打闹，还给女知青们表演新节目，正在兴头上，就听赵建勇故意当着众人的面喊道："哎，宁娘们！宁老婆子！"

宁为玉气得脸色通红，但却装着听不见，强装笑脸继续表演。他知道这时候这帮小崽子是在找宁为玉的碴，不能理睬，让他们觉得无聊了，这事就过去了。不料想，赵建勇并不罢休，又连声叫了几声，黑旦、李永强他们也在拍桌子起哄，似乎要引起所有人的注意。宁为玉忍无可忍，转过身来怒斥赵建勇："你这个孩子怎么一点礼貌也没有，我这么大岁数，都可以给你当长辈了，太不像话，没教养……"

赵建勇笑嘻嘻地说："你那个鸡巴样子还像个长辈吗？你岁数大，又怎么样，骡子的球，大有啥用。"

众人哄堂大笑起来，宁为玉愤怒地“嗷”地叫了一声，冲出人群跑到外面去了。

从那以后，知青们再也不叫他“宁导演”了，满嘴的“宁娘们、宁老婆子。”奇怪的是，只有寇挥从来没有跟着大家取笑过他，每次见到他，只是远远地避开。宁为玉搞不明白，赵建勇明明看不起寇挥，宁为玉也不过和挥娃子闹着玩的，可寇挥不计较他，却把赵建勇给得罪了，还要这么狠毒地报复他呢？

从那以后，他们对宁为玉的折磨加重了。这帮小青年真他妈的狠毒，比69年那帮知青坏多了。铁柱最多是跟他抬杠，而这群兔崽子还跟他动手动脚。这一次回到连队下工地，宁为玉的处境比过去更惨了，他成了这帮小青年任意取笑的对象。他们不能容忍他在人群里有说有笑，只要发现了，就有好几个人扑上来，伙同连队里爱开玩笑的老娘们，肆无忌惮地折腾宁为玉。做这种事，赵建勇从来不出头露面，而是指使李永强、黑旦几个不长脑子的年轻人对他进行摧残。

第一次是在工地上吃午饭，几个女知青正在猜她们小学课本里的谜语，都是“红公鸡，绿尾巴，一头扎到地底下”一类的，太幼稚了。宁为玉接过来说：“我出个谜语你们猜，‘上边毛，下边毛，中间两颗黑葡萄’。”杨小红一听，捂着脸就跑了。他还笑着说，跑什么嘛，这就是人身上长的，谁都有。女知青们唧唧喳喳乱嚷到热闹时，黑旦带着一群知青就嘻皮笑脸地走过来，先是当众炫耀胳膊上的肌肉块，然后二话不说，用一只手当胸揪住他的领子，像提溜小鸡一样把他举到半空。宁为玉拿出长辈的威严，怒气冲冲地斥责他。可那个黑大个根本不理睬，任凭他在半空里两腿乱蹬，围了一大堆看热闹的人都拍手叫好。他无奈之下，只有强作笑脸，低声哀求，黑旦这才在人们的哄笑中把他放下来。

后来，这帮狠毒的兔崽子对宁为玉的迫害更变本加厉了，最不可容忍的一次，是不久前的一天中午，因为刮了一场大风，他有了两天的休息，精神和体力刚恢复过来，在工地上禁不住有些活泼。这又被那帮知青看在眼里了。午饭以后，以李永强为首的坏东西，伙同几个老娘们儿突然闯进麻袋房，把他从睡眠中拉起来，拖到光天化日之下吵吵嚷嚷地要扒裤子。说他上个月给女知青猜下流谜语，是腐蚀青年，他们要看看宁为玉的“黑葡萄”。他拼命地叫喊，挣扎，反而激起了他们的兴致。一帮畜牲有抱胳膊的，有搬腿的，有抽皮带的，把他的裤子扒下来还不罢休，有人还朝他的裆里倒凉水，撒盐粒……

当天晚上，宁为玉到连部找杜连长，一把鼻涕一把泪地控诉赵建勇。

"行了行了,"他还没有说完,就被连长不耐烦地打断了,"你来的正好,我还要派人找你哩。你说说,你在工地上不好好干活,成天到晚不是调戏老娘们儿,就是给知青灌输什么封资修的思想,你他妈个熊玩艺儿。"

"连长,我、我冤枉呵。"

"我冤枉你,在工地上,你说没说过旧社会的电影明星,你唱没唱过《刘三姐》、《五朵金花》,那全是批判过的黄色歌曲,你知道不知道。"

"啊、啊……"

"啊你妈了个×! 要跟我过去的脾气,早叫人把你给拾掇了,就看你老婆是个半条命,两个娃小着可怜,不忍心弄你,你反倒猖狂得不行了,你他妈个熊玩艺!"连长越骂越起劲,"给你说实话,你去宣传队这件事,底下意见大了,人家说像你这样的牛鬼蛇神,怎么又占领了我们工农兵的舞台。我还说,现在好多唱老戏的演员都上台了,他宣传毛泽东思想也没错,就这么给你掩盖过去了。再加上刘干事反复做工作,才把你每年派出去唱戏。"

"是、是,这我知道、知道。"

"既然知道,你还不老老实实地改造,重新做人,一天在外面胡骚情,你他妈个熊玩艺儿。"

"我有罪,我有罪。"宁为玉急忙赔罪,脑袋点得像鸡叨米。

"唉,老宁,"杜连长叹了一口气,"我说你上班就不能把嘴闭上么,你回家关上门唱么、跳么,谁还跟你过不去。小青年扒你的裤子,朝裤裆里倒凉水,他们怎么不找别人,单单消磨你? 你打听一下,连队里的老盐工他们招惹过哪个?"

想起自己被连长骂得狗血喷头,灰溜溜地回来,他真想扇自己的脸:"他妈的这张臭嘴,我咋就管不住你哩。知青他们吹牛皮也好,出风头也好,和我有什么相干,每一次到了人多的地方我都在心里说'千万别多嘴'、'千万别骚情',可是,咋每一次我都控制不了自己。"

宁为玉这时才感到,自己真是一条改不了吃屎本性的狗,在家里怎么样痛骂自己,告诫自己,可一到外面就得意忘形,就给了那些嫉妒他的人可乘之机,他们就会抓住把柄找碴来羞辱他。要不了多久,他就要让这帮狠毒的兔崽子整死个球了……

一想这些,宁为玉的眼泪就情不自禁地流过两腮。他摘下墨镜拭泪,强烈的阳光让雪白的盐粒变成了千万根钢针,刺得他根本睁不开眼。一阵风吹过来,隐隐送来了麻袋房里一群缝补麻袋的老娘们儿的歌声——

“北京的金山上光芒照四方，

毛主席就是那金色的太阳，

多么温暖，多么慈祥，

把我们农奴的心儿照亮……”

歌声里，宁为玉他老婆的声音很突出，直得像根铁棍，干得像片沙丘。再加上她被痨病折磨的那个枯槁样子，经常被人嘲笑是鬼哭狼嚎。过去每到这种时候，宁为玉都朝远处躲，或者装作没听见。就像他爱扎在女人堆里说笑打闹，她从来都装看不见一样。可今天不同，宁为玉突然被她的歌声触动了：妈的，也是呀，老婆就剩下半条命了，她还那么乐观；多少人瞧不起她，看了越南电影《战斗中成长》以后，厂里的人还给老婆起了个外号叫“丁丁猜”——那是电影里面一个黑鬼一样的巫婆，用“丁丁猜，丁丁猜，妖魔鬼怪快离开”的咒语给小孩看病。她受到这样的侮辱，从来没见她生气、绝望。在麻袋房补麻袋的那帮老娘们儿，基本上都是厂里的老弱病残，都说就数宁为玉的老婆性格开朗、乐观。

“我一个活蹦乱跳的大男人，动不动就寻死觅活的，没出息。”想到这儿，宁为玉心里一片敞亮。他挺身坐起来，打开军用水壶，朝毛巾上倒了不少水，仔细地揩干净泪汗交流的脸。然后，他坚强地站起来，朝盐田外面走，内心充满了生活的力量。不知不觉，他就唱起了《白毛女》中喜儿不屈的誓言：“想要逼死我，瞎了你眼窝；我是淘不干的水，扑不灭的火……”

三

“华子，来一根，饭后一根烟，赛过活神仙。”

“哎哟喂，这怎么好意思呢，天天抽黑旦兄弟的烟。”

“华哥，你抽我的，我这‘雪莲’比黑旦的‘红专’高级。”

“哎哎，谢东兄弟，您客气，我这儿……”

华子的烟刚叼在嘴上，黑旦和谢东就争着给他划火柴。华子吸着以后，双手抱拳左右拱着手，连声道谢。然后躺在厚厚的麻袋上吞云吐雾，好像有一种说不出的享受。

麻袋库房的墙是用盐碱盖子垒起来的，顶部用几根松木和红柳枝搭好，再铺上厚厚的旧麻袋，这里是盐工们中午吃饭和休息的地方。华子的铺位在麻袋库房靠西南角上的那间大屋里，每天中午他打了饭进来坐下，知青排的小伙子们马上争相围拢过来，听他给大家讲北京人行侠仗义的故事。

自从华子到了宣传队，又在国庆节的演出中露了一手以后，他成了东盐池家喻户晓的名人，过去不敢和北京人接触的警报也自然解除了。知青和中学生，都用崇拜的眼光看着他和杰子。因为杰子太傲慢了，不像华子这么平易、和气，见人就三分熟，自然他就成了中心。

“华子，你再给我们讲讲杰子吧，他一个人在火车上放翻十几个‘103’的小伙子，真他妈盖（帽）了！”

“嘿，黑旦兄弟，你这一句学得像，我们北京人说话就是这神气。”

“华子，讲故事吧，我们都等着呐。”

“哎哟，哥们儿，大家睡觉吧，这他妈的捞盐，是人干的活吗，一天4立方，合着你们年轻火力壮，我可是扛不住了。”

“华哥，别担心，你那点活小意思，我们几个一人多甩几锹，就帮你完成定额了。”

“哎哎，这敢情好，谢谢，谢谢，哥哥在这儿给诸位弟兄们敬礼了。”华子四下拱手作揖。

“华哥，哥们儿之间就别客气了，你每天给我们讲故事，我们觉得特滋润，”从西盐池调回知青排的彭兴国，撇着京腔说，“外面的人都说东盐池是兔子不拉屎的戈壁滩，还说我们是臭挖盐的。其实我们在这儿，活得挺他妈来劲的，对不对。”

“就是，就是。”众人纷纷附和。

“哥们儿，这话说得真好，古代有个故事，叫‘俞伯牙摔琴谢知音’，你们都是我的知音哪。”华子也被感动了。

“没得说，咱们全是哥们儿了，以后要我们这些弟兄们干啥，你一句话。”黑旦把胸部拍得啪啪响。

“哎，时间不多了，还是让华子大哥给我们讲故事吧。”李永强说。

“哎，兄弟，一说就是打架的故事，合着我们北京人就会这个，那不成土匪了吗？”华子把手中的烟头扔到墙角，又用双手把耷拉下来的长发捋顺溜了，这才说，“如今的世道，靠打架充楞已经不行了，我们哥们儿里面，英勇善战的，海了，结果怎么样，发配新疆，操！”

“啊，你都这么厉害了，还不满意，”余卫东说，“看你在台子上打快板，唱京剧，我们都在下面说呢，要是哪一天学成你这个样子，呜哟，太威风了。”

“就是，”严亚利说，“啥时候能让杰子给我们教上一手武功，我一辈子都够了。”

“那是，我这哥们儿的功夫，非同小可。”华子听得心花怒放，一时忘了自己的冤屈，又摇晃着脑袋说，“古语说得好，‘冰冻三尺，非一日之寒’。”

这句话太深了，谢东没有听懂，就问他：“华子，你说的古语是啥意思？”

“啥意思，这就是说，冰冻得有三尺这么厚，不是一天两天的时间，下面还有一句：‘水滴石穿，非一日之功也。’这句明白什么意思吗？”

谢东说：“‘水滴石穿’听说过，我们小时候还学过‘铁棒磨成针’的课文。”

华子说：“得，谢东老弟，我还得纠正您，不是‘铁棒磨成针’，那是‘铁杵磨成针’。”

谢东不好意思地笑了，又问他：“华子，你连古语都会说，你是不是上过北京大学？”

“哥们儿，您跟我开什么国际玩笑，上北京大学，那是什么学问，我等才疏学浅，岂有此等造化？实话给大家说吧，我连高小都没有毕业。”

“哎呀，华子，你一说古语，我们都听不懂。”

“这就不懂了，那你们还说想和杰子拜把子，我那哥们儿，满腹诗书，出口成章，我听他说话都是个多半懂。你们这帮知青，不成不成……”

一群人说得热火朝天，躲在墙角的“田老鼠”在那儿暗自偷笑。他旁边坐着寇挥，因为牙疼，两个馒头还没有咽完，正苦着脸细嚼。他回头问：“田叔，你笑啥呢？”

“你看那边的华子，围一堆人，吹得还挺欢实，等会儿就该尿了。”

“啥尿了，你咋知道他尿憋了？”

“田老鼠”揪着下巴上稀疏的胡须，神秘地挤挤眼说：“等着瞧吧，马上就有热闹喽。”

寇挥有点不相信，朝华子那边看。果然，他正说得眉飞色舞，突然脸色变了，缩着脖子，捂着肚子呻吟起来。

“华子，哥们儿这是怎么了？”周围的知青们都慌了神。

“我今儿有点跑肚拉稀，我得去趟厕所，回见吧您呐。”华子说完还没站起来，就被眼前3个连队里的妇女堵在地上了。最前面是二连一个身材高大的的女盐工，她用甘肃话粗声大气地嚷："李学华，把你家的，看见我们就想溜呢吗？"

"孟大嫂，瞧您说的，我溜个什么劲儿？我肚子疼，要上厕所。"说着，他想扒拉开人腿，猫着腰朝外钻。

"李学华，你今天别想跑了，老娘不吃你这一套了。"孟大嫂的腿像铁桶一样，华子连拱了几膀子，纹丝不动。

"孟大嫂，孟大嫂，人家要上厕所，有啥事等他回来再说。"几个知青见势不妙，连忙陪着笑脸拉偏手。华子趁机溜出麻袋房，跑了。

"你们这帮小兔崽子，知道个啥么，"孟大嫂气得咬牙切齿，跳着脚骂着知青们，然后一抡胳膊，大吼一声，"走，跟着他，看他还能躲得哪达去。"说着就朝外追，妇女们也紧紧跟上。

"妈的，看看去，这帮老娘们儿发疯了。"看着妇女们气势汹汹的劲头，知青们纷纷站起来追出去。寇挥正要起身，就听"田老鼠"呲着黄牙对他说："华子这小子的事，麻烦。"

"他又咋了？"

"咋了，你们这帮年青人，一天听他瞎吹牛，把他还捧成神仙了。其实这小子实在他妈的不争气。"

"咦，田叔，你和华子不是哥们儿嘛？"

"呸，哥们儿，我倒霉就倒霉把他当成哥们儿了。我们老家是河北武清，他说他老家也是武清的。和我认个老乡。哎，这小子，一天到晚游手好闲，好吃懒做。每次发了工资就胡乱花钱，不到10天就光了，手头没钱呐，便到处借钱、借饭票，借过你的没有？"

"借过。我们知青都给他借过，咋了？"

"你说咋了，借你们的钱，还过谁的没有？"

"好像还过。"

"小子，那是你挥娃子，他看着杰子的面，敢不还吗。其他人的，他从来就没还过！"

"田老鼠"说到这儿，寇挥一想，华子向他借钱借饭票，好像从来没还过。

"我还被他骗了200块钱，""田老鼠"气呼呼的，"他过去给我们吹牛，说他爸爸是外贸部的大官，经常和毛主席、周总理一块商量国家大事。山沟里的人都相信了。还说他爸爸给批个条子，自行车、缝纫机全能买上。他回北京探家的时候，我们好几个老职工都把钱交给他，他答应得天花乱坠，每次回来，都空着手，顶多给我们带上点白糖、牙膏，回到单位以后，经常不敢回宿舍，四处躲债。你不信，现在出去看，他肯定又在给人家几个人下话，作揖……”

没等“田老鼠”说完，寇挥连忙起身跑出去看。果然，华子被几个妇女堵在一个盐池边上，他左右给人陪着笑脸，作揖，黑旦谢东他们也帮着劝架。就听那几个妇女气愤地嚷：“华子，你再也不要狡辩了，我们就想知道，我们的钱啥时间还。”

“嫂子们，甭急呀，那些东西不好买，现在难着呢。”

“你不是说你爸爸是外贸部的大官吗。”

“没错，我爸爸是外贸部的大官。主要这一阵子他特忙，你们看看报纸，埃塞俄比亚的海尔塞拉西皇帝到北京访问，这是真的吧。我父亲陪着皇帝在上海参观访问，不信你们去打听。”

“华子，我求求你了，缝纫机我们不买了，你把钱还给我们吧，”孟大嫂突然哭了，“我们这几家的钱，来得不容易，都是从牙缝里挤出来的，这钱要是没有了，我们日子就过不下去了。”

孟大嫂一哭，那些女人都开始抹眼泪，吸吸溜溜的响成一片。

“大嫂子，瞧您说的，我是那种人吗？”

“你是哪种人，我们心里全都清清的。”

“这么闹也不是办法，还是把杰子叫来，李学华就听他的。”“田老鼠”不知什么时候钻出来的，他说。

严亚利腿快，一会儿叫来了杰子。杰子的脸铁青铁青，他用眼神示意看热闹的人散去。大家不敢违抗，全都走开了。人们走出很远，回头看见杰子和那些妇女们低声说了些什么，她们不哭了，好像他还说了一句笑话，几个妇女都不好意思地笑了，然后她们都散开，各自向盐池走去。

四

8月初，东盐池组织了一场规模空前、声势浩大的捞盐生产大会战。厂长金兆汉亲自坐镇在工地的麻袋库房，吃住全在那里。除了调集老一连、基建二连、化工三连全部参加，又请示师部从西盐池调来一个牧业队进行增援。东盐池的战略目标是,“捞盐10万吨,向国庆25周年献礼。”

整个工地上到处红旗招展、车水马龙。那辆建厂时从师部淘汰下来的老掉牙苏联“嘎斯”车,如今被修理班改装成了一辆宣传车,车的四周是大型宣传画和醒目的彩色大字,车厢左面是“大干三十天,”右面是“气死帝修反”。车头仍然是伟大领袖毛主席的巨幅照片,镜框上一朵鲜艳的红绸布花。宣传车从早到晚不停地在盐田里缓缓地行驶,金一鸿每天坐在车厢里,向公路两边盐池里奋战中的盐工们报道着每天的大好形势。

“喜讯,喜讯,千重霹雳开新宇,万里东风扫残云。今天,从我厂生产大会指挥部传来新的喜讯,二连三排的庄家杰同志,发扬一不怕苦二不怕死的革命精神,创造出了一天捞盐8立方的纪录,打破了一连劳动模范熊章良同志保持了5年的一天捞盐7.3立方米的纪录。”

“全厂的革命干部职工请注意,全厂的革命干部职工请注意,沉舟侧畔千帆过,病树前头万木春,今天早晨,一连又向我厂生产大会战指挥部送来捷报,昨天,一连知青排的李永强,打破了庄家杰同志的捞盐纪录,他创造出了一天捞盐9立方的生产新纪录。他以自己的实际行动证明,知识青年在广阔天地里是可以大有作为的。”

“下面向大家广播人民日报、解放军报、红旗杂志社论《深入批林批孔,掀起抓革命促生产的新高潮》……”

连续十几天连轴转,金一鸿实在支撑不住了。嗓子开始嘶哑,眼圈红肿,头发粘乎乎的贴在头上,像一堆旧毡片子,身板也快被盐碱路颠散了。但她还是强打精神,坚守在播音筒前。她在东盐池当了5年广播员,很少在炎炎赤日下到盐田来。她感到这次生产大会战,和当年的解放战争差不多,有一种惊心动魄的悲壮气氛。盐田里的男女老少们,个个黝黑疲惫,像坚守在散兵坑里抢修工事的战士,一锹一锹地向路边抛掷着晶莹如雪的盐粒,然后把它们堆砌成堡垒似的大盐堆;而更多的人更是像伤兵,横七竖八地躺在盐池边,大口大口地喘气,任凭烈日暴晒,简直就像沙漠里累倒的骆驼。

宣传车停在路边,金一鸿从唱片箱子里挑出了二胡曲《北京有个金太阳》,放在留声机上。这是宣传队乐队那帮人最喜欢的一张唱片,他们排练休息的时候,经常让寇挥来二胡独奏,大老王、铁柱和庄家杰为他伴奏。她想用唱片慰劳一下宣传队的战友们,别看这帮人平常吊儿郎当,但在工地上,却涌现出了不少好样的。这两天，李永强和庄家杰，每天都出现在她的广播稿上，他们俩轮番打破捞盐的纪录的消息，让她广播稿件时有了一种激动和亲切。特别是当刘干事为他们拍照片的时候，她才发觉，东盐池的人们活得真是太不容易了。

刘干事现在已经是政工组长了，这段时间他异常活跃，工作也更加拼命了。为李永强和庄家杰拍照片，显得很有耐心，提着照相机在盐池边上走来走去，到处选择角度。他过去不是这样的，他厌烦宣传队里的人，看谁都不顺眼。大概是他没有想到，宣传队的人给他争气了。

李永强和庄家杰捞盐，像一场高水平的比赛：虎背熊腰的李永强，在盐池里就像一头牛，浑身上下糊得全是白花花的盐渍。他握一杆特大号的钢锹，一锹下去，就从水里铲出一座小盐山，扔上岸便是白花花一大片；而庄家杰在盐池里，像女人收拾房间一样，先把整个池中的盐粒用搂耙拢成一堆，然后坐在一边吸烟、喝茶，等盐中的水分控干了，这才操起一杆又薄又巧的铁锹，挥舞起来像扬轻盈的雪花。等他跳出盐池，像打扫干净了一间房屋，里外都清清爽爽。

当然，也有让人目不忍睹的，就是大导演宁为玉。他哪里是在捞盐，简直就像个乌龟一样在盐池里面爬。宣传车一开过来，他急忙压低草帽遮住脸，然后背着身子喝水。

《北京有个金太阳》通过扩音器，四下里飘扬。有人在远方向宣传车这边挥舞着草帽致意。突然，金一鸿眼前冒出了一个热气腾腾的大洋磁缸子，接着，她看见了一对浓眉大眼，车厢板挡住的半张脸对着她结结巴巴地喊："哎……哎……"

"哎什么你哎，我没名没姓吗？"金一鸿冲着车厢板一瞪眼。

"噢……我，我，我不敢叫你名字。"

"叫我的名字怎么了，我能吃了你？"

"你喝点水吧。"小伙子慢慢露出脑袋，窘得脸通红，低头小声说。他手里举着大缸子，上面大红的"奖"字印在军旗中，下面4个醒目的大字"五好战士"。

金一鸿见不得有人在她面前唯唯诺诺，不耐烦地冲他摆手，"拿走，拿走，我不渴。"

"一鸿，喝一口吧，小林子看你辛苦，专门给你晾的开水。"刘组长扒在车厢板上说话了。

金一鸿翻了刘组长一眼，不情愿地接过缸子。她刚喝了一口，就觉得不对味，马上"呸呸"地朝地上吐，冲小伙子嚷起来："你这什么水，呸。"

“我放了糖了。”小伙子慌得朝下缩，又剩下半个脑袋。

“讨厌，谁让你放糖了。”

“我知不道你的口味。”

“你知不道，”金一鸿又气又乐，小伙子把不知道说成知不道，“你知道我的口味做什么。”

“我错了。”

“你错什么了你错了，”金一鸿没好气地嚷，小伙子傻了，更加不知所措。她摆手说，“行了行了，开车。”

“是。”小伙子出溜一下，就钻进了驾驶室。

宣传车又缓缓地行驶，金一鸿盯着这个印着军旗和“五好战士”的缸子出神，任凭热腾腾的水在里面摇晃着朝外溢。开车的小伙子叫林志国，是个刚从部队上转业下来的汽车兵。他开宣传车一个多星期，金一鸿从来没有正眼瞧过他。虽然他长得浓眉大眼，高大魁梧。看上去又机灵、又精干，还特别勤快有眼色。有时刘组长还没动嘴，他已经知道怎么去做。可她一见就烦，就像对当年的孔宪实。

不过，今天小林子送来白糖水，金一鸿有些感动。可能随着年龄增大，她也有了让人宠爱的念头。再加上她妈妈也经常骂她不知好歹，看来，得改一改自己的小姐脾气。这些天，金一鸿经常无缘无故地对林志国要脾气，人家没生气，只是更加小心地照料她。前不久学习中央文件，毛主席在给江青同志的信中有两句话，“金无足赤，人无完人”。金一鸿听了很有感触，以后不能对人太刻薄。

宣传车在盐田最东头的路口停下来，在路外的一大片新开的盐池里，飘舞着一面“东盐池中学”的红旗。刘组长深一脚浅一脚地迎过去，和学校的施校长握手，说话，给参加会战的老师学生拍照。隔着宣传牌的铁纱网，她远远地看到了那个熟悉的身影，他正带领着一群学生捞盐，还不时地停下来，为学生们示范着使用搂耙和大锹的方法。

他好像又瘦了，也比以前更黑了。金一鸿怔怔地看着他的身影，心乱如麻。

金一鸿并不否认，她和于隆认识的半年多，是金一鸿在东盐池过得最愉快的日子，虽然他们还没有来得及热恋就分手了。就像于隆曾经对周援朝说，他和金一鸿不是一个阶级的人，只有革命友谊。周援朝说，是不是像中阿两党、像毛主席和恩维尔·霍查的友谊？于隆说，对，像那首歌唱中阿友谊的歌词，“海内存知己，天涯若比邻”。

当时，金一鸿不懂这两句诗是什么意思，于隆告诉她，这是一首唐朝的五言绝句，他一边为她背诵诗，一边讲解。那天晚上，屋外的西北风在呼啸，于隆房间里的灯光暗淡，炉火熊熊。敲钟的老潘头早早就蒙着厚棉被睡觉了。她觉得自己像一部苏联电影里渴望真理的女学生，和一个相识不久的骠骑兵上尉，在古老的庄园里促膝倾谈。

但是，在熊章良家的约会，金一鸿对他失望了。他怎么敢在她毫无思想准备的时候，随便对她动手动脚。金一鸿还没有来得及告诉他，今天是她的生日，甚至连她为庆祝仪式带来的葡萄酒和罐头都还没有打开。更何况，他们还没有确定恋爱关系，应该坐在小桌前，举杯共饮，相互祝福，在温馨甜蜜的气氛下，轻轻地说他们的心里话，倾诉相互的爱慕、思念。她承认，她曾经无数次地幻想过他们之间的拥抱、亲吻，但这一切，应该发生在爱情的美酒散发出最醇美的香气那个瞬间……

事情过后，金一鸿有些后悔，虽然于老师有些过分，但她的小姐脾气也太大了。而且，强烈的自尊心让她没有主动去和解。不料想于老师也是那种表面文弱，内心特别执拗的人。他也没有向她表示过任何歉意，她一赌气，就再也不理睬他。初恋还没有开始，就这么匆匆结束了。

金一鸿从实际考虑过和于隆的关系。如今当老师的，在哪儿都让人看不起。工资低、粮食定量少，还没有劳保福利。要是看上他，家里肯定闹得天翻地覆不说，还要受罪一辈子。如果从这个角度看，于隆想在东盐池找到称心如意的对象，恐怕也难。并不是谁都倾慕一个人的知识学问，更何况，东盐池比他有学问的人有的是，不是照样低人一等吗。

金一鸿正在出神，中午开饭的哨音响了，人们从四面八方朝送饭的毛驴车涌过去。那些老师和学生们，打好饭菜都向麻袋库房那边走，找个阴凉处吃饭休息。只有他还在工地上，替学生们整理工具。这是他的老毛病了，他好像永远都是这么细致。金一鸿在他的宿舍里，看着他在地下悄然地走动，不时地打扫、整理着书籍和床铺。

这时，好像老天有意和金一鸿作对，她看见了一个带着草帽和墨镜的女知青，远远地端着饭菜向于隆走去，在他干活的盐田边，蹲下身子说着什么，然后就看见他从盐池里跳上来，摘下草帽和墨镜，那个女知青赶紧递上一条毛巾，让他擦汗。然后两个人对面坐着，边说边笑地吃起来。

看到这种情景，她心里顿时一阵烦躁，又想起了那一顿没有能庆祝成的生日，还有被她摔成碎玻璃的军用书包。

“金、小金。”林志国露出汗水淋淋的脑袋。

“你又干什么，滚开。”金一鸿横眉怒目地喊。

林志国吓了一跳，但他没有滚开，而是扬起手中的饭盒说：“我给你打饭来了，趁热吃吧。”

她愣住了，仔细地盯着林志国，看得他红着脸低下了头。她突然间又笑了，“吃饭，好，吃饭，”说着站起身，温柔地对林志国说，“小林子，扶我一把。”

金一鸿跨出卡车车厢，林志国急忙伸手搀住她。她的身体被一双粗壮有力的臂膊支撑着，平稳地落在了地上。他俩坐在卡车的背阴处，摊开饭菜吃起来。大会战期间天天杀猪，饭菜有了油水，看上去很诱人。她胃口大开，吃得很香，也很多。林志国一会儿递过来毛巾，一会儿送上开水。她接过大缸子刚喝了一口，突然觉得嗓子被呛了一下。还没等抽出毛巾，眼泪就开始哗哗地流。

金一鸿用毛巾捂着脸抽泣，不知过了多长时间。等她再抬头时，林志国站在车边的烈日下，似乎在替她望风。此刻，她彻底平静下来了，轻轻对他说：“小林子，你坐过来，我有话和你说。”

林志国盘腿坐在他的对面，腰板挺得笔直。

金一鸿盯着他毛茸茸的大眼睛说：“我问你，你对我这么好，是不是刘组长给你下的指示？”

林志国被她盯得有些心慌，眼睛不住朝两边看，好像观察有利地形随时准备隐蔽。

金一鸿笑道：“小林子，不用紧张，我再问你，你想不想和我交朋友？”

林志国仍在躲避她的目光，额头上的汗也在流。他小声问：“交朋友？交啥朋友？”

金一鸿把手中的毛巾扔在他的脸上，嗔笑道：“装疯卖傻，就是交，以后可以结婚成家的朋友。”

这一回，林志国没有犹豫，他昂首挺胸，响亮地回答：“想。”

五

在东盐池中学敲钟的老潘头，居然就是当年中国最著名的罗马法权威潘开墅。

谢培良发现这个秘密时，激动得有些发抖。他万万没有料到，中国法学界的一代宗师，原来就在他儿子读过书的中学敲钟。

谢培良在上海读的是一所教会学校，校长就是潘开墅的夫人蔡友瑜。潘先生是美国斯坦福大学的法学博士，上海东吴大学法学院院长。而潘夫人的父亲蔡将军，是当年淞沪大会战时名震中外的抗日英雄。

将近有半年多时间，学校的数学老师于隆，一直偷偷地跟着谢培良学英语。他说现在党中央号召教育革命，大学开始招收工农兵大学生了，他想多学点知识，希望组织上能推荐他上大学。

谢培良赞赏于老师的好学上进，但对他的幼稚暗自惊奇。像他这样的家庭成分和他父亲的历史问题，想上大学简直是白日做梦。但谢培良不能向他挑明这么残酷的现实，反而为他的英语学习制订了一个3年计划，说不定哪一天他在现实面前碰壁了，自然就会放弃。

有一天，于老师告诉谢培良，他请杭州的同学寄了一本英文杂志《今日中国》，偶然发现同屋的老潘头在捧着读。刚开始他还没在意，以为老头闲极无聊，翻看上面的图画；过一会仔细一看，那些没有图片的文章，老头也看得津津有味，而且嘴巴在动。

"谢老师，老潘头不得了，"于老师惊叹地说，"以我现在的水平，那些文章我一点都看不懂。他看完以后，我问他上面说什么，他一篇一篇给我讲解。"

"老潘头以前做什么的，怎么到学校敲钟的？"

"我没有打听过，这个老头非常古怪，从来不和我说家里的事。看他窝窝囊囊的样子，我一直以为他是个逃亡地主。最近孔宪实才告诉我，他解放前是国民党的什么高级大法官，好多革命先烈就是被他审判以后杀害的，他的双手沾满了人民的鲜血。听说他老婆在文革开始就自杀了，好像还信基督教，一直利用宗教进行反革命宣传。"

于老师说他姓潘，谢培良还没在意；当他一说高级大法官、基督教，他心里一忽闪，问道："你知不知道老潘头的名字叫什么？"

"哎呀，以前我哪里敢打听这个，躲他还来不及呢。一个宿舍住了几年，我和他几乎没说过话。大人小孩都叫他老潘头，好像谁说过，他名字难念难记，叫潘什么野……"

谢培良这一下认定，老潘头就是潘开墅。他一激动，差点儿告诉于老师：潘开墅不是杀害革命先烈的刽子手，他是抗战胜利以后对日本战犯进行东京审判的中国检察官。解放前夕，蒋介石几次邀请，要接他去台湾，他都拒绝了，是被周总理的亲笔信留在了大陆。他还想告诉于隆，什么叫罗马法，它的起源、重要意义，以及由它衍生出来的当今世界两大法系——大陆法和英美法。几次话到嘴边，谢培良都把它咽了下去。他只是对于老师说，老潘头的英语水平，比我要强得多。他再反动，也是历史问题。现在他一个老人，孤零零的很可怜，你在生活上照顾他一下，也可以悄悄向他学外语，还不容易被人发现。

于老师很聪明，显然从谢培良掩饰不住的激动里感到了老潘头的分量。果然，没过多久，他来告诉谢培良，老潘头和他关系好起来，也开始教他学英语了。老头还夸了谢培良，说他在东盐池设计的几个建筑都不错，有点意思。另外，老潘头最近和上海的女儿联系上了，女儿给他寄了一个包裹，除了咖啡、烟丝、饼干等食品，还夹了一本小册子，是抄家时遗留下来的外文书，老潘头也让于隆送来，说借给谢工程师看。

谢培良接过书一看，这是一本英文原版书，英国诗人华兹华斯的诗集《抒情歌谣集》。

瀑布在悬崖上吹着喇叭，
岁月不再使我忧伤困乏；
我听到它转过山涧的回声，
风——从睡眼朦胧的旷野吹进我的衣襟。

这是谢培良在大学时代喜爱过的诗句啊！当年他在黄山之巅吟诵着，与医学院美丽的大学生周蕴琴相约百年之好。重新读来，却是身老戈壁，家庭破碎，妻子女儿天各一方。在这本纸张暗黄但仍旧保存得很好的书中，潘先生在这首诗边用红笔划下了重重的感叹号。

晚饭以后，谢培良正躺在床上读诗。儿子谢东回来了，他身后还跟着三个知青。一看他们鬼鬼祟祟的样子，谢培良就知道又没什么好事。这小子平常从来不回家，上次不知从哪里搞了一瓶烧酒，带着知青们来喝。他当时真想把他们全轰走，可一想自己的处境，再加上对这个儿子的极度失望，谢培良什么也不想问。今天再看儿子，留着长长的头发，穿了一条让裁缝改了裆口和裤脚的瘦工作裤，包着个屁股，还踏拉着北京青年穿的那种懒汉鞋。谢培良心里更是烦闷，从床上翻起来，一言不发地出了门，到戈壁滩上去散心。

一想到这个儿子浑浑噩噩的生活状态，他心里有一种说不出的难过。

这个儿子已经让他失望透了。当年他从省城把儿子带到东盐池来，心里一直很内疚：儿子小小年纪，因为他的牵连，到戈壁滩上来吃苦受罪。可谢培良发现儿子到这以后，心情反而特别愉快，好像这里是个什么人间天堂。他想，这孩子虽然脑子迟钝一点，懦弱一点，但还算是老实听话。谁想到参加工作以后，儿子突然变了一个人。一连的杜连长给他说了几次，谢东让他很头疼。再教育时间不长，他就和几个落后青年在一起，抽烟、喝酒、讲吃讲穿，不但不好好劳动，脾气还特别犟。你说东他偏要朝西，有时候气得连长当众骂他，他好像也无所谓。谢培良怎么也想不通：儿子是怎么变成今天这个样子的。刚开始他还苦口婆心，耐心地做他的思想工作，后来见他根本听不进去，而且嫌父亲多嘴，住到宿舍里也不想回来了……

心情烦闷的谢培良正在戈壁的黄昏下漫游，厂部的文书找到了他，急匆匆地说，厂长刚从乌鲁木齐回来，要召集一个紧急会议，让他马上赶到厂部去。

谢培良一踏进厂长办公室，立刻被里面的热烈气氛笼罩住了。只见金厂长满面春风，双目炯炯，正和新来的政委说着什么，根本没有坐了一夜火车的疲倦。厂党委的委员们和各连连长指导员，个个也是喜气洋洋。谢培良问身边的三连长，今天开会内容是什么？三连长说："先报告你一个好消息，西盐池彻底完蛋了。"谢培良听后大惊道："完蛋了你还高兴，这可是新中国最早在西北地区建立的盐化工业基地。"三连长说："当然高兴了，金厂长早就说过他们是二球办厂，早晚得垮，这不是验证了吗？还有，师部决定，把西盐池的两个化工连和车队的5辆卡车调过来；它们的厂部和一个盐业连队调往师部煤矿，牧业连原地解散。"

这时，金厂长说话了，他先正式传达了师里关于西盐池改编的文件。然后说，他还在外地参加全自治区化工企业的生产现场会，接到师部的命令，就乘火车连夜赶回来，召开个党委扩大会，研究化工基地的建设。

同时提拔为政工组长、财务组长的刘干事、钟会计和谢培良，被人们称为金厂长的“三大金刚”，列席晚上的会议。

在会上，金厂长提出了一个宏伟的战略方案：立即向师党委打报告，把东盐池建成西北地区最大的化工基地。一期工程先上马，是个年产10万吨硫化碱的化工厂，然后再逐步扩大生产规模，用3~5年时间，把东盐池建成全国重要的化工基地。

“这就是说，我们要把东盐池变成中国化工行业的一面红旗，或者叫全国化工行业的‘大庆’。”金厂长以一个用力的挥手结束了他的讲话。

党委委员们听完他的战略构思，无不激动得摩拳擦掌，连声叫好。

“英明、英明啊，金厂长，”钟才来激动得站起来，这个又瘦又矮的“广东佬”，一叫喊起来便唾沫横飞，“丢他妈，金厂长，你就下命令吧，我们跟着你，大干一场！”

会场上一片大笑，一连长杜培志说：“钟老广，你个熊玩艺儿，到底是骂厂长还是表忠心？”

刘组长一掌把钟才来按在椅子上，不容他辩解，说：“金厂长就是有眼光，有远见，以前我们都把东盐池当成风吹石头跑的破戈壁滩，想不到金厂长能带领我们抱个大金娃娃。”

“对，对，好，好。”人们都争先恐后地附和，并且热烈地讨论起来。

谢培良还在心里估算着原料储量与生产规模的比例关系，金兆汉转脸笑着对他说：“老谢呀，你这回担子不轻呀，要在半个月之内拿出一个万吨硫化碱的化工厂设计蓝图来，又要和我一块熬夜了。”

谢培良干笑两声，说：“好说，好说，金厂长，不过……”

“不过什么，老谢，”金兆汉见他吞吞吐吐，笑着鼓励道，“这是党委会，就是要大家群策群力、集思广益嘛。”

谢培良使劲咽了一口唾沫，说：“金厂长，这个战略规划让我非常振奋，党把这么重的担子压在我的肩膀上，我感到无比荣幸。我担心的是，师党委会不会批准这个报告。”

金兆汉哈哈一笑，说：“老谢呀，怎么了，你还怀疑到师领导头上了。好吧，我给大家传达一个最新消息，”他一停顿，会场上安静下来，“这次会议上，传达了全国四届人大刚刚闭幕的党内文件，我们的周总理代表党中央和毛主席做了政府工作报告，总结成一句话，就是经过25年的奋斗，要在本世纪内实现工业、农业、科学技术和国防四个现代化。”

金兆汉说到这里，会场上一片欢腾。他接着又说，“师领导的指示精神就是，借四届人大的东风，大干快上，奋勇争先，有条件要上，没有条件创造条件也要上！”

会场上又是一片欢腾。金厂长说：“大家静一下，让老谢从技术上发表一下意见。”

谢培良说：“金厂长，这真是天大的喜讯，还有你的战略决策，我也非常振奋，不过，我提一点点技术上的意见，我担心呀……”

“老谢呀，你怎么老是担心，”金兆汉打断了他的话，风趣地说：“你要把胆量放大一点，眼光放远一点嘛。毛主席不是早就说过，我们有些干部，就像是小脚女人走路，总是嫌别人的脚大了，走快了。”

会场上的人全笑了。政委也笑着说：“老谢同志，我们党对于你这样的知识分子，一直是注重表现，注重改造，你可不要辜负党委的信任。”

二连长忍不住说：“政委说得对。我们都是大老粗，要是有你这两把刷子，命搭进去都值当了，哪儿还在这里推三挡四的。”

刘组长也说：“老谢同志，拿出你为厂里设计矿区、水塔、礼堂的魄力来，不要吃老本，要立新功嘛。”

“大家要理解老谢嘛，”金兆汉说，“干这么一番惊天动地的大事业，我金兆汉也是大姑娘坐轿子——头一回。毛主席早就说过，在战略上藐视敌人，战术上要重视敌人。这样吧，等党委会开完，我和老谢再召集生产组的技术革命会，让我们的‘三结合’小组认真规划一下……”

党委一班人还要讨论接管西盐池几个连队的事，谢培良提前告退了。

他回到家，一打开门，一股浓烈的莫合烟味掺杂着劣质白酒的气息扑鼻而来——儿子和他的狐朋狗友已经走了，桌子上还残留着一些剩菜渣汁。他摇头叹息着打开门窗，排放屋内的污浊气息。然后走到屋外，坐在一块水泥预制板上吸烟——

会上群情激昂的时候，他的脑子转得飞快，粗略地为金厂长的宏伟构想算了一笔账：生产1吨硫化碱，需要芒硝原料4~8吨。目前，东盐池已经探明的芒硝储量约1000万吨。如果按照年产10万吨硫化碱计算，整个东盐池的化工原料只能维持10年。进一步说，以东盐池目前的能力和条件，建成一个年产10万吨硫化碱的化工厂，有可能吗？

其实，最早提出上化工项目的人，还是谢培良。他对金厂长建议，东盐池芒硝储量丰富，生产化工产品比盐的利润要大得多。金厂长根据他的提议，成立了一个化工连生产元明粉，果然很有收益。他们还商定，有了一定的规模和经验，再扩建两个车间试制硫化碱，谢培良为此设计出了生产流程和车间规划草图。如今，金厂长怎么会突然改变自己一向缜密严谨的作风，做出这样一个惊人的决策呢？

有一段时间，谢培良听到了一些传闻，说师里有人对金兆汉不满，说他在东盐池结党营私，重用了一批臭知识分子和刑满释放人员，而且大权独揽，一手遮天。师里可能要把他调走，重新派一个厂长过来。那段时间，金兆汉的情绪明显有些低落。有一次金兆汉酒喝多了，对他说："老谢啊，我要在东盐池站住脚，靠什么，还得靠你们，靠技术。我们这些技术干部出身的人，斗不过那些搞阴谋诡计的人。在东盐池单纯地搞盐，谁都能干下去。像马大炮这种人，不也能当十几年的厂长吗。可是，要是搞化学工业，舍你我其谁也？"

听到这里，谢培良明白了金兆汉的心思：上马化工厂，可谓是一石三鸟：一是看准了它的利润优势，二是为了巩固自己的厂长地位，三是为在东盐池实现自己的事业雄心打下基础。

"同志们，我们的任务很艰巨哩，"金厂长刚才的话，还在他耳边回响，"我们为什么要下这个决心呢？这次省里领导出席化工会议说，目前，我们国家的发展急需大量的硫化碱，现在能生产的国内企业很少，大部分是靠外国进口，美帝苏修和各国反动派，都在卡我们的脖子，就像当年给苏联人还债一样，硫化碱要用大量的外汇，那都是用我们的大米白面去换。"

他说到这里，会场上一片激昂的叫骂。

现在，谢培良心里很矛盾，一方面为金兆汉的战略决策所振奋，为了国家利益，也为了报答金兆汉的知遇之恩，他都应该义无反顾地全身心投入。可另一方面，他最担心的，不是资金人力，而是生产原料的储量。根据他掌握的资料，在天山东部一带，目前还没有发现过储量超过上千万吨的芒硝矿藏。这就是说，如果按照金厂长的设想，动用国家上千万元的资金，集中全省化工行业的精兵强将，在2~3年时间内建造起一个大型化工厂，一旦出现原料枯竭的局面，整个生产就会立即陷入瘫痪。

谢培良苦苦地思索。夜色渐渐退去，先是此起彼伏的鸡鸣，然后是犬吠，逐渐地有了人的脚步，说话声和汽车发动的轰鸣。这些声音的交织让他有一种亲切。刚来的时候，这个寸草不生的盐碱滩上只有一排土屋和十几个地窝子，现在已经变成了初具规模的工业小镇。

谢培良的眼前还出现了一个千军万马在东盐池摆开战场的宏伟场面，到处是迎风招展的红旗，到处是激情澎湃的人海，一排排高大明亮的厂房里机器轰鸣，高耸入云的烟囱和铁塔日夜喷吐着烟雾……然而不久，机器不响了，人海消失了，高耸的烟囱像一眼眼倒悬着的枯井，绝望地向天空张口乞食。

想到这里，他觉得一阵寒气顺着脊梁骨直冲后脑。

太阳出来了，东面的群山之巅一片红彤彤的朝霞，山脚下新落成的中学也被映照得喜气洋洋，和新落成的学校形成鲜明对比的是厂部的家属区。金兆汉的家，是东盐池最老也是最后一栋旧房子了。墙皮大片大片地驳落，几个屋檐处的苇席都被风吹得飘扬起来，屋顶上的圆木椽子露出一大截，像一头不甘心被憋死而拼命出头的怪兽。这一排土屋前面，已经连续建造了十几栋新砖房，而且厂里按照职工人口和工龄排队，陆陆续续快住满了。厂长金兆汉在全厂大会上宣布过：全厂的职工都从地窝子里搬出去了，我最后一个搬家。于是，厂部的干部们都没有动过窝。

“老金呀老金，你是一个毫不利己的好党员，”谢培良由衷地赞叹，“但愿这一次你是对的，东盐池最终能够实现你的宏伟目标，你我此生足矣。可是，你是一个技术干部出身的厂长，你是讲科学的。1957年的反右运动，1958年的大炼钢铁，咱俩都经历过，”想到这儿，他心里沉甸甸的，“你老金不容易，东盐池也不容易，要是你的决策失误，我们身败名裂事小，党和国家的损失，那是没有办法弥补的。那时候，我们就是千古罪人！”

谢培良来来回回地想，心里乱极了。早晨的太阳把他的身影投射在墙壁上，风吹着他已经谢顶的脑袋，那一撮撮稀疏的长发，更像在戈壁里干枯抖簌的芨芨草。

第九章 上午 中午 下午 晚上

镜子里是一张棱角分明的面孔，黝黑、瘦削。喉结突出，两腮和下巴上都出现了坚硬的胡茬，两条剑眉下面是一双锋利的眼睛。

一

早上6点半钟寇挥就醒了，宿舍里下工地的人们都在摸黑起床。房间里是一阵窸窣穿衣的响动，还有铁锨和耙子碰撞的回声。窗外，远远近近地传来人们的脚步声、汽车的轰鸣。宿舍里有几个今年新分配来的知青，都是第一次参加这样声势浩大的大会战，所以显得很兴奋。头天夜里睡下就互相叮嘱：明天早上谁先醒来就招呼一声。这天晚上睡踏实的人不多，半夜老有人翻身、打开手电看表。

听到大家起床的响动，寇挥也赶紧爬起来。已经有两个冬天，一到这种大会战的时候，他都尽早地起床上班，像是躲债。大家都起早贪黑地顶着寒风下工地，他要还在暖被窝里舒服地享受着搞文艺带来的“滋润”，简直就是罪过一样。他不想被大家看成是个“养尊处优”的异类。

寇挥急急地穿衣、洗漱，头一个出了宿舍，走向排练室。一路上都是赶往工地的人，隐隐绰绰，悄然疾行，很像电影中实行偷袭战术的游击队。现在，人们对这样的生产大会战习以为常了，每年都有那么一两次，夏季的捞盐季节和冬天的装卸盐包都要轰轰烈烈地举行，而且每一次会战都有非常重要的政治意义。今年的口号是:与党内的机会主义分子对着干。据说这股机会主义逆流是一小撮投降派掀起的,但这一小撮投降派都是谁,广播,报纸和领导都没说。有几个爱看报纸的盐工们都在交头接耳地猜测,并且仔细地研究、推敲报纸上党中央领导人近来出席会议的顺序名单。特别是那个外号"刘克思"的老盐工,是这方面的权威。大家都喜欢听他分析形势,只要知青们好奇地凑过来,他马上正襟危坐,然后若有所思地闭目颔首,显得深不可测。

寇挥来到排练室,先点火炉——把一束骆驼刺放在炉膛里,用大头鞋踩实,上面放上几块煤,一下就点着了。天山东部上千公里的厂矿和农牧区,烧的都是半截沟煤矿的无烟煤。半截沟煤矿离东盐池90公里,听说是整个西北地区最大的露天煤矿。这里的无烟煤好烧极了,燃点很低,而且不结炉渣,燃烧完以后就是细细的白灰。寇挥看着煤块迅速地燃烧起来,火苗跳跃的样子像是舞蹈。屋子里很快就散发出了温暖。他又想起了伙伴们在寒风里装盐包的情景,便不敢怠慢,又洒水扫地,等把排练室打扫干净了,天慢慢地有些亮了。

他坐在谱架前,开始练习小提琴的揉弦。来到东盐池两年了,他的小提琴水平老是没有长进,光靠自己瞎琢磨拉几个曲子,揉弦太难,找不到老师教。拉小提琴的老戴,好像到现在还在提防有人学他的技术,自己练习的时候谁都不让看。不过杰子说,老戴的姿势和指法也不正规,万一跟着他学歪了,以后都纠正不过来。

寇挥有些技术是趁放电影的时候模仿的,看《新闻简报》只要有文艺演出的镜头,他都要贪婪地盯着银幕上的乐队不敢眨眼,可惜这些场面都是一晃而过,每次都让他惋惜不已。有一次,孔宪实说要到省城去取革命交响音乐《沙家浜》的片子,把寇挥高兴坏了。杰子说过,交响音乐《沙家浜》是中央乐团演奏的,指挥是李德伦。这是世界上最高水平的演出,不能错过。可他盼了半个月,孔宪实说不去取了,因为厂首长都说这个电影没人看,换成战斗故事片《渡江侦察记》了。让他白白高兴了一场。

今天,他觉得摸到了一点窍门,手腕能自如地抖动了。这时刘组长推门进来,拍打着军大衣的肩头说:"来得挺早。"

寇挥赶忙放下小提琴想站起来,却碰倒了谱架子,又手忙脚乱地去扶,乐谱差点儿洒了。他有点狼狈,刘组长摆摆手说:"别起来,你练你的。"说完他就坐在火炉前,一边烤火一边拿着炉钩在炉盘上拨。

他还是第一次和刘组长单独在一起，显得很紧张。除了大老王在刘干事面前没有拘束外，宣传队的人都有些怕他。平时他不苟言笑，老是披一件军大衣，嘴里含个大烟斗。去年年底从政工干事提升成政工组长，显得更有威严了。寇挥握着小提琴看乐谱。两个人都不说话，屋子里很静，只有炉子上的水快开了，呼呼地响。刘组长突然站起来说："行了，你接着练。"

"刘干事，你、你走呵……"他不知怎么挤出来这么一句，还给叫错了。

刘组长拉门时转过身，好像笑了一下，说："小伙子，好好干，你的情况我还是了解的，以后厂里放电影要换大机子，再增加人时我推荐你。"说完，他就出门走了。

寇挥坐在那里发愣，张着嘴好一会儿闭不拢：以后能到厂里放电影？他简直不相信自己的耳朵。

"我能去放电影？"他又反复问自己，"不是说李永强要去放电影，都说了快两年了，怎么会轮到我呢？再说，知青中比我表现好的人多得是，我算老几，刘组长咋会看上我？"

火炉上的水突然大开，猛烈地顶起壶盖溢出来，在炉面上沸腾，一股掺着灰粉的白气冲上了屋顶，屋子里立刻弥漫着一股酸溜溜的怪味。他赶紧起来提壶、盖炉盘、灌开水。然后提着水壶出门打水，一路上心里一阵喜悦，一阵害怕，心想："我平常笨手笨脚的，要让我放电影，万一断片子咋办，那还不叫人给骂死了。"

寇挥自从离开了喀什噶尔古城，再也没有看到过"大机子"放映的电影了。和东盐池一样，下马崖公社也是一部8.75毫米的小放映机，一个哈萨克小伙子在摆弄它，手脚利索得很。第一次在草原上看电影，觉得很新鲜——草地上支块小银幕，山里的小柴油发电机电压不稳，银幕上的人忽明忽暗地闪。可是时间长了，就格外怀念古城里的电影院。特别是战斗故事片，小机子放得模糊不清，一到关键时刻还要换片子。再就是这种小机子特别难伺候，越着急越难修，不要说那个机灵的哈萨克小伙子了，就连孔宪实这样的老放映员也经常对着出故障的机器手足无措，被人们哄闹得满头大汗。

想到这儿，寇挥的心里又凉了半截。他觉得自己太笨了，从小就不会做玩具；在学校参加学工劳动，别人学不了几天就可以开车床，焊铁管，可他一听到发电机轰轰响，腿就发抖。不过，他也有信心，到时候如果拿出苦练小提琴的劲头来学放电影，说不定也能干好。事在人为嘛，两年前，他敢想象自己上台拉提琴吗，人们都把它叫“乐器之王”。

寇挥满腹心事地回到排练室，上班的人们已经围满了炉边。华子搓着双手朝火上烤，连连叫着：“太冷了，太冷了，风跟刀子似的。”

宁为玉也把半个窝头塞到炉子下面的出灰口，说：“你们看大会战多厉害，下工地的人不用叫，摸黑起来就走了。”

从西盐池调来的彭兴国说：“好哇，我们在这儿烤火，让工地上的同志们和投降派们流血流汗对着干吧。”

大老王一听不乐意了，训斥道：“你这个娃娃咋回事，刚来才几天，就成了个油子了，小小年纪不学好。”

彭兴国嘻笑着说：“大老王，我怎么不学好了。”

大老王说：“流血流汗对着干咋的了，啊？我听你的口气，是在幸灾乐祸嘛。”

彭兴国说：“大老王，你别唱高调了，虽然你是老工人，可你在东盐池啥时间在野外上过班，你才下过几天工地。”

大老王火了，说：“你呀，怪不得人家都叫你尿盆子，没人泚心里不舒服。”

有人劝阻说：“行了，行了，刚过上几天好日子，又折腾起来了，他妈的天生的贱命。”

大老王不依不饶，回头找说话的人评理。铁柱进门对大家喊：“哥们儿，让一让，我给大家介绍个朋友，认识一下。”

从铁柱的身后，进来一个穿黄棉衣的瘦子，铁柱把他推到大伙儿面前介绍说：“这是我中学的同学，在石河子的团场再教育，到我这里玩几天。这哥们儿也是农场宣传队的，没事来看看我们的排练。”

铁柱的同学连忙点头，很客气地向大家打招呼，又掏出烟挨个请人抽。大家把他让到火炉边坐下，显得十分热情。东盐池轻易不来人，好容易来个外地的知青，就像贵客一样，谁都想了解一下现在外面的世界是个啥样子。

铁柱首先向同学介绍仍然满脸怒气的大老王，说：“这是我们的乐队队长，大老王。”

铁柱的同学连忙起身，掏出烟递过去。大老王接过烟，点头说：“噢，‘飞马烟’，好久没有见过了。”说完又把烟放在鼻子下面嗅，然后才点上。

铁柱从里屋出来，提着一把金光灿灿的长号，对同学说：“看看吧，这家伙怎么样？”

铁柱的朋友眼睛立刻就放光，他羡慕地接过来，小心翼翼地抚摸着，像游击队员见到了野战军的卡宾枪。铁柱说："等等，这还没完呢。"说完，他又进屋，再出来手上又是一支小号。

大家都回头看大老王，这套铜管乐器是他的宝贝，这几天根本不让人动。但今天他抽了铁柱同学的飞马烟，铁柱还把他叫乐队队长，也就没说什么。铁柱把一套铜管乐器展览完了，他的同学连连赞叹说："你们厂的乐队真棒，太牛皮了，这一套铜管要好几百块呢。"

大老王说："好几百？这套家伙上千了。"

铁柱的朋友立刻唉声叹息："妈的，我们那个破农场，真太寒酸了，买把小提琴都要让团政委批准。"

铁柱更得意了，放好铜管乐器。又拿起一面手鼓，打出了几个维吾尔族舞曲的花样，朋友很惊讶，说："铁柱，行呀，我过去知道你吹笛子是老本行，什么时候手鼓也打得这么漂亮。"

铁柱微笑不语，手鼓打得更欢了。这时候，大老王有些坐不住了，让铁柱停下来，说："哎哎，差不多了，该开始排练了。"

铁柱装作听不见，继续玩着各种花样。大老王转身对他朋友说："铁柱的这一套鼓点早过时了，真正高水平的，是我们在南疆时学哈的，那才是正宗的维吾尔鼓点。光鼓点子，就有100多种。"

大家笑起来，知道大老王这时候想露一手，但谁都不吭气，铁柱也故意不谦让，鼓打得更是花样纷呈，大家都喝彩叫好，他这才罢手。他把手鼓递给大老王，笑嘻嘻地说："你来你来，对不起让您久等了。"

大家都笑，大老王有点忸怩地接过手鼓，又说了一句，"南疆的鼓点子100多种。"然后，两个指头在鼓面上"嘭嘭"弹击出了两下清脆的起式，开始表演起来。刚打了没几下，铁柱却拉起朋友说："来来，看看我们礼堂的舞台，正排练呢。"

铁柱不由朋友分说，拉着他穿过广播室到舞台上去了，大家借机一哄而散。

宁为玉正带着一群演员们在舞台上试服装。他自己穿了一件蒙古族的长袍，正在给演员们表演蒙古舞中的扭肩膀，金一鸿拍着巴掌唱："从草原来到天安门广场，高举金杯把赞歌唱……"

铁柱看了一会儿，突然大声嘲笑道："宁大导演，露怯了吧。别再丢人现眼了，蒙古人帽子上的两根飘带在额头上，你戴到后脑勺上去了。"

宁为玉正表演到了兴头上，听到铁柱的话，有些气急败坏，转过身来就同铁柱吵："你才丢人现眼呢，我当演员多少年了，什么舞台没有上过，什么服装没有穿过。蒙古族袍子我不知穿过多少件了，你穿过一次没有？"

铁柱说："我是没穿过，但我见识过。你看过音乐舞蹈史诗电影《东方红》了没有，胡松华唱《赞歌》的时候，帽子飘带就在前面。"

宁导演把帽子向前一转，让两根飘带耷拉在眼前，像一只怪模怪样的蟋蟀，滑稽地说："是这样么？是这样么？"

在场的人都大笑起来。

两人为了飘带的前后位置这个问题吵得不可开交。谁也说服不了谁时，他们都要找个内行来作证。过去每当铁柱和宁为玉吵架，大老王都是向着铁柱。可是今天铁柱故意不看他打手鼓，正窝了一肚子火，这时让他作证，大老王阴阳怪气地说："别问我，我不知道。我没看过《东方红》，带子在前面还是在后面，我没见过，我们嘛，从南疆来的乡下人，哪里看过电影，哪里懂艺术。"

铁柱讨了个没趣，急了，又要他的朋友作证。朋友显得很尴尬，推说不知道。铁柱顿时红了眼，对着宁为玉说："宁为玉，我张铁柱向毛主席保证，蒙古人的帽子飘带在前额上。我看大型音乐舞蹈史诗《东方红》的时候，就坐在师部宽银幕电影院的第3排1号座位上，特意观察过胡松华戴的帽子。"

宁为玉轻蔑地笑了一下，说："张铁柱，我也向毛主席保证，飘带在后面。我也是在师部的宽银幕电影院看的《东方红》，不过那时候你还是个娃娃，而我已经是专业演员了。"

铁柱涨得满脸黑紫，咬牙切齿地说："好、好，这样，你敢不敢打赌，谁如果错了，掏30块钱。"

大家"嗷"的一下哄起来，还有人在后面拍巴掌。

宁为玉犹豫了，30块钱不是个小数目，差不多是他一个月的工资，他到底是个需要养家糊口的男人。铁柱得意地笑了，说："怎么样，趴蛋了吧。"

这时候，宁为玉突然昂起了头，大声地说："铁柱，你欺人太甚。打赌就打赌，我今天就是输30块钱，我也要捍卫真理，打击你张铁柱的嚣张气焰！"

没有人站出来劝阻，大家觉得这种吵闹很有趣，起码比排练那些乏味的节目要有意思多了。还有人火上浇油，最活跃的就是华子，当双方都吵累了，或者没词了，正准备坐下来休息时，他就突然冒出一句，正好是两人争论中露出破绽的语

句。像一根滋滋冒着火花的导火线，顷刻间引燃了炸药，舞台上又弥漫起一阵硝烟。

杰子和铁柱的朋友，远远地围在火炉前吸烟烤火。杰子说："真不好意思，让您来玩一会儿，就碰上这种场面。"

铁柱的朋友淡淡一笑，说："你也别客气，我们那里也一个样。"

这次争吵持续了两个多小时，一直到中午下班，没有胜负结果。然后大家就收拾乐器和服装，各自回家，吃馍喝茶。

走在路上，宁为玉和铁柱还不依不饶，边走边吵，大家都在后面窃笑。有好几个人都说："好玩好玩，这一上午过得太有意思了。"

二

食堂的午饭又是水煮白菜和包谷面发糕，乐队的几个人端着饭菜从食堂出来，骂骂咧咧地朝排练室走。彭兴国看着碗里的菜说："咦，这个菜上面漂了一层油，挺有油水的嘛，怎么一点都不好吃。"

铁柱说："你小子傻逼了吧，现在食堂的炊事员狡猾狡猾的，他们先把白菜煮出来，上面浇上一勺油，看起来油花花的，其实一点味道都没有。"

彭兴国说："哎，你们东盐池这么有钱，怎么食堂连清油都舍不得用，是不是全让大师傅偷回家了。"

铁柱说："我们东盐池的清油，全让你们西盐池骗走了。他妈的，我们厂用一汽油桶清油，换了你们厂一棵'山东大葱'。"

大老王笑着说："铁柱，你这人不怎么样，吃不上葡萄就说葡萄酸。"

彭兴国说："造谣造谣，'山东大葱' 和我一样，是调过来的，哪里是清油换的。"

铁柱说："你知道个球，等到了房子里，我给你们仔细说。"

铁柱说的"山东大葱"，原来是西盐池的一个女知青，名叫郭春玲。

宣传队这次重新集中，政工组刘组长根据整党建党的方式，进行了一次吐故纳新。换掉了李永强和另外两个当群众演员的知青，增加了西盐池来的彭兴国、郭春玲两个演员。乐队来了一个上海支边青年阿黄，他是从南疆的农场调来的，他不但会吹黑管，还能教小号和拉管，这一下新买的一套管乐可以发挥威力了。听说师部文工团的男高音歌唱家尹天昭，最近犯了作风问题的错误，过几天也到东盐池来。

尹天昭要来的消息，让大家很振奋。宣传队要是多几个这样的演员，水平就上去了。看过师部文工团演出的人，都记得这位男高音歌唱家。宁为玉和大老王，还为尹天昭的第一个老婆到底是杭州人还是厦门人，吵得一塌糊涂。但是，听说刘组长有个计划，尹天昭来了以后，和西盐池来的郭春玲组合男女声二重唱。小道消息一传开，宣传队里像炸开了锅：让全省都鼎鼎大名的男高音歌唱家和一个无名小卒配对唱，这不是糟蹋艺术么。更何况，宣传队还没有人听到过郭春玲唱歌呢，她到底行不行。有人问“尿盆子”，郭春玲水平咋样？“尿盆子”回答：“我在西盐池从来没见过她，根本不知道她还会唱歌。好像她是牧业连的，在山里面放羊。”

一听郭春玲在山里面放羊，金一鸿冷笑说：“怎么样，我没猜错吧，我一眼就看出来她是个‘山里红’。”

“山里红”是东盐池的人给天山北坡牧区里的女人们起的外号。山里面的妇女长期被风吹日晒，脸蛋上大都有两酡红圈圈。金一鸿一走开，大老王嘟囔道：“马上给人当媳妇了，嘴巴还这么损，人家一个姑娘怪可怜的，孤零零一个人来到宣传队，刚和大家一见面就被人耻笑。”

对金一鸿刻薄的嘲讽表示不满的，还有铁柱。因为平时他要听到这么精辟的话，会热烈地迎合，并且进行发挥。这次他不但没笑，脸色也变了。郭春玲到宣传队的那一天，她跟在刘组长身后来到舞台上，穿着一身旧工作服，头上还包了一个花头巾。进来坐在角落里，羞答答低垂着头，惹得几个年龄大的男演员很兴奋，特别是铁柱，眼睛一直在她的身上打量。接下来排练，铁柱有些走神，连着吹错了好几段过门。刘组长离开舞台以后，彭兴国立即跑过去和郭春玲认老乡，问她是哪儿的知青，咋样到西盐池的，在几连工作。郭春玲只是微笑，一句话也没有回答。似乎从来没有当着这么多人说过话，害羞得厉害。

又过了几天，男高音歌唱家尹天昭就来了。因为尹天昭是犯了生活作风问题才被遣送来东盐池来的，所以，刘组长事先特别交待，老花花公子尹天昭不能和女演员们随便接触，特别是女知青。尹天昭的到来，引起了广泛注意，大家都想见识一下这位臭名昭著的歌唱家到底有多大的魅力，还要厂领导给大家打预防针。

结果，尹天昭一出现，所有的人大失所望。原来他是个胡子拉碴的老头，蓬乱的头发里夹杂着许多白毛，哪儿有一点风流样儿，简直就是个流浪汉。但是，尹天昭的第一次练功，就把大家镇住了。当时大伙正在小礼堂排演一个小歌舞，舞台上突然传来着一阵“妈、妈、咪、咪”的叫喊。人们都以为广播室的唱片又跳针了，而且扩音器也像被人恶作剧地开到了头。当金一鸿推开广播室的门探头看，人们才明白声音是从舞台另一侧——刘组长的办公室里发出的。人们又挤过去，推门一看，只见尹天昭背对着门，正在练习音阶，屋顶上的砂土“簌簌”地朝地下落。他面对窗口又“噢噢”地叫了一阵，然后站立在窗前不动，大家静候，气也不敢出。一会儿，他唱道：“江水……在船边轻声地歌唱”，这一句高音，所有的人都被镇住了。

这首歌大家都熟悉，这是海政文工团著名歌唱家吕文科演唱过的《毛主席来到了军舰上》。自从“林彪事件”以后，已经好几年不唱了。尹天昭的音色，明亮而又华丽。但在大家听来，有一种说不出的伤感，立刻令人回想起那个忠于领袖、舍身造反的狂热岁月。

“今天傍晚他走到我身旁，
轻轻抚摸着我的肩膀，
他问我穿得暖不暖，
他问我睡得香不香……”

尹天昭唱到这里的时候，有人情不自禁地想哭，也有人恍然大悟：怪不得刘组长提醒大家，老花花公子尹天昭不能和女演员们随便接触，这老东西要是露出真面目，的确会有一些意志不坚定的女同志会在他这里犯错误。

铁柱回头寻找郭春玲，想看看她听到歌唱家的演唱是什么反应。郭春玲好像根本无动于衷，她正在和杨小红坐在远处的大火炉前面说悄悄话。这时候铁柱发现，郭春玲头上不包花头巾还是挺洋气的，她穿一件浅蓝色碎花外套，里面的确良衬衫的白领子翻出来，脸色红扑扑的，像果园里刚摘下来的新鲜苹果。她竖起右手的食指在脸前晃着，好像在表演着什么，杨小红被她的表演逗得咯咯直笑。

宁为玉这时说话了：“老东西，这么多年了，硬是没变，”然后，他拉长音调说，“啊，我们就等着听咱们东盐池的张振富、耿莲凤来一个男女声二重唱吧。”

也许郭春玲的无动于衷是表面现象，她内心恐怕也被吓住了，当天下午，她就让杨小红给刘组长送来了病假条，听说她突然头疼得不行，吃了两片阿斯匹林都止不住，只好请3天病假。

郭春玲生病第二天，铁柱也垂头丧气的。原来他已经打听到新来的郭春玲有对象了，就是厂部开解放牌生活车的驾驶员、转业军人姚进东。姚进东和铁柱是工三团小学的同学，是姚副师长的小儿子，小名叫"大东"，刚到东盐池来不到半年。铁柱还没有搞清楚，郭春玲是怎么和"大东"认识的，好像他们是老乡：姚副师长的老家是山东聊城，郭春玲她妈老家是山东运城，就这么老乡见老乡，两眼泪汪汪地相互一拉扯，谈上恋爱了。

铁柱在大东面前只能是甘拜下风，人家是高干子弟，腰里还插了"三块钢板"（共产党员、贫下中农、转业军人），又是厂里的汽车驾驶员。而张铁柱只是个盐工，父亲是团部食堂的大师傅。不过，老张师傅在师里也是大名鼎鼎，据说有一手蒸包子的绝活。

铁柱的单相思只维持了3天，就这么结束了。所以，再提起郭春玲，他的话比金一鸿还要刻薄。彭兴国现在成了他的小兄弟。他当演员的同时，还跟着阿黄学长号，是铁柱向刘组长推荐的。在郭春玲这件事上，彭兴国为铁柱到处打探消息，没少跑腿。

晚上排练管乐的时候，彭兴国对大家说，刘组长已经让宁为玉把男女声二重唱两首歌曲的腊板都刻完了，明天早上就发谱子，先唱《毛主席派人来》，然后是《藏族人民歌唱毛主席》，都是耿莲凤、张振富的歌。而且还给彭兴国布置了一个任务，两首歌的女声部由他给郭春玲教。

杰子听后觉得奇怪："什么，人家郭春玲是歌唱演员，怎么还让你这么个二半吊子给人家教歌？"

铁柱说："实话告诉你们吧，那个郭春玲根本不识谱，而且是第一次唱声部，刘组长怕她唱走调了。"

大家都很惊讶，连平日最不善言辞的阿黄也说："好可笑啊，歌唱演员会不识谱，还怕跑调，这怎么和人家尹老师合作？"

一房子的人议论纷纷，只有大老王一反常态，沉默不语，这时他说："行了，再别乱发议论了，领导给我们布置工作，咱就坚决执行。"

彭兴国说："哟、哟，王叔，你咋突然变成个先进人物了。"

大老王说："我的尿盆娃呀，你还年轻，你懂个啥。刘组长为啥要这么做，那是有目的的。"

大老王说到这儿停下来，用手捋着下巴。大家想知道原因，都催大老王快说为什么。大老王说："你们知道不知道，咱金厂长有个啥爱好？不知道吧，你们不知道我知道，刘组长也知道，金厂长最爱听的节目，就是个男女声二重唱，就是耿莲凤张振富，明白了没有。"

这时的大老王不慌不忙，给大家细细地摆乎起来：金厂长最爱听张振富、耿莲凤的男女声二重唱。每次广播上放他们的歌，厂长再忙，也要放下手上的工作，打开窗户把歌听完。这两年，刘组长托人到省城去买张振富、耿莲凤的唱片，一直没买上。去年有次放电影，加演一个全国体育运动会的纪录片，有张振富、耿莲凤表演的二重唱《藏族人民歌唱毛主席》。厂长惊喜万分，等电影放完了，他又把孔宪实叫到他的办公室，用小机子给他专门放这一段，第二天又看了一遍，直到西盐池那边取片子的车和人都来催了，才恋恋不舍地让人拿走。后来，金厂长来审查节目，结束时刘组长让厂长做指示，厂长说，挺好挺好，不过嘛，要是有个男女声二重唱就好了。刘组长说，厂长，我们一直想排这个节目，可就是没有人唱得了哎。厂长说，好好培养一下嘛，不是又来了几批知青吗？刘组长说，厂长，我们东盐池就这么大个地方，谁是个啥料咱还不清楚，别说是知青了，连劳教队的档案我都翻腾遍了，犯错误我不怕，这实在是没人行。厂长说，我们这个厂虽然是在戈壁滩上面，但钱有得是，再好好找一找，男女二人唱嘛，一男一女，朝一块凑凑就有了。就这样，刘组长又到处打听，先是听说师文工团的男高音尹天昭犯了生活作风错误，准备下放，刘组长赶紧在师部托熟人，想方设法把他弄到东盐池来改造。

听到这里，彭兴国忍不住问："要说能和尹天昭二重唱的，金一鸿还凑合，我们小时候听过她唱，怎么又弄来个郭春玲？"

大老王说："这我就不知道了，这个女娃认生，害羞得很，问啥都不说，一句歌也没唱过，说不定比金大小姐唱得还好。"

郭春玲的来历，也是铁柱打探出来了。他说：两个月前，金厂长到西盐池去接收连队，西盐池的大胡子厂长请他在山里喝酒吃手抓肉，然后还给金厂长准备了几个小节目，说有一个女娃嗓子亮得很，长得也大方，可像耿莲凤，你听听她唱的。据说，郭春玲唱了没几句，喝得晕头转向的金厂长就连声喊好，当场就和大胡子厂长商量，要把郭春玲调到东盐池宣传队来。大胡子厂长还不想给，结果金厂长答应给西盐池一汽油桶清油，马大炮这才同意了。

铁柱说这段来历，杰子也正好进屋，听完笑着说："铁柱，你就踩乎人家姑娘吧，你阴谋没得逞，也用不着这么损。"

大老王说："就是嘛，人家是副师长未来的儿媳妇，调动个工作还不是师里一个电话的事情，用得着厂里拿清油换嘛。铁柱你要小心呢，千万别招惹这个女娃，你还给人家起外号，什么山里红、山东大葱，太过分了。"

铁柱撇着京腔说："我一点不过分，要真是一棵葱，还将就卷大饼蘸酱了，丫整个一棒棰。丫还会二重唱，还他妈没有母驴叫得好听。"

大老王皱眉训斥铁柱："你这人说话咋这么难听，你什么时候听过郭春玲唱歌？"

铁柱不服气地说："那还用听过吗，看丫那'形儿'，也不像个唱歌的。"

杰子怕这种议论多了，会招惹出是非来，就阻止说："算了，甭说她了，新疆这地忒邪了，说谁谁到。"

彭兴国满不在乎地一甩头，也撇着京腔附合说："不可能，丫他妈的上班泡病假，现在快下班，她跑来干什么？"

事情就这么凑巧，彭兴国的话音还没有落，郭春玲就推门进来了，她笑吟吟地望着屋里所有惊讶的脸说："你们说什么呢，这么热闹，不会是背后议论我呢吧？"

三

镜子里是一张棱角分明的面孔，黝黑、瘦削。喉结突出，两腮和下巴上都出现了坚硬的胡茬，两条剑眉下面是一双锋利的眼睛。

知青排副排长赵建勇对自己英武的相貌很满意，连部的墙上还有一张《智取威虎山》的剧照，他觉得自己不比杨子荣差。只不过人家化妆了，军装也是崭新的，威风是威风，但杨子荣的脸稍稍微圆了一点，而且嘴巴也小。

"妈的，我要是出现在画章子上，说不定比他还'式子'。"赵建勇想。

在东盐池3年，赵建勇已经成熟了。谁都认为他干活是一把好手，指挥知青更是没说的。他带领的三班，已经连续两年被厂里评为"五好班组"。那个所谓的老劳模熊章良，在排里根本干不下去。首先，劳动他就不是赵建勇的对手，几个回合下来就把他治趴下了。另外，这家伙贪酒误事，经常醉醺醺的胡说八道。不过他还挺有自知之明，自己向连里提出不干了，又回到职工班组去当班长。现在，知青排在全厂名声大振，自然和他赵建勇的努力分不开。

杜连长早上通知赵建勇，下午和知青排长王三妮到连部开会，知青排有大事需要商量。赵建勇心里一阵喜悦，看来，连里要对知青排的班排长进行调整了。

这一段时间，排长王三妮在知青中的威信越来越低，不听她话的人也多了。连首长肯定已经觉察到了，让这个农村来的家属当知青排长的确不合适。加上这两年知青越来越多，听说厂里准备专门成立一个青年突击队。赵建勇在心里估算了一遍，能担当起这个突击队队长的人，最符合条件的也只有他。

今天，赵建勇特意在宿舍里收拾了一番，换了一身干净的旧军装，显得精神饱满而又朴素大方。他精神抖擞地朝连部走，路上碰到了厂长的女儿金一鸿。她好像闲得无聊，正在看不远的垃圾堆边两个公鸡斗架，回头看见他时，眼睛闪了几下，然后在他身上滴溜溜转了两圈，笑着说："哟，这小伙子真精神呀。"

赵建勇客气地说："一鸿姐，你好。"

"我好什么，来来，先让我欣赏一下，都说一连知青排的赵排长是个美男子，特别像侦察英雄严伟才，果然名不虚传。"

"一鸿姐，又糟蹋我呢。"

"糟蹋你，我金一鸿最不说假话，你们打听去，我在东盐池夸过谁？"

"这我早听说了，宣传队的回来都议论说，一鸿姐姐不但人长得最漂亮，性格也最直爽了。"

"呸，去你妈的，"金一鸿笑着啐了一口，"我来东盐池8年了，第一次听见有人当面说我漂亮。"

赵建勇也笑着说："想当面说也需要机会呀，我们一天到晚在工地上出苦力，看到你是在舞台上，听你的声音在广播里，谁敢到你跟前说句心里话。"

"小兔崽子，怪不得别人都说你年轻有为，才貌双全，你小子以后不活在台子上都可惜了。"

"一鸿姐，你夸错人了吧，年轻有为，才貌双全的是你的那个林志国。"

"哈，林志国，"金一鸿叫了一声，朝前方看，垃圾堆边两个公鸡已经分出了胜负，正抖擞羽毛一起刨食。金一鸿又转过脸盯着赵建勇看，眼神有些怪，她笑了笑，说了一句让赵建勇好多年都没有想明白的话，“小伙子，你什么都不缺，可就缺一样东西。”

赵建勇急忙问：“我缺啥？”

金一鸿眼睛朝下一搭，说：“缺心眼。”

“哈，我缺心眼？”赵建勇笑起来。

“不是你缺心眼，是你‘缺’缺心眼，”金一鸿像说绕口令，“你要明白你一鸿姐这句话，你将来有大出息。”金一鸿看着一脸迷惑的他，咯咯地笑着走了。

看着她的背影，赵建勇想她说过的话，还是没弄懂是啥意思。他摇头叹息：都说金厂长的这个千金小姐乖张日怪，果然名不虚传。不过她倒是聪明伶俐，居然让林志国个王八蛋占了便宜，姓林的什么玩艺，一看就是个驴粪蛋外面光的大草包……

下午上班的时间快到了，赵建勇来到连部门口，站正了身子，理了一下军帽，响亮地喊报告。里面没有回应。赵建勇推门进去，里面没有人。他看见墙壁上的镜子，就想起金一鸿的话：“赵排长是个美男子，特别像侦察英雄严伟才。”

金一鸿刚说他，不活在台子上都可惜了。他不想和她计较，她毕竟是个女人，头发长见识短。他是要出现在礼堂里的舞台上，但绝对不是唱歌、跳舞，让别人坐在下面看热闹。他要在舞台唱主角，就要像毛主席说的：“要把被颠倒的历史再颠倒过来”，早晚有一天，他要把那些好逸恶劳的、四体不勤的寄生虫们全都撵到工地上去，不给他们涂脂抹粉的机会，他倒要好好看看，这些狗男女在工地这个舞台上，还能表演出个啥。

“建勇来得真早。”他的身后一个怯生生的声音。不用回头，排长王三妮来了。

“三妮，来了。”赵建勇亲切地和她打招呼。他从不愿意和别人一样叫她王排长，表面上看是他们之间挺近乎，说实话，他是从心眼里瞧不上这个农村妇女。

“建勇，连长唤俺们过来弄啥？”

赵建勇没有回答，只是若有所思地凝视着她的胸前。王三妮被他看得有些慌乱，说：“建勇，你盯着俺看啥？”

他微笑说：“三妮，你的扣子扣错了。”

王三妮低头一看，顿时红了脸，急忙背过身子整理衣裳。

赵建勇盯着她的背影，看她又矮又黑的五短身材，还有她蓬乱得像干草一样的头发，身上还散发出一股强烈的奶腥味。心想，就这么一个赖巴巴的乡下女人，怎么就能让连长看中，当了三年知青排长？心里虽然这么想，但等王三妮转过身来，赵建勇还是关切地说："三妮呀，你可是够辛苦的，家里小孩拉扯着，连队里又这么多事。"

"唉……"王三妮长叹一口气，坐在条凳上低头说，"俺天生是个下苦的人，杜连长非要让俺当个排长，你们这些知识青年，个个是又能干又有文化，俺咋能指挥人家来？"

"三妮，别这么说，你干得挺好，俺们知青哪个不佩服你。"赵建勇也模仿着王三妮的河南话，亲切地说。

"看你说的，还佩服呢，现在这帮孩可难管，咋说都不听。"王三妮无奈地摇头，"这些天在工地，你都看到了，俺说谁谁不听，气得俺头晕，只好啥都自己带头干，心里还踏实些。"

"什么，还有这种现象，"赵建勇惊讶地说，"谁敢不听你的，俺倒想了解一下。"

王三妮沉默了一下，说："算了，都怪俺没有文化，没有能耐。一看到你们知识青年，真让俺眼热哇，肚子里面有麦(墨)水，多美。"

"三妮你说啥来，你这肚子里没有墨水，那是啥来？"赵建勇也把墨水念成"麦水"。

"唉，俺一个农村里的穷孩子，到新疆来找俺叔，想着在这儿能吃上饱饭就中，哪儿还妄想着当官，指挥人家学生。"

"三妮呀，话不能这么说，我们知识青年上山下乡，就是接受你们的再教育。你看你，啥事都以身作则，给我们知识青年做了榜样。"

王三妮一听，羞愧地用双手捂住脸说："建勇，你别挖苦俺了，再说俺都要羞死了。"

"说说怕啥来，事实嘛。"

"啥事实，事实是你比俺强几百倍，这个排长早该你来当。"

"那不中，"赵建勇坚决地摇头，"我哪儿是这块料，我紧跟着你后面学习还跟不上趟呢。"

"唉，"王三妮叹了一口气，"俺这个知青排长当得真累。当时杜连长让俺来，俺死活都不答应，不瞒你说建勇，俺都让连长骂得哭鼻子，非说这是命令，要坚决执行。"

说到这里,知青排长王三妮快哭了。

赵建勇还是第一次和这个女人坐下来说这么多的话，看着她恳切而又痛苦的神情,赵建勇想,你说这也奇怪,像王三妮这样的娘们,长像没长像,能耐没能耐,倒是老实贤惠,给哪个老盐工当个老婆还不错。连里的领导怎么就偏偏看上她了,居然当知青排的排长。怪不得人人都把杜培志叫杜瞎子,真是名符其实。

他们正说话,赵建勇听见窗外连长的声音。他马上坐正了身子,理了一下军帽,顺手打开笔记本,拧开钢笔对着王三妮微笑。连长进来,看到他们交谈,好像有点意外,不知又想到哪里去了,站在门口,眼睛望着对面的墙。

王三妮抬头说:“连长来了,俺们等半天了。”

杜连长坐下说:“最近事多,一路上被人拦住,脱不开身子了。今天叫你们知青排的两个领导来,和你们商量一下知青排的工作。三妮你先说说排里现在的情况。”

王三妮推辞说:“让建勇汇报吧,我笨嘴拙舌的,讲不清。”

赵建勇连忙说:“还是王排长说吧，主要工作都是你负责的，情况掌握得全面,说完我补充。”

他俩还要推让,连长说:“三妮说吧,有啥讲不清来?多讲就讲清了。我老给你说要大胆,要锻炼,你就不朝心里去。”

王三妮推辞不过,说:“那我就说,错了连长批评。”

排长汇报情况的时候,赵建勇听得有些心不在焉。因为她每次说话,都是老一套,而且全是车轱辘话,绕过来绕过去就那么几句。他的目光在连部的墙壁上扫过,落在几张样板戏的剧照上。

“杨子荣脸太圆了,而且嘴巴也小。”

“郭建光不够魁梧,脑袋嘛,也窄了一点,完全是靠化妆出来的。”

“马洪亮像谁,长的像一排的熊章良。”

“好了建勇,你还有啥要补充的。”连长听完王三妮的汇报,转脸问赵建勇。

赵建勇说:“排长汇报得很全面,我只补充两点。第一,要把政治学习抓好。现在，我们的知识青年中出现了一些不良倾向，不像刚来的时候那么好管理了……”

连长听到这儿,抬头噢了一声。他知道连长对这个问题产生了兴趣,赵建勇接着说:“我分析这里面的主要原因有两条：第一是经过几年戈壁滩上的风吹日晒，大家战天斗地的热情已经没有过去足了。经常有知青来问我，建勇，你说我们知青有文化，为啥我们在盐田里没日没夜地干了好几年，一点动静都没有，我们是不是要在盐硝池子里泡一辈子？”

“讲得好，我今天找你们，就是要解决这个问题。”连长用笔点着赵建勇，严肃地插话。

“还有一个原因，我们知青中有些思想不够坚定的人，容易受连队里一些落后工人的影响，特别是那帮北京青年，成天给年轻人灌输贪图享乐、打架斗殴的坏思想，经不起考验的人就容易上当。”

“噢，这个问题咋解决来？”连长又插话问，这的确是个让他头疼的老大难问题。

“我认为要加强思想政治工作。经过这几年的再教育，我才体会到毛主席说得太对了，‘政治是统帅，是灵魂，是一切工作的生命线。’只要知青的思想工作做通了，精神面貌还会发生变化。我经常给同学们讲，这几年，东盐池变化多大，过去一个改造劳改犯的戈壁滩，现在变成了兵团的大型化工基地，我们只要脱胎换骨地改造，还愁没有施展的广阔天地吗？”

“讲得好，”连长和王三妮异口同声地赞扬赵建勇。

“还有，食堂伙食的改善，也很重要。”赵建勇极力掩饰着内心的得意，说：“再教育以来，伙食确实越来越差了，现在是天天苞谷面发糕水煮白菜。我们要是能自己动手就好了，比如办养猪场、养鸡场，给大家改善一下生活，对知青们扎根戈壁也有好处。连长，我想到的就这么多，不对的地方请批评。”

“好、好，啥叫批评，我今天要特别表扬你，”连长仍然一脸的严肃，但可以看出来他心里很满意，“建勇啊，刘组长没有看错你，我们也没有用错你，这几年你工作做得好，有成绩。”

“就是，”王三妮也补充说，“俺一直给你说，人家建勇是个文化人，一肚子麦（墨）水，比俺强几百倍，这个排长早该人家来当。”

“三妮，这话可不能随便说，你们的工作情况，我们都一清二楚的，今后，你们的工作怎么安排，我们领导会考虑的，”说到这儿，连长翻了两页手中的笔记本，“我今天给你们说的，是厂党委最新的指示精神，你们听好。”

赵建勇不敢怠慢，甩了甩钢笔水，望着连长。

“建勇刚才说对了，咱们这几批知识青年有干劲，有文化，应该给他们施展本事的机会。”说到这儿，连长突然又转移了话题，“你们都看见了，咱们厂现在生产规模越来越扩大，连队也多了，今年秋天还要从师里的团场来一批知青。建勇，你可要做好准备。”

“杜连长，你放心吧，我时刻准备着。”赵建勇轻松地笑着说。

“你别笑，这后面的工作还麻烦呢，”杜连长说到这，停下沉思了片刻，又说，“厂党委决定，在新知青到来之前，要从我们连上选拔一批表现好的知青，调到厂部各机关和新成立的汽车队去。我和指导员商议了一下，有这几个人，可以考虑。李永强，调厂部汽车队；严亚利，调修理车间翻砂班；何艾香，到中学教书；罗副厂长的闺女，叫啥来？噢，罗秀丽，到厂部卫生所当护士。还有3个机动名额，由厂部来安排。”

“中、中。”王三妮高兴地拍手叫好。

赵建勇当时就蒙了，简直和当年任命王三妮为知青排长，调寇挥到宣传队去一样，完全出乎他的意料。连长觉察到了他的表情，拍着他的肩头，语重心长地说，“建勇啊，我也想过，这个决定宣布以后，在知青中可能会产生思想情绪。我还是那句话，在连队里谁干得好，谁干得孬，我心里一本账。要经得起考验。这一次是第一批，以后还会有第二批、第三批，你要帮助连领导做好年轻人的思想工作。”

赵建勇笑得很勉强，他的眼睛茫然地看着墙上的剧照，这时候他发现，杨子荣虽然脸太圆了，而且嘴巴有点小，但他横眉怒目、手持驳壳枪的架式，还是相当威风的。

四

东盐池子弟学校是去年重新建的，新校园建在老地质勘探队废弃的旧址上，4排高大的教室都是里外一新的砖房，显得很有气派。教室周围都种上了杨树，还用青砖铺了一个标准篮球场。厂里的篮球赛都到这个场地来举行，甚至人们照相，都以这里为背景。就连绿山包那边的民工，休息的时候到厂部逛完商店，也都来到学校后面的小树林里歇息。

那时，党中央号召反对资产阶级法权，学习列宁提倡的“星期天义务劳动”。

所以，新学校是全厂职工利用晚饭后和休息日的时间建成的。当时，金厂长和党委一班人，都扛着扁担，亲自到砖瓦窑挑砖，厂里的职工家属小孩们都不甘落后，下班吃完饭，全都投入了义务劳动的洪流之中。

新学校建好了，何艾香成为第一批招上来的小学教师，她简直乐晕了。那天晚上，杜连长在大会上宣布了第一批7个知青的调动命令，会场上一下就炸了锅。散会以后，何艾香飞一样地跑回家，给爸爸妈妈报告好消息。父母亲也都很激动，因为这批调动的知青，只有她家成分最差，又和领导没有来往。实在找不出什么原因，就说她命好，又碰上好领导了，看来老老实实地接受再教育，努力干好工作不会吃亏。何艾香还有些佩服杜连长，别看他一天到晚戴一副茶色石头眼镜，人家都暗地里叫他杜瞎子，可他怎么就能猜中她的心事，知道她一心想到学校去教书呢？

第二天，何艾香听迟媛媛说，当天晚上散会以后，所有的知青宿舍里都没有安宁，人们像没头苍蝇一样出出进进，熄灯以后不时地听见到处都是砰砰的摔门声。半夜隐约听到有人捂在被子里"唔唔"地哭。不过她回连队办手续时，大家对她去学校，都表示了同情、惋惜。到学校去当"娃娃头"，一是工资低，二是粮食供应少，说不定还要受气。

何艾香坐在学校的办公室里，回忆知青们七嘴八舌的提问，还有对她的固执摇头咋舌的样子，觉得很好玩。当时，只有迟媛媛羡慕地说，她也想到学校来当老师，和她做伴。何艾香对她说："别说傻话了，媛媛，你是家里的独生女，早晚要调回去照顾父母。"媛媛说："我不调回去，我在东盐池找个对象，把爹妈接过来伺候他们。"

说到找对象，何艾香忍不住，告诉了迟媛媛一个最大的秘密：她还没到学校来以前，就和于老师接触了好几个月，两个人已经有那么一点意思了。媛媛一听，"哇哇"地叫起来："好呀，你个没羞没臊的家伙，背着我先给自己选女婿了。"

何艾香笑道："谁背着你了，我过去是他的学生，前不久连里让我写'评法批儒'的稿子，我哪里知道什么儒家法家的，去请教于老师，他帮我写文章，这才开始联系的。"

媛媛扑上来，使劲拧她的胳臂说："呸，我才不相信呢，你敢说以前你没有和他来往，以为我是瞎子，早看出你心怀鬼胎了，你还是老实交待，争取宽大处理。"

何艾香笑着求饶说："好好，老实交待，不过你可要给我保守秘密，给谁也不准讲。”

媛媛对天赌咒发誓一番，两人挤在一张床上嘀咕到半夜，何艾香告诉她是如何在上学的时候就暗暗喜欢上于老师的，金一鸿又是如何明目张胆地插进来，让她痛苦了好一段时间；后来，于老师和金一鸿不知道怎么样闹翻了。前不久，自己又是怎么样遇到大难题，实在写不出来那篇‘评法批儒’的发言稿，这才去找过去的老师帮忙；发现他瘦得厉害，而且精神也不好，这才下定决心要照顾他，时间长了，于老师才告诉她苦恼的原因等等。直到说得两个人都睁不开眼了，才沉沉睡去。

何艾香教小学数学。她来到自己的办公室，一看办公桌，像见到了老熟人：这张办公桌是以前的语文老师罗贵学用过的，何艾香想起于隆老师刚来给他们班上数学课，传来罗贵学在隔壁教室用浓厚的湖北话大声朗诵毛主席诗词《水调歌头·游泳》，“……子在川上日，逝者如斯夫。”

“嘿、嘿、嘿，子在川上‘日’，”常德明一边窃笑，一边用胳膊捣何艾香，“听见没有，罗贵学这头猪，篡改毛主席诗词——子在川上‘日’，罗贵学你日你奶奶去吧。”

罗贵学老师是被学生们造反赶出学校的，他在湖北老家娶了媳妇以后调回去了。留下的这张办公桌有一条断腿，是他和另一个老师打架，罗贵学抡起一根铁棍向那个老师扫过去，老师躲闪得快，一铁棍就把桌子腿打断了。当时何艾香来送作业，吓得浑身发抖，作业本撒了一地。

桌子腿是于老师到学校以后钉好的，何艾香不禁再用手摇晃它，纹丝不动。这让她想起了于隆老师细致、温和的性格。一想到她以后可以和于老师一起上班，天天见面，心里甜丝丝的。

何艾香和过去老学校里敲钟的老潘头面对面办公，他现在竟然成了学校里的英语教师。于隆告诉她，老潘头的历史问题查清楚了，他不是国民党的法官，也没有杀害过革命先烈，反倒参加过审判侵华日军的高级战犯。他是我们国家研究西方法律的著名教授，只能算一个资产阶级反动学术权威。现在国家形势变了，又让学校抓教育质量，还开了英语课。听说整个东盐池只有老潘头一个人会说英语，就把他调来当老师了。

老潘头的办公桌和他宿舍里的床铺一样，永远是又脏又乱。每天早上，都是何艾香给他收拾桌子。她觉得这个老头怪可怜的，老伴也早死了，一个人孤零零的。再说，他好像不会教小孩，不会讲故事，也没有教师的威严。所以，他的课从来没有学生好好听，每天从教室回来，都要坐在桌子前唉声叹气。和他相反，何艾香第一天上课就把全班的学生都镇住了。

何艾香上第一节课，学生说那天她一进教室，眼角朝上一立，就让他们发憷。她在讲台上放课本的时候，发现班上的学生们老是朝最后坐着的一个高个子那里看。她当时心里就明白了，那就是班上的害群之马。她不动声色地讲课，但眼睛却始终盯着那个高个子，他不敢动作，课堂纪律一直在保持。可是。当她转身在黑板上写字的时候，就能听见从最后一排座位上传来"嗒嗒嗒"的响声，还有教室里低低的嘻笑。她一转身，声音就消失了。这样两三次，班上就有些乱。她装出浑然不知的神情，在教室前后走动，讲题。在走到前排的时候，突然转身，目光直逼着后排的高个子。她向他走过去，他的神色马上慌张了。她似乎在笑，声音也温和，让学生把手从课桌里伸出来。高个子学生迟疑了一会，从课桌里抽出了手，向她伸开，手掌中是一只乒乓球。

"你把乒乓球放在地上，踩烂它。"何艾香似乎笑得更温和了。

学生在她的笑容面前屈服了，他慢慢把乒乓球扔在地上，用脚踩出了一声巨响。

从那儿以后，何艾香的3个班级成了全校纪律最好的班。

潘开墅老师的课堂总是在沸腾。有一天，何艾香正在上课，就听得隔壁的初三班教室里闹翻了天。她以为是这个班级在上自习课。不过，喧哗的响动也太大了，影响了她的课。当她走进隔壁教室时，学生们马上静了下来。她的眼睛在全班学生的脸上扫视了一遍，盯得他们都低下了头。可她正准备出门，才发现潘老师就站在讲台上，何艾香一下脸红了。

"唉，现在的学生，管不了，管不了。"潘老师每次上课回来，都唉声叹气。

"潘老师，不着急，慢慢就好了。"何艾香安慰他。

"还不着急，我教了3个月英语了，有些上高中的学生，连26个字母还没有学会。"

"潘老师，不要生闲气，你老人家身体要紧。"于隆也常常劝慰他。

"一个学期，他们就学会一句，浪流前门毛(Long live chimei mao)。"

"潘老师，你千万不要再说了，小心再犯错误，"于隆提醒潘老师，"前两天报纸上说，河南省一个农村女学生跳河自杀了，就是因为学英语，被老师批评。她留下的遗书上写的是'我是中国人，不想学外文'。现在形势又变了，学生们都在'反潮流'，你小心惹祸。"

那些日子，于隆和何艾香经常陪着老潘头。有一天下班的时候，潘老师趴在桌子上，说心慌得厉害，于隆和何艾香急忙搀着他朝医务室走。临出门的时候，她发现老头的背上，不知道什么时间贴着一张白纸，上面写着："我是大王八。"

"十·一"国庆节，厂里放假两天。节日期间大食堂改善伙食，于隆和何艾香商量，一起陪着老潘头过个节。这么多年都是他一个人在东盐池生活，子女们都在上海也不来看他，实在可怜。

下午食堂开饭，于隆提前去排队，从窗口挤出两份肉菜。一份葱爆肉，一份红烧丸子。何艾香从家里带来一盆米饭，还有4个鸡蛋。在老潘头和于隆的宿舍里，于隆还拿出来一瓶散酒，他们就着饭菜聚餐。几杯酒下肚，一向沉默不语的老潘头突然滔滔不绝的说起话来："……1926年，我潘开墅17岁，在'中国公学'大学部读书，成绩是最好的。中国公学的校长是谁，你们知道吗？是胡适先生，胡适先生最赏识我，他亲自为我出具出国留学证明，让我到外国留学深造。1928年9月，我在比利时鲁汶大学苦读6年，先后获得政治外交学硕士学位、法学博士学位，震动了全校师生。当时，在比利时获博士学位的中国人不超过10个人呀，我为中国人的脸上争了光。1934年，我学成归国，先后在上海持志学院、东吴大学、中央大学、厦门大学当法学教授……"

"潘老师，你喝醉了，你在说胡话。"

"小于，小何，我没有喝醉，我没有说胡话。你们知不知道，什么叫罗马法？罗马法起源于2000多年前的古罗马，被称为'万法之源'，它是当今全部民法的鼻祖。当今世界有两大法系——在法国、德国以及中国等地实行的大陆法，以及在美国、英国及其他英联邦国家实行的英美法。罗马法对两法系的产生和发展都有极为重要的影响，连恩格斯都说过，罗马法是'商品生产者社会的第一个世界性法律'。"

"潘老师，说这些没有用，这些都是资产阶级的东西，现在没有用了。"

"不，有用，如果没有用，我就不会听周总理的话，3次拒绝蒋介石让我去台湾的邀请，我爱新中国，我想为国家出力。唔、唔……"

"潘老师，我们不说这些了，不哭了，我们扶你上床休息，好不好。"

潘老师像个听话的小孩，被他们扶上床，一歪脑袋就睡着了。于隆打着手电送何艾香回家，在路上，他们听见了从厂部方向传来的鞭炮声和阵阵喧哗。于隆问何艾香："奇怪，今天晚上没有听说厂里搞庆祝活动，怎么这么热闹。"

何艾香也不知道怎么回事。正猜测间，有一队学生从厂部方向嘻嘻哈哈地玩闹着跑过来，见到他们，纷纷笑着说："于老师，何老师，你们怎么现在才出来，喜糖都没有了。"

"什么喜糖没有了，你们胡说什么。"何艾香脸红了，以为学生们在影射她，连忙呵斥。

"哎呀，就是的，人家都结完婚了，正在闹洞房呢。"

"结婚？晚上谁结婚？"

"啊，闹了半天你们都不知道呀，今天晚上是金厂长的女儿和开生活车的小林子结婚，可热闹呢。"

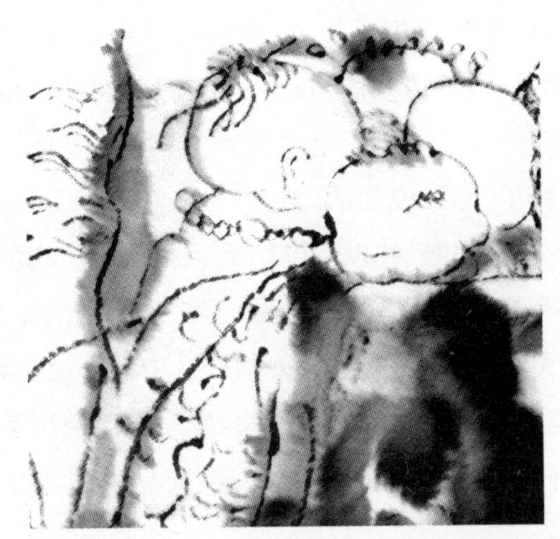

第十章　都与汽车方向盘有关

老黄羊一次次侥幸逃脱，更加激发起了林志国的怒气，他不断地急转弯，继续捕捉目标。

一

林志国开的是一辆崭新的解放牌汽车，他要带着徒弟李永强出车，到三个泉子的东风公社去拉菜。

从厂部出发的时候，林志国车开得特别猛。路过盐田的这条路坑坑洼洼，他灵活地左右甩着方向盘，躲避路上的大坑和盐碱盖子。汽车在公路上忽东忽西地窜，一上一下的颠，李永强坐在旁边感到特别刺激。卡车偶尔不小心撞在盐碱盖子上，像在小农场骑驴玩，被毛驴突然尥尥子给闪了似的。

盐池里不少捞盐的人们都停下来，看着“新解放”的精彩表演。林志国更来劲了，车开得像更像一头疯狂的犟驴，一溜烟冲出盐池。

汽车驶过盐田，李永强有意识地拉低帽檐，身体朝下缩。隔着玻璃车窗，他看见盐池里那些伙伴们，眼光复杂地朝汽车望着，还有人故意装作没看见，仍然低着脑袋不紧不慢地捞盐。

汽车出了山口，刚上了312国道，林志国就一脚刹车，把车停住，笑着对李永强说：“怎么样，强强，想不想来一段。”

“不行不行，”李永强连连摆手说，“志国哥，我不行，你让我再跟着看几天。”

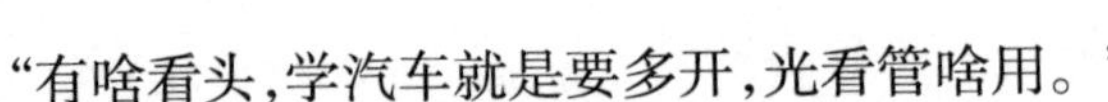

“有啥看头，学汽车就是要多开，光看管啥用。”

“志国哥，这么崭新的车，我可不敢动。”

“怕啥，新车咋不敢动，你是我徒弟，我乐意让你开，别人想动我的车，你门都没有。”

林志国的口头语是“你门都没有。”说这句话的时候，他先停顿一下，然后把脑袋朝后一甩。既然师傅对李永强这么信任，这么热情，李永强的手就痒了。他们分头下车换位子，当李永强坐在驾驶员的座位上，握住崭新的方向盘时，激动得直打哆嗦。

李永强按照师傅平常教的驾驭要领，发动了好几次，汽车都熄火了。林志国不着急，不生气，继续让他练。见他实在发动不起来，笑着说：“强强，你抖啥，咋像我结婚那天晚上钻金一鸿的被窝一样。”

李永强的脸顿时涨得通红，手抖得更厉害了。平时在东盐池，人人都夸开新解放的小林子，是个外表腼腆、内里精干的好小伙。没想到他一上戈壁滩，能说出这么“流氓”的话。

李永强结结巴巴地说：“志国哥，我……我……不行，还是你来……”

林志国哈哈一笑：“算了，这段路坡太多，过了‘37公里（兰新公路3737公里标志牌）’，前面到黄土滩，是一大片平展展的戈壁，到那儿你再练练。”

他们又换座位，林志国再驾车走，哼着小曲子，来回甩着方向盘，和人们在厂里见到的时候一点都不一样。李永强想，看来师傅每天跑这个路，荒不几几的，他心里憋得慌，也许说点流氓话，把车开得猛一些，人就不着急了。

汽车穿过一片山包的时候慢了下来。公路两边到处是奇形怪状的土堆，有的像城堡宫殿，有的像各种飞禽走兽。于老师以前给李永强他们班讲过雅丹地貌，说这种地理现象，是地上的砂岩和泥板岩经过几千年的狂风给吹成这样的。他现在根本没有心思看这些怪异的风景，脑子里全是开车。他全神贯注地看着师傅手脚的配合，默默地往心里记。

林志国见李永强学的认真，问他说：“强强，开车咋样。”

李永强说：“当然攒劲了。我做梦都没有想到，我还能开上新解放。”

“强强，你要感谢你爹，要不是你爹天天找我老丈人，你门都没有。”

“就是的，不过，我现在心里面也怪泼烦，我开上车了，我们的哥们儿还在盐池子里干活。”

“那没办法，他们干气，谁叫他们的爹不当官。我现在知道当官的有油水了，我要是不娶厂长的丫头当老婆，新解放能让我开，你门都没有。”

“志国哥，我现在为啥搬回家住，不敢回宿舍了？大家看见我都躲，宿舍里没有人讲故事了，还有人晚上蒙上被子哭。”

“该哭还得哭，命不好你怨谁。”

汽车前方出现了一个赭红色的山口，李永强知道，离黄土滩还有不到20公里，他暗暗摩拳擦掌，这一次再练车，一定不能慌。

“强强，你也该找媳妇了吧。”林志国突然问。

“唏，我们才多大一点，我们找啥媳妇。”李永强满不在乎地说。

“那你啥时间找？”

“啥时间，厂里那么多老知青现在还没有一个人结婚呢，我着急个球。”

“这种事情是先下手为强，后下手遭殃，你看我，比你大四五岁，先抓到一个再说。”

“你是你，我是我。你看像那些北京人，比我们这儿最先来的老知青都岁数大，他们也没结婚呢。”

“他们那是找不上，你说那些北京人，都是些社会渣子，谁要他们。”

“妈的，我要是女的，我就找他们，你刚来不知道，他们里面能人特多，会武术，讲义气。”

“那管个球用，他就是飞檐走壁，照样打光棍，”林志国嘲讽地说，“听说北京人里面有个叫那守义的……对，就是化工连那个大高个，回家探亲，从北京郊区的农村骗来一个女的。女的来过一趟，一看咱们这里这么荒凉，又哭又骂，呆了不到3天就走了。”

“我听说他们现在还找四川女盲流，四川这些女人，呜哟，太能吃苦了，她才不管男的是啥球成分，也不管我们这荒凉不荒凉，只要给她碗饭吃，有地方住就行。二连的那个豁嘴，叫豁子的那个，就找了一个，那个女的还到处吹，她去过北京，玩美了。”

“强强，你觉得你一鸿姐这人咋样。”林志国眼望前方，好像很随便地问他。

“咋样，啥咋样，你的老婆你不知道咋样，问我？”李永强也和他开玩笑。

“唉，人心隔肚皮，外表怎能看得清。”他念了一句京剧道白，这是京剧《磐石湾》里“零八”的话。

“你老婆够攒劲了，你结婚的时候，好多人都说，小林子太有福气了，娶了厂长的丫头当老婆，老婆漂亮，厂长有钱，好事让这个兔崽子占全了。”

“我操，就这就算是占全了？”

“那当然，你结婚把全厂都给镇了，我在这长大的，小时候也看人家结婚，哪一个像你？好多大人说，你结婚那一天东盐池比过年还热闹。来这么多人，送这么多东西。”

“别提送东西了，有啥用，他妈的这帮人，就知道在咱们商店里买，小商店里就那些玩艺儿，什么画张子(招贴画)、脸盆、毛巾，都被人们买光了。”

“哈哈哈，我听说你家脸盆就100多，画张子200多，太攒劲了。”

“攒劲个球，他妈的，我娶媳妇，洞房的墙上好几张毛主席像，再就是杨子荣提着盒子枪那张画，快一面墙了。强强你说，我和老婆睡觉，毛主席、杨子荣全拿眼睛盯着我……”

林志国说到这儿，李永强已经笑得上不来气了。

“唉，强强哇，你也别笑，你可不知道，我也泼烦呀。”林志国脸上的轻松消失了，有些愁眉苦脸，“别看我现在和你说说笑笑，他妈的，在家里，我像个瘪孙子一样。”

李永强开导他说：“哥，我看你差不多就行了，你来东盐池，马上就开‘新解放’，我们这里的老知青，都工作多少年了，还在下工地。再说，我和一鸿姐姐认识快10年了，宣传队也在一起呆过，她除了嘴巴厉害一点，其他都挺好的。”

“强强，那你说，你一鸿姐在宣传队里和谁关系好？”

“和谁关系好，让我想想，”李永强回忆了一下在宣传队的时候，“唔，没见和谁好，大概是和杨小红吧，有时间她们坐一块说话。”

“我不是说女的，她和宣传队里哪个男的说话多。”

“宣传队里男的，我再想想……好像没有，没见过和哪个男的说话，她倒是爱和宁为玉吵架。”

“哪个宁为玉。”

“啊，就那个女人一样的家伙，导演，想起来了吧？那个球人不是个好东西，天天显自己，捣是非，我们在连队里天天治他，在宣传队让一鸿姐骂得够呛。”

“北京人呢，她和北京人就不说话？”

“北京人？宣传队就两个北京人，一个杰子，一个华子。杰子傲得很，谁都不理

睬；华子么，又油得很，爱吹牛，骗饭票，时间长了我都看不起他，一鸿姐还能和他说话么。”

林志国不说话了，好像在心里面琢磨什么。李永强却紧紧地盯着公路的左边前方，心里全是黄土滩，到了那个平地上，他想美美地练上一次车。黄土滩有好几公里长，全是龟裂的黄胶泥，又平又硬，厂里的驾驶员学开车，都是从这儿开始练的。

“先把排档从空档挂到一档上，踩离合器；打开‘斯维兹（开关），踩油门，慢慢松离合器；车就开始走了，小心，不要把排档挂错了，‘大道奇’的排档是上面2、5、1，下面3、4、倒，解放牌的排档是上面3、5、1，下面2、4、倒……”他一遍遍地背诵着解放牌汽车的起动程序，老是怕出错。因为下马崖来的黑旦他们，想开车都想疯了，没事老在宿舍里说这些，而且全是说的他们偷开过的美国“大道奇”车。

远处眼看就要快到黄土滩了，李永强的心“砰砰”地跳。正在这时，公路右边的骆驼刺丛中，突然窜出来黄乎乎的一团，从汽车前面横着疾驰而过，霎时间就消失在一片草中。

“我操，黄羊”，林志国眼睛一亮，狂喜地大喊一声，“这回可叫我逮着了。”他猛地向路的左边一打方向盘，汽车冲出了公路，对着那片草丛飞驰过去。

黄羊冲出草丛的一刹那，像一支射出去的箭，“嗖”的一下，就在黄土滩方向变成了一个小黑点。林志国大吼一声，加大油门，挂上5档也冲了过去。在平坦无边的大戈壁上，汽车和黄羊进行了一场拼命的追逐比赛。李永强害怕了，眼前一片迷茫，只觉得整个世界在他面前飞速地倒退，脑袋被呼啸的风和汽车巨大的轰鸣声灌满了，他只有手脚并用，死死地抵住车厢，才不至于被汽车甩得上下乱跳。此时的林志国，像一个打牌输急眼了又玩不起的年轻人，两眼血红，牙关紧咬，啥都不顾了。汽车离黑点越来越近，渐渐清晰了，李永强看出这是一只褐色的老黄羊，只有脖子和肚子上夹杂着一片片的白毛。它显然已经精疲力竭了，但却非常机灵，每当汽车接近它的时候，它总是突然转向，几次都是擦着前轮的边窜开去。

老黄羊一次次侥幸逃脱，更加激发起了林志国的怒气，他不断地急转弯，继续捕捉目标。眼看老黄羊被追得跑不动了，就在汽车轮子即将碾上它的时候，它突然加速狂奔，用最后的力气，向一座坡度很陡的小山包冲过去。

汽车快冲到山包顶上的时候熄火了。

“他妈的！”林志国懊恼地击打方向盘，眼巴巴地看着浑身湿淋淋的黄羊翻下山包消失了。他下了汽车，不甘心地登上山包向远处望了半天，然后怅然地走下来，一屁股坐在车前的黄土地上，抽起烟来。

“妈的，要是有杆枪就好了，我在部队是神枪手，一枪撂倒一个，他妈的想跑，你门都没有。”半晌，林志国恨恨地说，把烟头用皮鞋踩得稀烂。他再开着车上路，嘴里便反复念叨说：“妈的，得有把枪，得有把真枪，我在36公里已经遇到好几回了，都是晚上，黄羊往草里一跑，我就找不见了。再说听好多驾驶员说，这一带闹鬼，平平的路特别爱翻车，有枪就好了，我用枪轰它个畜牲，可惜这不是在部队上。”

林志国的念叨，让李永强一下想起一个人，便对他说：“志国哥，我想起来了，搞一把枪还不容易。东盐池能人多得是，厂里面修理车间有个回族老头，是个劳改犯，听说以前在师部是八级车工，啥都能做。”

“你说的，枪能随便做。”

“当然随便做，文化大革命刚开始的时候，我们厂也搞过武斗，老头做了好几把枪，他还吹牛说，要是有图纸，有磨床，他连56式冲锋枪都能做。听说他最近给宣传队的挥娃子做提琴呢，让他给你做一把猎枪。”

“做猎枪！”林志国眼睛顿时一亮，“对呀，打猎就用猎枪，我咋光朝部队上想。”

一说到做猎枪，林志国马上兴奋起来，他大声地朝李永强说：“强强，回去咱们就准备材料，做它一把猎枪，以后每个礼拜出来拉菜，我都带着你打猎。这回黄羊要想逃跑，你门都没有！”

二

宣传队出了一件怪事。西盐池来的女知青郭春玲只在队里呆了一个星期，就被调到厂部的菜店卖菜了；接着师部又来紧急电话，命令尹天昭火速赶回师部文工团报到。好像老天爷不想让他们俩合作男女声二重唱。

听华子说，中央军委的副总参谋长要陪同伊朗的巴列维王子来新疆访问，副总参谋长原来是海军大将，在北京就爱听尹天昭唱那首《毛主席来到军舰上》，这次专门点他去省城演唱。有人说这个老流氓太有福气了，就凭他的好嗓子，啥便宜都能占上。

郭春玲是自己找到刘组长，坚决要求调离的。她说宣传队的人特坏，合伙欺负她一个新来的弱小女子。还说刘组长和宁为玉去省城购买戏服，让大老王当了一个临时队长，他滥用职权，对她进行了大肆的污蔑攻击，而铁柱和几个男知青更是下流，刚开始都想占她的便宜，后来知道她和大东恋爱了，嫉妒得不行，就散布了好多特别难听的流言。

就这样，谁也没有听见过郭春玲的歌声，她就永远地离开了宣传队，她是东盐池惟一没有下过连队干活的知青。

在郭春玲的事情上，彭兴国最窝火。后来每当大老王训他，他都不服气地顶嘴："你大老王也就敢欺负我，你还说我学坏了，是个油皮子，我他妈的再油，也油不过郭春玲，那才是真正的女油皮子。"

一到这种时候，大老王就哑口无言。郭春玲是大老王心头的一道伤痕，他大老王在宣传队管教过牛鬼蛇神、社会油子，没想到一个放羊女让他丢尽了脸面。

彭兴国在知青宿舍里吹牛，说他是东盐池资格最老的演员，又是个多面手。不但能歌善舞，还学会了吹长号、弹热瓦甫。这一次，刘组长把教郭春玲唱歌的任务交给他，他更加得意：以前在东盐池演《沙家浜》，常老大他们起哄嘲笑他。现在不同了，哪儿都少不了他，可以算是宣传队的台柱子了。接到任务，他坐在排练室里等郭春玲，等了两个多小时了，可她没来上班。后来杨小红送来了病假条，说郭春玲请3天病假。

第3天的下午快下班了，郭春玲突然出现在排练室，当时彭兴国正在和乐器组的人议论，她是用一桶清油从西盐池换来了。她一进来，大家很尴尬，特别是他和铁柱，散布过一些小道消息。如果郭春玲偷听到了议论，说不定怎么恨他呢。

果然，郭春玲的病假到期了，还不来上班，彭兴国急得在排练室的地上直打转。从小礼堂的窗口，能看到厂部新成立的汽车队的宿舍。从东向西的第二间，住的是厂部开新解放牌车的驾驶员、威风凛凛的转业军人姚进东。彭兴国已经打听清楚了：只要大东出车回来，郭春玲肯定是到他宿舍来约会了，她非常勤快地给大东洗衣服、做小锅饭。可是，现在是上班时间，宣传队还在紧张地赶排冬季运盐大会战的节目，郭春玲要是还不来上班，二重唱的排练计划就要出"麻达"了。

彭兴国的眼睛直勾勾地盯着大东宿舍那扇紧闭的门，希望门快点打开。他觉得郭春玲好像在门后面朝排练室的窗口看，并且得意洋洋地发出咯咯的笑，他好像都听见她用轻蔑的口气说:“我今天就不去上班了，你个尿盆子能把我怎么着？”

彭兴国能把郭春玲怎么着呢?他参加工作还不到两年,而郭春玲是67届的初中生,也算是个老知青了。从西盐池过来,还是他爸爸和刘组长是老关系,一来就进了宣传队,这一次干不好就完了。

晚上厂里放电影,彭兴国和往常一样,抱着一堆板凳,在篮球场上为杰子、铁柱殷勤地占座位。快开演的时候,杰子和铁柱一帮人才来,杰子眼睛尖,指着女知青那边说:“尿盆子,你瞧,那儿不是郭春玲吗?丫多他妈的精神,哪儿像有病的样子。”

彭兴国顺着杰子指的方向看过去,郭春玲在女知青中很活跃,还穿着那件浅蓝色碎花外套,里面的确良衬衫的白领子翻出来,周围的女知青们都围着她,听她说着什么在笑。彭兴国脑子一热,径直走到她面前,打断她的表演说:“郭春玲,你的感冒到底好了没有,我在排练室等你一天了。”

郭春玲回头看见他,有些吃惊,她皱了一下眉头,然后笑着说:“你刚才说什么,我没听清楚。”

彭兴国又重复了一遍,郭春玲新鲜苹果般的脸更红了,可她没理他,而是把脸抬高，认真地端详着银幕前面挂高音喇叭的人。旁边杨小红说:“她哪儿来的病,有病也是相思病。”

郭春玲听完,转身扑打杨小红,杨小红嘻嘻笑着挡驾。彭兴国一直站在她们面前,等郭春玲都打累了,杨小红也不躲避了,他说:“郭春玲,我们今天一直都在等你排练,如果你……”

郭春玲打断他说:“行了行了,有事明天上班再说吧,电影马上就要开始了。”

那天晚上的电影是罗马尼亚故事片《多瑙河之波》,好多人听说过这部电影,里面有男女亲热的镜头,特来劲。可彭兴国从电影一开始脑子就走神,一直是郭春玲在脸前晃动食指说笑的神态。直到电影演完了,也没搞清楚这部电影说了个啥故事,更没看到男女如何亲热的镜头,有印象的就是:那个船长让一个女人坐在他的腿上,抱着说了一会儿话,然后吓唬她说:“我要把你扔到多瑙河里去。”

第二天一早,上班的军号还没响,彭兴国跟着寇挥来到小礼堂生火炉。他多了一个心眼,觉得郭春玲太油了,万一她早到一步,不知道又要找啥借口折腾他。

彭兴国捅完炉灰,朝汽油桶改装的大火炉里加骆驼刺,寇挥出去倒灰,打水。

舞台角落的黑暗中，突然站起一个人，吓了他一跳。他仔细一看，正是郭春玲。她笑着说："尿盆子，你慌什么，一个李向阳就把你吓成这个样子。"

彭兴国冲她咧嘴，身上轻松了许多。大火炉里的煤也猛烈地燃烧起来，火焰呼呼地叫着朝烟道里扑，像哈萨克牧民牵出来的猎狗。彭兴国第一次在宣传队洒水、扫地、擦桌椅，但他挺愉快。郭春玲笑眯着眼看，坐在火炉边也磕起了瓜子。彭兴国忙碌完了，擦把汗说："咱们现在开始吧。"

郭春玲扭动着筋骨站起身，说："来吧，开始吧，"说完，她又轻轻地一笑，说："尿盆子，你可要好好地教我，我唱歌可是个棒棰。"

彭兴国听到这话，有些傻了，呆在地上站着不知该怎么办。她斜了他一眼说："你开始教呀。"

彭兴国像刚醒过来，"噢"了一声，转身到排练室去取男女声二重唱《毛主席派人来》的歌单。他打开乐器组放歌单的小匣子，发现前天放进去的歌单不见了。他问正在练琴的寇挥："挥娃子，二重唱《毛主席派人来》的歌单呢？"

挥娃子说："就在你手上的匣子里。"

彭兴国又从寇挥的谱本开始，从第一页到最后一页，直到把所有的谱架找完，还是没有这首歌。他又弯腰向地上看，寇挥刚刚打扫过的土地，干净得没有半点纸屑。

彭兴国头上刚消下去的汗又出来了。他记得很清楚，昨晚下班的时候，他和寇挥是最后离开排练室的，歌单明明就摆在小匣子的最上面，而且是用谱夹子夹住的，它怎么会不见了呢？

彭兴国丧气地坐下来，把昨天临走的时候全都想了一遍，觉得它不应该丢，而且寇挥也不是个爱搞恶作剧的人。

上班的人们陆续进来的时候，看见的是一个完全失去了方向的没头苍蝇，在乐队的每一个谱架上乱撞，然后又飞到小礼堂的舞台上，沿着地面俯冲，在每个角落里徘徊。杰子按住了"苍蝇"的翅膀，问道："尿盆子，你丫这儿干吗呢？"

"二重唱的歌单……不见了。"彭兴国拉着哭腔说。杰子盯着他沮丧的脸看了片刻，又回头看了一眼正围着火炉嗑瓜子的郭春玲，拍了拍他的肩膀说："尿盆子，你听我的，什么事也没有，一个李向阳就把你吓成这个样子。"

有杰子给他打气，彭兴国镇静下来了，走到郭春玲跟前对她说："郭春玲，我太倒霉了，二重唱的歌单找不到了。"

郭春玲不慌不忙地安慰他说:“没关系,你别着急,慢慢找,就这么大个地方,它能躲到哪儿去。”

彭兴国诚恳地说:“我已经把这儿全找遍了,确实找不到,你看,我们先开始教唱行不行?”

“什么,”郭春玲一挑眉毛,果断地说:“那怎么行,没有歌谱,没有歌词,你让我怎么唱?”

“要不然,我去把尹老师的那一张借来你先用着。”彭兴国试探地说。

“不行,坚决不行,”郭春玲突然有些愠怒,断然说道:“我一个女知青,怎么能用那个老流氓的歌谱,我还嫌他脏呢。”

看着郭春玲义愤填膺的样子,彭兴国吓了一跳,迷惘地说:“那,那怎么办呢?”

郭春玲的脸色又缓和下来,和气地说:“没事,你慢慢找,肯定跑不了,”这时,她还拍了一下彭兴国的肩膀,打趣说,“小伙子,你看你丢三拉四的样子,将来怎么找媳妇。”说完,她迈着轻盈的步伐走出了礼堂,向汽车队宿舍的方向去了。

郭春玲前脚一迈出小礼堂,一片愤怒的叫骂淹没了大厅。不知道人们为什么这么反感郭春玲,就像声讨实行“三光政策”的日本鬼子。也许,他们全都知道了厂里少了整整一汽油桶清油的真相,把对食堂伙食越来越差的愤慨,全都发泄到了郭春玲的身上。

铁柱表现得最激烈,他一遍又一遍地说:“歌谱怎么会丢呢?歌谱怎么会丢呢,我们宣传队什么时候丢过歌谱?我和杰子、挥娃子昨天下午还一直在练习,那个放羊女来过以后就没有了。”

马上有人迎合铁柱,说这个女人势利眼,一心盯着当官的,哪里会唱歌,一看就是在装洋蒜。现在要来真的了,先是装病,然后偷走歌单,借口练不成,全赖到尿盆子身上。同样愤怒的还有大老王,郭春玲这几天没有给他请假,连个新来的都没把他放在眼里,本来就憋了一肚子气,现在又听到了这么多事,火气更大了,也说:“这样不行,这太欺负人了,眼睛里没有人了么,我是谁,我是刘组长任命的临时负责人,她怎么不向我请假,想来就来,想走就走?”

寇挥说:“大家不要怪人家郭春玲了,我们谁也没有看见人家偷走歌单,不要随便诬赖人。”

铁柱说:“年轻人,你还是太单纯了,现在阶级斗争复杂,我看是有人想让我们的节目演不成,破坏我们的运盐大会战。”

大家都笑,骂铁柱缺德,给人上纲上线扣帽子。铁柱说:“我给她扣帽子,那你们说,她为什么装病,偷走歌谱。”

大老王摆摆手,让大家不要乱吵,打着官腔说:“铁柱呵,没有根据的事情,我们就不要瞎说了嘛。我看呀,尿盆子,这事不怪你,这个新来的郭春玲是个刺头,她是没有把我们东盐池的人放在眼里。”

铁柱阴阳怪气地说:“人家为什么要把你放在眼里, 郭春玲马上要当姚副师长的儿媳妇了,你算老几,敢管她?”

大老王勃然大怒:“什么,我算老几,刘组长让我负责,我就不能让宣传队乌烟瘴气。你铁柱不要拿姚副师长的儿媳妇来压人,我过去在军区文工团借用的时候,司令都见过,姚副师长的儿媳妇又能干个啥么,她还头上长球,能日天了。”

大老王越说越愤慨,越说越离谱,“咕咚”灌下一茶缸水以后,更是来了精神,“尿盆子,你现在去叫郭春玲,让她马上到我这儿来,我要让她知道我是老几。”

铁柱说:“大老王,你这个人是个口头革命派,人在的时候你屁都不敢放,不在的时候你威风得很。”

大老王“啪”地一拍桌子:“我今天豁出去了,就要一回威风。”他回头对彭兴国喝道,“你现在就去,让郭春玲到我这儿来。”

彭兴国出门以后,大老王这时的火气还没有消,大声嚷:“不像话,太不像话了,等她来了,一定要整顿,我不信她头上长……”

大老王正在叫嚷,郭春玲推门进来了,她的神色很冷峻,也很沉着,她似乎已经感觉到了人们的敌意,以往的害羞不见了。大家都转过脸看大老王,大老王脸憋得通红,“咳咳”地直清喉咙。郭春玲径直地走到火炉前坐下,掏出一个橘子,细致地剥皮,然后一瓣一瓣地向嘴里放。大老王来到郭春玲面前,突然满脸堆笑,关切地问:“小郭呀,你的感冒好一些没有?”

郭春玲不理他,一会儿,慢悠悠地说:“王师傅,我刚来宣传队的时候,我听你说过,说金兆汉在西盐池叫酒给灌傻了,弄了个山里红到我们宣传队来了,我不明白啥叫山里红,你能不能解释一下这是啥意思?”

大老王蒙了,向四下看,发现所有人的眼睛全在盯着他,好像都在说:“你大老王刚才不是很威风吗,不是想训谁训谁吗,你现在训一下郭春玲试试。”

铁柱嘻皮笑脸地说:“郭春玲,我们这里把山里面有些放羊女叫山里红,形容她们脸蛋上有两酡红圈圈。你皮肤多细嫩，白里透粉，粉里透……”

“张铁柱，我还想问问你，”郭春玲挪了半圈，面对铁柱说，“听说你给厂里的人说，大东伺候我比他妈还细心，每天晚上给我洗裤头，有没有这回事？”

铁柱一下傻了，突然暴跳起来大叫道：“没有，没有，我是这么无聊的人吗，这是哪个毛驴子给我造的谣！我向毛主席保证，我从来没有说过，他妈的这是谁在造谣……”

只见郭春玲的眼泪“哗哗”地流下来，她面容凄楚，哽咽地说：“你们都是大老爷们，欺负我一个新来的女娃娃，你们好意思吗？”

舞台上顿时大乱。几个坐在火炉边烤火看热闹的，只见大老王躬着腰，陪着笑脸一个劲地向郭春玲解释着什么，铁柱捶胸顿足地赌咒发誓。这时候，突然在排练室里传来一阵京剧，这声音不是尹天昭的，也不是大家都熟悉的革命样板戏。这是杰子在唱《空城计》里诸葛亮的一段西皮流水：“我正在城楼观山景，猛听得城外乱纷纷，旌旗招展空翻影，原来是司马发来的兵……”

东盐池还有人说，其实杰子唱京剧比华子还正宗，他学过老戏，而且他最喜欢的是于派老生杨宝森。

三

金一鸿把她的小丈夫林志国称为“我们老头子”。“老头子”不但腰里别了共产党员、转业军人、贫下中农“三块钢板”，显得腰杆子很硬之外，他的“鸡巴头子”也硬。金一鸿说，我们老头子可没出息了，结婚以后，简直像一个永远不知道疲倦的小毛驴，天天都想着上套拉磨，经常是晚上等不到厂里的电灯打招呼，就要洗了上床，说他瞌睡得不行。不过，厂长的千金小姐是不会让“老头子”每次那么容易就得逞的，她要让林志国知道，这种事情太频繁了，特别伤身体。另外，林志国是个汽车驾驶员，三天两头在戈壁滩上跑，休息不好路上容易打瞌睡，出车祸，她还不想年轻轻地就当寡妇。

后来，金一鸿就给林志国做了规定，出车前的晚上，早早睡觉，不许乱说乱动；安全返回以后，可以酌情考虑。所以，林志国每次出车回来，把车往礼堂前的菜场一停，就让李永强招呼人赶紧卸车，而且又轰油门又打喇叭，闹出不小的动静来。有时他也上广播室来找金一鸿，进来的时候，都要在广播室外间的乐器组排练室坐下来，殷勤地给大家递烟，大声说话、咳嗽，让金一鸿知道他已经胜利返航了。这时候金一鸿总是在广播室里磨磨蹭蹭，半天才露面，见到林志国，马上吊着脸说："没出息的东西，又来干什么。"

林志国不说话，只是陪着笑脸，大老王就说金一鸿不讲理，你"老头子"出车回来，家都不回，先来看你，你还不乐意了。金一鸿总是哼一下鼻子，说谁稀罕他，还不是想让我回去做饭。有人就说，就是嘛，小林子回来不赶紧吃上你的饭，就要饿死了。

金一鸿"呸"一声骂不要脸，然后朝外走，林志国立刻欢喜异常，跟在后面把金一鸿小心翼翼地扶进驾驶室里，然后开足马力，汽车一溜烟地朝新房飞奔而去。

金一鸿说他们夫妻之间的事，受到广大宣传队员的欢迎。大老王刚开始还劝阻，说金大小姐了不得，当姑娘的时候说话就放肆，结婚了简直肆无忌惮么。金一鸿冷笑说："大老王，你再别假装正经了，男人和女人不就那么回事吗，好像你从来没见过似的。难道说你就不想说，你敢说你就不爱听？"一席话说得大老王哑口无言，反而咧着嘴笑，金牙亮闪闪的。后来他不但不劝阻，反而主动地去撩拨金一鸿，也对宁为玉喜欢和女演员们打情骂俏视而不见。

金一鸿喜欢这种话题，她觉得这是考验一个人是不是虚伪的试金石。想上舞台表演的人，其实只有一个目的，就是想显示自己与众不同。而金一鸿偏偏要让他们明白，别做美梦了，别以为你们穿了戏装暂时成了美女俊男，或者演了些英雄人物，就忘记自己的身份了。一群凡夫俗女，说难听点，不都是我父亲驱使下的臭苦力吗？

金一鸿发现，在宣传队里有两个人对她说夫妻间的趣事不感兴趣，一个是喜欢扭捏作态的半老徐娘顾继蓉，一个是呆头呆脑的知青寇挥。

在东盐池，顾继蓉的丈夫钟才来爱吃醋是出了名的。钟才来是个小个子广东佬，长得猴头鬼脸。人们一直搞不明白，有几分姿色的顾继蓉，怎么会嫁给这个猥琐男人？不过，钟才来打得一手好算盘。他的财务报表、统计数据是出了名气清楚准确，和谢培良、刘组长一道，被人们称为金厂长手下的"三大金刚"。在这"三大金刚"里，最招人讨厌的就是钟才来，他每天像特务一样地盯梢顾继蓉，都成了全厂的笑料。听说顾继蓉年轻的时候，简直不能和男人说话，一旦被钟才来发现，不但那个男人要被他纠缠不休之外，两口子在家也会打得天翻地覆。

金一鸿觉得她说"我们老头子"的事，顾继蓉应该是个心领神会的知音。可她发现，顾继蓉表面上听得饶有兴趣，其实一直心不在焉地打哈哈，脑子里不知在盘算什么。而寇挥每每遇到这种情形，就会流露出惊愕，然后低头悄悄地走开。

金一鸿不能容忍有人对她的漠视，她想，早晚有一天，她会让不知好歹的顾继蓉付出代价；而对寇挥，她却有一种内心的亲近。因为她觉得：这个小青年那种呆头呆脑、腼腆害羞的神态，特别像于隆。有时她都想主动地和他接触，和他说说话，可是寇挥见到她根本没有反应，她越是想有意引起他的注意，他却躲闪得越远。

临近年终，厂里要开劳模大会，厂里指示宣传队为劳模们演几个小节目，还要求有两个直接表彰劳模的新节目。刘组长把写戏的任务布置给了宁为玉和寇挥。结果，寇挥根据知青排长王三妮的先进事迹写了一段小快板《夸夸我们的好排长》，经过庄家杰的润色加工，李学华在劳模大会上演出时，受到了意想不到的热烈欢迎。后来，刘组长就经常安排寇挥写点小戏。为了让他写戏不受打扰，格外地允许寇挥晚上在广播室这样重要的部门加班。

寇挥来到广播室，金一鸿暗自高兴，像家里来了讨人喜欢的小孩，一会儿给他掏一把平日里珍藏的牛奶糖，一会儿又拿几本《人民画报》出来让他看。她发现寇挥对这些兴趣不大，他的眼睛老是瞅着装唱片的小箱子，便把箱子抱过来，说："这里面的唱片任他自己挑选，喜欢哪一张就给他放哪一张。"寇挥打开箱子，突然哇哇地叫起来。好像那个唱片箱子里装满了金银财宝，他翻出一张，就要喊一句。金一鸿的印象中这个小青年不爱说话，老是躲在角落里拉琴，可今天突然成了个话匣子，一打开就收不住了：

"一鸿姐，你快看，《北京有个金太阳》！哎呀，我当年来到东盐池，听到的第一首曲子，就是这张唱片。后来，只要广播室放这张唱片，我都站在老连部的电线杆底下面听，一直到现在，还是没有听够。当然，现在好听的歌太多了，你看这一张，小提琴独奏曲《千年的铁树开了花》，是上海一个拉提琴的人演奏的，我知道他的名字，他叫潘寅林，我听不够他的琴；还有这张唱片，上面有两首小提琴齐奏曲《草原上的红卫兵见到了毛主席》、《山丹丹开花红艳艳》，是中央乐团演奏的，我觉得没有潘寅林拉得好。我一直想学这些曲子，可惜水平太低了，再说，到处托人买这些谱子，可就是买不上，后来，杰子在北京的新华书店里看到了，想给我买的时候，翻开一看是五线谱，谁都看不懂，买回来也没用。他回来给我一说，我后悔坏了，我埋怨他说：哎呀，买上就好了，看不懂就看不懂，没事的时候翻一翻，也比现在没有书看强……”

看着寇挥欣喜若狂的样子，她觉得面前的人真像于隆，还会想起当年那段短暂的幸福时光。有一天晚上她和于隆在屋外看到满天星斗，他也突然激动起来，滔滔不绝地讲起他上中学时，怎么样就迷恋上了天文学，每天晚上在屋顶上看什么大熊星座、小熊星座、狮子星座……

接触时间长了，寇挥在金一鸿面前不再拘束。她教寇挥放唱片，看他痴迷地倾听，就想起这个呆小子经常站在老连部的电线杆下听广播的样子。他们还在一起谈论读过的书，在寇挥面前，她又变成了当年那个纯洁活泼的少女。而寇挥说，姐姐性格直爽泼辣，像他悄悄喜欢的小学女同学。金一鸿问他女同学叫什么，他红着脸吞吞吐吐说不出口。金一鸿听说过，挥娃子暗恋一个女同学，而且把她的名字看得特别珍贵，宁为玉不知深浅，酒后冒犯了这个名字，让那帮知青一直羞辱到现在……

两人有一次说到投机处，寇挥愣头愣脑地问金一鸿当年考军区文工团的传闻，还有她为什么要和于老师分手。金一鸿也不避讳，说当年没有考上文工团，主要原因是父亲的家庭出身不好，当时正在接受审查，最后还被别人从省城排挤到了东盐池。所以，当她刚开始和于隆接触，她爸就知道了，和她妈妈一道经常暗示，年轻人在一起交往他们不反对，要是谈恋爱坚决不行。后来，她也考虑到，和于老师这样的人成家，日子也不见得能过好，再加上周围的人们都反对，因为一件小事就吹了。

寇挥听到这里，连连叹气说可惜可惜。

“有什么可惜的，”金一鸿说，“现在城里流传着这样一句话，不知道你听说过没有‘学好数理化，不如有个好爸爸’。”

“啊，还有人这样说，”寇挥听得很惊奇，“我只知道前几年大批判的时候，有一句话叫：‘学好数理化，走遍天下都不怕’。”

金一鸿这时有些伤感，说：“时代早就变了。就说于隆吧，他的确是学好了数理化，别说走遍天下了，在东盐池都是寸步难行。而我呢，有了个好爸爸，什么也不用操心，不是照样吃香的喝辣的吗。”

寇挥不甘心地说：“就算是军区文工团没有选上你，就凭你爸爸过去在师部十几年的关系，起码参加师里的文工团应该不成问题吧。”

金一鸿不以为然地说：“啥人有啥命，我现在对演节目一点兴趣也没有了。再说师里那帮演员，我基本上都认识，一群狗男女。要不了几个月，全学坏了。”

金一鸿和寇挥没事的时候，就这么天南海北地聊天，觉得很愉快。有时她真想对他说：“姐姐是个独生女儿，没有兄弟姐妹，你给我做个弟弟吧。”可是，静下来的时候，她又觉得自己不配。她无法控制自己喜怒无常的情绪，甚至有些时候，她觉得生活中没有刺激，她就提不起精神。但她再与人们打情骂俏的时候，总是避开他。

有一天，宁为玉抽空坐到金一鸿的身边，先是搭讪地说了几句闲话，然后装作漫不经心地说：“你发现没有，最近顾继蓉特别爱忘词。”

金一鸿翻了他一眼说：“爱忘词怎么了，她爱忘词和我有什么关系。”

“没怎么，就是爱忘词么。”宁为玉意味深长地笑，又挤挤眼，然后走开了。

听了这句话，金一鸿一下警觉起来，她扭过脸，开始在舞台上寻找顾继蓉。那个喜欢卖弄风骚的女人，正在舞台的一角和大老王逗嘴，老东西笑得金牙乱闪。她也察觉到，顾继蓉最近的行踪有些反常。每天上班，她来得倒是挺准时，但要不了两个小时，她就要去上厕所，一出去就是一上午。有时候金一鸿从广播室的玻璃窗上，能看见她慌张地朝小礼堂跑。有几次晚上排练，她也是要迟到一个多小时。好在她节目少，又都排在后面，人们对她的行动都不在意。加上人们都知道她有个难缠的神经质丈夫，更是对她避犹不及。

这时候金一鸿回想起来，宁为玉对顾继蓉的反常，已经有过好几次暗示了。他说顾继蓉经常一个人低头发呆，这次重排《父女争先》，她不像过去那样眉来眼去，而且经常忘词，还会莫名其妙地脸红。只要一说排练休息，她转眼就不见了。

金一鸿不动声色，起身回到广播室，从虚掩的门缝里观察。果然，顾继蓉表面上在和大老王说笑，暗地里偷偷地看了好几回手表。一会儿，她又趁人们不注意，悄悄地离开了舞台。

金一鸿从玻璃窗上看见，走出礼堂的顾继蓉，来到厕所门口时并没有进去，而是从厕所后面绕了一个圈，四面张望了一下，然后朝她住家相反的方向疾步走去。

四

元旦、春节的演出结束以后，宣传队员们按照惯例，纷纷收拾戏装、乐器，准备回连队参加劳动了。这时突然接到了厂里通知：宣传队暂时不解散，继续集中排练节目，开春以后到天山北坡的牧区慰问演出。

第二天一早，宣传队员都是踏着上班的军号声进排练室的。一见面，每个人脸上都是笑容，相互问候。看来，头天晚上大家都接到了归队的通知。

"今年不错，今年不错，"铁柱嘿嘿地笑着说："又可以润它小半年了。"

"就是就是，让我们到外面慰问演出，多攒劲，浪上一大圈子玩个美，到哪儿都有人招待。"彭兴国也美滋滋地补充。

"咱们为啥不到乌鲁木齐参加汇演，说是到天山北坡去，那全是山沟沟。"

"山沟沟咋了，山沟沟也比挖盐巴强100倍。"

"那是那是，我的意思是说，厂里让我们到那儿慰问演出，有啥意思，那也没有我们兵团系统的单位嘛。"

"行了，管它那么多呢，有人请我们去，只管吃肉喝汤，管他娘嫁给谁呢。"

"哎哟，大老王又瞪眼了，我说得不对吗？"

"对你娘个腿，我说'尿盆子'，你年纪轻轻不学好，早晚是个混混二流子，你小子快了。"

"哎大老王，你别指桑骂槐，对我铁柱有意见直接提，尿盆子是混混二流子，我成教唆犯了。"

大家一见面就闹腾，显得特别亲切。正吵嚷得兴起，忽然有人喊："别吵别吵，刘组长来了。"大家才轰然散开，纷纷找位子坐好。

刘组长身后跟的是放映员孔宪实，他现在是厂里的团委书记。刘组长正式传达了厂里让宣传队集中排练的通知，然后说："我们这次出去慰问演出，节目要精益求精，把这几年最好的节目重新加工。为了保证胜利完成任务，厂首长有两条指示，第一是加强领导，这次，宣传队的队长是孔宪实，增加一个副队长，寇挥。"

会场一片嗡嗡，寇挥也目瞪口呆，刚想说什么，刘组长一摆手说："你们谁都别说话，记住我们的作风，服从命令听指挥。孔宪实同志全面负责，寇挥负责乐器组，另外还得多写几个戏，去年写的相声《小农场里喜事多》，还有快板书《夸夸咱们的好排长》都不错。”

“第二，我们这次去演出的地方，主要是少数民族的牧区，大家要特别注意民族政策，不能违反纪律，要让贫下中牧了解我们东盐池，是个革命化、军事化的单位，拿起枪杆能打仗，放下枪杆能生产。”

刘组长宣布散会以后，大家都喜气洋洋地回去做准备。留下孔宪实、寇挥、宁为玉、大老王4个人，商量节目选取和重新编排。在会上，他们把这几年受欢迎的节目和有民族特色歌舞都进行了讨论，还制订了修改方案。这次会开得很融洽，连刘组长都感到奇怪：过去宁为玉和大老王一到一起就吵个不休，可今天好像成了朋友，一说对方某些方面有问题，那边就说是是是，我们回去改进。刘组长十分满意，心想：“看来我这个政治工作抓得就是不错，这帮家伙现在真是服服帖帖了。”

刘组长走了以后，宁为玉和大老王意犹未尽，围着新任队长孔宪实，一个给他点烟，一个给他倒茶。大老王说：“孔书记，给我们说说，怎么今年想起来到天山北坡的农牧区去慰问演出了？”

宁为玉说：“就是就是，天山北坡的牧区农村，也不是我们厂管辖的范围，厂里怎么就舍得拉一车人到那边给人演一个月的戏呢。”

孔宪实也不避讳，笑着说：“我给你们说实话吧，说起来我们是毛泽东思想宣传队，厂里提出来一定要把毛泽东思想深入宣传到天山北坡的广大牧区、农村中去。其实，我们是粮油采购先遣队，厂长是为厂里今年的冬菜、粮油着急了。”

孔宪实说：“这些年，随着厂里的规模扩大，还有人员的急剧增加，日常副食品的供应已经成了大问题。将近两千多职工家属每天的吃饭，让金厂长伤透了脑筋。”有一段时间，金厂长天天给师部农场的老战友打电话，希望得到他们的增援。可是他们也叫苦连天，说党中央号召以粮为纲，农副产品都不让搞，他们自己的粮油蔬菜都越来越紧张，哪儿还有多余的供应。眼看着金厂长一筹莫展的时候，还是钟才来脑子转得快，说天山北坡那边的农牧区，交通闭塞得很，只要我们先行一步，和那里的老乡们搞好关系，不愁弄不来土豆白菜，说不定牛羊肉都能搞到。金厂长听了以后，考虑了半天，这才决定先派一支宣传队去探探路。

半个月后的一天凌晨，宣传队巡回演出的大卡车开出了东盐池。

卡车开出厂区向北驶去，沿着进山的小路缓缓地爬坡。驾驶员是李永强，小伙子经过半年的学徒，现在出师了。刘组长安排金一鸿和他坐在驾驶室里，让厂里的老采购员钱树祥在卡车上面，和其他的宣传队员们一起风吹日晒。金一鸿于心不忍，但刘组长的命令没有人敢违抗。不过，她也不愿意像货物一样，被人装在卡车上。特别是车上还有宁为玉、张铁柱、顾继蓉这种人，和他们坐在一起，金一鸿觉得丢份。这帮人真可笑，一听能出去演出，都有些得意忘形了，受多大的罪都乐意。金一鸿觉得他们够可怜的，简直就像一群摇尾乞怜的饿狗，随便扔一块骨头，就幸福得“嗷嗷”乱咬。

虽然已经是4月下旬了，但凌晨的寒气还是朝人的骨子里渗。卡车用布景把三面围出齐胸高的挡风墙，上面的人都挤在长条凳上打盹。看来大家的兴奋劲儿早在昨天晚上用光了，先是厂领导审查了一遍节目，队里又开动员会，散会都半夜两点多了。

汽车沿着山洪冲刷的河床行进。铁灰色的戈壁滩中，公路像一根羊肠子一样弯曲。汽车离山口越近，连绵的群山高大而黝黑的阴影越重，好像一群蒙面的大盗向汽车逼近。回头遥望东盐池，整个厂区笼罩在一片烟霭中，只有方形的水塔和化工厂的高塔影影绰绰地探出半截身子遥相对应，好像神话故事中有个瘦老头和一个带着面具的大头娃娃站在云彩里默默地对峙。

现在要出门了，金一鸿对自己的家有些眷恋不舍。听说这次演出挺艰苦，尽是些荒凉偏僻的牧区、农村，吃不上可口的饭菜，可能大多数时间是住在老乡和牧民家里。一想到农村人家的饭和屋里的味道，她就受不了。再加上她还晕车，出来肯定是受罪。但她也受不了刘组长哀求的眼神，她清楚他是在利用她的身份，告诉那些农牧民们，连厂长的千金小姐都来给你们唱歌了，这心还不诚吗？

汽车进山了，崎岖的小路让车像浪尖上的小船，剧烈的颠簸和车内浓重的汽油味，让金一鸿有些犯恶心。刘组长见她脸色苍白，忙让李永强停车。金一鸿说：“别停车，开一下窗户就好了。”

汽车继续前行时，车上有人晕车了，趴在车帮子上探出身子哇哇地呕吐。有几个脸色苍白的女演员经过这一番折腾，再也不敢坐下来，都挺立在车厢前端任凭风吹。这时有人喊：“你们看，太阳出来了。”

大家转脸朝太阳升起来的方向看，这时的一轮红日，像个会玩捉迷藏的淘气包，一会儿在这座山峰后露一下脸，一会儿又从另一座山峰后跳出来。不一会儿玩耍够了，猛然抹下红脸窜上了群山之顶，把万道金光撒满了茫茫大地。

“太阳出来了……”男演员都伟站在车厢前引吭高歌,这是舞剧《白毛女》里最后一场,大春拉着喜儿走出山洞时的合唱。

“太阳出来了,太阳出来了,哟嗬依呀哟……”全车的人都应和地放声大唱。

“太阳出来了……”都伟又提高了一个八度。

“太阳出来了,太阳出来了,哟嗬依呀哟……”全车的人扯着嗓子吼。

刘组长听见车上的吼叫,笑着对金一鸿说:“嘿,样板戏就是有水平,你说这词写的,啊,‘太阳出来了,太阳出来了’,翻来掉去,就这么两句,人家一唱,咋就那么有声势哩。”

五

大卡车开出东盐池时,车厢上的人全都裹着皮大衣,在长条凳上昏昏欲睡,只有寇挥和几个头一次出门的女演员还在好奇地东张西望。寇挥兴奋地看着前方的路,不时地扯着庄家杰的袖子说:“杰子你快看,这条山路一直能通到下马崖,通到我们家。我们就是从这条路来东盐池的。”

除了回北京探亲,庄家杰还是第一次离开东盐池,也是第一次要去向往已久的草原。他没想到,挥娃子比他还激动。一路上,寇挥给他做介绍,从这里进山,再走几十公里,有一个叫青石头的牧区,是一个三岔路口,向西80公里就是北庭古城,向东170公里沿途经过下马崖、上马崖,就到了巴里坤草原。据说,这条路就是古代的丝绸之路,唐僧带着孙悟空猪八戒沙和尚到西天取经,走的就是这条路。

庄家杰嘴里唔唔地应答,可他刚要打盹,寇挥又拽他的袖子说:“杰子,要是我们到巴里坤草原上演出就好了。我就可以回家。我来3年还没有探过家呢。每次春节都是在宣传队过,我爸我妈来信,光让我好好工作,不要想家。”

杰子笑笑说:“小寇子,别激动了,有机会我一定跟你去一趟巴里坤草原,还去你们家玩。”

寇挥说:“一言为定。到时候我让我妈给你做焖饼子,她做得最好吃。”

杰子问他什么叫“焖饼子”,寇挥说,“焖饼子”就是在红烧羊肉上面,再把擀好的薄面饼一层一层的铺上,等羊肉烧熟了,面饼也熟了,而且饼子上全是肉的香味。

杰子说:“好了,你不能再说了,再说下去我可要流哈拉子了。”

山口前的这段路很颠,有人晕车呕吐,更多的人被汽车抛起来扔下去的,觉是睡不成了。当太阳从东方升起,大家对着太阳引吭高歌了一阵,车上的气氛开始活跃起来。铁柱和彭兴国刚刚学会了猜拳,吆五喝六地叫。女演员们围在一起交流羊皮军大衣的面料和栽绒领子,议论省城现在流行的一种丁字型的皮鞋;男演员们围住了华子,让他讲故事。宁为玉看到这个其乐融融的场面,突然喊道:“我提议,咱们大家一起来,做一个‘击鼓传花’的游戏,好不好。”

众人纷纷欢呼。宁为玉给大家讲解完游戏规则,从戏箱上跳下来,取出一朵大红花,大老王摆好腰鼓、棒棰。大家把条凳围成一圈坐好。大老王手起棰落,一阵密集的鼓点响起,人们手中的红花,像一块烧红的烙铁一样,刚拿到手里便急忙向下一个人的手上扔。

第一次红花传到了庄家杰手上时,鼓点停了,大家欢呼着让他表演节目。庄家杰说:“我给大家说个笑话。说古代有个秀才,是个近视眼,有天出门进城,走到一个岔路口不知道朝哪儿走了。远远地有一块大石头,上面落了一只乌鸦。秀才看不清呀,以为蹲着个人,他走过去说,先生,朝城里去怎么走,连问了三四遍,那人不吭气,秀才生气了,这时候,大石头上的乌鸦飞走了,秀才偷偷笑着说,活该,问路你不告诉我,你的草帽让风刮跑了,我也不告诉你。”

众人大笑,继续击鼓传花,这一圈红花落在杨小红的手上。大家起哄让她唱歌,“洋娃娃”忸怩地站起来,说:“我唱一个歌吧,这个歌现在乌鲁木齐的知青中最时髦了,”说完她清清嗓子,唱道:“深夜花园里四处静悄悄,仿佛花儿轻轻唱……”

“莫斯科郊外的晚上……”铁柱兴奋起来,和几个城里来的知青也唱着应和。

一曲歌罢,大老王鼓棰不动,严肃地说:“年轻人,这太危险了,这可是现在要抓的外国黄色歌曲嘛,以后不敢再唱了。”

铁柱说:“对对,以后不敢了,今天是把外国黄色歌曲拿出来供大家批判的。”

游戏重新开始,这一次鼓点密集地响个不停,人们手中的红花越传越快,转了两圈还不止,红花传到华子手上时,他还故意慢悠悠地举着端详,急得下面的女演员高声尖叫,再传到彭兴国手上时,鼓声骤然而止。

彭兴国挠着头皮站起来,铁柱说:“尿盆子,你妈的这次不许再学驴叫唤了,必须来个新的。”

彭兴国笑着说:“好吧,我不学了,我也讲个故事,不过是和驴有关系的,”说完他又看着华子说,“这个故事还是听华子讲的,还是让他讲。”

华子连忙推脱道:“你讲你讲,你的维吾尔语比我强,我可学不来。”

彭兴国说:“有一个维族农民当上了国庆观礼代表,来到北京动物园参观,他在一群斑马旁边站了半天,有人问他看啥呢,他说,哎,奇怪的很,我在新疆啥牲口都喂过嘛,怎么这里还有海军毛驴子。”

彭兴国讲完坐下,大部分人都没有听懂,只有阿黄“噗哧”笑出了声:“哈哈,好笑死了,海军毛驴子,他把斑马当成穿了海魂衫的毛驴了。”

人们这才回过味来,大笑不止。这一次,所有的人仿佛忘记了过去的无聊争吵,尽情地欢笑嬉戏。

不知不觉中,卡车进山了。峡谷里出现了稀稀落落的绿草,路边的河道中也有了淙淙的溪流。转过几座山以后,人们眼前出现了大片的草原,远处的山峦背阴处还有片片松林,不时有骑马的哈萨克牧民赶着羊群在远方缓缓移动。

中午时分,宣传队的卡车到了名叫青石头的牧场。

汽车停在牧场办公室的土屋门口,大家还没有来得及下车,就被从四面八方赶来的牧民们团团围住了。有些骑马的彪形大汉还背着“杈子枪”,第一次见到这个阵势,车上有些人吓坏了。刘组长从驾驶室里跳出来,人群里马上出来一个干部模样的中年人,和刘组长握手,他说话的时候,旁边一个满脸雀斑的哈萨克青年像是在翻译。大家在车上紧张地看,那人急切地说着什么,刘组长一个劲地摇头。

车上的人不知出了什么事,空气陡然紧张起来。大老王低声对大家说:“同志们,大家做好准备,可能要出事了,现在女演员们到车中间去,男爷们把好车厢,准备战斗。”

那人和刘组长还在僵持,刘组长不时地回头,看见车上的人们如临大敌的样子,急忙摇头,暗示大家不要轻举妄动。那人劝不动刘组长,转身用哈萨克语向人群说了几句话,然后一摆手,那些男女老少们一拥而上,好像要扒上车来抢人了。

车上的人们慌了,还有女演员尖叫起来,但有刘组长的暗示,谁也不敢动。刘组长赶紧跑过来张开双臂阻挡,好像无济于事,推推搡搡间,他只好冲着那个干部点头示意,那人笑了,又不知说了什么,人们朝后退开了。

刘组长对着车上说:“大家都下车,在这儿给贫下中牧演一场。”

车上的人们这才松了口气，纷纷下车，牧民们笑逐颜开，拍手欢迎。刘组长擦拭着头上的汗说："好家伙，这里的牧民太热情了，非要留下我们吃饭，我说我们有纪律，牧场的领导生气了，让牧民们上来往家里抢人。"

孔宪实问："那我们现在怎么办？"

"准备演出，"刘组长果断地说，"青石头牧场的老乡们，已经好多年没有看过节目了，我们要把毛泽东思想宣传到他们中间去。"

"刘组长，这可全是少数民族，我们演的他们能看懂吗。"大老王说。

"演吧，我看这儿应该演，不然我们走不了，"此时的刘组长显示出了一个指战员的冷静和干练，"老宁、老王、小孔和寇挥，让大家准备演出，咱们吃饭前开个会，把节目定一下。"

正在这时，那个干部带着青年又出现了，非要宣传队的人到牧场食堂去吃饭。这次刘组长不再拒绝了，带领全体队员来到食堂。大家刚在两张大方桌边坐好，哈萨克的男女老少们就在他们身边川流不息地出进，一会儿，桌子上就摆满了他们从各家各户送来的奶茶，奶酪、干馕。

那个满脸雀斑的哈萨克青年一边给大家倒着热腾腾的奶茶，一边用生硬的汉语说："照顾不周，照顾不周，现在嘛先一点点随便吃，晚上嘛，好好吃。"

下午，宣传队在草原上一个阳光灿烂的坡地，开始正式演出。那种热烈气氛让老队员们想起了当年第一次在东盐池演出。从四面八方赶来的哈萨克牧民把宣传队团团围住，大家感到责任重大，也拿出本事格外卖力。相继表演了歌舞《欢乐腰鼓》、器乐合奏《绣花毡》、金一鸿的独唱《萨丽哈最听毛主席的话》，连杨小红也唱了一首《天山青松根连根》。

牧民们热烈地欢迎，让演员们下不了台，他们只好临时发挥，后面来不及换服装的，马上就有人自告奋勇，庄家杰也受到了感染，主动上台表演了热瓦甫独奏《世世代代铭记毛主席的恩情》。

"哎，你，你，"庄家杰刚谢幕下来，那个雀斑青年向他招手，庄家杰走到他身边，他说，"东盐池演节目我见过你，你们一个相声说嘛，我们听一下。"

庄家杰蒙了，哈萨克牧民要听相声，他不知道怎么办。华子突然对他说："哥们儿，咱俩来侯宝林的《醉酒》。"

庄家杰一听，心中暗喜，对雀斑青年说："我们给贫下中牧们表演一段老相声，名字叫《醉酒》。"

雀斑青年马上给全场翻译，牧民们大笑起来，回头看后排几个睡眼矇眬的骑马汉子。

宣传队员们惊诧极了，包括刘组长，可能还是第一次目睹北京人用汉语给哈萨克人说相声。但是，神奇的一幕出现了，庄家杰和华子的每一句话，经过年青人叽里咕噜地翻译，人们居然全都笑得前仰后合。华子一见这种场面，一下来了精神，索性拿出了他的武功把式，在草地上东倒西歪地表演醉汉，连京戏中的“摔僵尸”、“吊毛”都用上了。

全场一片欢腾。当最后一个节目歌舞《鲜花献给解放军》开始时，哈萨克牧民们再也抑制不住了，一大群男女老少也加入到演员中间，忘情地跳起舞来。

这个热烈欢乐的场面让宣传队员们终生难忘。当然，更能留下永久记忆的，是当天晚上那顿饭。事后，大家回到东盐池好长一段时间，还在念叨在青石头吃的最为丰盛的一顿饭。牧场的书记通过翻译告诉大家，牧民们为客人宰了三只大羯羊，同志们好好地吃。每张大木桌上都是一大盆热腾腾的新鲜羊肉，一大盆啊，还有一大坛子白酒。大家放开肚皮大吃大喝的时候，都记得在东盐池吃得最香的一顿饭，还是厂里开劳模大会。慰问演出结束以后，留下来吃了一顿劳模饭。那天上了4个菜，还有一大盘平常十分罕见的扣肉，男队员们记得很清楚，扣肉上来的时候，他们还没有怎么下筷子，就让身手敏捷的顾继蓉抢到碗里半盘子。

那天晚上，牧场书记、刘组长、宁为玉、大老王、华子、铁柱全喝多了。刘组长醉了，趴在桌子上呜呜地哭起来，被大老王赶紧派人送出去休息；宁为玉醉了，到处拉着哈萨克族老大娘跳舞；宣传队的男女演员们，跟在一群哈萨克男女青年们后面学跳民族舞，纵情地唱；长雀斑的青年摇摇晃晃地走到华子面前说：“你武艺高强，我要和你摔跤。”有人热烈响应，从人群中拉出来一个魁梧强壮的哈萨克大汉。大汉和华子摔跤，成了一场游戏，那大汉把华子高高举起，像扔一件衣服一样掷出去，在全场的惊呼中，华子一个就地十八跌，又站起来。大汉生气了，非要与华子分出输赢。

这时庄家杰的酒劲也上来了，他说：“我来向这位英雄学习学习，点到为止。”两人一交上手，庄家杰就意识到自己碰上真正的对手了。这位大汉显然学过蒙古式摔跤，一招一式都直冲他的要害而来。庄家杰一面想着怎么破解他的招式，一面使出各种技艺，尽量把这次摔跤变成一场表演赛。后来宣传队的人都说，他们没有醉倒，完全是被杰子眼花缭乱的武艺吓醒了。他们说，最后杰子和那个哈萨克大汉硬是抱成一团，一起从山坡上滚下去，要不是有一根粗大的枯木挡住，他们就滚到水流湍急的山涧里去了。

在全场的欢乐达到最高潮时，大老王声嘶力竭地喊，让阿黄把管乐家伙们拿出来。众人纷纷响应，铁柱吹小号，大老王吹拉管，阿黄吹黑管，孔宪实指挥，给全场的人们吹奏了一曲《国际歌》。

晚宴在雄壮的《国际歌》声中圆满结束。

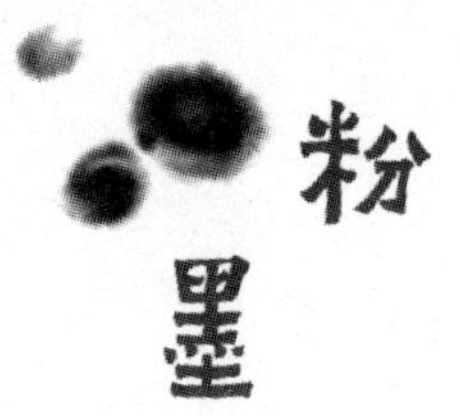

第十一章　结婚 闹鬼 捉奸 还有人动枪了

工地上老娘们都在传说，家属院最近好像夜里闹鬼。有时候半夜三更，有时候天刚一擦黑，老听到有个声音，隐隐糊糊地传出来，一会儿哭，一会儿笑……

一

老一连转移到了东盐池西边的芒硝湖挖硝，为即将开工的化工车间提供原料。

芒硝湖其实并不大，只是一个方圆十几公里的洼地。可是这里的水位很高，向地下开掘不到半米就出水。挖硝有点像露天采煤，推土机将地表层的盐碱壳和浮土推开，挖硝的职工们每天发一包炸药，自己打眼放炮，把固体硝炸松后，用镐和铁锨采掘。

知青们对这个工作产生了兴趣，虽然每人每天有4立方的劳动定额，但大家觉得这比在盐池子里有意思多了。每天安雷管、装炸药，打炮眼，点燃导火索以后埋伏起来，等待那一声震天动地的爆炸。从早到晚，整个工地到处炮声隆隆，每个人都分散在自己找好的硝坑作业，像在开展一场游击战。

寇挥的工作是负责一台小型柴油抽水机，每天他要比大家早起一个小时去工地，把抽水机抱到平板车上固定好，再把一大堆胶皮管盘在车上，拉着车满工地转，挨个为每个人的硝坑排积水。

“八一建军节”前两天，庄家杰托人给他带了口信，下班以后到阿黄家去吃饭，还有事要说。最近一段时间阿黄回上海探亲，让庄家杰来给他看家。下班寇挥回宿舍，换下沾满硝渍的工作服，用热水擦洗了身体。一边洗工作服，一边想：“怎么杰子又叫我去吃饭，他又帮谁了，人家感谢他？”

寇挥想起上次去天山北坡巡回演出，在北庭古城里，华子请杰子和他下馆子：宣传队在县礼堂里的演完最后一场，刘组长给大家放假一天。在县城里，宣传队员们三三两两的结伴闲逛，快到中午时，寇挥正好和华子、杰子3个人转到十字街口，从百货商店出来，华子说：“咱们仨去下馆子吧，今天我请你们吃一顿。”

寇挥说：“不用了吧，这些日子天天有人招待，早就解馋了。”

杰子说：“嘿，这真是千年的铁树开了花，万年的枯枝发了芽，过去全是你小子蹭别人的饭，怎么今天这么大方。”

华子听到这话，没有平日里的嘻皮笑脸，正经地说：“没错，过去我华子老想沾别人便宜，今天改邪归正了。而且我还有话要给你们说。”

两人见他说得诚恳，不好推托，只好随他进了一家清真饭馆。华子排队开票，点了红烧羊肉、爆炒肚片、酸辣土豆丝和一盆西红柿鸡蛋汤，还要了一瓶老白干酒。酒菜上齐了，华子先挨个斟满了酒，然后从上衣口袋里掏出来一叠钱放在桌子上。杰子和寇挥奇怪地对视，不知他要做什么。

华子把那一叠钱放在寇挥面前，然后端起酒杯，仍然一脸的正经说：“我今天请两位哥们儿喝酒，一是把这两年借小寇子的钱还清，二是我要感谢杰子，从今儿起我李学华不当杨白劳了。”

寇挥红着脸正要推辞，华子说：“兄弟，不要客气了，这是20块钱，你点好喽。这么晚才还你，实在对不住。”

杰子说：“算了吧，过去的事就别提了。”

“不行，今儿我要说，不过咱先把酒干了，”华子说完，和杰子碰杯，两人把手中的酒一饮而尽。寇挥端起酒杯试探地抿了一口，就觉得像是吞进嘴里一团火，呲牙咧嘴地大口吸气。3个人吃菜，华子看着寇挥说，“不瞒小寇子说，你华子哥哥顶没有出息了，好吃懒作，欠了一屁股的债。前两年过的那是什么日子，真他妈和杨白劳一样，一天东躲西藏的，经常晚上不敢回宿舍睡觉，要不然就是拆了东墙补西墙。你杰子哥哥不但悄悄地替我还债，还每个月强制我存20块钱，两年多我才翻过身来。”

杰子端起酒杯说:“我借华子的酒也说句话，华子能改了这个毛病，真不容易,也是掉了几层皮。今天是个值得纪念的日子,我和华子干了这杯酒,小寇子不会喝,自己随便。”

华子喝酒,把杯子咂巴的“滋滋”作响,摇晃着脑袋说:“这酒有劲儿,喝得真舒坦,我现在就像咱国家一样,是既无外债,又无内债,挺然屹立在世界的东方。”

3人正吃喝着聊天,就听见窗外的大街上一阵吵闹,扭脸看出去,是两个赶毛驴车的农民在吵架,围着一群看热闹的人。一会儿,人群簇拥着朝马路对面涌去。杰子笑着说:“这是上哪儿说理去呢,难道还到法院里断官司不成?”

人群散开处,寇挥看见对面街道上的单位大门上,分别挂着县公安局、法院和检察院的牌子。他随口问道:“这个检察院是干啥吃的。我光知道公安局是抓人的,法院是判刑的。”

杰子惊奇地看了他一眼,问道:“哎呀兄弟,你连这个也不知道吗?”

寇挥说:“我还是第一次看到这种单位。文化大革命刚开始,老听说砸烂公检法,原来就有检察院呀。它不能抓人,也不能判刑,要它有啥用?”

杰子说:“平日里我把你当成秀才,今天我可要给你讲一课了。你说的没错,公安局是抓人的,法院是判刑的。但是,公安局要掌握犯人的证据才能抓人。这个检察院要干的,就是调查案件,掌握了犯罪证据以后,发出拘捕票,公安局接到拘捕票以后,才能抓人。”

寇挥听得胡涂,说:“呜哟,还要这么麻烦,我们东盐池那么多劳改犯,没听说谁还要检察院来出什么证据,发什么拘捕票。”

杰子说:“文化大革命以后,这些东西确实都没有了。过去可复杂了,检察院收到审查案件的材料,要在3天以内,法院还要通知犯人,犯人还有权委托律师在法庭上为自己辩护呢。”

寇挥轻蔑地说:“哼,犯人犯法了,还让律师给他辩护,便宜坏家伙了。”说完他又问,“我在电影上也看到过律师为好人辩护,施洋大律师就是给工人辩护的。”

杰子和华子对视了一下,像是对他的无知无可奈何。杰子摇头笑了笑说:“过去的法律的确很复杂,给你一下说不清楚。”

寇挥说:“这些乱七八糟的玩艺只有外国才会有。我们这儿哪里用得上这个。看谁不顺眼了,抓起来收拾,这有什么不好呢?”

杰子见他还不明白，又用筷子蘸着酒，在饭桌上写上公、检、法3个字，圈圈点点地重新讲它们之间的分工和律师制度，还打了不少比方。可寇挥越听越糊涂，一脸的茫然。华子劝道："算了，别讲这些了，的确像小寇子说的，现在这些个玩艺早没用了，菜都凉了，咱们还是喝酒吧。"

寇挥洗完工作服，在宿舍外晾开，便来到阿黄家。一进小院，看见华子腰里系着围裙，肩膀上还搭了一条毛巾，手里颠着炒勺正炒菜。他瞟了寇挥一眼说："哥们儿来了，里面请。"

寇挥第一次看见华子这副打扮，站住好奇地看，笑着说："哎哟，你的动作还挺像个大师傅嘛。"

华子一边熟练地翻勺一边说："什么叫挺像的，我这手艺可是祖传，我爹就是正经八板的一级厨师。"

"啊，你爹不是外贸部的大官吗，怎么又成厨师了。"

"哈哈哈……"就听杰子在屋里大笑，又见他倒退着用背部顶开门帘，搬着一张小方桌出来，支在院子中间，说，"华子，你冒充高干子弟可有年头了，怎么今天说实话了。"

"敢情，自己弟兄我还装什么丫挺的，"华子说，"在东盐池有人瞧不起我，我得把那帮孙子蒙傻喽。"

杰子摆起桌椅碗筷，寇挥说："怎么又像请客一样，咱们上次不是在北庭古城下过馆子吗。"

杰子说："上次是华子做东，今天该我了。"

"哈，华子请客是不当杨白劳了，你呢？"

"我呀，我是不当洪常青、杨子荣、郭建光……了，"杰子像数快板一样念了一堆样板戏里的英雄人物，"革命英雄可以不娶媳妇，不结婚，我们老百姓做不到。"

"啊，你要娶媳妇，你要结婚？"

"对呀，不行吗？"

"不是不行，"寇挥红着脸辩解说，"你连对象都没有，你和谁结婚。"

"谁告诉你我没对象。"

"你对象在哪儿？我们怎么不知道？"

杰子挤眉弄眼地一笑，转身朝屋子里喊："对象，出来见客。"

只听屋内有人吃吃地笑，门帘一开，走出来一个个头不高的圆脸女知青，笑着说:“挥娃子,你不认识我了?”

寇挥说:“哎哟,我看你特熟悉,就是叫不上名字,你是二连的吧?”

“对,我是二连的,我叫冯克莉。”

“你就是冯克莉,”寇挥想起她了,吃惊地打量说,“二连上次点名批的就是你?”

“没错呀,是我。”

“说‘什么前途,我前面是一堆黄土’,就是你说的?”

“对呀,是我说的,而且就是针对我和杰子的事说的。”

“哈,啊,批了半天原来是你们俩。”寇挥很惊讶,来回看着杰子和冯克莉,半天说不出话。

前不久厂里点名批评一个二连的女知青,说她虽然家庭出身不好,父亲是历史反革命,母亲也改嫁了。但还是属于可以改造好的地富子女。但她偏偏和一个不三不四的人谈恋爱,连领导怎么找她谈话都不听,周围的知青女友也纷纷疏远了她,她却固执地重复:早就考虑好了,就是要嫁给那个坏分子。有段时间知青排晚间政治学习,指导员经常举一个落后青年的例子说:二连有个女知青,本来还是可以改造好的,我们苦口婆心的劝导她,让她考虑自己的前途,她却说:什么前途,我前面是一堆黄土。

寇挥埋怨杰子说:“杰子,你这件事太保密了吧,原来是水中桥。”

“什么保密,水中桥也逃不过美国顾问的眼睛,”杰子手上多出一瓶“汾酒”,他咬着瓶盖说,“在连队里都批成那样了,那么多的批判稿,我就看你写的那份最有文采。在厂里办结婚证,折腾了一个多月,在东盐池可以说是家喻户晓了,就你个书呆子还蒙在鼓里。”

冯克莉说:“说保密也没有错,人们都知道我冯克莉和一个不三不四的人谈恋爱,但这个不三不四的人是谁,好多人至今还没搞清楚。连队里审了我好几次,我就是不说他是谁。经常有人给我们指导员报告,说老是看见华子朝我这儿跑,都说我鬼迷心窍了,怎么看上这么个二流子。”

“挥娃子,你得给我写段快板书,好好夸夸我,”华子边炒菜边回头说,“我是不是比那阿庆嫂还伟大,我给他们俩当地下交通员,还背着诱骗女知青的恶名,到现在还没平反昭雪。”

说话间,华子干净利落地炒了4个菜,4个人围着小方桌坐下。杰子给大家斟酒说："从北京带回来的好烟好酒，全都孝敬那帮王八蛋了，今天这是最后一瓶，留下来我们自己喝，"说完，他端起酒杯说，"明天我和小冯回北京旅行结婚，不想在这个鬼地方办什么喜事了，我在东盐池就你们两个朋友，咱们干了这一杯。"

4个人碰杯，都饮尽了杯中的酒，华子又都斟满，举杯说："我和小寇子也给哥哥嫂子敬杯酒，祝你们和和美美，白头到老。"说完，也仰脖干了一杯。

寇挥也急忙端起酒杯说："就是就是。"和大家碰杯后一饮而尽。

除了华子以外，几个人都不会喝酒，两杯下肚后便满脸通红。大家开始吃菜，说些闲话。

冯克莉讲她是怎么样看上了杰子，可又不敢表白，如何让华子来牵线搭桥的。还说她的心思被最好的女友觉察后，她把自己的秘密全都吐露给了女友，谁知她一五一十全向指导员汇报了，然后连队里又是怎么样批判她的。

杰子说他小时候本来是个好学生，三年级看了一场电影《飞刀华》，一下就迷上武术了，成天想当飞檐走壁的侠客；后来又看了一场《巴格达窃贼》，更像中邪了一样，开始逃课、打架。后来把一个欺负他弟弟的恶霸差点儿打死，被公安机关抓到了少管所。在那里反省自己，一直下决心改邪归正。特别是到了新疆以后，怕被人看不起，所以在各方面都争强好胜，在连队里干什么活都要争第一。可是，无论怎么表现，都没能改变人们对他的看法，这一辈子是洗刷不清了。

华子像说相声一样，讲他们少年时在北京干过的荒唐事，逗得寇挥和冯克莉直笑。

眼看开会时间要到了，杰子把瓶中残余的酒给大家平均倒上，也是一脸郑重地举杯说："我明天一早就和小冯坐火车走，今天给两位兄弟分别交待一件事，"华子和寇挥见他说得认真，连忙坐正恭听，杰子说："第一，我先说华子，你虽然改掉了胡乱借钱花钱的老毛病，但以后钱还是要我们来替你掌管。今后每个月发工资，小冯负责让会计扣下20块钱，这样行吗？"

华子连连点头，杰子说："我和小冯离开东盐池的这一个月，你要千万小心，和知青们在一起别乱说话，也别到处乱窜，行吗？"

华子连说是，两人碰杯喝酒。寇挥看这个场面有趣，笑着说："我看《水浒》上面，武松要去东京，给潘金莲摆了一桌酒菜，也是给她这么交待的，不让她出去串门，还让她早早关上门窗睡觉。"

“好了，轮到你小寇子了，”杰子又转脸对寇挥说，“华子刚才讲笑话给你们听，那是逗乐，可是，你小寇子爱看书，有文化，你不该像我们一样，瞎混一辈子。你将来一定要去上大学，做大事。”

杰子说一句，华子说跟着接一句：“没错，大哥说的没错。”

寇挥哈哈地笑起来说：“上大学，到哪儿去上大学，现在东盐池连一个工农兵大学生都没有推荐过。再说，我们东、西盐池那些劳改犯里面，那些有名的右派，不少都是名牌大学的高材生，过得连我们都不如。我连中学都没有上好，还痴心妄想上大学。”

杰子说：“小兄弟，不管你有没有大学上，你记住我今天的话，别瞎混，好好读些书，将来早晚有用的。就连上次我们在北庭古城里下馆子，说公检法了，律师了，那些个玩艺儿不一定哪一天，全都会有用的。”

寇挥见杰子说得诚恳，也连连点头，和杰子碰杯后也喝干了酒。

冯克莉笑着说：“挥娃子，连里面天天开会教育你，没见你听进去多少；今天坏分子给你讲的，你倒是在用心记了。”

杰子说：“你们相不相信，我今天说的话出不了3年，都要应验的。”

寇挥借着酒劲说：“那好，我们就等3年，看你今天的话是真是假。”

寇挥嘴上这么说，心里却在偷偷地窃笑，他觉得杰子这是喝了酒说胡话哩，啥上大学了、公检法了，律师了，那都是哪个朝代的事情。他的话别说3年，30年、300年也不会应验的。

二

入夏以后，工地上老娘们都在传说，家属院最近好像夜里闹鬼。有时候半夜三更，有时候天刚一擦黑，老听到有个声音，隐隐糊糊地传出来，一会儿哭，一会儿笑，狼叫不像狼叫，还有点像猫头鹰笑。你一仔细听就消失了，特别瘆的慌。

知青们都不信这个邪，说什么闹鬼，新社会哪儿来的鬼。保证又是坏人造谣搞破坏。几个老娘们一听，不敢吭声了，回头问宁为玉，你晚上听见过没有。宁为玉说没有，我每天从工地回到家，浑身上下一点力都没有，一上床就跟个死猪一样，早上老婆不喊我都起不来。

宁为玉心里说:有鬼才好,闹吧,使劲地闹。把盐池子闹垮才好,把东盐池闹个房倒屋塌才好。这么活着还不如叫鬼给拿走,省得我自己寻死觅活的,老是下不了决心。说不定我重新投胎,还是个大富大贵的人哩;说不定我们能离开这个鬼地方,全家人还跳出苦海,过上幸福的日子哩。

下班以后,宁为玉在家门口用红柳枝搭的破炉灶上烙包谷面饼子,老婆一边咳嗽、流泪一边拉风匣。她不时地还要回过头,对着屋子里吼骂,他们的两个儿子不知道在里面抢什么,只听得小儿子在哇哇地哭,好像还在厮打。

冬天是短暂的,欢乐也是短暂的。当一个春天来临的时候,就是宁为玉又要回到连队受苦的日子。没有人知道,重新上班前的那个晚上,他的心情有多黯淡,多难受。每到这个晚上,他都没有心思吃饭,早早在里屋的床上躺下。老婆知道他的心思,总是悄悄地关上里屋的门,把两个儿子都打发到外面去玩。她一边咳喘一边流泪,为她收拾工作服和劳动工具。

不过最近宁为玉在连队里的日子好过多了,老一连到芒硝湖挖硝,改变了过去集体劳动的特点,每个人都自己寻找硝坑,完成自己的定额。这些知青们化整为零以后,很少聚在一起胡折腾。再说,连队里连续抽调了几批知青到厂部、医院、学校、商店、汽车队去,对留在生产连队的知青们影响很大,不少失望的年轻人情绪低落,像霜打过的茄子,蔫头耷脑的,好像魂都散了。宁为玉现在发愁的,是两个儿子一天天长大,需要用钱的地方越来越多,而老婆的肺病更严重了,连里让她提前回家吃劳保,她不同意,就怕工资减少了家里更加困难,只能咬着牙关挺着……

屋子里的厮打更加肆无忌惮,刚开始,老婆用她微弱颤抖的声音喊一声,屋子里就安静片刻,后来就不管用了。宁为玉听见里面越闹越凶,就听"砰"的一声炸响,好像打破了什么玻璃的东西。老婆大口喘着气,挣扎着要站起来,宁为玉赶紧说:"我去看看,这两个小兔崽子,皮又痒了。"

他进屋一看,立刻怒火中烧。大儿子靠着火墙站着,小儿子坐在地下哭。柜子上的大镜框仰面朝天地躺在地上,宁为玉那张穿着戏装、年轻英俊的照片,下颚处的玻璃碎裂了,四下迸发的裂纹像是给他戴上了髯口。他冲上去就给两个儿子一人一巴掌。顿时,两个儿子带着脸颊上金黄色的手指印哇哇大哭起来。他更火了,又扑上去一人给了一脚。他觉得自己快要发疯了,对着两个孽障东西日娘捣老子地痛骂起来……

老婆颤颤巍巍地走进屋，打扫着地上的残片。宁为玉气得又不吃饭了，进里屋上床和衣而睡。

老婆把屋子里收拾完，几次叫他起来吃饭。宁为玉假装打鼾，好像已经睡着了。他听见老婆长长地叹了一口气，又“空空”地咳嗽了一阵，扶着墙慢慢走到外屋。屋子里越来越暗，好像发电机又出故障了，到现在还没有送电。宁为玉直挺挺地躺在黑暗中，任凭泪水顺着眼角朝下流，两只耳朵里似乎都盛满了这辛酸的苦水。

不知过了多久，宁为玉听到屋角的某个缝隙里传来一阵“咦咦呀呀”的怪响。那声音时隐时现，忽高忽低，飘飘荡荡地随着黑暗向他逼近，有一种说不出的阴森。宁为玉头皮发麻，一骨碌就坐起来。声音又没有了。他心惊肉跳地起身，想喊老婆可就是喊不出声。他抖抖索索地走到门边，一掀门帘，看见老婆跪在小儿子床上，头埋在被窝上正在啜泣。突然，她慢慢直起腰，双手拍打着枕头一起一伏地唱：

“东边一朵红云起，西边一朵紫云开，谁个孝家开歌场，引得四方歌师来……”

宁为玉听老婆说过，她的老家在鄂西的神农架一带，这里流传着一种叫《混元记》的神话古歌，老婆的父亲就是一个民间的歌师，解放后被乡政府作为封建巫师管制劳动了。她就是因为家里生活不下去了，才跑到新疆来的。

“哪一个，白头不老得长生；哪一个，神仙不是做古人；想昔日，神农皇帝尝百草；中毒而亡无药医……”

老婆就这么流一阵眼泪，唱一首古调，不时还咳喘着休息一阵。突然间，她的唱词变了：

“宁为玉，我的夫君呀，你是个苦命的人呵！你一个才貌双全的俊相公，能唱能舞的艺术家！可恨老天不长眼，把你发配到这个荒凉的戈壁滩上来，不但让你吃苦受难，还被人欺负作践。你好可怜的命啊。”

“宁为玉，我的夫君呀，想当年，你就是那风流俊俏的小张生，你站到舞台上一亮相，我就没有魂了。多英俊的小生呀。演啥像啥，演啥是啥。”

“宁为玉，我的夫君呀，你是个仁义的好人啊！自打我们结婚成亲，你就从来没有嫌弃过我。想当年，你一个戏校毕业的文化人，不嫌我是个挑泥抹灰的建筑工，不嫌我模样差嘴巴笨。自打结婚到如今，我那可怜的婆婆，待我就像亲闺女。”

“我就是那个当垆卖酒的卓文君，我就是那寒窑十八年的王宝钏，我活是你宁家的三媳妇，死是你宁家的鬼。看到你唱歌跳舞我心欢喜，看到你受人欺压我心发酸。老天爷你睁睁眼，救救我的好夫君呀、呀、呀……”

宁为玉的泪水哗哗地流下来，恍恍惚惚间，他仿佛来到了一个舞台上，披头散发，赤裸双足，穿一身白袍，舞两只水袖。没有音乐，幕后一个女高音用花腔高歌，曲是无字的鄂西悲调。最后，在一阵凄厉的尖叫声中，他跪在前台，仰面朝天，祈求着苍天睁眼，救救人间这些受苦受难的生灵。

三

知青们从芒硝湖下班回来，快走到厂部的时候，迎着风飘过来一股羊毛烧糊的味。余卫中吸了一下鼻子说：“唔，谁又把皮大衣烤到火墙上了。”

黑旦说：“那还有谁，肯定是老卡，这小子最近被连长骂晕头了，啥都爱忘。”

大家都看谢东，他满不在乎地说：“球，骂了骂去，我假装没听见，越骂我越给他磨洋工。反正我干活再卖力气他也看不上，我也没有后门，只好挖一辈子硝。”

大家听了谢东的话，觉得有道理：他妈的我们虽然狠命卖力气干活，虽然没被骂过，不照样年复一年的下工地么？最近排里又有几个人调到厂部去了，像杨小红这样的，干活最差，不照样有好工作吗。还有，像严亚利这种会装样子的，如今也混得比我们强。

再走这段从芒硝湖向岸边的上坡路，人们的大胶靴子在脚上就更沉重了。他们越走，就觉得糊味越大，接着就看见不少家属院的门口都在冒烟。远远地看见曹瞎子提着一支烧红的炉钩，飞快地跑出宿舍，提起一个烧得焦黑的东西，眼睛凑上去几乎挨上，用炉钩去燎，滋滋地冒着青烟。

“曹瞎子，你们烧啥的呢？”

“弟兄们，赶快到厂部去，今天卖羊头羊杂碎，很便宜的，一公斤8毛钱。”

“曹瞎子，你不是上海人吗？你不是一闻到羊膻味就想吐吗？”

曹瞎子不理视他们，哼哼着小调，专心地烙羊毛。等他们回到宿舍擦洗完了，提着饭盒去食堂打饭，曹瞎子还在那里一丝不苟地工作。他身边的一个大铁盆里，已经有十几个焦炭般的羊头羊蹄子在水面上飘浮着。

余卫东凑到他身边蹲下来，亲热地说："曹瞎子，咱哥俩关系怎么样？"

曹瞎子响亮地回答："当然好得很了，咱哥俩谁跟谁，对勿啦。"

余卫东说："那你煮好羊蹄子，我也来一碗？"

"没门，哥们儿，别来这一套，"曹瞎子斩钉截铁地说，"想吃羊蹄子，赶快到厂部门口排队去，多得是，想吃多少有多少。"

"咦……"大家对曹瞎子的勇敢感到惊奇，这小子平常最㞞了，今天好像要用生命来保卫他的劳动果实。黑旦撸了一把曹瞎子的脑袋，起身说，"这还是小孩的鸡巴，越拨拉越硬了。"

大家哄笑着朝食堂去。就看见厂部的菜店门口灯火明亮，人头乱闪。厂部的老采购员老钱站在大卡车上，双手粘乎乎的油腻，正伸着脖子喊："大家排好队，不要挤，羊杂碎多得是，随便买，"他一边上秤，嘴里还不停地说，"我们东盐池的宣传队，给大家办了一件大好事。在山那面演了一圈节目，比我们采购员出去还管用。这两车羊杂碎，是青石头牧场的贫下中牧慰问我们的。北庭古城还有些公社，要给我们解决冬天的大白菜和土豆的困难。今年的冬菜没问题啦。"

大家打了饭回宿舍，就看见曹瞎子周围又围了一堆人，还能听见他卖弄地嚷："羊蹄子这个东西，就是要收拾干净的。蹄子缝缝里的毛，都不能放过；煮这个东西，也是需要技术的，要用小火慢慢地炖……"

大家回到宿舍，就有点坐不住了，嘴里面的酸水直朝上翻。彭兴国现在一有空，就用沾了水的梳子梳头，把长发从脑袋中间仔细地分开，他边梳边说："妈的，现在不行了，连个烂羊头羊杂碎，也有人抢，以前东盐池拉来这些东西，放好几天都卖不完。"

余卫中说："说以前干啥，文化大革命以前我们家在喀什，别说是羊杂碎，我爸爸每个月出差回来，从农场扛一个猪后腿，还有这么厚的油板。"

黑旦奇怪地问："油板是啥？"

余卫中说："油板都不知道，油板就是用猪的肥肉炼的白油。"

黑旦气得骂起来："去你妈的蛋吧，余大牙，那叫板油。"

一个新来的知青说："那我们家以前在和田的时候，鸡蛋才5分钱一个，这么大一缸子牛奶，一毛钱。"

"既然你们以前啥都吃上了，我考一下大家，"彭兴国说，"你们谁知道，猪哪个地方的肉最好吃？"

大家都被问住了，不一会，正在刨木料准备做“阿尔巴尼亚式”沙发的老知青都伟试探地说：“是不是猪脊背上的那块肉……”

“对了，还是老家伙厉害，”彭兴国得意洋洋地点头，炫耀地说，“猪脊背上的有一块肉，最嫩了，可以做一道名菜，叫糖醋里脊。”

“尿盆子，你啥时候吃过？”

“我没吃过，听华子说过，这个菜一般人吃不上，那都是有级别的。”

“哎，这有个啥球吃头，”余卫中不屑地说：“连一块肥肉都没有，肯定不香。”

“别争了，”黑旦的喉头“咕咚”一响，使劲咽了一口唾液说，“你们再说我的哈拉子都要滴下来了。”

这时候，就听到窗外杜连长暴怒地叫骂：“你在这儿瞎鸡巴转啥转，嗯？你看看你那熊样，跟从牛逼里钻出来的一样！”

知青们都吓了一跳，急忙挤到窗户上看，只见谢东梗着脖子站在地上，水滑溜光的长头发在脑袋上一分为二，像是顶着一本摊开的书。杜连长背着手在他面前来回走，又指着谢东的脑袋喊，“我命令你，马上回去把头推了，不三不四的，像个啥样子。”

谢东耷拉着头回到宿舍，大家热烈地鼓掌，哄笑。彭兴国嘻嘻地说：“老卡，你咋又撞到连长的枪口上了，我说让你等着我一块走，你偏要先出去绕一圈，这下不骚情了吧。”

谢东没搭理他，走到黑旦面前伸出手，瓮声说：“来一炮。”

黑旦赶紧掏出莫合烟，又递上报纸和火柴，说：“老卡，你还是把头发理掉吧，我发现连长最近脾气大得很，看谁不顺眼都骂，你和他作对干啥，鸡蛋碰石头。”

余卫中说：“就是嘛，我早就给你说过，不打勤的不打懒的，专打那个不长眼的。连里面比你干活差的人多得是，人家都能受表扬，就你每次挨骂。”

谢东利索地卷着莫合烟，甩了一下长发说：“骂了骂去，我们不理睬他，人民委员，斯大林，”说着，又伸出舌头一舔纸烟的边，叼烟点火，猛吸了一口，从容地吐着烟雾说，“他们这些人，都是山沟里的土包子，没见过啥世面。”

彭兴国也叼起一根烟说：“就是，我们这个破山沟，留个长头发都不行，上次铁柱从石河子来了一个朋友，说他们那里知青谈恋爱都没有人管。”

宿舍里发出一片“呜哟”的惊叹，目光都盯住了彭兴国，有人说：“尿盆子，给讲讲。”

“他说他就谈过一个，他看上连队一个女的，下班以后，大摇大摆走到她们宿舍，那个女的正坐在床铺上打毛衣呢，他上去把她的肩膀一搂，说我们谈恋爱吧。”

“我操，”黑旦惊叫一声，“那个女的没反抗？”

“没有。”

“也没叫民兵？”

“没有，人家女的愿意，谈恋爱嘛，”谢东接过话说，“你们知道不知道，其实女的比我们男的还想谈恋爱呢。”

“真的假的，你又吹牛呢吧。”余卫中也惊叫。

“牲口骗你，” 彭兴国赌咒说，“你们都看见了，我以前在西盐池的时候演《沙家浜》，才14岁，到东盐池来又进宣传队，啥阵势没有见过。”

“又吹牛，你个小屁孩，见过个啥。”都伟在外屋嘲笑地说。

“见过个啥？你还想挑拨我，”彭兴国被人一激，顿时来了精神，用手示意大家凑近一点，神秘地说，“最近我们宣传队的人出了一件事你们不知道吧？”

“快讲快讲，出啥事了。”大家也兴奋起来。

“算了，刘组长开会说过了，这个事情谁都不准朝外讲。”

“我们又不是女人，到处说闲话，除了咱们屋里的人，谁传出去谁是牲口。”

“好吧，你们下保证了，谁传出去谁是牲口，”彭兴国环视着每个人，见每人脸上都带着绝不泄露秘密的刚毅，这才放心。他用手背抹了一把嘴，说，“我们宣传队的顾继蓉，谁知道？噢，对，对，就和宁娘娘唱戏的那个，厂部那个钟老广的老婆，被宣传队开除了，她和化工连一个江苏支边青年搞破鞋，叫钟老广发现了。”

“啊，真的，咋样发现的？”

“不知道，铁柱说钟老广一看他们家的床单，就猜了个八九不离十，这话不知道是啥意思，”彭兴国说到这儿，用眼睛征求大家的意见，似乎要说，“你们谁知道这话是啥意思。”见知青们都在皱着眉头思考，半懂不懂也不敢露怯。他只好接着说，“那天我们正排节目的时候，钟老广冲到舞台上来了，他老婆还在那唱戏，他上去就是一个大嘴巴。我还在乐器组吹号呢，就听见外面“啪”的一声，声音太响了，把我们吹号都压住了。等我们跑到舞台那边，钟老广正在骂他老婆，他老婆坐在那儿哭。”

“钟老广骂人是这个样子，”彭兴国站起来，模仿钟才来气急败坏浑身哆嗦的神情，嘴里还发出一阵“坳坳啊啊”的怪叫。

"哈哈哈……"满屋的人都笑得直不起腰，谢东边笑边说，"哈，尿盆子学得太像了，钟老广骂人就这样，嘴里工工嘎嘎的，根本听不懂。"

大家笑够了，有人问："后来咋样了？"

"后来刘组长来把钟老广劝走了，又让金一鸿陪着顾继蓉回家了。"

"再后来呢？"

"再后来……宣传队就把顾继蓉开除了。"

大家还在等他往下说，可彭兴国却坐下抽烟，把嘴撅成O形，一个一个地吐起了烟圈。

"完了？"人们失望地问。

"完了，"彭兴国也遗憾地说，"我听说还有好多的故事，金一鸿不让我听。"

"这个事情和金一鸿有啥关系？"有人继续刨根问底。

"我觉得也特奇怪，金一鸿以前从来不理视顾继蓉，前几个月吧，她们俩天天在一起，好像关系特好。这个事情传开以后，顾继蓉还是把啥都说给金一鸿。可是我发现，金一鸿好像背着她，和宁为玉铁柱他们说悄悄话，她特气愤的样子。不知道啥意思。"

"这还不好解释嘛，"余卫中说，"金一鸿假装关心顾继蓉，把她的秘密都掏出来，然后在宣传队里传播。"

"不会不会，金一鸿她爸爸是厂长，她不会干这个事情，"彭兴国果断地摇头说，"你们不知道最后，刘组长在会上通知顾继蓉回连队劳动的时候时，她眼光特凶恶，把我们每个人都扫射了一遍，好多人吓得不敢看她。她快出礼堂大门的时候，还扑到金一鸿怀里哭呢。"

"咦，奇怪，这是咋回事？"满屋的人都像碰到了一道难题，谁也不能解释。

"他妈的，我们太吃亏了，"谢东愤愤地骂道，"尿盆子他们在宣传队，天天玩不用干活，还知道这么多的故事。我们一天到晚在工地上挖硝，都快成傻瓜蛋了。"

四

火车正点到达三间房车站，从第七节车厢里跳下来几个干部打扮的人，为首的是一个梳背头的胖子，脸很白，像是得了白化病。他们显然对戈壁滩上这种没有月台的小火车站不适应，从车上直接跳到碎石渣地基上，脚底硌得生疼，有一个人落地时还崴了脚，呲牙咧嘴地直吸凉气。

刘组长向那几个人迎上去，对着白胖子敬礼，说："吴处长，我是东盐池盐厂政工组长刘云德，来接首长到我们厂指导工作。"

吴处长愣了一下，对他说："金兆汉在哪儿，他怎么不来接我？"

刘组长说："报告首长，金厂长正在主持党委会，脱不开身，特地派我来迎接。"

吴处长骂了一句粗话，说："走，见面再收拾他个小舅子。"

刘组长前后照应，引导着一行人朝公路走。路边上一字横排4辆解放牌卡车，刘组长分别把人们安排进驾驶楼。他陪吴处长上了第一辆车。吴处长见开车的是姚副师长的小儿子姚进东，热情地笑道："大东，这下满意了吧，在东盐池开的是新解放，听说还娶了一个漂亮媳妇。"

大东嘿嘿地笑，不说话。等刘组长关好车门，指挥车队浩浩荡荡地朝东盐池驶去。

一路上，师规划处处长吴汉周很有兴致地看着车窗外的戈壁风景，快进山的时候突然转脸对刘组长说："金兆汉个小舅子，成天给师部打报告，说东盐池见天刮大风，艰苦得不行，妈的胡说八道。"

刘组长不敢回答，大东却接过话说："吴叔叔，不要冤枉金厂长，我们这儿的人都说，东盐池的风最会拍马屁，只要当官的一来，马上就停了，当官的前脚走，12级的风就跟上来了，我可是领教够了，把人刮不死。"

吴汉周哈哈一笑说："大东，你自己掂量，如果嫌东盐池风大，不想呆了，给你叔叔我打个招呼，咱们再调整。"

大东说："不用不用，我还是在这开车吧，一个地方呆惯了就不想挪。这里风再大，也比我爸爸的大道理好对付。"

吴汉周笑着说："好你个大东，真是娶了媳妇忘了娘。"

正说笑间，大东指着正前方的山口又说，"吴叔叔，过了这个山口，就能看见东盐池了。不是我吹的，现在的东盐池正经不错，今非昔比，鸟枪换炮了。"

这时候刘组长及时插言说："不行不行，今非昔比不假，鸟枪换炮还谈不上，这次还要你吴叔叔检查工作，多多支持哩。"

大东问："师里面还是第一次来这么多当官的，啥事情？"

刘组长抢着说："你吴叔叔是代表师部，来我们厂考察大化工厂上马项目的。"

这时，吴汉周微笑不语，眼看汽车穿过山口，视野顿时开阔。正前方的盆地中央是一大片银白色的盐田，盐田后面的山脚下，夕阳映照在新规划的厂区上，让吴汉周不由叫了一声："噢，不错，难怪老金每次到我那里神气十足，"接着，他又来了诗兴，随口吟道，"这真是'背靠青山摇钱树，面对盐池聚宝盆'啊。"

吴汉周一行人在厂部门口下了汽车，朝办公室走，就听见那里边传出金厂长大声的吼叫，桌子也被擂得"嘭嘭"响。刘组长一看形势不妙，忙把首长们朝会议室里请，他们进屋刚坐定，金厂长笑容满面地跑进来，握着吴汉周的手使劲摇，连声地说欢迎。吴汉周笑着说："老金呀，我是未见其人，先闻其声，你可是今非昔比，财大气粗，嗓门都不一样了。"

金厂长叹口气说："唉，没有办法，咱这山沟里的人就是不开化，非要拿鞭子打才朝前挪。"

说着，又招呼考察组的人都坐下，刘组长给大家点烟泡茶。吴汉周打量厂长说："老金，你可要注意，你可比前年瘦多了。"

金厂长下意识地摸着快谢顶的脑门说："嗨，活着干，死了算。只要这个化工基地能建成投产，我这一辈子就值当了。"

吴汉周说："老金，你看，是不是现在就把有关的同志们都叫来，咱们先听汇报？"

金兆汉摆手说："不用这么急，大家坐一天火车了，先洗把脸，吃饭，休息，明天再谈工作。"

金厂长在厂部食堂宴请师里的考察组，厂里陪同的是被人称为金厂长"三大金刚"的刘组长、钟才来和谢培良。吴汉周和谢培良见面握手，笑着说："老谢呀，你可是比前几年胖些了，人一白，好像也年轻了嘛。"

谢培良咧嘴一笑，显得挺勉强，只是用力握他的手。吴汉周立刻觉察到了他的情绪似乎不好，和金厂长的高度亢奋形成了鲜明的对比。

宾主按照座次坐好，金厂长笑着对吴汉周说："老吴，你是陕北人，我今天给你准备的是'西凤酒'，除了肉菜以外，还给你准备了羊肉泡馍。"

钟才来接着说："是的是的，金厂长为了欢迎吴处长和考察组，饭菜都是他亲自下食堂安排的啦。"

吴汉周连忙道谢说:"老金你也真是,咱们又不是外人,怎么这种事也要你厂长亲自坐镇指挥。"

金厂长说:"嗨,你可不知道我们东盐池,什么都不让你省心,哪儿没有操到心,就给你捅娄子。"

刘组长说:"我们金厂长可真是太辛苦了,从政治思想到各项运动,从生产到生活,一天到晚地忙,从来不知道休息。"

金厂长笑着说:"我哪里是辛苦,就是命苦。师领导信任我金兆汉,把这么大个摊子交给我,不搞好我对得起谁。"

正说着,炊事班侯班长端上来一大脸盆热气腾腾的羊肉烧萝卜,金厂长说:"老侯,你的菜再快一点,考察组的同志们坐了大半天车,怕是早饿了。"

吴汉周客气道:"不用催,我们在路上垫过肚子。"

金厂长说:"那好,我就趁菜还没有上齐,先把化工基地的大体情况给各位先说说吧。我是个急脾气,有事心里就存不住。"

厂长开始谈论建设西北最大的化工基地的规划。开始,他还一字一句,不紧不慢地叙说。可说着说着他逐渐激动起来,眼睛里放射出兴奋的光芒,手臂也有力地挥舞,声音越来越高亢,他完全沉浸在一幅气势恢弘的大工业画卷之中了。

眼见着满桌子的菜上齐了,考察组的成员们早已饥肠辘辘,但没有人动筷子,所有的眼睛都投注在吴汉周和金厂长脸上。一个眯着眼吸烟倾听,一个滔滔不绝地慷慨陈词。刘组长想提醒厂长先让客人吃菜、喝酒,可他几次都把话咽到肚子里了。大家都知道,最近厂长的脾气越来越急,虽然厂部的人每天都跟着他加班加点,可他还是不满意,经常骂部下太笨,脑子跟不上他的思路。特别是谢工程师,已经被他骂了好多次,可这个人很倔,为设计的事非要和厂长争出个青红皂白。刘组长和钟才来成了和稀泥的,常常要两面说好话。

渐渐地,吴汉周也有些坐不住了,他拿起筷子,敲了敲面前的酒杯,微笑着说:"老金呀,大体情况是不是先介绍到这儿,我的肚子已经开始造反了。"

金厂长正说到兴头上,好像把眼前这个欢迎宴请给忘了。他摆了一下手说:"吃饭嘛不用着急,我还有一点,说完就开饭。"

吴汉周笑起来,朗声说:"老金呀,我可服了你了,你可真是个好样的,"他看着大家又说,"我看这样吧,同志们都动筷子,咱们边吃边谈。"

一听吴处长发了话,考察组的人们像接到了拼刺刀的命令,筷子齐刷刷地伸出一片，直指面前的菜盘子。刘组长和钟才杰也不敢怠慢，赶紧起身为各位斟酒。

金厂长一见此状，不好意思地笑起来，说："妈的，我这是怎么了，一说到规划就像中邪了。老吴，同志们，大家不要介意，赶紧吃吧，一会儿我给大家敬酒。"

考察组的人们一边鼓着腮帮子咀嚼，一边异口同声地夸赞金厂长，说他们不会介意，只有感动，考察组经常在全师到处检查工作，没有见过像金厂长这么忘我工作的好干部。

食堂的气氛顿时热烈起来，宾主频频举杯祝酒，喝到酒酣耳热的时候，其他人都乱哄哄地走来走去劝酒、猜拳，吴汉周和金厂长又坐在了一起，两个人脑袋挨着脑袋低着头说话。

吴汉周显然喝多了，一只手搭在金厂长的背上，断断续续地说："……老金，……有魄力，好……我和你并肩……并肩战斗20多年……老战友今天说……说句掏……掏心的话……"

"你说，你尽管说。"

"……你，这个规划……好不好，好……妙不妙，妙……但是，年产10万吨，悬……悬哪！"

吴汉周最后一句，几乎是喊出来的，在场的人一愣，都停下了喧闹，看着他俩。

金厂长红着眼睛说："悬什么悬，我们生产组研究多少遍了，让老谢给你说，老谢，你把设计图拿出来，让老吴先看看，我们的10万吨硫化碱设计图。"

谢培良坐着不动，金厂长又喊："老谢，我叫你呐，你怎么不动弹，把设计图拿出来。"

谢培良快步走到金兆汉身边，对着他的耳朵低语道："厂长，咱们会上不是定的嘛，先上1000吨试车吗？你也说过，万吨、10万吨的计划以后再搞。"

金厂长一拍桌子，站起来吼道："哈哈，笑话，1000吨，这点玩艺儿老子我根本看不上眼，我什么时候说过先上1000吨，啊？"

刘组长和钟才来见势不妙，急忙跑步过来，一左一右搀住他说："金厂长，你喝多了，金厂长，你太累了，赶紧回去休息……"

金厂长用力一挣，甩开他们俩。他摇晃着身体，手指着谢培良说："我命令你，今天晚上，无论如何，把图纸，给我拿出来。"

刘组长和钟才来又扑上来，搀住金厂长说："是，是，保证完成任务，老谢回去加班设计,我们送你回家休息。"

他俩一边说,一边架着金厂长朝门外走。谢培良脸涨得通红,低首不语。

这时候吴汉周笑了,他指着谢培良说:"老谢……你个小舅子……真有你的……"

吴汉周一连说了3遍"真有你的",便趴在桌子上不动了。考察组的人们摸不着头脑,都在大眼瞪小眼,吴处长的话很绝,谁也猜不出他说的是什么意思。

五

东盐池现在有了一种新的娱乐活动。人们晚饭以后在家属院转,能听到有些院墙里"稀里哗啦"地响。不用问,这是有人在打麻将。这项活动能在东盐池发展起来,大老王功不可没。

宣传队到天山北坡巡回演出,晚饭以后,大老王一个人在北庭古城的街头闲逛。走在街上他觉得特别亲切,像回到了陕西老家的县城。这里人无论说话、打扮还是吃的,都和他们家乡一样。他还听说县里有个秦腔剧团,正在移植革命现代京剧《红灯记》。大老王简直喜出望外,恨不能马上调到这个县剧团来打鼓板。听说十字街口原来还有一家羊肉泡馍馆,破四旧的时候关闭了,又让他遗憾了半天。要在这能听上秦腔,再美美吃上一大碗羊肉泡馍,那就成神仙了。

大老王走进一条弯曲的小巷,见到一条小渠清粼粼的水在淌,不由腿一软,便蹲在路边的树下盯着看。这时候,他听到有家小院里传来了一阵"稀里哗啦"的响声,不用猜,这是有人打麻将洗牌呢。大老王祖上在县城里开杂货铺,他从小是听着麻将声长大的。实在忍不住心痒,他就趴在门缝上朝里看,果然院子里有几个人正围着一张小方桌摸牌哩。

"妈的,在地方上干也有好处,打麻将都没有人管。"大老王心里愤愤不平。

巡回演出回来,大老王的脑子里经常响起"稀里哗啦"的洗牌声。他光知道现在允许下象棋、打扑克了,下棋还成了体育运动,可以参加比赛。可他对这些玩艺儿不感兴趣,惟一爱好的娱乐活动就是麻将。大老王在宣传队给年轻人讲从前,说到旧社会和文化大革命以前的人打麻将,会玩的人根本都不用看牌,用手一摸就知道是啥了,哪里像玩扑克的,捏在手上数都数不清牌。铁柱听了和他抬杠,说他吹牛，谁那么厉害，用手就能把牌摸出来。我现在给你用笔写在木头上，你给我摸一个看看。

铁柱的反驳把大老王气得够呛，他说："你一个娃娃家，没见过啥世面，我不和你胡球缠。"铁柱不服，非要大老王用事实证明给大家看。两人争持不下的时候，倒是宁为玉为大老王说了一句公道话，说他小时候见过国民党的军官太太打麻将，人家都把13张牌扣倒，先摸后打，从来不会错。

现在，大老王亲眼看见社会上有人打麻将了，便拐弯抹角的到厂里去汇报，试探一下干部们的反应。听到的意见是，社会上的确有人在玩，上级也没有指示说不许打，只是不提倡，而且国家也不生产这玩艺儿，没有卖的，想打也白搭。

得到这个消息，大老王高兴了，也开始为打麻将动脑子。他先试着用硬纸壳绞成扑克模样，画上麻将符号，结果会打牌的人都看不上，说玩这样的东西没意思，不过瘾。后来，他又试验用木头做上一副牌，有人听了给他说，他见过城里的人打麻将，牌是用汽车的"耐灵片（刹车片）"做的，和过去的骨头麻将一样，打起来特别过瘾。

这一席话让大老王茅塞顿开，大老王就是修车的，什么样的"耐灵片"没有用过。而且在所有的刹车片里面，质量最过关，耐磨性能最好的是美国"道奇牌"卡车上的。不过好是好，要用它做麻将恐怕难度也最大，一是材料太硬，下料困难；二是因为它是要箍在刹车轴鼓上的，是个半圆形，怎么样把它压成平板，又成了摆在他面前的一道难关。

大老王向过去专门修理道奇卡车的师傅们求教，把"耐灵片"的特点完全搞清楚了。回到家，大老王先在院子里支一口大锅，烧一锅开水，把刹车片扔进去煮几个小时。等把它煮软了，赶紧捞出来，压在厚钢板下面半个月，完全压平以后，再经过钳工车间师傅们的锯、钻、刨、磨几道工序，回到大老王手上的，是一大堆光滑整齐、有棱有角的暗红色小骨牌。

厂部的文书写一手漂亮的隶书，大老王请他用白油漆在骨牌上写了一堆东南西北中发白和"万"字，然后用事先磨好的小刻刀进行雕刻。那段时间，大老王不论是在宣传队还是在修理厂，口袋里一直装着小骨牌和刻刀，只要一有闲空，马上掏出来雕刻。人们都以为大老王多才多艺，先是学会打鼓板，又学会吹大号，现在又开始刻图章。大老王笑而不答，也不让人看他刻的什么笔体。他每天都有计划，一天必须刻完两张牌，真正做到了古人说的"锲而不舍"。

用了将近半年多的时间，大老王终于制作出来一副真麻将。

麻将做好了，老牌友们早就等不及了，全都赶到大老王家来参观。看到他能用“耐灵片”做成麻将，惊奇得不行。当时就支上桌子打几圈，边打边夸这副麻将漂亮，摸在手上不滑不涩，即结实还有弹性。那些日子大老王的家里门庭若市，前来打牌的，看热闹的把小院子挤得水泄不通。

热闹了一段时间以后，老牌友们逐渐告退了。他们现在再打牌，时间一长身体就觉得抗不住，加上都有家务事，这就让宣传队里的小青年占了便宜。铁柱和彭兴国，下班不用做饭，饭后也没有家务活，早早就来占座位。这一次，他俩算是服了大老王，一个劲地夸他见多识广，心灵手巧。年青人既然服气了，大老王便对他们采取了既往不咎的宽大政策，允许他们到家里来打牌，输了还帮他们分析失败原因。铁柱对大老王更加感激，从此成了朋友。以后再来打牌，手里总要提些东西，有时是水果，有时是蔬菜。最后形成的固定牌友就变成了大老王和他老婆、铁柱、彭兴国。

这一天下班，大老王和老婆吃完晚饭，彭兴国准时到达，不见铁柱。他说他俩出门时，铁柱看见拉菜的生活车来了，赶紧站了个队，说给大老王把菜买上再过来。一会儿，大老王的老婆等得焦急，说：“铁柱咋回事嘛，不是排到头里了么，怎么现在买不出来。”

大老王笑着说：“怕是又和他的相好叙旧情呢？”

老婆问：“哪个是铁柱的相好，我咋没见过？”

大老王说：“就才调到菜场卖菜的大脸盘子丫头。”

老婆呸了一声说：“人家大脸盘子丫头已经结婚了，那(她)的对象是厂部开解放牌生活车的姚大东。”

大老王说：“我跟你逗着玩呢，大脸盘子丫头，叫郭春玲。在我们宣传队呆了不到10天就调到厂部了。这人不咋样，操蛋得很。”

老婆说：“你说不咋样，可人家找哈(下)的对象攒劲，副师长的儿，腰里别着3块钢板呢。”

大老王正准备给老婆说东盐池用清油换她的故事，铁柱空着手垂头丧气地走进来，坐下就骂：“他妈的郭春玲和我结下仇了，只要是我去买菜，丫给我公事公办，一点后门都走不上。这次我排第三，她没招了，给我秤了一把烂兮兮的蔫韭菜，怎么说都不给我换，我把韭菜摔到墙上就出来了。”

彭兴国听到这里也火了，跳起来说："妈的翻天了，走，找丫算账走。"

铁柱说："算了算了，好男不和女斗，我本来也想收拾她，可大东和我是小学同学，饶他一回。"

几个人正在院子里吵闹，林志国和李永强师徒走进来，手里提着一兜菜，志国笑着说："我们可都看见了，人家郭春玲现在还骂你呢，说你臭小子，你把我看清楚，我是谁。"

"她是谁，我早就把她看清楚了，她是大脸盘子，山里红，"大老王愤愤地说，"你们发现没有，郭春玲的五官长得比平常人的要开，特别是两只眼睛，距离特别远，像啥你们知道么，像隔着鼻梁这座院墙的两个呕气的妯娌。"

大家乱笑起来，大老王老婆笑着说："行了行了，打牌吧，几个老爷们儿胡糟蹋人家新媳妇，缺不缺德。"

众人坐下打牌，林志国和李永强要走，大老王老婆拉着不让走，说："坐下喝点水看打牌么，回去这么早干啥，有事吗？"

林志国说："事倒没有啥事，麻将这玩艺儿没玩过，看都看不懂。"

铁柱边出牌边说："这玩艺儿简单，我以前也没玩过，一学就会。麻将要是会玩了，再让我玩啥都觉得没意思。"

林志国一听麻将牌这么好玩，便坐下来，在铁柱的背后看。谁知道他这一坐不要紧，一晚上就看会了，接着就上了瘾。从那以后，林志国成了每天到大老王家来"上班"最早的人。常常是大老王家吃饭的桌子还没收掉，他先抱着兜了麻将的帆布坐在旁边等候了。他宣称自己有两个爱好，出车打猎，收车打牌。

快入秋的一个晚上，林志国手气特别好，不但连着和牌，而且还连坐4把桩，桌子前摆满了"麻钱"（充当筹码的汽车垫圈）。到了11点多钟，李永强和彭兴国进来了，对林志国说："志国哥，该回家了吧。"

林志国忙得顾不上回头，连连说："再打一圈，再打一圈就走。"

李永强说："志国哥，我给你报告一个情况。刚才我和尿盆子路过你们院子，隐隐惚惚地发现你家的窗户上趴着一个人，偷偷地朝里看。我们刚走近了一些，那人一闪就不见了。"

林志国听完一愣，当时摸牌的手就停在了半空。

大老王催促说："赶紧出牌，什么人趴窗户，管他干啥，你还有东西怕偷不成。"

铁柱故作神秘地说："志国，今后别来打牌了，千万不敢再出门了，媳妇要看好，存折更要藏好。你被人给盯上了。”

林志国“啪”地一声，打出一张三万，哈哈一笑说：“没球事，我媳妇不怕人偷，存折一张没有，爱趴窗户趴去。”

大老王说：“小林子，人家强强和你说着玩的，你还当真了，强强是你们家金一鸿派来抓你回家的，赶紧走吧。”

这一次林志国倒是听话了，扔下麻将和李永强出门回家了。

到了星期天的晚上，厂里又放老电影。大老王夫妻和铁柱、彭兴国4个人约好，今晚玩个够，打它一个通宵。眼看到了深夜，大家都有些疲倦，大老王为了给众人提神，一边玩一边说起顾继蓉被钟老广捉奸的笑话。突然，院子外面西南方向传来“轰”的一声巨响，大伙儿停下手，正莫名其妙地相互观望，大老王的脸立即变了，喊了一声“不好”，推开麻将桌就冲出了门。

大家都跟着大老王朝响声方向飞跑。刚跑到林志国家的房头，月光下就看见他端着一杆猎枪，光着上身，下面穿了件工作裤，正在墙角上东张西望。见到他们快步走来，兴高采烈地喊：“打着了，打着了。”

大老王问他打着什么了，是狗还是兔子。林志国说：“什么狗了兔子的，我打着人了，是流氓，就从这排院子窜过去了。大家分头找，他没跑远，肯定藏在哪儿了。”

大家一听，慌忙顺着找，就听李永强喊：“人在这儿，快来。”

他们一拥而上，在房头的柴禾堆里，李永强拖出来一个满脸是血、浑身哆嗦的人。

铁柱打开手电筒一照，彭兴国叫起来：“啊，华子！怎么是你！”

第二天，整个东盐池到处都在议论林志国用猎枪打流氓的事。传的最多的是：华子晚上趁林志国不在家，跑到他家要强奸金一鸿，正好碰上林志国出车回来，把手上打的野兔子一扔，端起猎枪就是一家伙。那流氓趁林志国上子弹的时候转身就跑，躲到柴禾堆里让民兵给抓出来了。

晚上，大老王家照例又支起了麻将桌，宣传队的人来了不少，都围着大老王和铁柱，听昨天夜里的故事。刚听了个大概，林志国就进来了。他见了大伙儿嘿嘿一笑，说：“我昨天可打着了个大家伙。”

说完他坐下抽烟，大老王老婆给他倒了一碗开水，他给大家讲起来：自从他结婚以后，他就怀疑隔壁单身宿舍住的华子不是好东西。晚上睡觉时老觉得有人在窗户外面悄悄地走，每次等他下床去看，又没动静了。他已经怀疑了半年多了，搞不清是什么原因。那天强强说的不是玩笑，他敢肯定又是华子来偷看。他这天晚上没去看电影，也没有来打麻将。而是悄悄地躲在屋子里，在窗台边掏了一个枪眼，还没让金一鸿知道。晚上先让她睡觉，然后拉了灯，悄悄地端着枪来到窗子边上等，过了不到10分钟，就看到华子贼头贼脑地往窗户上扒。他慢慢地把猎枪从枪眼上递出去，对着人影的脸上就搂火了……

林志国讲得津津有味，听得一院子的人心头乱跳。

大老王毕竟岁数大了，经过的事情也多，他摇着头对林志国说："志国，你这个娃娃不懂事，这次把娄子捅大了。"

林志国跳起来，瞪着眼还跟大老王争："这捅啥娄子，我用枪打流氓，难道说还打错了。"

大家也纷纷附和林志国，说他是儿子娃娃(新疆方言：有种)。大老王也不争辩，只是一边出牌一边唉声叹气，说志国有麻达了。

果不其然，一会儿就听院子外边摩托车响，保卫科廖科长吊个脸进来，叫林志国和李永强到保卫科去一趟。又过了一个小时，李永强回来了，说我师傅这回真是有麻达了，地区公安局已经来了人，要把他带走。华子一大早就被寇挥陪送到地区医院去住院了，有人忙问华子的伤势怎么样了？李永强说："好像不要紧，我师傅没有打准，枪膛里装了些铁砂子，只是从华子的耳边扫过去，蹭破了一点皮，没留下啥内伤。"

这件事过去了不到一个月，就是中秋节。整个东盐池被一个更加可怕的新闻惊呆了——伟大领袖毛主席他老人家逝世了。

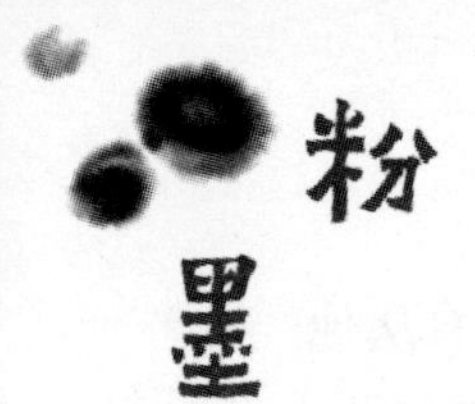

第十二章　世道好像变了

每人手上都有了一杆枪，便抑制不住激动的心情，再听首长们的讲话，腰板都挺得竖直……

一

毛主席逝世以后，东盐池的人们都觉得天要塌了。厂里根据上级指示，成立了武装民兵排。

民兵排在礼堂举行了隆重的成立仪式。在主席台上，刚从政工组长提拔起来的刘云德副教导员，和保卫科的廖科长都是全副武装。虽然没有佩戴领章帽微，但他们威风凛凛的军人派头，仍然让台下的知青们肃然起敬。刘副教导员讲话，强调了成立民兵排的重要意义，大家都感觉到了自己肩负的重任：毛主席逝世了，世界上的帝修反肯定会蠢蠢欲动，国内的反革命也会趁机破坏，妄图复辟资本主义。现在就靠我们用枪杆子来保卫红色江山了。

刘副教导员讲完话，宣布了厂党委的任命：任命赵建勇为民兵排排长，严亚利为副排长。接着举行了庄严的发枪仪式。廖科长宣布开始发枪的时候，民兵们心都快跳出来了。赵建勇念到谁的名字，谁就上台。廖科长从大木箱里取枪和子弹袋递给刘副教导员，刘副教导员先敬一个标准的军礼，然后把一杆沉甸甸的长枪庄严地递过来。知青们哪里经历过这种阵势，手忙脚乱地还礼、接枪，姿势不免有些滑稽，像电影里农村青年们踊跃投奔八路军的场面。

每人手上都有了一杆枪，便抑制不住激动的心情，再听首长们的讲话，腰板都挺得竖直，没有了平时在连队里开会时的散漫。回到重新集中的民兵宿舍，全都迫不及待地拉枪栓，上刺刀，做着各种射击和拼刺动作。

“攒劲攒劲，真正的老七九步枪。”有人一边赞叹，一边熟练地把枪栓大卸八块。

“哎，我还以为要发新式武器呢，要是来个五六式冲锋枪，那才威风呢。”也有人感到美中不足，但仍然用绒布仔细地擦枪。

“你懂个球，一看就是土八路的干活。老七九步枪最准，打仗特管用，老兵最爱用。”

“你妈的才是土八路呢，老七九这么好，为啥解放军都不用它了，全部换成半自动和冲锋枪？”

“行了行了，别吵了，有了真家伙还不满足，”有人出来制止，“想当年学工，让我们到车间里擦机器；学农，让我们到农场去割麦子；只有学军是假的，也不说发个枪让我们练一下，天天走正步。今天终于弄了个真家伙，还他妈的嫌不好。”

“每个人发一杆枪……”有人模仿当官的口气，讲那个老笑话，“是不可能的。”

“3个人发一杆枪……”有人接过来继续说，“是木头的。”

“哎，老掉牙的笑话没意思，”彭兴国算是知青里知道最多的，他又开始提问，“你们谁看过电影《沙漠追匪记》？”

“看过看过，《沙漠追匪记》，老片子么，谁没有看过。”大家异口同声地说。

“那你们谁知道，新疆的土匪最害怕啥枪？”

“三八大盖、老七九、歪把子机关枪……”众人一通乱猜。

“不对不对，你们都猜不到，”彭兴国得意地笑，“告诉你们吧，土匪最害怕的，就是苏联冲锋枪。”

“噢，见过，是不是那种枪筒到处都是‘洞洞’（AK47）的冲锋枪。”有人机敏地回答。

“猜对了。解放军的骑兵冲锋的时候，用这种枪一扫射，土匪看见以后吗，都把头抱上喊，‘喂呀喂呀，解放军的啥枪，每个洞洞都冒子弹的呢’。”

“哈哈哈……”民兵们开怀大笑。

“嘘、嘘，”门外练习正步的民兵跑进来，把手指放在嘴唇上制止说，“你们他妈的不想活了，毛主席逝世你们在这乱笑，外面都听见了。”

民兵们大惊失色,彭兴国痛悔地直打自己的脸说:“坏了坏了,我这个臭嘴就是改不掉,再不说笑话了,以后不说了。”

民兵们开始军训,赵建勇带领大家练操,立正稍息看齐枪上肩枪放下预备用枪突刺……只用了一个上午,民兵们就把全套的军事动作做得相当规范了。廖科长前来检阅,大为惊讶,他翘着大拇指对赵建勇说:“赵排长,你小子真行,我还承想啥时间能把队伍带出来?没想到,你用一天就管(行),看来你还真是一块带兵的材料。”

赵建勇一笑,心里说:“这点东西算个啥,我们从上学到现在,不知道参加过多少次军训,论水平,不见得比当兵的次。”

廖科长一高兴,第二天就带着民兵排到野外实弹射击。打枪也用不着他来教,几乎每个人嘴里都在念,“眼睛,准星、缺口、靶子——三点一线,叭。”结果,打靶成绩一出来,廖科长更是笑得合不拢嘴——除了几个女民兵脱靶以外,所有人的成绩都在8环以上。

3天以后,东盐池为伟大领袖毛主席召开了最为隆重的追悼大会,灵堂和大会会场就设在厂部礼堂。民兵们荷枪实弹地守卫在礼堂内外,个个庄严肃穆。东盐池的男女老少们在万分悲痛之余,心里有些踏实了:伟大领袖毛主席他老人家走了,天虽然塌下来了,但还有这枪杆子给撑着,日子兴许还能过下去。

民兵排为毛主席守灵,在厂里日夜巡逻,厂里的生产和生活秩序都好了许多,得到了全厂职工家属的夸奖。他们更加怀念伟大领袖毛主席,想想他老人家教导的,阶级斗争,一抓就灵。真是颠扑不破的真理呵。

还有人到民兵值班室来提议说:3位领袖逝世前有那么一阵子,厂里面有人上班偷奸耍滑,散布谣言,下班偷鸡摸狗,赌博耍钱,还有人搞破鞋,实在是不像话。就应该让民兵去收拾这帮狗娘养的。

也有人响应说:就是就是,想当年我们到东盐池来创业,因为缺乏木料,刚盖好的地窝子都没有门窗,我们出门上班、开会从来不担心丢东西。现在可好了,家家户户有了小院,两道锁都防不住贼。再这么下去,东盐池快变成土匪窝了。

赵建勇和严亚利把这些建议汇报给刘副教导员,立即得到了他的全力支持。有一天深夜,刘副教导员召集廖科长和赵建勇开了个紧急会议,说厂党委很认真地听取了他的汇报,一致决定,在东盐池开展一个打击新兴资产阶级分子的行动计划,让我们研究制订出详细的作战方案。廖科长和赵建勇一听,连连拍手叫好,称赞厂党委的英明决策。他们3人一起，详细地研究了一个行动方案，选定了抓捕对象、布置了监视办法，最后达成一致：在星期六晚上的全厂大会上，在会场里把所有的坏家伙一网打尽。

这次全厂大会也很隆重，连学校的学生和家属连都要求全部参加，不准请假。厂领导全部都坐在主席台上，个个都穿着军便服。金厂长讲了几句开场白，刘副教导员上台，先讲了一段国内外形势，突然脸色一变，声色俱厉地喝道："为了继承毛主席的遗志，巩固我们的红色政权，就必须加强无产阶级专政，注意阶级斗争新动向。根据师党委的指示精神，我们现在就对一小撮坏人实行无产阶级专政！"

听到这里，礼堂里的空气陡然紧张起来，人们朝四下看，整个会场已经被全副武装的民兵们团团围住了。

"根据我们掌握的情况和群众的检举揭发，我们要对下面念到名字的人进行现场逮捕。"刘副教导员说完，用锐利的眼睛在全场扫射了一遍，然后，他开始念名字："苏伟光——"

刘副教导员声音未落，廖科长走到台前大喝一声，"把苏伟光给我押上来！"马上就有两个民兵飞快地扑向早已盯住的目标，从人群中把一个又黑又壮的矮个子提溜起来，铐上手铐后，拧着胳膊押到台前。厂部的文书带领大家喊口号："加强无产阶级专政！坚决打击新兴的资产阶级分子！"

刘副教导员一共念了7个名字，民兵们从礼堂的各个角落把他们全部捕获，无一漏网。全都被押在台前站成一排，这其中有3个"北京青年"，两个劳改释放的新生人员，一个老酒鬼，还有一个是和顾继蓉私通的江苏支边青年。

这种现场抓捕行动好多年没实行过了，不由得令全厂的人们热血沸腾。特别是那些新来的知青和民工，第一次亲眼看到那些传说中穷凶极恶的坏人，在寒光闪闪的刺刀下弯腰低头，真有一种说不出的振奋。

刘副教导员开始宣读他们的罪状：苏伟光等3个北京青年都是老一连的，其中有两个已经成家了，老婆都是从四川农村跑出来的姑娘。他们和绿山包那边一个施工队的包工头天天打麻将赌博，钱输光了就出来偷窃；两个前劳改犯都是刑满释放以后，不好好改造世界观重新做人，罪恶本性大暴露，经常顶撞连队领导，不服管理；老酒鬼是全厂都在悲痛万分地收听毛主席逝世的噩耗那天，他晚上喝了一瓶酒，在宿舍里提把二胡又拉又唱；江苏支边青年在工地上散布反动言论，说什么:天天喊的是大丰收,我却喝不上小米粥。

听完他们的罪行,会场上的愤慨气氛达到了顶点,在全厂职工山呼海啸般的口号声里,民兵们把这7个像落水狗一样的坏分子押出了会场。

民兵排成立以后,全部集中搬进了老学校的院子里。这里还准备了3间关押室,民兵们把7个犯人押回来,扔进关押室后,又连夜进行了审讯。

除了3个北京人外,其余4个人的犯罪事实都很清楚,一审讯就低头认罪了。只是到了老酒鬼这里,他一个劲地喊叫冤枉,说自己那天晚上干活回来晚了,没有赶上听广播,根本不知道伟大领袖毛主席他老人家去世了。宿舍里面又没有人,他一个人觉得凄惶,就喝了些酒唱个歌。赵建勇看这个老东西挺狡猾,给黑旦使了个眼色,黑旦一声吆喝,五六个民兵一拥而上,好一通拳打腿踢,老酒鬼躺在地上扯着嗓子乱嚎,一边喊冤,一边还高呼"毛主席万岁,毛主席万万岁"。这让民兵们更加怒不可遏,拳脚更密集了。

收拾完几个劳改释放犯和老酒鬼,大家都很兴奋。觉得审犯人的确有意思,整个过程和样板戏《智取威虎山》里杨子荣审讯小炉匠一模一样,唯一的区别是,敌人要是狡猾抵赖,杨子荣会大喝一声"押下去",而刘副教导员不这样,他会慢慢站起来,轻轻说一句"你再好好想想",就出门抽烟去了,这时候民兵们会趁机扑上去,痛快地施展一番拳脚,看着犯人躺在地上打滚,哭爹叫娘,浑身上下真是说不出的舒坦。

半夜两点多钟的时候,刘副教导员让廖科长休息,由他和赵建勇主审。他让赵建勇把北京人苏伟光带进来。民兵接到命令,如临大敌,全都给枪上了刺刀,还有人把子弹都压上膛。知青们都知道,苏伟光在北京人中以粗野闻名,他外号叫"豁子",一笑就能发现他少一颗门牙,据说是一个人打跑十几个人留下的纪念。平常知青们怕他,也和他玩。不过今天成了敌我矛盾,就要加倍小心了。万一这小子撒起野来,挣脱了手铐,三五个人都不是他的对手。刘副教导员特别强调:别看这小子四肢发达,其实很难对付,要攻克这3个北京人的堡垒,必须从豁子从这里打开缺口。

民兵们高度警觉地进了关押室,"豁子"一见大家,马上点头哈腰,不住地叫"哥们儿",还说:"哥们儿,行行好,把手铐给松松,快他妈疼死我了。"

大家都愣住了,谁也没有想到"豁子"竟然是这么个熊包样儿,完全没有了平常的蛮横和粗野。黑旦心软了,擅自上前给他松了松手铐,他万分感激地说:"黑旦兄弟，够哥们儿，你的大恩大德我豁子永生不忘。”

“少废话，”黑旦突然大吼一声，“豁子，你要老实交代自己的罪行，争取宽大处理。”

“诸位兄弟，放心，”豁子边走边说，“党的政策我全清楚。”

“苏伟光，你知道我们为啥抓你吗？”刘副教导员问。

“知道知道，我有罪，我有罪。”豁子点头说。

“那你就赶紧交代吧。”

“毛主席教导我们说，‘凡是反动的东西，你不打，他就不倒……’”豁子像背书一样，开始他的交代。

“苏伟光，你别来这一套，”刘副教导员厉声喝断他，“你先交待赌博的事。”

“刘干事，不，刘副教导员，赌博是这样，绿山包的大老蔡，就那个包工头，镶金牙的，他爱打麻将，有时间就到我家来摸两圈。纯粹是玩儿，纯粹是玩儿。”

“没有赌钱。”

“嗯……有一两次，让我想想。”

“有一两次，是一次，还是两次。”

“嗯……一，二，三，”豁子扳着手指，“3次吧。”

“噢，3次，”刘副教导员微笑了一下，温和地说，“既然你记性这么差，我给你点时间，你再好好想想。”说完，他就掏出香烟，准备出门。豁子一看就急了，连忙喊叫：“哎哎，刘副教导员，别介，我想起来了，7次，玩赌的就7次。”。

“这还差不多，终于说实话了，”刘副教导员坐下来，一板一眼地说，“苏伟光，从去年到现在，打麻将将近8个月，今年6月，开始赌钱，并且和自己的两个北京老乡串通做手脚，一共赢了大老蔡352块钱，我这算术不赖吧。”

豁子脑袋上的汗哗哗地朝下流，他喃喃地说：“首长英明，我再也不敢撒谎了，保证彻底坦白。”

“好，我再问你，除了你们4个人，还有谁参与过赌博。”

“……北京老乡有一半都来看过，只有华子打过几次，就是宣传队的李学华，后来他被枪打了，就没来过。”

“庄家杰呢，他来过没有？”

“他没有，”豁子说到这儿，脸上有些气愤，“人家现在娶的是知青当老婆，和我们找盲流不是一个级别，哪儿能和我们这种人同流合污。”

赵建勇问他："他是不是你们的幕后操纵者，你们打架斗殴，偷鸡摸狗，恐怕都是他背后出主意吧？"

"这个没有，首长，我不能乱说，"豁子断然摇头说，"他出主意，他要是出主意，我们能倒这个霉，丫他妈现在傲得厉害，我们北京哥们儿他都不沾边了。"

"好，我再问你，你一共偷了多少只鸡？"

"没有几只，刘副教导员，这您清楚，厂里职工养鸡是违反纪律的，有人偷着养的那些，数都数得过来，我偷谁去。"

"你老婆是不是说过，她没有想到坐月子这么安逸，吃了七八只老母鸡，鸡蛋更是多得吃不消，都吃出鸡屎味道来了。"

"我操！"豁子震惊地喊出了声，"你们怎么知道的。"

"你嘴巴放干净点！"刘副教导员拍着桌子严厉地说，"你以为你干的事情那么秘密，我们都是吃素的？"

豁子低头想了一阵说："我坦白，我有罪，我确实偷了不少，但你让我一下说个准数，我得好好回忆。不过，"豁子抬起头来，挤出了几滴眼泪，可怜兮兮地说，"刘副教导员，赵排长，其实我也是没有办法了。我们北京人在东盐池名声不好，我快30岁了都找不上老婆，只能花钱买从四川农村跑出来的丫头。她们要求不高，嫁给我们只图能吃上一顿饱饭。现在一家3口人，只有靠我一个月40几块钱工资，一个粮本，每个月光买高价粮，就借了一屁股债。看在我老婆出月子不久，我女儿还不到两个月，你就高抬贵手，给我个宽大处理吧。"

听到这里，刘副教导员似乎也有些动心了，他沉吟了片刻，说："好吧，我就给你最后一次机会，把所有的犯罪活动交代清楚，争取立功赎罪。行了，带下去吧。"

"谢谢首长，我一定交代清楚，"豁子朝门外倒退着连连点头，一出门，又对民兵们低三下四地说，"哥们儿，我知道这一顿打跑不掉，你们下手轻点儿，我现在是有老婆孩子的人了。"

治服了豁子，刘副教导员和赵建勇都松了一口气。赵建勇说："教导员，天太晚了，你早点休息吧。"

刘副教导员说："好，大家都可以休息了，不过，值班的民兵一定要提高警惕，这个节骨眼上不能出纰漏。"

"首长放心，保证没问题，"赵建勇回答，接着又说："教导员，通过这次行动，我从你身上学到了很多东西。我有个建议，明天你在家指挥，我想进一步扩大战果，带一个班再收拾他几个。”

“噢，好哇，我先问你，准备从谁那里下手？”

“刚才豁子交代了，老一连的李学华，和他们是一伙的，我想先把他从医院揪回来。”

刘副教导员想了一下说：“李学华就不用动了，留着他我还有用。我觉得，倒是应该把那个庄家杰提溜过来，好好审审。”

赵建勇说：“没有发现庄家杰的问题，怎么抓他。”

刘副教导员说：“没有问题也敲打一下，能审出东西来最好，审不出来，杀杀他的傲气，”说到这，他见赵建勇有些犹豫，立刻就看穿了他的心思，又说，“建勇，你大概是怕这些家伙将来搞阶级报复，这有可能吗？你看看这些地痞流氓，平时多野蛮，谁见了都躲。现在怎么样，熊包样儿，看到都恶心。他再硬能硬过我们手上的枪杆子？再说了，厂里马上要在黄芦滩搞一个原料场，这帮家伙过两天全都弄去开荒。”

“黄芦滩在哪儿？”

“再朝东，快出新疆到甘肃了，离咱们东盐池还1000多公里。那戈壁滩，更荒凉，这些个坏东西别说想搞阶级报复了，能活几年我都说不清。”

正说到这儿，就听见关押室传来豁子凄惨的叫声，在深夜里显得格外瘆人。赵建勇突然打了一个寒噤。刘副教导员看了他一眼，笑着说：“这个王八羔子，戏演得不赖，比我宣传队的演员还强。”

二

老知青排里只有寇挥、谢东、迟媛媛3个人没有当上民兵，除了家庭出身问题之外，领导认为他们的思想改造还没过关。

民兵们搬走集中以后，大宿舍顿时显得空荡荡的。只有寇挥和谢东两个人，晚上散会以后，谢东到处串门找人玩，留下寇挥孤零零地坐在屋子里，心里空落落的。他一个人呆了两个夜晚，心里就虚得发慌。过去在热烈喧闹的大宿舍里，寇挥只想一个人找个没人的角落好好练琴。现在，同学们都走了，杰子被民兵抓去审了两次，还让赵建勇用皮带抽了一顿。虽然没有查出问题，但还是被厂里当成改造分子，和一群地富反坏分子一道，去黄芦滩开石膏矿。好像所有的人都商量好了结成各式各样的伴侣，偏偏把寇挥一个人忘了。

寇挥感到了孤独，还有些害怕。这时他想家了，国庆节期间，他参加完纪念毛主席丰功伟绩的演出以后，连队批准了他的探亲报告。

寇挥的爸爸是17连有名的老实人，外号叫“寇老蔫”。自从接到儿子要探家的信以后，每天中午站在下马崖公路边的小山上，向公路上过往的汽车上眺望。终于有一天，“寇老蔫”看见路边的汽车上跳下来一个弓腰驼背的青年，提个小包在路上一颠一颠地走。他立刻转身下坡，走到家门口对里面说：“热菜，下馄饨。”

寇挥走到自家房头，就看见他妈站在家门口，手搭凉棚朝四下张望。他赶紧跑几步，上前对着她喊了一声妈，她妈一看见儿子，一句“挥娃子”没有说完，便捂着脸哭起来。

寇挥忙把妈妈扶进家，抬头见他爸爸坐在墙边抽烟，又说爸我回来了。他爸爸嗯了一声，用眼睛示意一桌冒着热气的饭菜说：“洗洗吃饭。”

寇挥面对一桌子的菜狼吞虎咽，他爸妈围坐在桌子边上，两双眼睛紧紧地盯在儿子的脸上，身上。过了一阵他才觉察，停下筷子说：“你们咋不吃，都看着我干啥？”

他妈说：“我们刚吃过，这是专门给你做的。你爸爸接到你的来信，见天到那个小山坡上等你，让我在家烧水，这都快一个礼拜了，才见你的人。”

寇挥说：“哈哈，还有这样子等人的，我哪天回来都不知道，傻不傻。”

他妈瞪眼说：“没大没小。这还不是你爸想你嘛，再把你等不到，你爸非急出病来，”说着又上下打量他说：“挥娃子，你咋不长肉哩，出去几年还不知道遭了多少罪，瘦得个皮包骨。”说完，又拎起衣襟擦眼泪。

寇挥说：“妈，我遭啥罪了，你就哭，我在东盐池宣传队拉提琴，写戏本子，到处演出，玩美了。”

他妈说：“美个屁，你还骗我，媛媛‘十·一’也回来了，啥都给我说了，你太老实，还跟过去那样呆，没少被人欺负。”

寇挥惊叫起来：“妈呀，媛媛说话你还信，那个女疯子，满嘴胡话拌汤。”

他妈说：“媛媛才说实话呢。你不知道，这几年建勇他妈可神气了，到处串门给人吹，‘我们家建勇当班长了，当排长了，马上提拔副连长哩’。”

寇挥说：“建勇他妈说的没错，建勇的确进步快，听说要调到厂里的政工组当干事呢。”

他妈说:“那你呢,媛媛说你们那一批知青,就剩下你两个还在连队劳动,人家都要换工作了。”

寇挥说:“别听她胡说,我们厂马上要买大电影机子,刘副教导员还说要让我去放电影呢。”

他妈说:“骗人,我不信,这样的好工作能轮上你。”

他爸一看不妙,忙把他妈拉进里屋,责备她说:“你咋样说话哩,这么不懂事,儿子刚回来,连口热饭都没捞着吃完,你就数落他。”

他妈说:“我这不是心里着急上火嘛,看着人家的孩子都出息了,都搞技术,我儿从小爱学习,还下地干活。”

他爸说:“啥叫出息,我看你忘本了。在连队劳动咋着了,我儿子不偷不抢,靠出力干活挣钱养活自己,我看这不丢人。”

听到这里,寇挥心头一热,忙站起来,找他的小提包。他妈听见动静,忙掀帘子出来说:“挥娃子,赶快吃饭,你又做啥。”

寇挥从小提包里掏出来一条“黄金叶”香烟,一包点心,最后又掏出来一布兜亲手掏洗的原盐。

他妈接过东西说:“你花这个冤枉钱做啥,”说着,把烟扔到他爸怀里,“给你,你可抽上你儿子挣的烟了。”

他爸爸难得一笑,手捧着香烟正反地看,说:“既然买回来了,你就包好,等一会去看你干妈的时候提上,自打你工作走了以后,你干妈想你不轻。”

寇挥说:“我还想去看看春生。”

妈说:“春生不在家,他也参加工作了,在巴里坤县城里开了个修手表的小店,”说完叹口气,又说,“这娃娃也是心高,他爹妈没本事,给他弄不上个正式工,他就走远了。”

寇挥去看干妈,还没走到她家门口,老远就听见迟媛媛咯咯地笑声。他心里笑骂了一句:“赖皮子,超假了还不赶快回连队。”

他在门外喊了一声干妈,迟媛媛跑出来惊叫道:“挥娃子,你也回来了。”

就听屋里一阵乱响,接着干妈叼着烟卷出现了,她手里提着个洗碗的扫帚,对着寇挥的屁股一边抽一边咬牙切齿地骂:“小兔羔子,你还晓得回来,你还晓得来看我。”

寇挥任她打骂，笑嘻嘻地说："干妈，我回家呆了不到一个小时，就赶紧跑来看你，你还打我。"

干妈说："我的亲儿呀，可想死我了。你刚走那段时间，我一闭眼你就趴在床边念书。"

媛媛撇撇嘴说："哼，谁是你的亲儿子，自作多情。将来挥娃子娶了媳妇，把他的老娘忘了，你更不知道在哪儿呢。"

干妈说："他忘不了我。挥娃子要有了媳妇，再生个胖小子，我去给带孙子。"

寇挥脸上有些发烧，说："哈，乱七八糟的，我才多大一点，什么娶媳妇带孙子，不跟你们胡扯八道，我要看干爹去。"

寇挥进屋，径直进了里间，见干爹仍旧像从前那样躺在床上，双眼紧闭。他心里一缩，坐在床边不再说话。干妈跟进来，对着干爹的耳朵大声喊："老头子，挥娃子看你来了！"

干爹睁开了双眼，茫然地盯着屋顶。干妈又喊："老头子，挥娃子说了，让你好好活着，将来娶了媳妇带上孙子来看你！"

干爹没有反应，一会儿眼泪却从眼角流下来，滴在耳朵上。

寇挥心中不忍，出了里间，隔着窗户见迟媛媛在门外偷偷擦泪。他在饭桌前坐下想：干妈和媛媛真坚强，日子过得这么难，她们在人前从来都是那么开朗。

媛媛再进屋，又轻快地哼歌，干妈也提着篮子出来说："儿子，在家等着，我去老乡家弄点肉，咱们晚上吃饺子。"

干妈走后，媛媛给寇挥倒开水，寇挥说："再带干爹出去看看腰吧，听说县城那边有老中医，偏方挺灵的。"

媛媛说："噢，国庆节期间，我和我妈带我爸去了好几个地方，都说问题不大，只要好好休养，没有危险，"说到这儿，她见寇挥仍然愁眉不展，话题一转说，"挥娃子，你还是为你自己多想想吧，你也是大人了，一天到晚还迷迷瞪瞪的。"

寇挥不解地说："我怎么迷瞪了，我挺好的，你让我为自己想啥。"

媛媛吞吞吐吐地想说什么，犹豫了片刻，还是说："挥娃子，我想告诉你一件事，听完你别难受。"

寇挥说："哎呀，你不说我也知道，不就是别人都当民兵了，要调出连队了，为这个我就难受，嘁。"

媛媛低头说："我说的不是这个。前两天我看见菊了，她'十·一'也回来探亲。"

寇挥说："哎呀，你真可笑，她回来探亲我难受啥。"

"她把对象带回来了，"媛媛抬头看着寇挥惊愕的脸，又鼓起勇气说，"那个男的是省城的，在师部给首长开小包（轿）车，一米八的大个，挺牌子的。"

这一席话寇挥真有些挺不住了，两只手控制不住地抖。他努力镇静了一下，问她："这事我妈知不知道？"

"可能不知道，他们回来，就到我们家来过，再说假期太短，只呆了3天就走了。不过，咱们这么小个山沟沟，早晚他们会听到，"媛媛犹豫了一下，又说，"那个男的说，他正把菊从农场朝乌鲁木齐调，啥时间办成了，啥时间就结婚。"

寇挥身上开始发冷，觉得有些上不来气，对媛媛说："哎呀，你们家太闷了，我出去透透气。"

说完，寇挥快步地出门，迷迷糊糊地朝着山坡上的松林走去。草原上的草已经枯黄了，满地是没有消尽的残雪。他深一脚浅一脚地踏在泥泞中，像个醉汉。直到林间的松枝上落下来的一团雪掉在脖领子里，才被惊醒了。

远处的山脚下，下马崖公社的大院隐约可见，那里就有菊的舞蹈引起全场喝彩的舞台；礼堂旁边的公社中学，随风传来一阵钟声，接着是学生们嬉戏的叫喊。就在初二班的教室里，寇挥和菊值日时说过的话，也在炉火的映照下飘荡过来：

"等我到了文工团，给你找个好老师。等你学好了，就给我伴奏。"菊说完这句话，我发现她的脸都红了。

"给你伴奏是不可能的，以后我还是去看你的节目吧。"

菊，你的这种憧憬在我看来，就像是梦话一般。我根本就不相信它能够实现。我知道你是在安慰我，我们从小一块长大，在一个班里上学到今天，你都是我的班干部。对我这样一个天生敏弱、胆怯的男孩子，这种安慰是最好的管理方法。

"要看节目你就买票找个好座位定定的看，再别挤到台口上，傻兮兮的。"菊，你说完这句话我们俩都笑了，你老是拿我第一次看你演节目的事情嘲笑我。

"你还记得那一次我看节目的事，你要不说我都想不起来了。"寇挥觉得自己长大了，不想让她老是揭他的短。

"怎么不记得，那时候你在台子下面乱钻，从幕布下朝上看的时候，我就觉得这个娃娃咋那么熟悉，脸白白的，像我的同学。后来你用袖子一擦鼻涕，我一下就把你认出来了。”

是的，是你在台上演出，一眼就把台下正东张西望看热闹的我认出来的。

那是1968年的春节，我是在二姨家里过年。那时候，我们还在南疆的喀什噶尔。由于我们的父母分别参加的是两个对立观点的群众组织，我们这一派的人，早在两年前就被强大的对方赶出城市了。那两年我一直住在一个小县城里的二姨家，父母在遥远的叶城县修水库。由于我没有地方去上学，我整天和二姨单位的一群小家伙到处游荡。

这一年的春节，我的父母都没有回来过年。我听二姨父说，过些日子我们全家就可以回喀什了，因为武斗快结束了，两派组织一联合，就可以回自己家，也该好好上学了。我听完二姨父的话，心里很高兴。跑出去找小伙伴们玩，给他们一说，都说早八辈子就知道了。他们还说喀什城里的宣传队都来了，就在今天晚上到县礼堂演节目。

年龄大一点的伙伴还说，今天晚上看节目，都把弹弓枪带上，如果他们敢演反动口号，就让他们尝尝我们的厉害。

晚上，我们都来到了县城的小礼堂，成群结伙地手持弹弓枪，在走道间呼啸奔跑，时而掀起幕布看看——那些和我们打了几年仗的敌人到底是些什么样的人。就在这时，我隐约听到有人喊我的名字，我扭头在四下里乱瞅，小伙伴们却拽着我朝台上看。

菊，你就站在台前，又叫了一声挥娃子，但我根本不知道你是谁。你抹了个大红脸，又穿了一身维吾尔族的裙装，像个“小洋缸子(妇女)”。这时你又说，我是菊。

听到这个名字，我想起了你。那个带着我和媛媛一起玩游戏的大女孩儿；那个上学以后督促我做作业不许我做小动作的组长；那个指挥我们唱歌带领我们野营的少先队中队长。你问我为什么在这里，我说我现在是在我姨姨家。你又问我你爸爸妈妈呢，我说上班没回来。你问话的样子像个大人，而我回答的时候声音很大，似乎在大喊大叫，像回答老师的提问。

演出开始了。看来我们准备的弹弓枪是枉费心机了。你在开场时表演了一个为毛主席祝寿的民族歌舞，我趴在台边你的脚下，看你旋转得花团锦簇。接下来，是大型革命歌剧《井冈山的道路》，你又变成了一个精神抖擞的红军小战士。每当你出场的时候，小伙伴们都要捅捅我，还有人指手画脚地告诉旁人，说我和你从前是同学。仿佛我认识了一位什么了不起的人,也让他们都感到十分自豪。

这时候,只有我才最清楚地意识到,我们之间有多少距离,当我还是一个成天游荡的野孩子时,你已经成长为一个具有神圣职责的毛泽东思想宣传员了。我在台下仰视着你,心里充满了敬意。

那一个夜晚,也让我们这一群毛孩子爱上了音乐。尤其是那个声势浩大的交响乐队,给我们留下了深刻的印象。各种金光灿灿的铜号和大大小小的提琴,在一个头发乱甩的瘦高个的指挥下,发出了惊心动魄的美妙声响。第二天,当我们这些小伙伴们再相约的时候,就有人拿着口琴和笛子呜哩哇拉地吹。我也缠着姨父给我买了一只3角钱的竹笛,跟在他们后面学。不久,我们就把一片嘈杂的乱响变成了《东方红》的乐曲,最后都能吹奏技巧复杂的《草原上的红卫兵见到了毛主席》。我们最喜欢在一起合奏的,就是那首《八角楼的灯光》……

在下马崖上学的时候,我们俩的接近,让好多同学在背后嘁嘁喳喳的议论。其实我心里明白,这根本不是什么初恋。只是由于你的成熟,使我感到有了依靠。我就像是一个心不在焉的航行者,从来就不曾意识到随波逐流有什么危险,因为我的船舵是被人暗中操纵的,命运老是使我安全地抵达彼岸。也许,正是我的这种不通世理的混沌样子,引起了你的关注。你经常有意无意地来找我,向我诉说班上同学间的复杂关系,还有你当学生干部中的那些苦恼。听了这些人与事,我感到非常奇怪,也根本就无法理解,我们这个小山沟里的公社中学,竟然会有这么多乱七八糟的烦琐事务,而且还让你如此烦恼。

菊,我怎么就不知道呢?

这时候你总是叹着气说,你真羡慕我,一天到晚不是看书写字,就是吹笛子拉二胡,什么心也不操。我说,谁说我不操心,我是不会。我也想当班干部,可是我连自己都管不住,别人谁听我的话。

自从那次联欢会以后,你像是变了一个人,开朗、活泼了很多。当我从此开始注意你时,我才惊奇地发现,真的会有那么多的同学恨你,而且这种嫉恨随着那次舞台上的风光之后,逐渐变得公开化了。而你反倒不在乎这一切了,你对我说,你现在什么也不怕、不管,特别轻松。后来,你索性连中学也不上了,和高年级的应届生一起去了吐鲁番。

菊,我知道,你的这种选择,不完全是家庭生活困难,而是因为师部那个导演的许诺。你真的以为在不久的将来,你就会站在省城里的舞台上,实现你童年的梦想了。所以,你走以后,省城里的各大文工团轮流选拔你的消息不断传来的同时,还有团场领导的公子们都在追你的花边新闻。我搞不清这些传闻是真是假,又没有勇气写信去问。我总觉得这是那些过去嫉恨你的同学故意编造的流言蜚语,我实在不明白你什么时候得罪了这么多的同学,因为你在我的心目中那么高大,怎么会得不到他人的敬佩呢?

后来,这些传闻逐渐消失了。特别是我到了东盐池,才亲身体会到,我们这些普通老百姓家的孩子,在这个时代里要想出人头地是何等的痴心妄想。媛媛告诉我,你给她说:那位导演的确没有忘记当年的诺言,到农场去了好几次,要把你调走。可农场的领导就是不同意,说是广阔天地更需要你这样的人才。我知道,你是一个心地很高的姑娘,你绝不会甘心在农场呆一辈子的,更不会看我这样胸无大志的小盐工。可是,我还是在心里默默地想你。那个春节你来东盐池,我都快高兴疯了,不过那是我第一次上台演出,知道你在台下看戏,可我不敢朝台下看,我太紧张了。我想等演完节目找你,却听说你没看完节目就把媛媛拽走了。第二天我要去绿山包那边演出,等我再回来,你走了,媛媛说你不想见我,尤其不想让我看到你最倒霉的样子。我还知道,你和我通信的时候,都是你最困难的日子——因为我是一个值得信赖的倾诉对象。当你后来没有音信了,我就预感到,你又有了实现自己理想的一线希望,但我万万没有料到,你将会用这种方式走进省城……

“菊,你还会上台跳舞吗?如果我再看你的戏,一定去买前排的票,坐在座位上定定地看。”寇挥的眼前出现了一条河,是他想象中的湘江,清澈见底的江水中鱼儿游来游去,一片火红的枫叶在碧波上自由地跳跃、飘舞。

三

“田老鼠”原名叫田松林,他的小儿子名叫田志文,外号叫“扁头”。

扁头的脑袋很大,又细又长。他好像没有后脑勺,也没有前额,鼻子塌下去,下巴却撅出来,整个脑袋就像一个大冬瓜。有人说他的眼睛像田老鼠,又小又圆,就像冬瓜上点了两粒黑豆。扁头走路一摇一摆的,好像是脑袋太重了,压得腿都有些弯。

“田老鼠”晚上在连里开会，每次都带上扁头。把他朝集体宿舍一放，只顾自己去吹牛、下象棋。人们没有事就拿扁头开心，让他立正站好，问他：“田小三，你的脑袋为啥是个扁的呀？”

扁头每次都认真回答：“我妈妈生我的时候，难产了。是医生用手钳子把我从妈妈肚子里夹出来的，把头给夹扁了。”

扁头一说到这，人们就哈哈大笑，还有人喜欢在他的脑袋上“弹蹦蹦”，说试一下瓜长熟了没有，甜不甜。扁头便把脑袋伸过来让他们弹。有的人弹得特别使劲，能听见扁头的脑袋“蹦”的一声脆响，可他好像一点也不疼，不哭也不叫，人们感到很惊奇。

后来，扁头一到连队来，就朝寇挥的宿舍跑，找他玩。他爱听寇挥拉小提琴，也不用扁头的脑袋当西瓜弹。寇挥拉琴的时候，他坐在床边的小板凳上听。有时候寇挥拉出兴致了还给他报幕：“下一个节目，小提琴独奏，《新疆之春》，表演者，兵团工四师文工团，寇挥。”

扁头虽然听得很认真，但从来不会拍手。有时候听着听着脑袋一歪，靠着床沿就睡着了。扁头睡着了好玩，哈拉子长得都快托到地上了。

知青们见寇挥老是和扁头一块玩，感慨地说：“真是鱼找鱼，虾找虾，乌龟王八结亲家。挥娃子在下马崖的时候，就一天到晚和管老头的瘸儿子一块玩，到了东盐池，又和田老鼠的傻儿子凑到一块了。”

其实，扁头一点都不傻，他在小学的成绩每次都是第一名。

有时候寇挥在宿舍里看书，扁头就趴在床边写作业。寇挥翻他的作业本，全是红勾和100分。寇挥就拿一些难题来考扁头，扁头接过题不说话，歪着脑袋在演草纸上算，题做完了也不说，又接着那道题继续朝下面做。寇挥还以为把扁头难倒了，过半天再检查，就说：“扁头，我让你做一道，你咋把一章的题全做完了，好像还没发现错的。”

寇挥回下马崖探了一次家，回来以后像是变了一个人。在宿舍里不看书，也不拉小提琴了。一有时间就靠在被子上，双手支在脑后看房顶。扁头回家给他爸爸说，寇挥哥哥生气了。“田老鼠”叹气对老婆说，这小伙子最近挺倒霉，从小家里给订下的娃娃亲，对象要嫁给省里的大官了；连队里他们这一批的知青全都调出来了，最差的尿盆子还去了锻造车间学打铁，偏偏剩下他和厂部谢工程师的黑儿子，还在连队劳动。成天在工地上抱着个抽水机的大水管子到处跑，满身白花花的硝水点子。

扁头听不懂他爸爸说什么，但是看他唉声叹气的，就知道在说寇挥有麻烦了。扁头再来到寇挥房间做作业，就对他说："哥哥，我给你演个节目，"寇挥说你演吧，扁头站在地中间大声朗诵，"大头大头，下雨不愁，人家有伞，我有大头。"

寇挥勉强一笑，又躺下看房顶。扁头没招了，骨碌碌地转眼睛。

第二天扁头再来，从书包里掏出两把弹弓枪，说："寇挥哥哥，我们两个人一人一把枪，来玩打仗吧。"

寇挥问他枪是哪儿来的，扁头说是他爸爸做的。寇挥嘿嘿一笑说，没想到田老鼠手还挺巧，做的还怪像的。接着又说，咱们当民兵不够格，扛不了真枪，就玩一次娃娃打仗吧。

扁头一听要和他玩打仗，赶快坐下和他叠子弹。寇挥说："扁头，我小时候也喜欢玩弹弓枪，现在还有一个习惯，最爱用烟盒叠子弹。每次开会的时候，我手里拿片纸或者烟盒，都会下意识地搓、卷，我叠出的子弹特别硬。"

他们两个人准备好了弹药，扁头趴在寇挥的被子后面，寇挥趴在对面谢东的床后面，用弹弓枪互相射击，嘴里还"叭叭"地叫。扁头没有寇挥动作灵活，射击也不准，而且伸出脑袋就忘记缩回去。寇挥用的都是扁头叠的子弹，软软地射在他的脑袋上和身上，一点都不疼。

他们正玩得高兴，谢东回来了，他一看就说："哈，玩打仗呢，攒劲攒劲，"马上从寇挥手上夺过手枪，一边上子弹一边说，"你们不知道，我刚到东盐池来，就像扁头这么高，那天晚上风太大了，把我吓得蒙着被子不敢露头。天亮也不敢起来，只好一个人躺在地窝子的床上玩打仗。来，扁头，让我和你战斗一场。"

说完，谢东又从床上挑选了几粒最好的子弹，和扁头玩起来。他说："我当时在床上装游击队员，被子就是地道，我这边放个冷枪，那边扔个手榴弹，把苏修打的人仰马翻。"说着，谢东把头蒙在被子里来回翻滚，嘴里"叭叭"地叫着向扁头射击，有时还装作中弹了，躺着不动。扁头不知道是计，伸出脑袋找，立刻就中了他的暗枪。子弹打在扁头的脸上，"啪"的乱响，他还没有反应，寇挥叫起来："扁头，你已经挨了十几枪了，早给打死了，赶快投降。"

扁头举手投降，谢东本来还想在他脑袋上再开几朵花，看他一下就败了，把手枪一扔说："不和扁头玩了，笨球子的，不堪一击。"

谢东走了以后，寇挥说："扁头，以后再不要和大人玩打仗，你光吃亏。"

扁头看着他说:“我和你玩。”

寇挥叹口气说:“我现在是大人,不爱玩小娃娃的游戏了。”

扁头又骨碌碌地转眼睛,可是实在没有啥办法了。

这段时间,北京城里传来了特大喜讯:以英明领袖华主席为首的党中央,一举粉碎了“四人帮”反党集团。东盐池一下又热闹起来,成天庆祝游行,开会声讨批判。宣传队也立即成立起来,这一次变动更大,只保留了宁为玉、大老王和铁柱,又从新来的几个连队里挑选了一批年轻人。扁头问寇挥怎么没去演戏,寇挥说他们没选上我,我也不想去了。再说杰子和华子都不在,更没意思了。

扁头说:“那啥有意思?”寇挥说:“晚上看你做作业有意思。我刚来东盐池就遇到华子,他说我傻,不在学校念书,早早参加工作。现在一想,还是上学好。”

扁头再来,把作业摊在床上,坐在小凳上好半天,也不动弹。寇挥觉得奇怪,说:“扁头,你今天咋不做作业?”

扁头说:“上面的题我不会做。”

寇挥说:“让我看看,”他拿起课本一看说,“扁头,你拿错书了,你才5年级,咋拿人家初二的课本。”

扁头说:“5年级的课我都上完了,你教我新课。”

寇挥打开书边看边念:“第一章是因式分解,第二章是三角函数……”他看了一会儿,说,“扁头,这些我没有学过,我咋样教你。”

扁头说:“你是大人。”

寇挥说:“大人也有不会的东西,我没学过。”

扁头以为他骗人,又说:“你是大人,”停会他又加了一句,“你天天看书。”

寇挥说:“我看的都是故事书,从来没有看过数学。算了,给你说这些干啥,你不懂。”

扁头说:“我们何老师爱看这个书。”

寇挥问:“何老师,谁是何老师?”

扁头说:“何艾香何老师,她是女的她都学过。”

寇挥说:“噢,是她,人家是老师,我又不是。”刚刚说到这儿,寇挥突然停下,不知道在想什么。过一会,他笑嘻嘻地对扁头说,“我,我刚才骗你玩呢,你先做作业,我一会儿教你。”

扁头听话做作业,偷偷地看寇挥,只见他打开课本,从因式分解的定义说明开始念，还说挺简单嘛，能看懂呢。然后他又照着例题来回看，还拿钢笔在纸上算。等再抬头，扁头早把作业做完了，正在等他教呢。他说："好好，我现在给你上课。"

"我们今天学的是因式分解，什么叫因式分解呢……"寇挥声音拉得很长，像何老师上课一样，可是他说一句，还偷看一眼课本。有时候卡住了，他的声音拉得更长，还反问扁头。扁头回答对了，寇挥也像老师一样表扬他，还问他为什么，扁头用笔在纸上给他回答。他看完扁头的题说："好好好，我懂了，我懂了，A平方加B平方等于A平方加2AB再加B平方。"

"田老鼠"下棋快半夜了，也不来接扁头。寇挥送他回家。在路上说："哎呀扁头，原来数学这么有意思，你把以前的书也拿来，我想看呢。"

扁头才上5年级，初一、初二的课本都是借何老师的。何艾香听说寇挥晚上和扁头做作业，便让迟媛媛送来一大包书。寇挥一看见书，眼睛就放光了，每天看书做题。有些题不会做，就让扁头回学校去问何老师，有的题何老师也不会做，又找于老师做。再后来，扁头干脆带着寇挥去找于老师。

就这么过了半年多。一天晚上，寇挥给扁头讲数学中的椭圆方程，有个人在他们后面笑着说："嘿，小寇子，当先生了。"

"杰子，"寇挥跳起来，高兴地抓着他的胳膊摇，"你从黄芦滩回来了。"

杰子说："什么回来了，最近小冯要生孩子，我请假回来看看，马上还得走。"说完又摸着扁头的脑袋说："这是老田家扁头吧，怎么老不长个。"

扁头仰脸说："爷爷好。"

杰子和寇挥都笑了，寇挥说："杰子你瘦多了，你一笑脸上都有好多皱皮，扁头把你当成老头了。"

杰子笑笑说："我没事，在黄芦滩我还老想，小寇子现在干什么呢，别是受了我的牵连，不知道还怎么被人欺负呢。我这一看放心了，功课学得不错。"

寇挥说："啥叫牵连我，我现在学功课，就是听你的劝呢。我还记得你端着酒杯给我说，不管你有没有大学上，你记住我今天的话，别瞎混，好好读些书，将来早晚有用的。"

杰子长长地出了一口气，说："我在东盐池是个人人皆知的坏分子，也有劝人行好的作用，"说完，杰子说要回家，临出门时，又转身对寇挥说，"我今天来，是告诉你一个好消息的，我弟弟从北京来信说，国家最近刚开完一个重要的大会，可能今年要恢复考大学，知青都可以报名参加考试，他也正在加紧复习呢。”

这时候，扁头突然说：“爷爷，东盐池的青霉素过期了，有5个娃娃打完针，都成哑巴了。”

杰子和寇挥都奇怪地看扁头，杰子笑着骂道：“小兔崽子，真莫名其妙。”

四

谢培良打开生产组办公室的锁，一推门，门楣上的沙尘“唰”地落下来，像在他面前挂起了一道瀑布。眼看着尘埃缓缓地飘落在地上，瞬间翻卷、扩散成一朵越开越大的烟花。

谢培良屏住呼吸，走进有些呛人的办公室，准备洒水扫除。刘云德副书记走进来说：“老谢，我向你请教一个字。”

谢培良端着脸盆笑道：“刘副书记太谦虚了，什么请教，我才应该向你们学习。”

刘副书记说：“哎，现在是‘粉碎四人帮，知识分子大解放’，你们肚子里的东西都可以亮出来，不用害怕，”说话间，他用指头在落满沙尘的桌子上写，“这边一个竖心旁，右边一个复杂的复字，该念个啥来着？”

谢培良看着桌子上的大字说：“噢，这字念‘愎’，刚愎自用的愎。”

刘副书记说：“对，就这个词，啥意思来着。”

谢培良说：“这个‘刚’，形容人的固执；这个‘愎’呢，是怪僻的意思。刚愎自用，是说有权有势的人武断，专制，不听取群众意见。”

刘副书记说：“我明白了，我们要批四人帮，就可以说他们刚愎自用。”

谢培良说：“用是可以用，不过这个词还可以用在犯错误的同志身上，对四人帮，我们可以说专横跋扈。”

刘副书记笑着伸出大拇指说：“不愧是全疆有名的大工程师，真有学问，佩服，佩服。”最后这两句，有点像京剧道白，看得出来，刘副书记今天心情很好。

刘副书记走了，桌子上留下一个斗大的“愎”字，有些触目。

“刚愎自用，刚愎自用啊，”吴汉周叹息道，“如今的老金，变多了。”这是两年前师部考察组临走那一天下午，吴汉周和谢培良长谈了两个小时后发出的感慨。

吴处长把“刚愎自用”念成了“刚复自用”，所以谢培良觉得他大概念了错别字，后来还专门查了《汉语成语小词典》，把这个词的读音、词义都搞清楚了。刘副书记夸他真有学问，不过是碰巧罢了。

那几天，吴汉周带领师部考察组，对金厂长上报的项目报告审验得十分严格。他们用了整整一个上午，围着芒硝湖走了一圈，对芒硝的储量面积进行实地测定；师部的副总工程师不但一张一张地审核、测算谢培良设计的生产图纸，还召开了两次技术人员参加的讨论会。吴汉周还找了一批基层干部谈话，最后又来征求谢培良的意见。他已经觉察到，考察组内部在东盐池投产建造化工基地的问题上分歧很大，吴汉周和副总工程师准备写出调研报告，让师党委重新讨论；而政治部副主任和财务处副处长却主张坚决上马。从吴汉周的言谈中，谢培良还隐隐约约地听出来，是师长和政委之间看法不一致，他们在党委会上吵得很厉害，好像还涉及到了对厂长金兆汉的不同评价。

“老谢，不瞒你说，”吴汉周皱眉说，“东盐池不容乐观，老金现在也有些危险，他在黄芦滩的事还没调查清楚，要是化工基地再出问题，后患无穷啊。”

“调查黄芦滩？”谢培良吃了一惊，“那可是个好项目，怎么师里还不放心？”

“你们厂去开石膏矿，没有经过师部的批准，就把一个连队拉过去了。”

“噢，形势紧迫，先斩后奏也是迫不得已，黄芦滩我去考察过，那里的石膏矿很有前途。”

“很有前途，老谢，你知不知道，这个项目已经给国家造成了20多万的损失。”

“什么损失，老吴，你是不是搞错了，”谢培良疑惑地看着吴汉周说，“钟才来的报表我看过，这个合作项目创造了20多万的利润。”

“老谢啊，老谢，你可真是个书呆子啊，”吴汉周叹息地说，“本来这都是党内的秘密，我告诉你是违反纪律的，但今天是特殊情况，就对你直说了吧。老金和钟才来挪用了一笔基建资金，让钟才来在黄芦滩红旗公社的妹夫负责开矿，钟老广的妹夫已经卷款潜逃了。”

谢培良吃惊地看着吴汉周，他那张有些白化病症的脸像是京剧中的奸臣脸谱。但他的声音很沉重，“我就怕老金欺上瞒下，再拿一笔资金来补这个窟窿。那样一来，他的末日就快到了。”

“不会，不会，”谢培良喃喃地自言自语，“老金不是那种人，他可是个好党员、好干部。”

“好党员，好干部，”吴汉周端着茶杯走到窗前，望着窗外说，“但愿这是你的心里话。”

“老吴，这的确是我的心里话，”谢培良没有听出他的话外之音，继续说，“我也听到了一些传闻，说老金在东盐池搞独立王国，我还被列进他的三大金刚之列了，笑话。”

“老谢呀，问题恐怕要比你想得严重多了，”吴汉周转过身来感慨地说，“虽然你的问题还没有落实，但你、我和老金，毕竟是几十年的老战友了，你有时间要劝劝他，他不能一错再错了。”

“我劝劝他，我是什么东西，”谢培良苦笑一声说，“如今在老金的眼睛里，我谢培良不但是个臭老九，而且还是个忘恩负义的小人。”

“不错，老金上次到师部来出差，在我这儿的确骂过你，”吴汉周坦率地说，“在你落难的时候，是老金冒着风险你调到东盐池来，发挥你的特长，可你日子好过了，不但在工作上处处和他作对，还说了不少污蔑他的坏话，他很伤心。”

“老吴，我没有污蔑过他，”听到这里，谢培良激动得额头上青筋直冒，“难道工作上就不会有分歧吗，为了避免他的决策失误，为了党的事业不受损失，就不能有一些不同意见吗？”

“那我问你，”吴汉周盯着谢培良的眼睛，慢悠悠地问，“‘Y’，你怎么解释？”

“Y！”谢培良像被电打了一样，浑身颤抖，失声叫道：“啊？我的日记，他偷看我的日记。”

在谢培良的日记里，确实用“Y”代表金兆汉，谢培良记载了在东盐池的每一天，包括所有内心无法与人诉说的隐秘。

“老谢啊，你在政治上实在太幼稚了，”吴汉周又摇头叹息，看着谢培良茫然的神情说，“这都什么年月了，你还写他妈的日记，你是想反攻倒算，还是嫌自己的倒霉还不够。”

“啊……”谢培良这才恍然大悟，惨笑一声说，“原来老金他……他怀疑我……我在师里给他搞黑材料？”

吴汉周仔细地端详谢培良悲愤的脸，缓缓地说：“老谢，他没法不怀疑你，你刚才说了，你被列进他的三大金刚之列了。而那些材料涉及到的问题，不是老金最信任的人，根本编造不出来。”

听到这里，谢培良脸色惨白，浑身发抖，已经瘫在椅子上。吴汉周见状说：“老谢，坚强一点，别像个老娘们儿一样经不住事。你曾经是我的老师，是我一直敬仰的人。如果我也不相信你，不会和你这么交心。记得林彪事件以后，毛主席让中央领导都去读唐朝小杜的《七律》，'劝君一法解狐疑，不用铅龟与竹箕……'"

吴汉周抑扬顿挫地吟诵古诗。屋外传来了汽车的马达声，还有厂领导和考察组的说笑。吴汉周拎起包说："你说老金偷看你的日记，一是看来你还不了解他，二是你也太小看他了。你说得不错，老金不是那种人，他的确是个好党员，要是他把心思都放在这些苟苟营营的事情上，东盐池也没有今天。"

临出门的时候，吴汉周又转过身来和他握手说："老谢，多保重吧，你还要有思想准备，如果这次化工基地的项目通不过，我和你的这次谈话，恐怕会让老金记恨一辈子。"

"向使当初身便死，一生真伪复谁知……"谢培良木然地坐在桌前，反复咀嚼着这首唐代晚期的名诗。

谢培良用抹布擦掉桌子上的沙尘，也揩掉了那个斗大的"愎"字。

化工基地项目被师里否决了，果然不出吴汉周所料，金厂长暴跳如雷，把谢培良叫来狠狠地骂了一通，也把吴汉周骂了个狗血喷头。接着，谢培良被调出了生产组，到黄芦滩去当技术员。

临走那天收拾办公桌，谢培良想起了锁在抽屉里的日记本。在他决心烧掉这个祸害之前，又翻阅了一遍。他忍不住又把脸埋在了日记本中，向它做最后的告别。这时，谢培良从日记本上闻到了一股淡淡的雪花膏味道，愣了片刻后，他突然恍然大悟……

"杨小红，"谢培良想起了坐在对面的姑娘，惊讶得说不出话。"是杨小红，这是她用过的'百雀灵'牌雪花膏。原来是她，是她偷偷翻过日记。"

谢培良眼前出现了那个娇滴滴的"洋娃娃"，两年前，厂里第二次从知青排抽调人，当时还是政工组长的刘云德，把杨小红领到生产组，要谢培良好好培养一下年青人，要姑娘来给他当助手。可这个姑娘根本没有心思学习，天天坐在他对面照镜子抹雪花膏，再不就在厂部办公室来回窜，找人闲聊。看到这个漂亮的姑娘整天像只花蝴蝶一样在厂部里飞来飞去，再想想自己那个同样打扮得怪里怪气，无所事事的儿子，谢培良只能惋惜地摇头叹息。

“我的抽屉从来都上着锁，她怎么会打开呢？……再说，她还是个小姑娘，虽然平日喜欢虚荣，但她不可能做这种事。”谢培良苦苦地思索，顺手把抽屉拉出来送进去。这时，他的眼睛盯住了抽屉盒里面的那块挡板，它明显地比两侧的木板短了一小截。他脑子一闪，把抽屉合上以后，走到两张办公桌的对接处，拉开自己的桌子，用手摸过去。办公桌后面的这条窄缝，谢培良短粗的手只有指尖能够勉强塞进去。可他知道，这里完全可以挤进去一个姑娘柔软的小手。

厂部的文书来到生产组办公室，对谢培良说：“老谢，厂长大人有请。”

谢培良答应一声，将洗干净的抹布晾在铁丝上，向厂长办公室走去。

粉碎“四人帮”以后，金厂长又把谢培良调回东盐池。这一次，金厂长又像6年前迎接谢家父子一样，在食堂里摆下酒菜。金厂长兴致勃勃地和谢培良碰杯，感谢他在黄芦滩根据钟老广妹夫的种种蛛丝马迹，查到了他隐藏的下落，逮住了逃犯，8万元赃款也一分不少地追了回来。这一次，谢培良重新回到生产组，儿子谢东也从老一连调到了机修车间。

厂长的办公室还像以前那么热闹，坐满了请示工作的连排长。只是坐在办公桌后面的金兆汉苍老了许多，满头白发向后梳成背头，更像那个已故国家主席刘少奇了。

谢培良在门外背着手踱步，等人们差不多走完了，进去坐下说：“金厂长，你找我。”

金厂长抬头说：“老谢，有个事要和你商量，”说完把手中一个档案袋隔着桌子扔过来，“师里调你去省城的调令又来了，这一次我不卡你了，你帮我把5千吨的硫化碱车间设计完，马上到师部报到，怎么样？”

谢培良还没有来得及开口，中学的施校长风风火火地闯进来，从提包里掏出一摞纸递上去说：“金厂长，你看看，这是我们学校老师们的联合签名，他们给地区教育局写的信，老师们要质问教育局的领导同志，像于隆这种成份的人，历史反革命的崽子，怎么会有资格上大学，而且是全国名牌大学？更何况，他在我们学校里一直是个只专不红的典型代表。”

金厂长说：“老施呀，今年咱们东盐池中学出了两个上大专的学生，可都是于老师教出来的。”

施校长说:“厂长,我们的教育方针,是培养德智体全面发展的劳动者,怎么能以学习成绩衡量一切呢,这不是又回到修正主义路线上了吗?”

金厂长皱着眉头,用手示意校长坐下来。他显然在压抑着心头的怒火,慢悠悠地说:“老施呀,现在抓纲治国,你要跟上形势哩。你知不知道,今年全师的所有中学里,只有我们东盐池的学生中没有考中一个大学生,我的脸上很没有光彩——等一下,你先让我说完,华主席提出要在本世纪内在我们国家实现四个现代化,需要有科学知识的人才。像老谢这样的专家,过去是什么臭老九、军统特务,现在师里面三天两头来电报催,非要把他调回省城去。于隆这么好的老师,在你的学校里呆不下去,你天天号召学生娃娃们反潮流,造他的反。你愧不愧得慌?”

施校长气呼呼地歪着脖子不说话。

“今年我们东盐池考上了4个大学生,小于不用说了;老何家的闺女,何艾香——于老师的对象,那也是个爱学习的姑娘,人家也考到陕西公路大学了;三连有个上海支边青年,和小于一样,高六六的学生,他们上大学都可以料到,你知不知道,老一连有个知青,根本就没有读过几天书,这次考到省城的师范大学历史系了,你知道吗。”

施校长低声嘀咕说:“知道,这个小伙子叫寇挥,在宣传队里拉琴,舞台上见过。”

“你知道就好,”金厂长的口气严厉起来,指着施校长说,“你马上给我回去,好好开会换脑子,明年东盐池学校再考不出个大学生来,我撤你的职。”

施校长擦着头上的汗水,连连点头,正要出门时,金厂长又说,“回来,你去劳资科,传达我的命令,你们要在两天之内把于隆老师上大学的手续全部办完,让他早一点离开东盐池。”

施校长急急地出门,和正要进门的刘副书记撞了个满怀。刘副书记对着他的脊背笑骂道:“妈的老施,你抢孝帽子呢,”然后进来对金厂长说:“厂长,我正找你来。”

金厂长说:“来得正好,我也正找你呢。”

谢培良说:“金厂长,你们厂领导商量工作,我先回去,一会儿……”

金厂长打断他说:“老谢你坐,正好一块听听。”

刘副书记说:“厂长又开玩笑,这事和老谢有啥关系。”

金厂长笑着说:“不是什么见不得人的事吧,老谢听听不碍事,对不对。”

刘副书记笑着说:“厂长看你说的,是这么个事。眼看到新年了,我想把宣传队再组织起来,好好演个戏,热闹热闹。”

金厂长说:“哈,组织宣传队,这种时候你搞宣传队,是不是我金兆汉要下台滚蛋了,你准备排一场大戏‘送瘟神’呀?”

刘副书记愣住了,张口结舌地说不出话来,“这、这”地呜噜了两声。

金厂长一字一句地说:“刘云德,你是我从西盐池一手调来,从一个转业兵一步一步地提拔到副书记,我没有想到你竟然是个卑鄙无耻的小人。”

“老金!”刘副书记脸涨得通红,情急之下喊了一声,“你不能再用这种态度对待一个厂领导。”

“你叫我老金了,很好,”金兆汉轻蔑地看着刘云德说,“刘书记,我记得你在给师政委的报告中用的词是‘刚愎自用’,凭你肚子里的那点墨水,你想不出这个词。是不是赵建勇帮你想的?”

“金厂长,我是一名共产党员,我有向上级组织反映真实情况的权利。”刘副书记昂然地说。

“哈哈,真实情况,”金厂长纵声大笑,“你刘云德给我罗列了四大罪状,第一,在东盐池搞独立王国,一手遮天;第二是盲目上马,大量浪费国家资金;第三是把我那个没有本事的女婿调来开车,还包庇他在东盐池胡作非为,光天化日之下开枪杀人,第四……”

“金厂长,”刘副书记不时地用眼瞄谢培良,哀求地打断金厂长的话,“这事别提了吧,下来我向你承认错误,咱们还是先商量工作。”

“好哇,商量工作。”金厂长点燃一根香烟说,“刘云德你听着,我金兆汉在东盐池一天,这个宣传队你就别提。你不是以前那个正派上进的刘干事了,我怕有人再被你带上邪路。多好的一帮年轻人,现在抓的抓,走的走,你还能拉起来这么一支队伍吗……”

刘副书记再也听不下去了,他默默地转向朝外走。谢培良看着他的背影,又回头看看还在痛斥中的金兆汉。眼前突然又出现了落满沙尘的办公桌,上面触目地写着一个斗大的“愎”字。

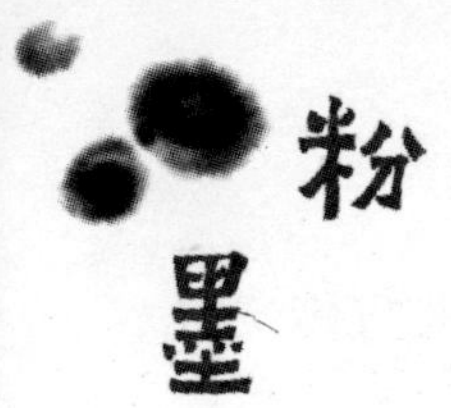

尾 声

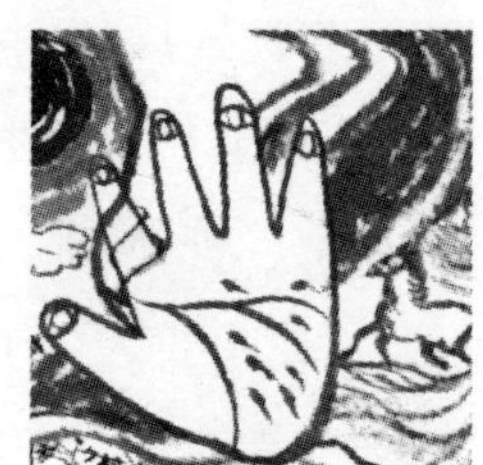

列车缓缓地移动，没有鸣笛就朝东开走了。像是一次预谋，把寇挥一个人扔在了荒原上的黑暗中。

列车还没有停稳，寇挥就迫不及待地跳下来。强大的惯性带着他向前小跑，一脚踩在了道边一截散落的枕木上。他没想到枕木是湿的，差点儿滑了他一个跟头，他用手在地上撑了一把，却摸到了一手稀泥。

他听见了头顶上方女列车员惊喜地叫："哎呀，好香呀，三间房下过雨了哎。"

寇挥直起腰，风把一股湿漉漉甜丝丝的土腥味吹拂在他的脸上、身上。他深深地吸了一口气，顿时感到身体里迅速地漫延开一片清新，向着肺腑和四肢扩散。

车门口凑过来好几个姑娘，也都皱着鼻子闭目仰面，贪婪地呼吸。一个说："今天还差不多，以前每次在这儿开门，破风把人刮的，站也站不稳，门子也关不上。"

寇挥心里说："什么叫差不多，这简直太稀罕了，别说我在这里再教育5年，查遍历史资料，三间房也没有过下雨的记载。"

列车缓缓地移动，没有鸣笛就朝东开走了。像是一次预谋，把寇挥一个人扔在了荒原上的黑暗中。他没有觉察，似乎被天穹中灿烂的星斗迷住了。星星真多呀，他们密密麻麻的挤在一起，眨着亮亮的眼睛，好奇地看着他交头接耳，好像见到了一个陌生的闯入者。不知道有多少年月，他没有看到过这样的夜空了。极目之处没有一丝烟尘，银河无声地涌动、奔泻，仿佛要向他扑面而来。他有些晕眩，产生了一种虚幻，好像这样的天空，这样的大地都是假的，像是谁制作出了如此广袤的大布景。

这时候，他的耳边又响起女列车员们的说笑声，那些清脆活泼的声音，像一群蜜蜂的刺，蜇得他一阵剧痛。他的眼前是女儿枯瘦苍白的小脸，是她躺在医院的病床上艰难呼吸的神情。他在心里对女儿说："青青，你快看，这才是真正的天空，这么蓝，这么远，云朵像松软的棉花那么洁白，空气像泉水一样甜。你要生活在这样的天空下，你的病就不治而愈了……"

一阵痴想过后，寇挥背着包朝装卸台走过去。按照他的经验，运盐的卡车会在这里集合，等这趟列车开走半个小时以后返回东盐池。当他蹬上曾经熟悉的小土坡，惊诧的发现，装卸台不见了，这里没有了堆积如山的盐包，也没有了在黑夜里乱闪的车灯。地上乱七八糟地躺着一堆废弃的硫化碱铁皮桶，像一个尸横遍野的"万人坑"。茫茫的戈壁此时静得有些吓人，他慌了，回头朝站台看过去，那里也一片漆黑，只有候车室顶上有一盏昏暗的路灯，不怀好意地挤眉弄眼，像是在嘲笑他的冒失和盲目。

看到候车室他才回忆起来，车站后面的坡下，有厂里的一个小招待所。十几年前很是热闹，天天有外出和回厂的人在这里落脚。寇挥那年上车站送杰子和冯克莉去北京，在这睡了个午觉，被臭虫咬了一身红疙瘩。他顺着小路朝坡下走，到了坡底朝东一拐，看到了那排老房子。走近它时，他发现这里也凋敝得厉害，北面的两间房屋门窗都没有了，留下了几个阴森森的黑窟窿，只有南头那间值班室还亮着灯。

师傅，我刚下火车，想到东盐池去看看。怎么?没有车了，厂子已经倒闭了。这不可能，去年我还在报纸上看见东盐池是东疆地区的支柱产业，年工业总产值占全地区的60%以上，怎么说倒闭就倒闭了？师傅你问我是谁，我以前是这儿的知青，老一连知青排的寇挥，对对小名挥娃子。哎呀你是侯班长呀，我都认不出来你了，你还记得我和华子吃你的鸡蛋挂面吗。噢噢老人去世的很多，都埋在小农场那边了。金厂长去世了，肝癌。唉，真可惜，他女儿，对对金一鸿，也在省城。她离婚了，他丈夫是林志国，判了8年。你问我，对，我成家了，媳妇是大学同学，对有个女儿，6岁半。你知道她生病？听说的，她得的是过敏性支气管炎，对二氧化硫过敏。就是省城的污染太厉害，她咳嗽、哮喘。现在送到她姥姥家了，姥姥家在南疆，那里气候好，不犯病了。女儿叫青青，寇青青。

你想到东盐池去，去干什么？看一看，俺娘哎，你可别跑，那地方现在什么都没了。场里前些年就发不下工资了，挖盐的人要吃饭呀，没办法，都跑到各地打工挣钱去了。当官的？也跑呀，有本事的都到地区找个单位当干部，有些都到私人的厂里去了。场里就剩下些老弱病残跑不动的了。你说什么？大礼堂？都快毁了。还礼堂呢，家属院都快毁完个屁了。为啥？人都跑了，一多半的屋子都没人住，房里的盐碱包都鼓得一人高，那还不毁了。现在好些新房子，都住的盲流。老房子的门窗，都让他们扒走当劈柴烧了。礼堂的门窗也扒光了，现在让开水房的彭老头当羊圈了。一到黑夜，都瘆的慌。哪儿都没个灯，大戈壁滩上又黑又静，就跟进了坟岗子一样，俺娘哎，再说下去，俺这鸡皮疙瘩都起一身……

“老猴子，有没有吃的东西，”跟着声音进屋的，是一个油头粉面、衣冠楚楚的矮胖子。他左手提着一个“大哥大”，右臂吃力地搀扶着一个高个中年人，“下碗挂面也行，程经理喝醉了，在火车上睡了一路，让他醒醒酒。”

“怎么现在才到，”侯班长起身，扶着那个醉汉朝外走，“这都几点了，我足足等了你们半天。”

“啥球特快列车，成他妈的特慢了，整整晚点7个小时。”

胖子的声音有些耳熟，寇挥从里间走出来，又打量了一下灯光下的他，试探地问：“是铁柱吧？”

“谁，谁叫我，”铁柱转身四下看，显然也有些醉了，但他打量了一下眼前的人，眼睛立刻亮了，哈哈地笑着叫起来，“寇挥，挥娃子，你怎么到这来了？”

“我出差路过，想回东盐池看看。”

“去他妈的吧，有啥好看的，”铁柱挥舞着手臂，愤愤地骂，“东盐池已经没有了，你知不知道，我们厂倒闭了。”

“侯班长告诉我了。前两年不是还红火得很嘛，怎么突然倒闭了。”

“啥他妈的红火，全是骗人的，花钱买记者吹呗。你上大学走了以后，兵团建制撤销，咱们师军转民，把东盐池交给地方，和绿山包合并成立了联合总厂。新厂长是地区派来的，一上任先换人，把我们厂的领导全搞下去，然后决定把总厂厂部迁移到绿山包。不仅建新厂部办公楼，还让医院，学校、托儿所都搬家。铺了一条35公里的柏油路，购买两辆大轿车，运送厂机关干部上下班。来回折腾就花了上千万。现在欠地区建行好几亿贷款，破产了。”

“现在咋办？”

“咋办，拍卖，重组，两个亿的固定资金，在东疆地区搞拍卖，被赵建勇这个王八蛋1600万买走了。这小子当副厂长的时候，没少捞，现在又勾结香港人搞什么股份制，你这同学不是个好东西。”

“你现在怎么样？”

“我？混得不错，你走了以后，不知道谁出的馊主意，解散宣传队，大家都回到连队劳动。”铁柱凑近寇挥得意地说，“我给新厂长送了不少礼物，成了厂里的采购员。”

“宣传队解散了，逢年过节的看啥节目呢？”

“操，谁还看什么节目。厂里搞了个电视差转台，大家都在家里看电视了。你知道商店第一台14英寸的大彩电是谁抱回家的吗？”

寇挥想想说：“宁为玉。”

“No，No，是大老王，”铁柱摇晃着脑袋说，“那段时间他每天晚上把彩电抱到院子里，来看的人越多他越得意，比你在的那时候还傻。”

寇挥想起这一对冤家天天抬杠的往事，笑了。

“别笑，还有更可笑的呐，”铁柱点了一根烟，说，“好长时间没看过节目了，厂长让我帮助联系一场演出。我把地区文工团请来演出，第一个节目就把那帮土老帽看傻了。8个女孩跳健美操，全穿的游泳衣，真他妈盖了。”

寇挥想象着东盐池的老少爷们看到城里的健美操时的神情，更加乐不可支。

“这帮孙子真他妈不是东西，看姑娘们的大腿时眼皮都不眨巴，哈拉子乱滴。出了礼堂就骂街，说我拉了一车婊子到东盐池来开窑子，管我叫大茶壶，还差点儿把我的采购员给捣下来。我一气之下，借口到省城办货，和程经理，就是刚才老猴子扶出去的小程，做了几笔生意，办了个停薪留职，跟他们拜拜了。”

“宣传队的那些人现在都在哪儿？”

“哪儿都有，宣传队解散以后，宁为玉就垮了，成了个酒鬼，沾一点酒就醉，成天又哭又笑又唱又闹的；李永强翻车，死了；尿盆他们一帮人，买断工龄都出去打工了；我在省城做生意，也好久没来了。对了，杰子他们有联系吗？

“在大学里收到了过他从北京寄来的信。他和华子都办完了在东盐池的停职手续，带着全家回了北京。华子在西单开了个小饭馆，而他在一个街道工厂当采购员。后来联系慢慢就中断了。”

“华子在东盐池打官司的事，你知不知道？这都不知道，真是个书呆子。你走了以后快一年了，华子把林志国给告下了。地区在东盐池还专门设立了一个审判法庭。杰子还帮华子请律师，你知道这个大律师的老师是谁，就是以前在学校敲钟的老潘头。原来这老家伙是美国留学的，平时窝窝囊囊话都说不清楚，一说法律滔滔不绝，一套一套的，谁也辨不过他。东盐池第一次审判人，看热闹的人山人海。大家都觉得志国太冤枉了，又没把人打坏，判了个8年徒刑。气得志国在法庭上大骂华子和老潘头，马上就被公安局的人带走了，”说到这，铁柱把烟朝地上一扔说，“算了，不提这些破烂事了。寇挥，咱们有十几年没见面了吧？”

“整整20年了。”

“你模样没变，胖了一点。现在在省城干什么？”

“在社科院搞历史研究。”

“什么年代了，搞那玩艺儿，没劲没劲，”铁柱遗憾地摇头，“其实，你在省城的时候，我和小程还去找过你。”

“噢，啥时候？我怎么不知道。”

“哎呀，不知道你们家的地址，光知道你家住在光明街，你老婆在工商局当处长，小程要办一张与外商合资的营业执照，我们还给你提了一大堆礼物。”

“哈哈，你听谁胡话拌汤，我妻子不在工商局工作，也不是什么处长，她在税务局上班，也就是一般的公务员。”

“挥娃子，你老婆不是当官的，怎么把迟媛媛调到省城了，听说就是你老婆一句话，搞定。”

“又听谁胡说，人家迟媛媛的丈夫当官，给她办成的，不过媒人是我。”

“他妈的，都是黑旦这小子乱吹。我也纳闷：工商局在光明街，税务局在正大路。你们怎么会住在清风巷，我还以为这是工商局在这新建的高干住宅呢。”

“实在不好意思，让你白跑一趟。”

“你小子跟我来这一套，咱哥俩谁对谁。”铁柱大度地说，“我知道你老婆是大学生，早晚会提拔，到时候别忘了你老哥。另外，你把迟媛媛家电话给我，说不定哪一天用得上。”

寇挥给铁柱抄电话号码，程经理走进来。铁柱说：“咦，你不是喝醉了吗，怎么不睡觉，两点多了。”

程经理笑笑说：“我喝完酒睡不着，过来坐坐。”

铁柱说：“噢，我给你们介绍一下，这是程立中，省城广源公司程总经理，这是……”

“他是寇挥，挥娃子，”程立中平静地打断铁柱，“不用你介绍，我比你了解他。”

寇挥惊讶地说：“你了解我，你是……”

“我是菊的丈夫。”

你要不要睡一会儿，我看你见到铁柱挺高兴的，如果还不困，咱们聊聊天吧。没事，铁柱睡觉死，吵不醒他。我叫你挥娃子不介意吧，因为菊一直这么叫你。我知道你们两个从小就好，我也知道菊其实一直都没有忘记你。后来为什么你们没有发展下去，很简单，菊在骨子里是个很虚荣的女人，在那种时候，她是不会和你这样一个小盐工过日子的，我说的是实话。

其实，我见过你很早了，对，你肯定不知道。记得当年师部派西盐池的《沙家浜》剧组到下马崖慰问演出吗？对，你不会忘。那次，就是我开车带剧组去的。当时，菊的那个舞蹈也把我给震了，我有好长时间都难以忘怀。我和金一鸿是师部小学的同学，我知道菊在吐鲁番农场的事情以后，让金一鸿帮我介绍认识她的。可以说，我们第一次见面，双方都很满意。那时我在师部给政委开小车，我爸爸也官复原职了。我们第二次在省城见面，就谈到了结婚，菊答应得很痛快，她只提出了一个条件，调出艾丁湖那个鬼地方，我也很痛快地答应了。

哈，你还说我们很般配，应该生活幸福美满。挥娃子，你错了。现在回想起来，我们的婚姻的确没有感情基础。我们的感情不和，从一起出去旅行结婚的途中就出现了裂痕。菊在路途中间就不断地更改旅行目标，让我无所适从。我们到了上海以后，本来说好要到我江西的农村老家去，看望我的爷爷奶奶。我从小在老家由二老带大，现在娶了媳妇，当然要让老人家们高兴高兴。但她却变卦了，非要争着去杭州，怎么劝都不行。我只好妥协，又说好游完杭州以后，再回老家，她也同意了。可是，刚到杭州她又变卦了，要去青岛看大海。我很愤怒，我们俩在西湖边第一次大吵大闹。她回到宾馆收拾行李就要返回新疆。我又一次投降，苦苦哀求她，这才勉强答应了。我们回到江西农村只住了3天，她就执意要走，谁都劝不住。

我把她调到省城以后，安排到了师部电影院当售票员。对，她已经不想上台跳舞了。我想，也好，踏踏实实过日子吧，师部文工团我太了解了，一群狗男女，我还真怕她学坏了。没想到，她和我过日子却好像是在戏台子上演戏，在不同的人面前，完全是几种面孔。比如她回到娘家以后，就好像是变了一个人。她所做的一切，都让我感到不能理解。比如她喜欢睡懒觉，但在下马崖却起得很早，不知道是什么改变了她的生物反应；起床以后她还特勤快，扫地做饭，吃饭的时候她还大声说话，并不停地给家里人的盘子里夹菜。我知道，菊最喜欢吃带鱼，可她在家做鱼，自己从来不动一筷子，却十分仔细地剔出每一根刺，送到他爹的碗里。老头吓得直哆嗦，都不敢吃了。

你说得不错，这样做并没有什么错，应该孝敬父母。可是，我也有父母，对她也特别好，我是她男人，对她更是百依百顺，那她为什么从来没有这样对我们做过一次呢，哪怕是演戏？对不起，我有些失态了……说句实话，她也不是没有对我好过，但是，她每一次和我亲热过后，都一遍一遍地问，你什么时候调我弟弟，还有我妹妹……我觉得这是什么，像做买卖，说的更难听一点，她好象是用青春和肉体在与我做交易。

挥娃子，你觉得我太偏激，好，我听我往下说。80年代初期，我们有了女儿，那时候社会上开始兴跳舞了。她突然对这玩艺儿入了迷。她年轻时没当上演员，成婆娘以后却成了个“舞蹈明星”。师部的舞会她是最积极的响应者。只要一听到“嘭嚓嚓”的音乐响起，就把女儿朝家里一扔，和那些不三不四的人搂搂抱抱的，深更半夜才回家。我们为这个打架，闹得不可开交。后来，她在单位实在呆不下去了，正赶上沿海地区开发，她就什么都不要了，一个人跑到南方去了，至今都没有音信。

我们已经离婚好多年了，女儿在我父母家。是的，我们和你在同一个城市，但没有来往。我了解她的心思，她没有脸见你。我现在才想明白，她当年为什么那么匆匆忙忙的和我结婚，是你考上省城的大学以后。当年是她看不上你，而你却考上大学进省城了，周围的人会怎么样看她；她的个性那么强，如果不找个城市里的、又有点来头的人，她能甘心吗？挥娃子，我要为你庆幸，幸亏当年你没有娶她，不然，还不知道要被那个婆娘折腾成什么样子。

你问我怎么样，还行吧。对，我在省社会科学院搞历史、考古研究。你说得不错，坐冷板凳，钻故纸堆。吃亏？不不，我喜欢这个工作，不遗憾。最近，我在研究天山巨犀化石。你记不记得前段时间报纸上登的消息，在修筑兰新铁路复线修工程中，就在三间房西面40公里的飞跃火车站，工人爆破的时候，发现了一具古代生物化石。对，就离这儿不远，我这次能来也是因为这个项目。准确地说，不是恐龙，学名叫"天山副巨犀"，比恐龙生活的年代要晚几个世纪。这在我们国家的考古上，是个了不起的发现。"天山副巨犀"是陆地上曾经生存过的最大的哺乳动物，它生活在距今2400万年前的渐新世。这家伙身体长大约9米，4米多高，体重约300吨，你想它有多么巨大。而且我们的挖掘工作非常成功，它是现今世界上最完整的巨犀化石。

程经理，你想想看，在远古时期，我们这儿是将近5万平方公里的内陆海。海水退却的时候，这里是一望无际的大沼泽。在人类出现以前的那段漫长世纪里，鱼和恐龙是这里的主人。你知道这家伙一顿吃多少东西吗，他要吃掉500多公斤水草！那时候，这里有多壮观，到处是原始森林，气候宜人、水草丰美……是的，现在这里成戈壁滩了。多少万年以后，喜马拉雅造山运动，使这里碧波万顷的湖水慢慢干涸了，东盐池就在这个大海最低的底部地区，海水凝结成盐晶、芒硝和碱。

不行不行，什么学问，只不过我喜欢瞎想。我倒觉得你挺有学问的。对，咱们聊得挺投机，你看，天快亮了，休息一会儿吧。

怎么，东盐池百年不遇的特大洪水，路全断了，你们的越野车也过不来。你们要在这儿等，我不行，得回省城了。早上8点半有趟慢车，一会儿我就走。再见。

寇挥和程立中握手告别，说："侯班长和铁柱都在睡，我就不打招呼了，你替我向他们问好，以后到省城，闲了来我家坐坐。"说完，他拎着包出了招待所，向候车室走。

天快亮了，昨天的一场秋雨，让无垠的戈壁弥漫着一股苍茫的雾气。寇挥突然感到：这个时辰应该有了汽车远远近近的轰鸣，有袅袅升起的炊烟，有小贩高声的叫卖，或者有鸡鸣狗吠、牛马嘶鸣的嘈杂。四野静极了，好像空气都屏住了呼吸，只有地上的砂石随着脚步“沙沙”作响。

一会儿，从装卸台那边的土丘后面，传来一阵嘶吼般的歌声，像是省城的小巷深夜醉汉们的狂嚎。这首歌的曲调寇挥很熟悉，是陕北民歌《咱们的领袖毛泽东》——12岁那年在喀什噶尔街头，他头顶的高音喇叭突然响起，播送“新编革命历史歌曲5首”，第一首就是它。前两句歌词是：“高楼万丈平地起，蟠龙卧虎高山顶……” 但那边传来的歌词却是：“你妈妈打你不成才，这么大的露水你穿红鞋(hai)。”

然后那汉子好像捏住了嗓子，用尖细的女声唱：“我穿红鞋是我的好看，和你战斗员球相干……”

寇挥笑了，许多往事在他眼前一一闪过。

远处隐隐传来一阵列车的汽笛声，依稀中能够看见，东方的天边有一条长长的黑影，正朝他缓缓地蠕动。寇挥觉得自己仿佛进入了一片古海退却的沼泽，四周是一望无际的原始森林，水草丰美。他站在一块礁石上，看着一群天山副巨犀，哦，是一群恐龙，摇晃着它们巨大的身躯，朝这边蹒跚自得地走。

2005年5月22日改定于威海

2009年12月25日再修改于乌鲁木齐